HEYNE <

JONAS **WINNER**

MURDER PARK

THRILLER

WILHELM HEYNE VERLAG
MÜNCHEN

Dieses Buch ist auch als E-Book erhältlich.

MIX
Papier aus verantwortungsvollen Quellen
FSC® C014496
FSC
www.fsc.org

Vollständige deutsche Erstausgabe 07/2017

Redaktion: Catherine Beck
Printed in Germany
Umschlaggestaltung: Das Illustrat, München,
unter Verwendung von © Jens Beste/Shutterstock
Satz: KompetenzCenter, Mönchengladbach
Druck und Bindung: Druck: GGP Media GmbH, Pößneck
ISBN: 978-3-453-42176-9

www.heyne.de

»I smiled, – for what had I to fear?«

Edgar Allan Poe

MURDER PARK
Eröffnung steht bevor

Boston, MA, März 2017

Der von Rupert Levin auf *Zodiac Island* geplante Erlebnispark zum Thema Serienkiller soll noch in diesem Jahr eröffnet werden. Bereits Ende des Monats wird der Unternehmer mit einer Gruppe von Journalisten, Beratern und Experten dem *Murder Park* einen Besuch abstatten. Die alten Fahrgeschäfte, die Achterbahn, das Riesenrad und andere ehemalige Attraktionen, die auf *Zodiac Island* seit den Neunzigerjahren vor sich hin rosten, sollen zum Teil umgebaut und in den neuen Park integriert werden. 1997 war der Vergnügungspark auf der Insel nach einer brutalen Mordserie für den öffentlichen Besucherverkehr geschlossen worden. Damals waren drei Frauen ums Leben gekommen.

Video-Interview 1 von 12

Jungfrau

Name:	**Paul Greenblatt**
Alter:	**24 Jahre**
Beruf:	**Reporter**

Paul: Ich war wie besessen. Ich hatte zu jener Zeit ein Buch – ich weiß nicht mehr, wie der Titel war. Darin ging es um Serienkiller, aber auch um die berühmtesten Auftragsmörder der Kriminalgeschichte. Um Richard Kuklinski zum Beispiel, den legendären Iceman, der für die Mafia getötet hat … Es ging auch um Amokläufer, die beiden Schüler von der Columbine Highschool … und all die anderen. Und es ging um Triebtäter. Menschen, die morden, weil sie nicht anders können. Weil sie morden wollen. Aber diese Menschen sind natürlich von den Auftragsmördern und Amokläufern zu unterscheiden, denn bei Lustmördern hat der Mordtrieb ja vor allem mit Sexualität zu tun. Das gibt der Sache einen gewissen Extra-Schub.

Sheldon: Und dieser Extra-Schub, wie Sie es nennen – der war es, der Sie fasziniert hat?

Paul: Nein … erst einmal nicht. Nicht bewusst zumindest. Es hat angefangen, da war ich … wie alt? Zehn. Vielleicht elf. Dieses Buch über die Mörder gehörte meinem Pflegevater. Es war ein großer Bildband mit vielen Schwarz-Weiß-Aufnahmen, Polizeifotos, Bildern der Täter, Augenzeugenberichten. Das hat mich sofort in seinen Bann gezogen. Als würden die Aufnahmen mich in sich hineinziehen. Aufnahmen aus den Gefängnissen, Aufnahmen vom elektrischen Stuhl.

Die Gesichter der Passanten am Straßenrand, wenn die Beamten jemanden abgeführt haben. Die Gesichter der Täter. Noch gezeichnet von der Verwüstung der Nacht. Bartschatten, Ringe unter den Augen.

Wie konserviert, wie entrückt, und doch konnte man den Fotos … Ich weiß nicht, ich hatte das Gefühl, man könnte sozusagen durch die Aufnahmen hindurch spüren, wie lebendig die Leute waren, die man auf den Bildern sah … oder mal gewesen waren. Als wäre ihre Lebendigkeit bis in die Fotos, auf die ich starrte, hineingesickert. Mein Pflegevater hat mich einmal mit dem Buch auf dem Boden liegen gesehen. Ganz erschrocken hat er ausgeschaut. »Du bist doch noch viel zu klein dafür«, hat er gesagt, obwohl ich das in meinen Augen ganz und gar nicht war. Und das wusste er. Er wusste es, und ich auch.

In dieses Buch bin ich regelrecht hineingeglitten, als ob ich am ganzen Körper mit Schmierseife eingerieben wäre! Mein Pflegevater hat es mir weggenommen, aber … der Funke war übergesprungen, wenn Sie so wollen. Ich hatte Feuer gefangen.

Sheldon: Und Sie haben angefangen, sich mit diesen Dingen eingehend zu beschäftigen.

Paul: Ich war davon wie besessen. Am Anfang waren es noch alle möglichen Mordgeschichten, die mich gefesselt haben, aber dann … mit der Zeit … vielleicht haben Sie recht … vielleicht ist mit der Zeit wirklich so etwas wie eine sexuelle Komponente dazugekommen. Ich … es stimmt schon … ich habe mich dann immer mehr auf die Täter konzentriert, die … die …

Sheldon: Ja?
Paul: Nein, nichts, es ist vielleicht Unsinn.
Sheldon: Bestimmt nicht, Paul. Reden Sie. Reden Sie vollkommen frei. All das, wovon Sie sprechen, ist Jahre her. Sie brauchen nicht so vorsichtig zu sein, ich bin sicher … ich weiß, dass Sie all das längst hinter sich gelassen haben.
Paul: Aber warum … Warum wollen Sie dann mit mir darüber reden?
Sheldon: Sie wissen, warum wir darüber sprechen, Paul. Rupert Levin hat mich gebeten, mit allen, die an dem Wochenende teilnehmen, ein Gespräch zu führen. Und natürlich wollen wir uns nicht darüber unterhalten, wo Sie Ihren letzten Urlaub verbracht haben oder für welche Sportart Sie schwärmen. Wir wollen über Bohner reden, Paul, über Jeff Bohner, denn in dem Park geht es hauptsächlich um ihn.
Paul: Ja, natürlich, Sie haben recht.
Sheldon: Also?
Paul: Also was?
Sheldon: Was wollten Sie sagen?
Paul: Ich … ich weiß es nicht mehr.
Sheldon: Sie wollten darüber sprechen, dass Sie sich erst nur ganz allgemein für die Arbeit der Polizei interessiert haben –
Paul: Ja, richtig, das waren unglaubliche Geschichten. Aber … als ich ein bisschen älter wurde, waren es nicht mehr die Auftragskiller … und auch nicht die Amokläufer, die mich wirklich … wirklich fasziniert haben … Es waren die Sex-Killer. Jack the Ripper. Ed Gein. Ted Bundy …
Sheldon: Ja.
Paul: Ich habe angefangen, alles zu sammeln, was man über sie wusste. Ich habe Bücher über sie gelesen, aber die hatte ich schon bald durch, das meiste haben die Autoren ohnehin nur voneinander abgeschrieben. Ich habe begonnen, mich nach Originaldokumenten umzusehen. Verhörprotokolle, Ermitt-

lungsberichte, Prozessunterlagen. Da war ich schon älter, dreizehn, vierzehn. Ich habe die Archive angeschrieben, mir Kopien schicken lassen, ich bin in die Städte gereist, in denen die Täter unterwegs gewesen waren, habe Führungen mitgemacht und die Tatorte besucht.

Sheldon: Ihr Stiefvater …

Paul: Pflegevater. Er hatte es aufgegeben. Meine Pflegeeltern … Sie waren immer … sehr rücksichtsvoll, verstehen Sie?

Sheldon: Ja?

Paul: Auf jeden Fall. Mein Pflegevater muss, wie gesagt, gemerkt haben, dass es wohl so etwas wie eine morbide Faszination war, gegen die ich selbst nicht ankam – und er schon gar nicht. Ich musste das einfach machen, ich musste mehr darüber wissen, was diese Männer, die Täter, was sie angetrieben hat, was sie gedacht haben, wie sie vorgegangen sind. Andere Jungs in meinem Alter gingen jeden Tag drei Stunden auf den Sportplatz. Das hat mich nicht interessiert. Ich habe angefangen, in diese Welt einzutauchen … eine Welt, die … sich wie eine Flechte über die Wände meines Kinderzimmers auszubreiten begann. Ich hängte Bilder von Tätern, von Tatorten, von Opfern auf, klebte Kopien von Protokollen, Ermittlungsakten und Zeitungsberichten daneben. Ich machte mein Zimmer zu einer Art Höhle. Wenn ich dieses Refugium betrat, schlug diese Welt, die ich entdeckt hatte, praktisch über mir zusammen. Und ich liebte es. Ich liebte es, das Gefühl zu haben, ich würde den Atem der Killer in meinem Nacken spüren. Ich weiß nicht, ich habe mich immer wieder gefragt, warum – warum ich nichts anderes mehr machen wollte, als mich in dieser Welt zu bewegen, und ich glaube … ja, letztlich glaube ich, dass ich ihr auf diese Weise bloß nah sein wollte. Meinen Sie nicht?

Sheldon: Ihr – wem? Dieser Welt?

Paul: Dieser Welt, aber vor allem auch ihr, der Frau, die … Sie wissen schon.

Sheldon: Sie meinen … ihr … Ihrer Mutter, ihr wollten Sie dadurch näherkommen?

Paul: Ja?

Sheldon: Das kann durchaus sein, Paul, absolut.

1

Vier Wochen später

»Verdammt!«

Er trat auf die Bremse.

Die Tropfen trommelten auf das Blechdach seines Wagens wie Haselnüsse. Die Scheibenwischer kamen kaum damit hinterher, die Wassermassen von der Frontscheibe zu schieben. Paul fuhr mit dem Ärmel seines Pullovers über das beschlagene Glas und beugte sich über das Lenkrad nach vorn. Verschwommen sah er durch die Scheibe ein paar Schritte weiter einen Lotsen mit grell-oranger Sicherheitsweste stehen, der ihm Zeichen gab.

Paul ließ das Fenster auf der Beifahrerseite herunter und schrie durch den Regen: »Hier? Kann ich hier parken?«

Der Lotse schien ihm den Kopf zugewandt zu haben, doch Paul konnte sein Gesicht im Dunkeln nicht richtig erkennen. Ruhig schwenkte der Lotse die schmutzig-gelbe Warnlampe durch die herunterströmenden Tropfen.

»Was?«

Keine Antwort. Der Regen schlug in dichten Schwaden ins Innere des Fahrzeugs und durchtränkte den Beifahrersitz. Paul lehnte sich zurück und gab vorsichtig Gas. Das linke Vorderrad rumpelte über irgendetwas hinweg, dann hörte er einen Schlag gegen den Wagenboden. Paul zog den Kopf zwischen die Schultern und fuhr einfach weiter. Vor sich, durch die dichten Regenschauer hindurch, konnte er eine Kaimauer erkennen, dahinter erstreckte sich eine tiefgraue Fläche, die sich zwischen den umherflirrenden Tropfen und dem Nachthimmel verlor.

Er stoppte, zog die Handbremse an, riss den Schlüssel aus dem Zündschloss und griff nach seinem Rucksack. Zehn Minuten war er jetzt schon zu spät, er konnte nicht mehr lange nach einem Parkplatz suchen. Hastig stieß Paul die Fahrertür auf und sprang aus dem Wagen. Innerhalb von Sekunden war sein Gesicht klatschnass, das Haar klebte ihm am Kopf wie eine Haube. Er schlug die Tür hinter sich zu, ließ die Schlösser einschnappen, wuchtete den Rucksack auf die Schulter und rannte durch den Regen auf den Lotsen zu.

»Die Fähre zum …«

– *Murder Park*, schoss es ihm durch den Kopf –

»… zu Rupert Levin – die Fähre zum Presse-Event. Wissen Sie, wo sie ablegt?«

Der Mann trug einen Regenhut mit breiter Krempe und stand so, dass das Licht des Hafenscheinwerfers seine Züge gerade in den Schatten tauchte.

»Die Warnleuchte dort hinten«, brüllte er Paul ins Gesicht, um sich über das Rauschen des Regens und das Tosen der Brandung hinweg verständlich zu machen. »Wenn Sie sich beeilen, schaffen Sie es noch.«

Vage sah Paul weiter vorn die Bordwand eines Schiffs ins Dunkel ragen, die Taue, die den Stahlkoloss hielten. Er begann, auf das Licht zuzuhasten. Die Tropfen klatschten mit einer solchen Wucht auf den Betonboden, dass das Pfützenwasser zentimeterweit in die Höhe flog. Waren das zwei Männer dort oben?

»Stopp! Halt!« Paul schrie. »Ich muss noch mit. Paul Greenblatt!«

Die beiden Schattenrisse schauten von der Bordwand zu ihm herab. Statt einer Antwort vernahm Paul ein Knirschen, mit dem sich die stählerne Gangway, die sich bereits zu heben begonnen hatte, zurück auf die Kaimauer senkte. Eilig betrat er die Brücke und umklammerte das eiskalte Drahtseil, das als Geländer diente. Unter sich hörte er die Wellen schwappen. Die Gangway federte unter seinen Tritten, dann hatte er das Schiffsdeck erreicht. Ein wenig benommen von dem ungewohnten Schwanken des Bodens wandte er sich um und sah, dass sich die Fähre bereits von der Kaimauer gelöst hatte. Dumpf konnte er den Motor im Inneren des Schiffsrumpfs arbeiten hören. Er wischte sich mit der Hand über die Augen – aber die Warnleuchte, die ihn zu der Fähre gelotst hatte, war von den umherwirbelnden Tropfen schon verschluckt.

»Mr. Greenblatt, Paul Greenblatt?«

Er drehte sich um. Sie trug einen gewaltigen schwarzen Regenschirm, und ihr Gesicht wurde von dem gelben Licht, das durch das Fenster aus dem Inneren des Schiffs fiel, dreieckig aus dem Dunkel geschnitten.

»Ja?«

»Schön, dass Sie es noch geschafft haben. Constance Parker, wir haben telefoniert.«

»Constance, wunderbar.« Er holte Luft.

»Kommen Sie, Paul, die anderen haben drinnen schon Platz genommen.« Sie nickte zu den Fensterscheiben, hinter denen der Passagierraum der Fähre zu erkennen war. Eine Handvoll Männer und Frauen saßen in den Sitzreihen. Constance zog die schwere Glastür auf, die in die Kabine führte.

»... krank gespritzt, zum Teil mit konzentrierter Schwefelsäure, zum Teil mit bestimmten Laugen, die er unter die Haut injiziert hat.«

Das künstliche Licht, das in der Kabine herrschte, passte zu der lauwarmen Luft. An der Stirnseite des Raums stand eine vielleicht vierzigjährige Frau zwischen einem Pult und einer Anzeigetafel und zeigte auf ein Bild, das von einem Beamer an die Tafel geworfen wurde.

»Nehmen Sie Platz, Paul«, flüsterte Constance neben ihm, »wir sprechen nachher.«

»Eine Zeit lang hat er sich auf die Handrücken konzentriert«, hörte Paul die Frau vorne weitersprechen, »es scheint ihn interessiert zu haben, wie das Gewebe auf die Säure reagiert.«

Er ließ sich auf einen Sitz gleich beim Gang fallen.

»Später dann hat Bohner sich auf Regionen am Bauch, an den Waden und am Gesäß konzentriert.« Die Stimme der Frau war hell und klar. »Wir haben relativ gute Kenntnis davon, wie er die Injektionen durchgeführt hat, in welcher Reihenfolge, in welchen Abständen, all das konnte post mortem rekonstruiert werden. Was genau Bohner jedoch dazu gebracht hat, welches Bedürfnis … wenn ich das so sagen darf … er damit befriedigen wollte, ist weniger einfach zu beantworten.«

Paul nahm die Brille ab, zog einen Zipfel seines Hemds aus der Hose und begann, sie zu putzen. Er hörte ein leises Klicken, mit dem die Frau das nächste Beamerbild aufrief.

»Wir haben auch Erkenntnisse über Verätzungen am Kopf, am Gesicht, innerhalb der Mundhöhle …«

Paul setzte die Brille wieder auf. Sein Blick tastete sich zum neuen Bild auf der Anzeigetafel vor. Er fühlte, wie sich sein Bauch nach innen wölbte.

»… wichtig gewesen zu sein, dass die Opfer noch lebten, deshalb das Adrenalin«, fuhr die Frau fort. »Zugleich aber hatte er es offenbar darauf abgesehen, seine Opfer sozusagen dicht an die Grenze zum Tod heranzuführen. Zum einen mit den Verätzungen und Injektionen, zum anderen aber auch, indem er Flüssigkeiten aus Tierkadavern entnommen und ihnen verabreicht hat. Und dies offenbar aus keinem anderen Grund, als um sie … in gewisser Weise krank zu machen.«

Wieder das Klicken, und ein neuer Ausschnitt kam ins Bild. Eine Wunde, winzig, fast nur ein Stich. Rings um den Einstich herum war die Haut allerdings rötlich verfärbt.

Eine Entzündung, ging es Paul durch den Kopf, *die Wunde hat sich entzündet.*

»Auch Bohners Experimente mit Fischeiern, die er in den letzten Monaten vor seiner Festnahme durchgeführt hat, lassen sich im Grunde nicht anders erklären.« Die Frau wandte sich von ihren Zuhörern ab und sah zu dem Lichtbild. »Hier sehen Sie eine Öffnung, die er geschnitten hat, um Fischeier in die Bauchhöhle einer Frau einzuführen. Auch diese … Maßnahme lässt sich nicht anders erklären, als dass er … verkürzt ausgedrückt: seine Opfer so lange wie möglich am Rand des Todes halten wollte. Es ging ihm darum, dass sich lebende Organismen, also auch Menschen, offenbar unterschiedlich *weit weg* von dieser Grenze zum Tod aufhalten können. Sie können dem Tod unterschiedlich *nah sein.* Dieser Aspekt muss Bohner sehr wichtig gewesen sein. Ja, wir hatten sogar den Eindruck, dass er so etwas wie eine sexuelle Erregung aus dieser Nähe zum Tod ziehen würde. Also dass er – anders ausgedrückt – praktisch versuchen würde, den Tod so nah wie möglich *heranzuholen,* um sich dann, wenn sein Opfer …«, damit wandte sie sich wieder ihrem Publikum zu und machte mit Zeige- und Mittelfinger Anführungszeichen in der Luft, »›flirrte‹ – wie das in dem Zusammenhang von anderen Patienten mit vergleichbaren Obsessionen auch genannt wird – um sich also dann, wenn sein Opfer ›flirrte‹, mit ihm zu vereinigen. Das heißt, sexuell mit ihm in dem Moment zu interagieren, in dem das Opfer am Rand des Todes schwebte.«

Sie schwieg einen Moment lang, und Paul sah ihren Blick nachdenklich über die Anwesenden schweifen.

»Dieser Moment der Vereinigung ist sozusagen das Herz oder der Fluchtpunkt von Jeff Bohners Gedanken- und Fantasiewelt«, fuhr sie schließlich fort. »Er wollte seine Opfer sexuell besitzen, während sie gleichsam den Abhang zum Tod hinunterglitten. Deshalb achtete er penibel darauf, den Exitus so lange wie möglich hinauszuzögern. Fast, als wollte er den Eintritt des Todes mit seinem eigenen Höhepunkt *synchronisieren.* Als wollte er das Opfer mit dem Tod zugleich penetrieren – als wollte er den Tod selbst, wenn wir uns den Tod einmal als eine Gestalt vorstellen, die vom Opfer im Moment des Sterbens Besitz ergreift, als wollte er diese Todesgestalt also selbst sexuell *durchdringen.*«

Pauls Blick war noch immer auf das Bild von der entzündeten Wunde gerichtet. Er hatte den Eindruck, sein Gesicht würde sich ein wenig taub anfühlen. Als wäre eine zweite Haut darüber genäht. Als würden die Nervenenden nicht mehr ganz bis an die äußerste Schicht heranreichen.

»Entschuldigung«, hörte er seine Stimme wie von außen, »könnten Sie vielleicht – die Aufnahme …«

»Ja?« Die Frau vorne am Pult schaute zu ihm herüber.

»Könnten Sie vielleicht die Aufnahme von der Tafel nehmen? Sie ist sehr beunruhigend.«

Ein paar der anderen Zuhörer hatten sich zu ihm umgedreht.

War es das Schlingern der Fähre? Das Schiff rollte und stampfte, dass es Paul vorkam, als würde sein Magen schweben. Er hörte, wie die Frau weitersprach, achtete aber nicht länger darauf. Umklammerte seinen noch immer nassen Rucksack, erhob sich und wandte sich zur Tür. Schritt auf leicht unsicheren Beinen zum Ausgang, zog die schwere Glastür auf und gelangte ins Freie. Lehnte an der Reling und sog in tiefen Zügen die kühle Nachtluft ein.

»Alles in Ordnung, Paul? Geht es Ihnen nicht gut?«

Er blinzelte. Constance beugte sich neben ihm über das Geländer.

»Nein, alles okay, danke …«

»Die Bilder sind krass, ich weiß.« Sie sah ihn mitfühlend an. »Ich habe schon mit Kate gesprochen und ihr gleich gesagt, dass nicht alle solche Details sehen wollen. Aber sie ist der Ansicht, dass es falsch wäre, irgendetwas zu beschönigen.«

Paul rieb sich mit der flachen Hand über den Mund und sah in die Tiefe. Unter ihnen schäumte schwarz und glitzernd die Gischt, die der Schiffsrumpf aufpflügte.

»Kate war an den Ermittlungen damals beteiligt, wissen Sie? Kate Myerson. Wir dachten, es könnte interessant sein, die Hintergrundinformationen, über die sie verfügt, in einer Art Vortrag aufzubereiten.«

»Ja … klar.« Die Reling drückte sich sanft in Pauls Bauch, als das Schiff zur Seite schwankte.

»Sie müsste bald damit durch sein, dann wird Beth noch ein paar Worte sagen, Beth Hoffman. Sie kennen sie?«

Fischeier in die Bauchhöhle, in die Bauchhöhle einführen …

»Hoffman? Ja … aber nicht persönlich, ich habe nur den Namen schon mal gehört.«

»Beth hat vor zwei Jahren einen Band veröffentlicht, in dem sie sich mit verschiedenen Tätern aus den Siebziger- und Achtzigerjahren beschäftigt, aber auch mit Bohner. Beth hat uns beim Aufbau des Parks sehr geholfen, und wir haben sie gebeten, Bohner in eine Art historischen Kontext einzuordnen. Sie hat auch Bildmaterial dabei, aber ich glaube –«

»Wirklich, Constance, ich komme gleich wieder rein, machen Sie sich um mich keine Sorgen.« Paul sah in ihre dunkelbraunen Augen. »Mir geht es gut.« Er atmete aus. Die frische Meeresluft hatte ihn wieder belebt. In der Kabine war es so stickig gewesen, dass ihm flau geworden war, jetzt aber fühlte er sich schon viel besser.

»Okay.« Sie lächelte. »Wir müssten auch gleich da sein. Zwanzig Minuten vielleicht noch.«

Er nickte, und sie wandte sich ab, um in die Kabine zurückzukehren.

Pauls Blick fiel auf seinen Rucksack, den er zu seinen Füßen abgestellt hatte. Er hob ihn hoch, stellte ihn auf das Geländer und zog den Reißverschluss auf. Neben Wechselkleidung befand sich eine Mappe darin, die er jetzt hervorholte und aufschlug. Mehrere zusammengeheftete Textseiten lagen darin, großformatige Hochglanzfotos, ein Lageplan, selbst ein Kugelschreiber gehörte dazu.

Eine Pressemappe mit Informationsmaterial, die ihm Constance vorab zugeschickt hatte.

»*Murder Park.*«

Das Logo war auf allen Papieren und auch auf dem Kugelschreiber gut zu erkennen.

»*Ihr Killer-Wochenende*« stand darunter. Offenbar handelte es sich dabei um so etwas wie die Werbezeile, die zu dem Logo gehörte.

Paul blätterte durch die Seiten, die sich in der Mappe befanden. Unter dem Einwilligungsformular, von dem er eine Kopie hatte unterschreiben müssen, um den Veranstalter von allen Haftungsansprüchen freizustellen, war eine kleine Begrüßungsansprache abgeheftet. Er überflog die Zeilen und sprang ans Ende des Grußworts.

»Ihr Rupert Levin« war es unterschrieben.

Paul blätterte die Seite um. Eine glänzende Farbaufnahme kam dahinter zum Vorschein, die Aufnahme einer Insel im Sonnenschein. Eine schroffe Küste unter strahlend blauem Himmel.

Er bemerkte, dass seine Hand, mit der er die Mappe festhielt, ein wenig zitterte. Das Bild der Insel im Sonnenschein verschwamm vor seinen Augen. Unwillkürlich fuhr Pauls freie Hand an seine Stirn, und ein Schauder durchlief seine Schultern.

»*Paul, nicht!*« Er konnte sie ganz deutlich hören. »*Bleib in dem Zimmer, Paul! Um Gottes willen – NICHT!*«

Video-Interview 2 von 12

Skorpion

Name:	**Constance Parker**
Alter:	**35 Jahre**
Beruf:	**Pressesprecherin**

Sheldon: Erinnern Sie sich an Ihren ersten Aufenthalt auf der Insel, Constance? Ich frage das, weil es für uns besonders wichtig ist. Wie hieß die Insel damals?

Constance: Zodiac Island. Das war ja nicht zu übersehen … Der ganze Park, damals war es eher ein Jahrmarkt, ein Freizeitpark … der ganze Park war nach den zwölf Tierkreiszeichen gegliedert. Sie wissen schon, Skorpion, Waage, Fische und so weiter. Sie hatten sogar ein Gehege mit einem richtigen Löwen auf dem Gelände! Ich weiß noch, wie ich den Skorpion gesehen habe, den hatten sie aus Neonröhren geschmiedet; ein grell orange leuchtender Skorpion, der sich an einem Gestell hoch über der südlichen Inselhälfte erhob. Wir konnten ihn durch die dunstige Abendluft leuchten sehen, als wir uns mit der Fähre der Insel genähert haben. Ich habe die Hand meiner Mutter ergriffen und sie gedrückt, nichts gesagt, das weiß ich noch, einfach nur ihre Hand gedrückt und gespürt, wie sie hinter mir stand und ebenfalls zu dem Skorpion hinübergesehen hat.

Sheldon: Wie alt waren Sie da?

Constance: Es war mein sechzehnter Geburtstag. Ich hatte mir gewünscht, dass wir nach *Zodiac Island* fuhren; eine Freundin hatte mir in der Schule von der Insel erzählt. Das hat mich damals besonders angesprochen, dass es um die Sternzeichen ging. Die ganze Insel im Zeichen der Sterne, das fand ich … romantisch, oder … ich weiß nicht … geheimnisvoll? Ich glaubte ja nicht an Horoskope und den ganzen Unsinn, habe ich nie getan, glaube ich auch heute nicht, das war in meiner Familie auch gar kein Thema. Aber ich mochte die Sternzeichen, ich mochte die kleinen Bildchen, mit denen die zwölf Zeichen dargestellt werden, ich mochte, wie verschieden sie sind, dass es menschliche und tierische Symbole gibt, und ich mochte … ja, vielleicht war es vor allem das: Ich mochte es, wie durch diese einfachen Zeichen unser Schicksal an die Sterne geknüpft wird. Es war, als würde plötzlich ein Zusammenhang entschleiert werden, wissen Sie, zwischen den unendlichen Weiten des Alls über uns und dem Weg, den wir – aber, okay, ich will nicht ins Schwafeln geraten …

Sheldon: Nicht doch, Constance, ich bitte Sie. Das ist sehr schön, wie Sie das sagen: Unser Schicksal und die Weiten des Weltalls, das … Ich kann das gut verstehen …

Constance: Heute würde ich es so nicht mehr ausdrücken, aber damals, wie gesagt, ich war fünfzehn, sechzehn, damals … Es gibt ja so vieles, wenn man ein Kind ist, so vieles, das auf einen einstürmt, das man noch nicht versteht und dem gegenüber man hilflos ist. Aber diese Zeichen, mein Zeichen, der Skorpion, das Gift, die Gefährlichkeit, das konnte ich durchaus verstehen. Zwillinge, Löwe und Steinbock, das ist überschaubar, es ist übersichtlich und doch umfasst es alle Menschen, denn es gibt niemanden, der *kein* Sternzeichen hat. Ich liebte die Vorstellung, in einen Vergnügungspark zu fahren, der ganz im Zeichen der Sterne steht und nach Sternzeichen gegliedert ist. Deshalb habe ich meine Eltern gebeten, zu meinem Geburtstag dorthin zu fahren. Damals konnte man dort ja auch übernachten, es gab die Lodge schon, die heute noch steht, das waren eine Menge Hotelzimmer, und es gab einen großen Campingplatz, den viele Besucher benutzten. Man konnte dort übernachten und so lange in dem Park bleiben, wie man wollte. Mein Vater war mitgekommen, mein Bruder, und meine Mutter natürlich. Ich dachte, es würde der schönste Geburtstag meines Lebens werden – nur dass es dann eher das Gegenteil wurde.

Sheldon: Das ist jetzt zwanzig Jahre her, richtig?

Constance: Ja. Ja, das stimmt.

Sheldon: Und wieso wurde es eher das Gegenteil? Was ist passiert?

Constance: Wissen Sie das nicht?

Sheldon: Wir haben ein bisschen recherchiert, das stimmt schon, natürlich. Und wir haben Sie ausgewählt, Constance, weil Sie in Ihrer Bewerbung erwähnt haben, dass Sie den alten Park einmal besucht haben. Mr. Levin möchte gern so viel wie möglich von der Atmosphäre des alten *Zodiac Island* in den neuen Park hinüberretten. Vielleicht können Sie uns ja dabei behilflich sein, denn Sie waren dort, haben den alten Park selbst erlebt. Aber was genau damals geschehen ist, als Sie auf der Insel waren, das weiß ich nicht.

Constance: Okay …

Sheldon: Sie möchten nicht darüber sprechen?

Constance: Doch, doch schon, nur …

Sheldon: Ja?

Constance: Ich bin mir nicht sicher …

Sheldon: Ich habe es zu Beginn unserer Unterhaltung erwähnt, oder? Alles, was Sie hier sagen, ist streng vertraulich. Sie können vollkommen unbesorgt sein. Es wird den Kreis der Verantwortlichen für das Projekt »*Murder Park*« nicht verlassen. Aber ich hoffe, Sie haben Verständnis dafür, dass wir schon wissen möchten, wen wir in unser Team holen. Wie gesagt, es ist die Position der Pressesprecherin, um die es hier geht. Sie würden sämtliche Kontakte zu den Medien selbstständig verantworten. Wir haben bereits mit einer ganzen Reihe von anderen Bewerbern gesprochen, aber wir denken, dass Sie vielleicht die Geeignete für die Stelle sind, Constance. Also, was halten Sie davon? Möchten Sie mir erzählen, was damals geschehen ist, damals vor zwanzig Jahren?

Constance: Als die Fähre angelegt hat, war es fast dunkel. Können Sie sich das vorstellen? Es war ein Wochenende, die Fähre war voller Familien, die sich auf den Weg zur Insel gemacht hatten. Wir gingen von Bord, und gleich dort, an dem kleinen Hafen, in der kleinen Bucht, in der die Fähre angelegt hat, standen dicht an dicht die ersten Buden. Alles wirkte wie in einen goldgelben Glanz getaucht, der aus den Ständen auf die Hafenpromenade fiel. Die Leute gingen spazieren, und es duftete nach Süßwaren und der frischen Herbstluft. Man hörte verschiedene Musikstile durcheinanderspielen, aus der Ferne das Rattern der Achterbahn, die Stimmen und das Lachen der Menschen. Es war friedlich und wunderschön. Das Plätschern der Brandung mischte sich in die Geräusche, aber Autos hörte man nicht. Nur Menschen, das Meer und die Maschinen, den Drehkreisel, der die Besucher in die Luft schleuderte, dass sie juchzten, das Ploppen an den Schießbuden, das Scheppern der Dosen, die umgeworfen wurden. Ich war ... ganz bange im Herzen, so aufgeregt war ich. Ich hatte die Hand meiner Mutter gar nicht mehr losgelassen und werde nie vergessen, wie wir vier, meine Mutter, mein Vater, ich und mein Bruder, einer neben dem anderen über die breite Straße vom Hafen nach oben stiegen, wo sich über der Anlage mächtig die Lodge erhob, in der mein Vater ein Zimmer für uns gebucht hatte. Der Weg war von den Schuppen und Fahrgeschäften gesäumt, und ich wusste gar nicht, wo ich zuerst hinschauen sollte. Dort zu der Bude, vor der ein Mann mit hohem Hut die Frau ohne Unterleib ankündigte? Zu dem Karussell, auf dem die kleinsten Kinder auf wundervoll glänzenden Holzpferden saßen? Zum Autoscooter, wo die knubbligen Elektrowagen gegeneinanderrauschten und die halbwüchsigen Jungen, Teenager in meinen Alter, mutig auf den Rücksitzen saßen und lachten? Eine Zeit lang gingen wir an allem vorbei, schließlich aber blieb ich vor einer Attraktion doch stehen. Drei Stockwerke hoch hat die düstere Fassade in den schwarzen Himmel über der Insel geragt, von einem Balkon aus beugte sich eine Figur über die vorbeispazierenden Menschen. Bestimmt zwei Meter hoch war die Figur, und sie hatte eine Sichel … oder Sense über die Schulter gelegt. Eine Figur des Todes war das, ich konnte den Totenschädel unter dem groben Tuch erkennen, und die Knochen, die Schulterknochen, die durch den Stoff nach oben standen. Ich weiß nicht genau, was der Grund dafür war, dass ich meine Eltern gebeten habe, gerade dort haltzumachen. War es das Rasseln der Ketten der Figur auf dem Balkon? Der Mond, der riesig und bleich über dem Giebel der Fassade aufgegangen war? Oder hatte ich mitbekommen, dass wir inzwischen fast bei der Lodge angekommen waren und dies die letzte Möglichkeit sein würde, an diesem Tag noch etwas zu unternehmen? Jedenfalls wollte ich noch nicht auf mein Zimmer, wollte ich noch nicht ins Hotel, sondern die Insel erkunden, die Menschen sehen, die durch die Gassen flanierten, die süße Abendluft einatmen. Also habe ich mich zu meinem Vater gedreht und zu der Geisterbahn genickt, vor der wir stehen geblieben waren. »O bitte, Papa, können wir nicht eine Runde fahren? Es dauert sicher nicht lange.« Und der Tod hat in seinem schwarzen Tuch über mir gestanden, das Knochengesicht nach unten gewandt und auf uns herabgestarrt.

Sheldon: Ihr Vater war einverstanden? Sie haben die Fahrt gemacht?

Constance: Ja, das haben wir. Es gab keine Schlange an der Kasse, und wir bekamen sofort einen Wagen, kaum dass mein Vater den Eintritt bezahlt hatte. Das Gefährt kam auf den Schienen herangerollt, ein Mann half uns hinein, und schon ging es los. Ich weiß noch, wie ich so etwas wie einen Stich im Herzen gespürt habe, als der Wagen ins Innere des Schlosses tauchte. Die Fassade der Geisterbahn? Sie war einem Spukschloss nachgebildet, mit Ritterrüstungen, Spinnweben und grausigen Folterinstrumenten. So hatte es von außen ausgesehen. Innen aber war es schlagartig stockdunkel. Plötzlich war ein Schrei zu hören – und ein greller Lichtblitz blendete mich. Ich hatte neben meinem Vater Platz genommen und habe mich unwillkürlich an ihn gepresst. Sind Sie schon mal mit einer Geisterbahn gefahren? Riesig kam mir die Fratze eines … ich weiß gar nicht, was das sein sollte … ein Zombie vielleicht, ein Gesicht, von dem die Fleischfetzen herunterhingen? Es kam dicht heran, unser Wagen schoss darauf zu, das Licht blitzte, flackerte, sodass man die Bewegungen dieses Gesichts nur in abgerissenen Sprüngen vor sich sah, dann ein Lufthauch, ein Knall – und schon waren wir drunter durch, der Wagen rumpelte und fuhr weiter. ›Stopp‹, wollte ich rufen, ›Moment, nicht so schnell, kann ich es mir vielleicht noch mal überlegen, ich bin mir – ICH BIN MIR NICHT SICHER, es ist alles viel zu plötzlich.‹ Hinter mir saßen mein Bruder und meine Mutter, aber ich hörte nichts mehr von ihnen, war wie umhüllt von den Lauten in dem schwarzen Tunnel und starrte wie hypnotisiert in die Dunkelheit vor mir, in die Dunkelheit, in die wir hineinrasten.

Sheldon: [nickt]

Constance: Ja.

Sheldon: Möchten Sie einen Schluck Wasser, Constance? Meine Assistentin hat uns extra die Karaffe hier hingestellt.

Constance: Danke, ja, das ... das ist gut.

Sheldon: Was geschah dann?

Constance: »*Halloweenland*« hieß die Geisterbahn, und sie hatte wirklich schrille Effekte. Es gab jede Menge Pappmascheenasen, Blitze und Luftwirbel. Es gab lebendige Erschrecker und scharfe Kurven, in die unser Wagen bog. Das alles ... es war ... ein Budenzauber, wissen Sie. Ich klammerte mich an meinen Papa, er hatte den Arm um mich gelegt, und nach den ersten Sekunden, in denen ich ziemlich überrumpelt gewesen war, begann ich Gefallen daran zu finden. Mir konnte ja nichts passieren. Ich wusste doch, ich war sicher! Ich brauchte mich bloß hindurchfahren zu lassen! Aber dann blieb unser Wagen plötzlich stehen. Und das war der Moment, in dem ich begriff, dass etwas nicht in Ordnung war. Dass die Sicherheit, auf die ich eben noch geglaubt hatte, mich ganz verlassen zu können, dass es diese Sicherheit gar nicht gab.

Sheldon: Dachten Sie nicht, dass das Stehenbleiben des Wagens zu den Effekten dazugehören könnte?

Constance: Im ersten Moment schon. Aber dann ... Wir saßen im Dunkeln und hörten die Stimmen der anderen Besucher. Kaum waren die Wagen stehen geblieben, hatten die Blitze und die Soundeffekte aufgehört. Man konnte sofort spüren, dass irgendetwas nicht stimmte. Aber es ging kein Licht an oder so etwas. Es blieb stockdunkel. Und auf einmal – das werde ich nicht vergessen – war über ein Lautsprechersystem eine Stimme zu hören. »Liebe Gäste, wir bitten Sie, Ruhe zu bewahren. Ein Mann ist in den Tunneln, wir klären die Situation, gleich geht es weiter.« ›Ein Mann ist in den Tunneln‹. Ich sah zu meinem Vater auf, aber ich konnte sein Gesicht in der Dunkelheit ja nicht erkennen. ›Ein Mann ist in den Tunneln‹. Ich konnte diesen Mann förmlich vor mir sehen. Wie er über die Gleise stieg, zwischen den Wagen vorüberhuschte, sich hinter den Wachspuppen mit dem Kunstblut versteckte. Ich sah nach vorn, kniff die Augen zusammen. Dort? Der Schatten im Schatten? »Okay, hier spricht der Security Manager«, kam die Stimme wieder durch die Lautsprecher, »wir müssen Sie bitten, sich bereitzuhalten, die Fahrt kann nicht fortgesetzt werden.« Ich hörte andere Besucher aufstöhnen, aber es blieb dunkel, ganz dunkel und heiß. »Wir werden Mitarbeiter mit Taschenlampen in die Tunnel zu Ihnen schicken«, sagte der Manager, »verlassen Sie Ihren Wagen erst, wenn eines unserer Teammitglieder Sie erreicht hat. Sie werden dann nach draußen begleitet.«

Sheldon: Ja, ich glaube, davon habe ich bereits gehört. Es war der Freitagabend, richtig? Der Freitag vor der Schließung des Parks.

Constance: Können Sie sich vorstellen, wie unangenehm das war! Es war stockfinster. Mein Vater meinte, es wäre sinnlos zu warten, bis jemand beim Wagen wäre. Wir wussten, dass ein Mann in den Tunneln war – waren wir da in unserem Wagen sicher? Man konnte nicht einmal sehen, wie weit es bis zum Fußboden war. Zu welchem Fußboden? Wo verliefen die Gleise, gab es eine Art Bürgersteig, einen Gehweg? Die Elektrik schien auch nicht ganz abgeschaltet zu sein, denn man konnte es summen hören, wie unter einer Hochspannungsleitung vielleicht. Gab es eine Stromschiene, auf die man nicht treten durfte? Durch die Dunkelheit hörten wir, dass auch die anderen Leute in ihren Wagen nicht darauf warten wollten, was weiter geschah, sondern nur noch so schnell wie möglich raus aus dieser Bahn, raus aus dieser entsetzlichen Finsternis. Also ließ ich mir von meinem Vater aus dem Wagen helfen und gab selbst meiner Mutter die Hand, damit sie hinausklettern konnte. Zuerst haben wir eine Schlange gebildet, mit meinem Vater an der Spitze, meinem Bruder am Ende, und haben uns vorwärtsgetastet. Aber dann wurde es so schwierig, das Gleichgewicht zu halten, dass wir uns losließen und nur darauf achteten, uns nicht zu weit voneinander zu entfernen. Vor allem aber ging mir eins im Kopf herum: Was hatte die Stimme, der *Halloweenland*-Manager, eben gesagt? ›… in den Tunneln.‹ DEN Tunneln. Gab es nicht nur EINEN Tunnel, durch den die Wagen fuhren, einer nach dem anderen, bis sie wieder nach draußen kamen – sondern mehrere?

Sheldon: Wie lange haben Sie gebraucht, bis Sie den Ausgang gefunden haben?

Constance: Ja …

Sheldon: Ja?

Constance: Es hat länger gedauert, als ich mir gewünscht hätte. Ich – hatte versucht, bei den anderen zu bleiben, aber … Es gab einen kurzen Moment der Irritation, als wir ein Geräusch hinter uns hörten, das klang, als würde sich ein Wagen in Bewegung gesetzt haben und auf uns zurumpeln. Ich sprang zur Seite, da ich den Eindruck hatte, gerade auf den Gleisen zu laufen und keinesfalls von so einem Eisengefährt gerammt werden wollte. Das Rumpeln entfernte sich rasch wieder, womöglich war der Wagen kurz hinter uns in einen anderen Abzweig geleitet worden. Ich stolperte also weiter, doch dann fiel mir auf, dass ich die Schritte meiner Eltern und meines Bruders nicht mehr neben mir hörte. Und als ich nach ihnen rief, als ich um mich herumgriff und nach einem Halt tastete, wusste ich, dass ich mich verlaufen hatte.

Sheldon: Sie haben sich in der Geisterbahn verirrt?

Constance: Als ich nach ihnen rief, kamen Antworten aus allen Richtungen, die mich noch mehr verwirrten, also bin ich still geblieben und habe versucht, den Weg auf eigene Faust zu finden.

Sheldon: Nicht einfach. Ich habe mir mal einen Grundriss des alten *Halloweenland* angesehen, das war ein sehr aufwendiger Parcours, diese ganze Anlage … Ich habe nie genau verstanden, nach welchem Schema entschieden wurde, welchen Weg die einzelnen Wagen genommen haben.

Constance: Das war mir in dem Moment vollkommen egal! Es war dunkel, ich hatte meine Eltern und meinen Bruder verloren – und es war ein Mann in den Tunneln. Das hämmerte wieder und wieder in meinem Kopf. Ein Mann in den Tunneln – dort? Spürte ich seinen Atem im Gesicht? Seine Hand an meinen Rücken? Auf dem Schenkel? Auf dem Boden schienen sich die Schienen zu winden wie Schlangen, und die Wände um mich herum wirkten feucht und klebrig. Aber ich hatte keine Wahl. Ich wusste, dass ich so schnell wie möglich aus der Bahn herausmusste. Was hatten sie denn vor, wenn erst einmal alle Gäste draußen waren? Würden sie sie verriegeln? Mich einsperren? Das machte mir Angst – und ich rannte, stolperte, stürzte, riss mir das Knie auf, stemmte mich hoch, hastete vorwärts, stieß mir den Kopf, fuhr herum, prallte gegen eine Wand, drehte mich zur anderen Seite, fand einen Durchgang, hetzte weiter. Bis ich plötzlich bemerkte, dass so etwas wie ein milchiger Schimmer in das Dunkel zu sickern begonnen hatte. Ich ging auf den Schimmer zu und sah, dass er aus einem Schlitz in der Wand dicht über dem Fußboden drang. Ich kniete mich hin und legte den Kopf auf die Seite, um durch den Schlitz hindurchzuspähen. Dahinter öffnete sich ein Raum voller Scheiben und Spiegel, der ganz in ein trübes, dämmriges Licht getaucht war. Es waren keine Wachsfiguren, keine Pappmascheemasken mehr, die in dem Schimmer dort schwammen, es waren nicht mehr die ruckartigen Stakkato-Verschiebungen von Puppen und Maschinen, die in dem Raum zu sehen waren, sondern langsamere Bewegungen, fließendere, lebendigere –

fast tierische. Und es war ... zu hören, dass sie glitten, rutschten, stöhnten.

Sheldon: Wer?

Constance: Die Männer ... und Frauen, die sich dort in den Ecken drängten.

Sheldon: Ich weiß, was das war! Spiegel, sagten Sie? Und Sie haben wirklich nicht gesehen, was ... was für Gestalten das waren, die sich dort ... aufhielten?

Constance: Es war dämmrig, die Menschen waren zum Teil hinter Vorsprüngen verborgen. Aber eine Gestalt habe ich doch gesehen ... mehr einen Schatten als einen Mann, ein Schatten mit einem ... Umhang? Er trug ein langes schwarzes Cape und eine Gummimaske mit spitzen Ohren auf dem Kopf. Der Typ hatte sich als Batman ... als Superheld verkleidet!

Sheldon: Ja, natürlich, das war ein inoffizieller Teilbereich der Geisterbahn, Circle Room wurde der genannt, weil er kreisrund war – kreisrund und mit Spiegeln ausstaffiert. Ganz *Zodiac Island* war Family Entertainment, aber es ging dem Park finanziell am Ende nicht sehr gut. Deshalb hat sich das Management, das weiß man heute, entschlossen, diesen Circle Room einzurichten. Aber man hat das nicht an die große Glocke gehängt, es sollten nicht alle erfahren, sich nur unter denen herumsprechen, die dafür infrage kamen. Hauptsächlich Familienväter, die während ihres Familienurlaubs sozusagen noch extra was erleben wollten. Für sie hatten sie dieses Spiegellabyrinth eingerichtet. Catwoman? Superman? Spiderman? Kein Problem! Suchen Sie es sich aus! Wollen Sie Sex mit Marilyn Monroe haben? Mit Captain America? Als Captain America? Mit Chewbacca? Es war ... im Prinzip alles möglich. Wobei die Frauen in dem Raum fast alle Callgirls waren. Und Sie haben dort durch diesen Schlitz geschaut?

Constance: Ich war so überrascht, dass ich mich erst gar nicht davon lösen konnte. Die Menschen auf der anderen Seite des Durchgucks hatten von dem, was in der Geisterbahn los war, anscheinend gar nichts mitbekommen. Sie waren vollkommen mit sich beschäftigt. Und wenn so ein Mangagirl mit Mausohren in Schuluniform einen Hulk zum Grunzen bringt ... dann versinkt offenbar alles andere um sie herum. Es war Herbst, aber noch warm, und die Hitze des ganzen Tages hatte sich in der Anlage gestaut. Ich kniete dort auf dem Boden, meine Hände waren nass von Schweiß, er rann mir an den Seiten hinunter. Ich spürte, wie die Aufregung mein Herz voranrattern ließ, spürte, wie ich nach Luft rang – und fühlte plötzlich, dass ich nicht mehr allein war. Aber in dem Augenblick, in dem ich herumfahren wollte, pressten zwei Hände meine Schultern nach unten. Etwas drängte sich von hinten an mich. Ich riss den Mund auf, um zu schreien, da rutschte eine Hand über meine schweißnasse Wange nach vorn, schob sich auf meinen Mund, und ich fühlte, wie sich der harte Körper eines Mannes auf meinen Rücken legte. Wie die Hand, die aus Stahl zusammengeschraubt zu sein schien, meine Lippen verschloss. Gleichzeitig flackerte es in dem Raum, den ich durch den Schlitz hindurch ja vor Augen hatte, es blitzte, surrte und summte – und mit einem Mal ergoss sich der weiße, fahle Schein von drei oder vier Neonröhren, die an die Decke geschraubt waren, in die Höhle vor mir und tauchte die Batmans, die Marilyns, die Monster und Gestalten, die sich dort miteinander vergnügten, in unbarmherziges Licht. Schminke, Plastik, Gummimasken, Nylonumhänge, Bäuche unter billigen Spidermankostümen, Falten unter verschwitzten Perücken. Es waren zwei Angestellte der Park-Security, die in der Höhle aufgetaucht waren und das Neonlicht angestellt hatten. An ihren dunkelblauen Uniformen waren sie unschwer zu erkennen, und sie schienen zu wissen, was dort in dem Raum vor sich ging.

Sheldon: Natürlich, die Parkleitung wusste über den Circle Room Bescheid. Wenn allerdings die ganze Geisterbahn geräumt werden musste, konnten sie beim Circle Room keine Ausnahme machen. Die Security Leute haben den Circle Room also … was? Evakuiert?

Constance: So sah es aus. Sie haben die Menschen dort nach draußen geschickt –

Sheldon: Aber … der Mann, der sich an Sie gedrängt hat – wer war das?

Constance: In dem Moment wusste ich das nicht, und doch … das habe ich sofort gedacht: Das ist er. Der Mann, von dem der Security Manager gesprochen hatte – der Mann in den Tunneln.

Sheldon: Er war bei Ihnen, während die Security auf der anderen Seite des Schlitzes den Circle Room geräumt hat!

Constance: Ich konnte nicht schreien, weil er mir den Mund zuhielt – sollte ich versuchen, ihm auf die Finger zu beißen? Oder würde er mir dann die Luft abdrücken? Ich spürte doch, wie kräftig er war! Tausend Dinge schossen mir durch den Kopf. Was würde man meinen Eltern sagen? Dass ich vor diesem Schlitz gekniet und in diese Höhle gestarrt hatte? Währenddessen verließen die Menschen den Raum, kurz darauf lag er verlassen da. Das Licht verlosch, und ich konnte fühlen, wie der Mann hinter mir mit einem kräftigen Handgriff den Bund meiner Jeans löste. Er streifte meine Hose zusammen mit dem Slip über meinen Hintern zurück. Ich konnte spüren, wie seine Erregung hinter mir wuchs und ihn immer ungeduldiger, drängender, fordernder machte. Ich war erst sechzehn Jahre alt, aber es war nicht das erste Mal, dass ich … mit einem Jungen, mit einem Mann zusammen war, und … In dem Moment, in dem ich fühlte, wie er in mich eindrang, mich ganz ausfüllte … Es war, als würde etwas in mir aufplatzen, als würde all die Anspannung, die

Verkrampfung, Verhärtung, in die ich mich hineingesteigert hatte, zerschmelzen zu einem heißen Sud, der mich geschmeidig und erregt machte wie noch nie zuvor in meinem Leben. Kaum aber wurde mir bewusst, was da gerade geschah, löste sich der Mann, der mich ganz in Besitz genommen hatte, wieder von mir, zog sich zurück, streifte mich fast von sich. Ich fühlte, wie ein Luftzug über mein entblößtes Gesäß strich, wie der Gang, in dem ich hockte, sich leerte – wie er mich zurückließ und in der Dunkelheit in einem der Tunnel verschwand. Während der ganzen ebenso heftigen wie zutiefst verstörenden Begegnung habe ich ihm nicht ins Gesicht sehen können – heute aber weiß ich, dass sie an diesem Tag Jeff Bohners letztes Opfer gefunden haben, dass sie es im *Halloweenland* gefunden haben, und dass der Mann, mit dem ich zusammen gewesen bin, der Mann, der in die Tunnel eingedrungen war und wegen dem sie die Bahn gestoppt hatten – dass dieser Mann Jeff Bohner gewesen sein muss, der ihre Leiche dort abgelegt hat.

2

»Sie müssen verstehen, das sind eine Million – eine Million Besucher pro Jahr auf Alcatraz, der Gefängnisinsel vor San Francisco. Es interessiert die Leute einfach, es ist die Geschichte ihres Landes, aber auch die Geschichte der Menschen. Denn das steht ja ganz außer Frage: Die Geschichte der Kriminalität, der Mörder, der Gangster und Verbrecher, aber auch die Geschichte der Opfer, des Leids und der Verzweiflung – das ist eine Geschichte der Männer und Frauen, die in diesem Land gelebt haben und zum Teil noch immer leben. Es ist nicht die Geschichte der Präsidenten und Generäle, sondern eine Geschichte von unten, und doch eine Vergangenheit, der wir alle in gewisser Weise entwachsen sind.«

Beth Hoffman stand den Sitzreihen gegenüber beim Pult, während sie sprach, und Paul konnte nicht leugnen, dass sie von ihrer Sache überzeugt zu sein schien.

»Wir haben uns bemüht, dieser Historie, den Fakten und Zeugnissen, den Dokumenten und Überlieferungen, Respekt zu zollen. Wir sind nicht etwa leichtfertig, auf die … Showwerte schielend, wenn Sie so wollen – nein, so sind wir nicht an diese Sache herangegangen. Wir haben uns vielmehr intensiv mit den Tätern, ihrer Herkunft, ihrem Umfeld, ihrem Werdegang beschäftigt und dabei überlegt, auf wen wir ein besonderes Augenmerk richten können. Welches Schicksal konnten wir am plastischsten darstellen? Welchen Werdegang am umfassendsten abbilden? Schließlich wurde uns klar, dass es Jeff Bohner war, den wir ins Zentrum unserer Sammlung stellen wollten! Was eignete sich besser als Ort für unser Vorhaben als ein seit Langem leer stehender Vergnügungspark? Was eignete sich besser für den *Murder Park* als *Zodiac Island*, der alte Erlebnispark, der seit zwanzig Jahren geschlossen war und in dem Bohner in den neunziger Jahren gemordet hatte? Als wir begriffen, dass wir die Insel erwerben konnten – umbauen konnten zum *Murder Park* –, hat uns nichts mehr aufhalten können! Das war es. Es war perfekt! Wir würden Jeff Bohner gewissermaßen wieder zum Leben erwecken, wir würden das alte *Zodiac Island*, mit dem ganzen Charme der untergegangenen Spaßwelt, die ihm eigen war, zum *Murder Park* machen, zu einer Welt, in der die Besucher hinabsteigen in die Gedanken, Gefühle, in die Sehnsüchte, Träume und Ängste – ja, auch Ängste! – der Serienmörder. Hinab in die Obsessionen Jeff Bohners, aber auch anderer bekannter Mörder, angefangen mit Jack the Ripper, über Ed Gein, Ted Bundy und den Son of Sam, bis zu jüngeren Tätern, die zum Teil ja noch in den Hochsicherheitstrakten einsitzen und lebendig sind. Ihre Welt heraufbeschwören, dass die Besucher in sie eintauchen können – das war der Plan und ist die Grundidee geblieben.«

»Wo haben Sie denn das Wasser her?«

Paul schaute zur Seite. Er hatte wieder in der Kabine der Fähre Platz genommen, sich zuvor aber noch an der kleinen Theke im Vorraum, an der Erfrischungen ausgeschenkt wurden, eine Mineralwasserflasche besorgt, an der er ab und zu nippte. Das musste der Frau, die zwei Plätze weiter in seiner Sitzreihe saß, aufgefallen sein.

»Gleich links, wenn Sie aus der Kabine herauskommen, im Zwischendeck – oder wie das heißt.« Er lächelte. Sie sah gut aus und hatte sich über den freien Platz zwischen ihnen hinweg in seine Richtung gebeugt.

»Greenblatt, oder? Paul Greenblatt?« Sie verengte die hübschen Augen leicht zu Schlitzen.

Paul nickte. Kannte sie ihn?

»Lizzie Hillstrom, freut mich.« Sie streckte ihm ihre Hand entgegen, und es fühlte sich gut an, als er sie berührte.

»Hi.« Paul ließ ihre Hand los. Sollte er ihr anbieten, dass er ihr was holen könnte?

»Ich mag Ihren Blog, Paul.«

Natürlich. Der Blog. Sie hatte sein Foto dort gesehen. »Danke.« Paul grinste. Seit vier Jahren betrieb er den Blog jetzt, in dem er hin und wieder über einen Mord, eine Gerichtsverhandlung oder eine Ermittlung berichtete. Wenn er die Rechte für einen seiner Zeitungsartikel behalten hatte, brachte er ihn wenig später auch auf seiner Seite. Manchmal schrieb er in dem Blog aber auch exklusiv über einen Fall, wenn der ihm besonders spannend, aufschlussreich oder ungewöhnlich erschien.

»Sie auch, ja?« Er nahm einen Schluck aus seiner Wasserflasche und nickte in ihre Richtung.

»Reporterin? Ja.« Die junge Frau legte einen Ellbogen auf die freie Sitzlehne zwischen ihnen und ließ die Hand hübsch in der Luft baumeln. »Aber *Polizei*reporterin? Nicht nur. Ich berichte über alles Mögliche … alles, was mich interessiert, eigentlich.« Sie warf einen Blick zu den beiden Männern, die schräg vor ihr saßen. »Fürs Fernsehen. Darf ich vorstellen? Tony und Michael, Kamera und Ton.«

Der kräftigere der beiden, dessen massige Schultern direkt vor ihr aufragten, war Paul vorhin schon aufgefallen. Aber es war der schmächtigere Mann, der neben ihm saß, der sich zu Paul umdrehte und eine zierliche Hand nach hinten streckte. Beinahe scheu schaute er Paul aus einem blassen Gesicht unter einem Basecap hervor an. »Michael. Hi. Ich mach den Ton.«

Paul ergriff die Hand und schüttelte sie, bevor er jedoch etwas erwidern konnte, hatte sich der Mann schon wieder nach vorne gedreht.

»Natürlich hatten wir Bauchschmerzen«, drang jetzt Beth Hoffmans Stimme wieder an Pauls Ohr, und er schaute ebenfalls zurück nach vorn. »Können wir die Bilder zeigen, können wir Jeffs … Jeff Bohners Geschichte so in den Mittelpunkt rücken? Was sind wir den Opfern schuldig, den Angehörigen? Sollen wir die Fakten unkenntlich machen, womöglich verfälschen, damit die Bezüge zu real existierenden Personen nicht mehr nachvollziehbar sind?« Sie machte eine Pause, wie um die Zuschauer selbst auf die Antwort kommen zu lassen, fuhr dann aber fort: »Wir haben uns dagegen entschieden. Wir haben beschlossen, die Fakten nicht zu verstecken, sondern im Gegenteil ganz ungeschönt und … nackt … zur Geltung zu bringen. Die Daten, die Tatsachen, so wie es gewesen ist – wirklich gewesen ist. Das aber war nicht zuletzt deshalb möglich, weil wir auf die Unterstützung der Ermittlungsbehörden bauen konnten, allen voran auf die Mitarbeit von Kate Myerson.« Beth sah zu der Frau, die vor ihr gesprochen und inzwischen in der ersten Reihe Platz genommen hatte. »Kate, ich halte es tatsächlich für einen außergewöhnlichen Dienst an der Öffentlichkeit, den Sie und Ihre Vorgesetzten geleistet haben, als Sie beschlossen haben, uns große Teile Ihrer Ermittlungsunterlagen zugänglich zu machen.«

»Okay, Beth?« Ein kleinerer Mann, Paul schätzte ihn auf Anfang fünfzig, der neben Kate gesessen hatte, erhob sich. »Wirklich – vielen Dank. Wir …«, jetzt ließ er den Blick über die Zuhörer schweifen, »wir haben auch ganz gut gespendet. Oder, Kate?«

»Das ist Rupert, Rupert Levin, der das ganze Projekt gestartet hat«, hörte Paul Lizzie neben sich flüstern. Er hatte den Mann auch schon erkannt, ein Foto von Levin war ja beim Grußwort abgedruckt, das sich zwischen den Unterlagen in der Pressemappe befand.

»Nein, Spaß beiseite«, fuhr Levin fort, »Sie werden es ja auch gleich selbst sehen, aber ich finde wirklich, dass wir … meine Mitarbeiter und ich … mit dem *Murder Park* etwas Großartiges geschaffen haben.«

»Ein Museum, habe ich Sie da richtig verstanden?« Es war Lizzie, die sich zu Wort gemeldet hatte und Levin jetzt aufmerksam ansah. »Ein Museum der Verbrechensgeschichte, ist das korrekt?«

Paul hatte den Eindruck, sie würde ihre Frage absichtlich ein wenig kokett klingen lassen.

»Als ich vorhin die Pressemappe durchgesehen habe, dachte ich, dass es noch etwas anderes wäre ... noch etwas mehr als nur ein Museum«, sagte sie, »wenn ich Sie und Beth jetzt aber höre, fürchte ich fast –«

»Nein, Miss ...«, Levin sah kurz zu Constance, und es war ein leises ›Hillstrom‹ zu hören, »... Ms. Hillstrom, Sie haben vollkommen recht, *Murder Park* IST noch etwas anderes, etwas mehr ... viel mehr als nur ein Museum für Verbrechen und Mord. Denken Sie eher an Unterhaltung und Nervenkitzel, an Kribbeln im Bauch, denken Sie eher an – aber gut«, unterbrach er sich, »ich will noch nicht zu viel verraten. Nur so viel: *Murder Park* ist weniger ein Museum als vielmehr eine Art Vergnügungspark, wie Sie es vielleicht von Disneyland her kennen, ein sogenannter *Theme Park,* ein Park, in dem den Menschen ein bestimmtes *Thema* nahegebracht wird. Und welches Thema ist das? Nun, das schon: der Kill. Das ist wahr. Ist das schlecht?« Er entblößte seine Zähne, und Paul konnte den Blick nicht von ihm abwenden. »Ist es nicht! Im Gegenteil. Es ist eine Erfahrung, die Sie Ihr Leben lang nicht vergessen werden! Denn das«, und jetzt hatte Paul das Gefühl, die Züge des irgendwie intensiv wirkenden Mannes dort vorne würden sich noch einmal straffen, »was wir Ihnen in den kommenden drei Tagen präsentieren möchten, ist zwar eine Art Erlebnispark, wie Lego- oder Disneyland vielleicht auch, eines allerdings ist *Murder Park* nicht. Und zwar für Kinder geeignet.«

Er machte eine Pause, und Paul fiel auf, dass tief unter ihnen erneut das Rotieren des Schiffsmotors zu hören war. Für einen Moment sprach niemand, und alle sahen gebannt nach vorn.

»Warum ist unser Park kein Museum?«, fuhr Levin schließlich fort. »Weil es weniger darum geht, etwas zu lernen, als darum, etwas zu erleben. Und was genau man erleben wird, wollen wir Ihnen an diesem Wochenende hautnah vorführen. Oder, Constance?« Er warf seiner Pressefrau, die etwas seitlich von ihm stand, einen Blick zu. »Deshalb haben wir ja auch darauf geachtet, dass Sie alle – ist es nicht so?«

»... dass Sie alle Singles sind, ja!« Constance zeigte ihr strahlendes Lächeln.

»*Singles?*« Paul sah verdutzt zu Lizzie. »Wieso Singles?«

»Sie etwa nicht, Paul?« Lizzies Lippen hatten sich eine Idee weit geöffnet.

Doch ... schon ... aber ...

»Ich glaube, Rupert meint das gar nicht so ernst«, hörte er Lizzie weitersprechen, »wahrscheinlich hat einfach nur keiner von uns seinen Partner dabei.«

»Sind das denn alles Presseleute hier?« Paul ließ den Blick über die Hinterköpfe der anderen Passagiere schweifen. Mehr als ein Dutzend Leute waren es nicht.

»Das müssen Sie Constance fragen.« Lizzie zog den Ellbogen von der Sitzlehne zwischen ihnen wieder zurück. »Aber soweit ich weiß, ist das Projekt zum Teil noch im Bau. Und Levin und seine Mannschaft haben diese Präsentation ins Leben gerufen, um es der Presse, aber auch anderen Leuten, von denen sie sich Unterstützung erhoffen, schon mal vorzustellen.«

»Aber bitte, sehen Sie selbst – wie aufs Stichwort!«, war wieder Levin zu hören. Er blickte zu dem großen Fenster der Kabine, das den Blick über den nächtlichen Ozean freigab. »Wenn Sie sich nach draußen begeben wollen – die Insel ist jetzt in Sichtweite.«

Der Regen vor den Kabinenfenstern sah aus, als würden Silberfäden vom schwarzen Himmel hinabstürzen und sich an dem Glas brechen. Zwischen den Fäden aber, jenseits von ihnen, weit draußen im Meer, war ein tief verschatteter Umriss zu erkennen, so etwas wie ein Berg, der sich aus den Fluten erhob und an dessen Spitze eine Leuchtschrift zu glimmen schien.

Paul erhob sich wie alle anderen auch, bemerkte dann aber, dass Lizzie sitzen geblieben war. »Wollen Sie die Insel nicht sehen, Lizzie?«

»Doch, sicher.« Sie stand ebenfalls auf, blieb jedoch an ihrem Platz stehen und nickte zu dem Pult nach vorn, während die anderen Passagiere die Kabine einer nach dem anderen verließen. »Sehen Sie mal, Constance hat glatt ihre Unterlagen vergessen.«

Unwillkürlich schaute nun auch Paul nach vorn zum Pult. Tatsächlich. Dort war ein Ordner liegen geblieben, obwohl niemand mehr dort stand.

»Kommen Sie, Paul, ich zeig Ihnen was.« Ohne auf die anderen zu achten, schritt Lizzie durch den Gang nach vorn. »Hier, sehen Sie sich das an.«

Paul blickte zu der Glastür. Der letzte Gast verließ gerade die Kabine. Auch Levin und Constance waren bereits auf das Außendeck gegangen. Paul sah zurück zum Pult. Lizzie war über den Ordner gebeugt.

»Was denn?« Er trat neben sie.

»Keine Sorge, es ist nur Pressematerial.« Sie sah kurz zu ihm hoch. Der untere Rand ihrer dünnen Wollmütze reichte ihr fast bis zu den Augen. »Ich kenne Constance, es ist nichts Geheimes, wir können uns das ruhig ansehen.«

Paul blickte auf das Papier, das sie aufgeschlagen hatte. Ein Grundriss war darauf zu erkennen, auf dem ein gutes Dutzend gelbe Post-it-Zettel klebten.

»Es ist die Zimmerverteilung, die Unterbringung in dem Hotel auf der Insel.« Ein winziger Stein an Lizzies Ringfinger reflektierte das Kabinenlicht. »Sehen Sie das hier?« Ihr Finger deutete auf einen der Räume. ›Paul‹ stand auf dem Zettel, der darauf geklebt war. »Ihr Raum hat eine Zwischentür.«

Die Türen in dem Raum mit seinem Namen waren deutlich zu

erkennen. Es gab eine Tür hinaus auf den Flur und eine zum Nebenzimmer. Welcher Name auf dem Zettel stand, der im Nebenzimmer klebte, konnte Paul jedoch nicht mehr lesen, denn als er hinsah, hatte Lizzie den Zettel auch schon abgelöst.

»Was halten Sie davon?« Sie nahm einen anderen Zettel weiter unten vom Grundriss und klebte ihn in das Zimmer neben seinem. ›Lizzie‹ stand auf diesem Zettel, und Paul konnte nicht anders, als ihr einen schnellen Blick zuwerfen.

Da ist eine Zwischentür, Ms. Hillstrom, sind Sie sicher, dass Sie das wollen?

Ihre Augen waren von einem grünlichen Blau mit feinen orangenen Einsprengseln. Sorgfältig strich sie die zwei Post-it-Zettel mit ihrer beiden Namen glatt, die nun nebeneinander klebten.

Paul fiel auf, dass die Haut ihrer Wangen – von der Kälte draußen und der Wärme in der Kabine – fast wirkte wie …

… frisch aus der Verpackung.

Er atmete aus. Hatte er das wirklich gerade gedacht?

»Paul … Lizzie? Wollen Sie nicht die Ankunft draußen sehen?«

Ein wenig überrumpelt blickte Paul auf. Constance kam durch die Kabine auf sie zu. Er spürte, wie Lizzie leicht gegen ihn stieß, als sie vom Pult zurücktrat.

»Ja, du hast recht«, hörte er sie zu der Pressefrau sagen, dann machte sie sich an Constance vorbei auf den Weg zu der Glastür, die aus der Kabine herausführte.

Paul warf der Pressefrau einen Blick zu und sah, wie sie die Unterlagen auf dem Pult zusammenraffte. Offenbar war Constance nichts aufgefallen. Sollte er etwas sagen? Aber warum denn! Wenn irgendjemand etwas gegen den Zimmertausch hatte, konnte man ihn ja jederzeit wieder rückgängig machen. Also nickte er Constance nur beiläufig zu und folgte Lizzie durch die Sitzreihen hindurch ins Freie.

Als er das Außendeck betrat, schnitt ihm die Kälte wie mit

Messern ins Gesicht. Schwarz und schartig war die Silhouette des Eilands zwischen den Regenfäden jetzt deutlich zu erkennen. Wie eine düstere, turmhohe Schildkröte erhob sich die Insel dicht vor ihnen, und das Rauschen der Brandung erfüllte die Luft mit dumpfem Brausen. Ein kalter, kahler Felsen, der tief unten am Meeresboden verankert war und von der salzigen Gischt, den eisigen Regentropfen und dem scharfen Wind umtost wurde wie von fliegenden Nadelspitzen.

Video-Interview 3 von 12

Waage

Name:	**Michael Bach**
Alter:	**38 Jahre**
Beruf:	**Tontechniker**

Sheldon: Sie waren bereits einmal auf der Insel, habe ich recht? Wann war das?

Michael: Letztes Jahr.

Sheldon: Und was haben Sie dort gemacht?

Michael: Wie lange ist das jetzt her, dass sie den Jahrmarkt dort, das *Zodiac Island* – dass sie den Rummel dort zugemacht haben? Zwanzig Jahre, oder? Wir haben einen Bericht über den seit vielen Saisons geschlossenen Vergnügungspark gemacht, das war natürlich eine tolle Kulisse. All die alten Karussells und Fahrgeschäfte, das Riesenrad steht ja heute noch, aber vieles von dem, was sich noch letztes Jahr völlig verrostet und überwuchert dort auf der Insel befand, haben sie inzwischen, soweit ich weiß, abmontiert. Wahrscheinlich, um Platz für dieses neue Projekt zu schaffen. Letztes Jahr war davon noch nichts zu sehen. Wenn man mit der Fähre ankam, konnte man die Schrift schon gleich am kleinen Hafen deutlich lesen: »Willkommen auf *Zodiac Island*«. Überall waren noch die Sternzeichen zu erkennen, diese Tierkreiszeichen. Der Krebs, der Schütze, die

Waage, der Löwe … Es war toll, mir hat es auf Anhieb sehr gut gefallen. Ich bin schon als Kind gern auf Jahrmärkte, in den Zirkus, auf den Rummel gegangen, ich liebte es, diese typische Jahrmarktsmusik zu hören, die aufgeregten Gesichter zu sehen, das Gedrängel, das Jauchzen der Leute … Der ganze Rummel stand noch, als wir letztes Jahr dort ankamen, die Achterbahn, die Karussells, die Fress- und Schießbuden, aber sie lagen da wie im Winterschlaf. Das Lachen der Leute, die Rufe der Mädchen, sie schienen in den Gassen noch nachzuhallen, in den verrosteten Verschlägen, den Gestängen der Maschinen zu hängen, man konnte es sich vielleicht noch vorstellen, aber es kam wie aus weiter Ferne. Ich hatte den Eindruck, die Geräte würden wie riesige Dinosaurier noch ausharren, vielleicht hoffen, dass die Menschen noch einmal zu ihnen zurückkehren würden, und doch schon ahnen, dass sie ausgedient hatten, dass sie nur noch abmontiert werden würden. Hat Rupert denn ein paar von den alten Sachen noch stehen lassen, oder ist jetzt alles weg?

Sheldon: Da müssen sie Beth Hoffman fragen, wenn Sie sie sehen, die weiß das genauer, sie kümmert sich um die Anlage. Aber ich glaube, ein paar von den alten *Zodiac*-Sachen haben es bis in den *Murder Park* geschafft. Die Achterbahn zum Beispiel. Die war schon damals so eine Art Wahrzeichen, oder? Die konnte man von der ganzen Insel aus sehen. Und wenn man die Bahn hinauffuhr, konnte man von der obersten Spitze aus das ganze Eiland überblicken.

Michael: Die Achterbahn stand noch. Sie gehörte zum Wassermann-Bereich, ein riesiger blauer Neon-Wassermann war an dem Gestänge angebracht, natürlich drehte der sich nicht mehr, als ich dort war, aber man konnte sich vorstellen, wie es ausgesehen haben muss, als er geleuchtet hat und immer im Kreis herumlief.

Sheldon: Sie waren mit einem Fernsehteam dort, nicht wahr? Als was?

Michael: Na, als Tonmann, das ist mein Beruf. Ich mache den Ton, nicht die Kamera, ich bin nicht der Journalist, der so einen Bericht zusammensetzt, ich halte nur meine Angel oder das Mikrofon in die Luft und achte darauf, dass es am Ende für jedes Bild, das aufgezeichnet wurde, auch einen vernünftigen Ton gibt. Manche sagen, es sei ein geradezu läppischer Job, den jeder machen könne, aber das stimmt nicht. Die Arbeit ist wichtig, und du musst jede Sekunde voll da sein. Was meinen Sie, was geschieht, wenn du in genau dem entscheidenden Moment nicht aufpasst und keinen Ton aufzeichnest? Sie reißen dir den Kopf ab! Du musst nicht viel machen, nicht hundert Sachen auf einmal, nur eine. Den Ton. Aber umso wichtiger ist es, dass der Ton dann auch wirklich da ist. Das also mache ich, und das habe ich auch getan, als wir letztes Jahr auf diese verfluchte Insel gefahren sind und den Bericht gedreht haben. Es war Winter und wirklich schneidend kalt. Der Wind hat gepfiffen, und man konnte das Blech der alten Rummelgeräte im Wind klappern hören. Was mir aber vor allem in den Knochen gesteckt hat, war die Geschichte – die Geschichte, wegen der wir dort rausgefahren sind. Und die bewirkt hat, dass mir noch einmal kälter wurde, als ich die Insel endlich aus dem Dunst über dem Wasser auftauchen sah.

Sheldon: Welche Geschichte? Ich denke, Sie haben einfach einen malerischen Bericht über den alten Freizeitpark drehen sollen.

Michael: Ja, natürlich, das war die Kulisse. Der ganze Stil der späten Achtziger-, frühen Neunzigerjahre, der im *Zodiac Island* noch zu sehen war. Aber das war nur der Hintergrund, das Setting, die eigentliche Geschichte war etwas anderes.

Sheldon: Und was?

Michael: Was meinen Sie wohl?
Sheldon: Es hatte mit der Schließung des Parks zu tun?
Michael: Natürlich! Das war es doch, auf was es die Redakteurin abgesehen hatte. Bohner! Natürlich wollte sie die Geschichte der Morde erzählen! Insbesondere der dritte, der letzte Mord hat sie interessiert, denn danach wurde der Park ja geschlossen.
Sheldon: Sie sollten vor allem über den letzten Mord berichten?
Michael: Eigentlich über alle drei, aber am interessantesten war der letzte, denn zu dem gab es noch jede Menge Bilder aus den Nachrichtenarchiven. Das war ja gerade der springende Punkt, sozusagen der Kern, auf den sich die Redakteurin konzentriert hat: Dass die ersten beiden Bohner-Morde von der Parkleitung damals vertuscht worden waren. Also, was heißt »vertuscht« … Die Polizei ist natürlich informiert worden, aber der Betrieb von *Zodiac Island* ist nicht eingestellt worden, der Spielbetrieb auf der ganzen Insel, verstehen Sie? Er ist auch nach den ersten beiden Morden aufrechterhalten worden. Und das ist aus heutiger Sicht natürlich sehr heikel gewesen. Ich meine, ich kann es verstehen. Wissen Sie, was für eine enorme Investition das gewesen ist, diesen Freizeitpark aufzubauen? Wie viel Geld da drin gesteckt hat? *Zodiac Island* gab es ja seit den Fünfzigerjahren, aus der Zeit stammte auch noch der ganze Aufbau mit den Sternzeichen und so weiter. Natürlich waren seitdem eine Menge Gäste in dem Park gewesen, immerhin lief er seit fast vierzig Jahren. Es war klar, dass man den Park auf keinen Fall schließen wollte. »Sie ruinieren mich, niemand will hier noch herkommen, wenn bekannt wird, dass es einen Mord gegeben hat.« So oder so ähnlich muss sich der Manager des Parks damals an die Polizei, die Lokalpolitiker gewandt haben. Und sie haben auf ihn gehört! Ich meine, es war ja auch eine gewaltige Touristenattraktion. *Zodiac Island* war nicht der größte, nicht

der neuste, sicherlich auch nicht der schönste Freizeitpark der Ostküste, aber er war nicht schlecht. Es war nicht so, dass die Leute aus dem ganzen Land kamen, um ein paar Stunden Spaß auf der kleinen Insel zu haben, aber aus einem Umkreis von … was weiß ich … hundert Meilen oder so, kamen sie schon. Sie kamen, und das war für die ganze Küstengegend dort ein gutes Geschäft. Wollte man das wegen einer alleinstehenden ermordeten jungen Frau aufgeben, wollte man das riskieren? Natürlich nicht! Also hieß es: »Okay, wir behalten die Einzelheiten erst mal für uns, das ist auch aus ermittlungstaktischen Gründen besser so. Sie machen weiter, lassen den Park weiterlaufen, aber halten Sie die Augen offen!« Und das ist dann auch geschehen. Bis es die zweite Tote gegeben hat. Das war natürlich höchst problematisch, und doch ist es den Leuten vom Park noch einmal gelungen, die Insel weiter offen zu halten. Das müssen Sie sich mal vorstellen! Erst nach der dritten Toten war dann endgültig Schluss. Da half dann nichts mehr. Da mussten sie die Insel dichtmachen, und sie haben sie ja auch nie wieder geöffnet. Das war's dann mit *Zodiac Island*. Das ging aber auch wirklich nicht mehr, denn … die dritte Tote, das dritte Opfer … sie hatten sie in der Geisterbahn gefunden, im *Halloweenland*, so hieß das. Ein Mann war in den Tunneln gesehen worden. Sie haben die Bahn angehalten und die Gäste rausgeholt. Dann haben sie die Tote gefunden. Das ließ sich nun nicht mehr verheimlichen. Die Besucher hatten ja mitbekommen, was geschehen war. Außerdem wurde bekannt, dass es in der Geisterbahn einen inoffiziellen Service für bestimmte, vor allem männliche Besucher gab. Also mussten sie die Insel erst mal für eine Woche sperren, und schließlich ganz. Erst jetzt sprach sich wirklich herum, dass es bereits der dritte Mord war – da wollte dann niemand mehr kommen.

Sheldon: Und was haben Sie da nun Jahre später noch gedreht?

Michael: Na, das Übliche. Insbesondere das *Halloweenland,* das ja noch stand, hatte es der Redakteurin angetan. Wir haben uns den Fundort in der Geisterbahn zeigen lassen, und wir haben das Hotelzimmer gefilmt, in dem die ermordete Frau die Tage, die sie auf der Insel verbracht hatte, gewohnt hat. Der Bericht am Ende war wirklich nicht schlecht. Haben Sie ihn vielleicht mal gesehen, sich irgendwie besorgt und angeschaut?

Sheldon: Ich selbst nicht … vielleicht hat Beth das getan … aber ich wollte es jetzt noch einmal von Ihnen persönlich hören, Michael.

Michael: Wir haben auch mit der Fahnderin gesprochen, die Bohner später dann tatsächlich aufgespürt und festgenommen hat. Kate Myerson hieß sie, das weiß ich noch. Sie hat uns ein wenig auf der Insel herumgeführt und erklärt, wie sie versucht haben, Bohners Wege nachzuvollziehen. Es waren ja insgesamt drei Frauen, die er dort umgebracht hat, und natürlich stellte sich die Frage, warum ausgerechnet auf der Insel? Warum auf *Zodiac Island?* Offensichtlich sprach einiges dafür, dass es ihm um die Kinder ging, die dort waren, er hatte sich ja auf alleinerziehende Mütter spezialisiert … Also »spezialisiert« … wie sich das anhört …

Sheldon: Ja, spezialisiert, ich weiß schon, was Sie meinen.

Michael: Also, auf alleinerziehende Mütter hatte er es offenbar besonders abgesehen, und davon gab's im *Zodiac Island* natürlich einige. Die Frauen haben sich ein nettes Wochenende mit ihrer Tochter oder ihrem Sohn machen wollen. Endlich dem Alltag mal für zwei Tage entfliehen. Sie sind auf die Insel gekommen, wo es Karussells gab, Zuckerwatte, Clowns und nichts als Familien, die ihren Spaß wollten. Heile Welt – so dachten sie. Und ausgerechnet diese Frauen hat Bohner sich ausgeguckt. Allein wenn ich daran denke, wird mir schlecht. Sie waren natürlich besonders verletzlich, verstehen Sie? Oftmals ging es für diese Mütter ja nur darum, dem Sohn oder der Tochter zu zeigen: »Auch wenn dein Papa uns verlassen hat, wir lassen uns davon nicht unterkriegen! Wir haben trotzdem unseren Spaß.« Sie haben sich das was kosten lassen, mit Übernachtung und allem, haben ihren Jungen oder ihr Mädchen schießen lassen und Achterbahn fahren, und dann hat sie irgend so ein Typ an einer Würstchenbude angesprochen, bei all dem Rummel, der Musik, den Lichtern, und sie sind ins Gespräch gekommen. Und wenn sie Pech hatten, war es Bohner. Wie gesagt, ich kann verstehen, dass die Parkleitung das Gelände nach den ersten zwei Morden nicht schließen wollte, weil sie Angst um ihre Existenz hatten. Aber ich kann auch verstehen, dass manche sagen, es war eine Riesenschweinerei. Welche Mutter hätte sich noch in den Park getraut, wenn sie erfahren hätte, was dort bereits zweimal passiert war? Aber so? Keine wusste davon oder ahnte auch nur etwas. Die Mütter kamen. »Sieh nur Bill …«, oder Dan oder wie ihr Sohn oder ihre Tochter nun einmal hieß, »wir machen uns jetzt zwei schöne Tage, nur wir zwei.« Und dann: zack, geraten sie Jeff Bohner in die Fänge, und alles, was dem Jungen oder der Tochter von Mama bleibt, ist ein aufgeschnittener Körper voller Blut.

Sheldon: Warum ausgerechnet *Zodiac Island* – das haben Sie gerade selbst gefragt. Hat Ihnen die Fahnderin dazu etwas sagen können? Alleinerziehende Mütter mit Kindern gibt es schließlich auch in anderen Parks, in den Zoos, am Strand. Warum war Bohner ausgerechnet auf dieser Insel unterwegs – haben Sie darüber auch berichtet?

Michael: Naaaa, ich hatte meine Probleme damit, das zu glauben. Kate Myerson hatte eine Theorie, aber sie meinte auch, das sei nicht sicher. Offensichtlich hatte Bohner noch weitere Morde geplant, aber … Sie haben den Park ja dann zugemacht – und ihn kurz darauf auch geschnappt. Da war es aus für ihn. Aufgrund seiner ersten drei Morde allein, so meinte Kate jedenfalls, ließe sich aber nicht wirklich entscheiden, ob diese Theorie zutreffe oder nicht.

Sheldon: Welche Theorie?

Michael: Eine Theorie, die sich um die Sternzeichen der Opfer gedreht hat, okay? Kate meinte, dass Bohners drei Opfer ... dass diese drei Frauen unterschiedliche Sternzeichen gehabt haben. Die erste war Skorpion, die zweite hatte das Sternbild Fische, die dritte Stier. Und es war *Zodiac Island*, wo alle drei von Bohner ermordet wurden. Deshalb habe sich die Frage gestellt, ob es ihm bei den Morden womöglich um diese Sternzeichen gegangen sei. Immerhin stand ja die ganze Insel im Zeichen der Sternzeichen. Außerdem habe es Anzeichen dafür gegeben, dass Bohner sich für Sternbilder interessiert habe, denn als man seine Hütte ... diese Hütte im Wald, in der sie ihn schließlich festgenommen haben ... als man die untersucht habe, sei man auch auf eine Sonnenuhr mit Sternzeichen gestoßen. Aber – wie gesagt – bei nur drei Toten ließ sich diese Theorie nicht wirklich bestätigen, meinte Kate. Und er selbst wollte sich dazu nicht äußern. Sie hat erzählt, dass sie ihn danach gefragt haben, aber er hat die Aussage dazu verweigert. Also ... das haben auch wir in unserem Bericht über die Insel nicht klären können. Aber es gab der ganzen Sache natürlich eine ganz besondere ... also gruselige Note. Plötzlich sahen die verrosteten Neonzwillinge auf den Bildern regelrecht bösartig aus, wie sie vom bleichen Mond beschienen wurden. Der verbogene Blech-Löwe wirkte, als würde ihm das Blut aus dem Maul tropfen, die Fische lagen bleichbäuchig und wie tot am Boden, dort, wo das Schild, das den Fische-Bereich des Parks markierte, vor Jahren auf die Erde gestürzt und seitdem nicht mehr aufgehoben worden war.

Sheldon: Fische-Bereich?

Michael: Ja, klar … Der Park war in zwölf Zonen, oder Bereiche, aufgeteilt. Für jedes Sternzeichen einer. Fische, Schütze, Widder und so weiter.

Sheldon: Haben Sie denn während der Dreharbeiten für diesen Fernsehbericht auf der Insel gewohnt?

Michael: Nein, natürlich nicht. Die Lodge dort stand ja seit fast zwanzig Jahren leer, da konnte man nicht mehr drin wohnen. Wir haben in dem kleinen Küstenort übernachtet, in dem früher die Fähre abgelegt hat, die die Besucher zur Insel gebracht hat. Aber … ich will ja nicht misstrauisch sein, Doc, verstehen Sie mich da bitte nicht falsch, nur … geht es bei unserem Gespräch hier jetzt um den Fernsehbericht, den wir letztes Jahr gedreht haben, oder geht es um den neuen Job?

Sheldon: Es geht um den neuen Job, Michael, natürlich geht es darum.

Michael: Deswegen verstehe ich nicht, was der Küstenort, in dem ich letztes Jahr übernachtet habe, dabei für eine Rolle spielen könnte.

Sheldon: Sie haben in dem Ort jemanden kennengelernt.

Michael: …

Sheldon: Michael?

Michael: Ja! Ja, ich habe jemanden kennengelernt. Sie hat in dem kleinen Café gleich beim Hotel bedient. Haben Sie mit ihr gesprochen?

Sheldon: Ja, das haben wir. Sie wird in vier Wochen, wenn es losgeht, ebenfalls dabei sein.

Michael: Jay.

Sheldon: Ja, Jay, genau, sie wird dabei sein.

Michael: Ah. Okay. Ich meine, warum nicht? Oder: Gut! Ich mag Jay! Sie ist okay.

Sheldon: Ja.

Michael: Ich habe sie kennengelernt, als wir den Bericht gedreht haben, das stimmt.

Sheldon: Haben Sie mit ihr über den Bericht gesprochen?

Michael: Wieso?

Sheldon: Michael, ich bitte Sie, Sie wissen doch, Sie können ganz offen mit mir reden –

Michael: Aber darüber wohl besser nicht.

Sheldon: Worüber?

Michael: Das wissen Sie doch ganz genau!

Sheldon: Ich habe keine Ahnung, was Sie meinen, Michael.

Michael: Ich habe mit ihr über verschiedene Dinge geredet, na klar, aber … das ist doch inzwischen alles Monate her. Ich dachte, ich hätte mich mit Herrn Levin längst geeinigt.

Sheldon: Ich habe, wie gesagt, keine Ahnung, was Sie meinen.

Michael: Erzählen Sie mir doch nichts! Sie führen diese Interviews im Auftrag von Rupert Levin. Natürlich berichten Sie ihm, was hier gesagt wird. Wahrscheinlich läuft ein Tonband mit, und Sie spielen es ihm vor!

Sheldon: Michael, lassen Sie mich da vollkommen klar sein: Niemand zwingt Sie zu etwas. Sie können jederzeit gehen. Ich will Sie nicht in irgendeine Ecke treiben. Stehen Sie auf und verlassen Sie das Zimmer, wenn Sie mögen. Das Einzige, was ich dann nicht mehr für Sie tun kann, ist, dafür zu sorgen, dass Sie nächsten Monat dabei sind, wenn der Presse, also einer ersten Gruppe von Journalisten, Mr. Levins *Murder Park* vorgestellt wird.

Michael: Ja, schon klar. Und Jay? Sie ist an dem Wochenende dann wirklich dabei?

Sheldon: Das ist sie. Ja.

Michael: Na schön. Ich habe ihr gegenüber erwähnt, dass ich über das Mikro etwas mitbekommen habe. Ich installiere meine Geräte zum Teil ja, ohne dass irgendjemandem das weiter auffällt. Wer achtet schon auf den Tonmann! Das sind

Anstecker, Funkverbindungen, Richtmikros … da kriegt man einiges mit. Und kein Mensch kommt auf die Idee, dass man es mithören könnte. Als Tontechniker steht man einfach nur in einer Ecke, scheinbar ganz verträumt, und dreht an den Knöpfen von irgendwelchen Geräten – aber in Wahrheit kann man, wenn man es darauf anlegt, genau hören, was jeder Einzelne in der Umgebung sagt. Dabei passiert das oft völlig unabsichtlich. Schließlich ist es mein Job, die Mikros zu installieren. Also mache ich das, denke mir nichts weiter dabei – und plötzlich habe ich eine Stimme in den Kopfhörern, die etwas sagt, und mir wird schlagartig bewusst, dass ich das wohl besser nicht hätte mit anhören sollen. Genau so ist es mir mit Mr. Levin ergangen. An einem unserer Drehtage auf der Insel war er ja auch mit dabei. Und … ich meine, ich wusste, dass er die Insel erworben hatte. Ich sage nicht, dass ich ihm nachspioniert habe, aber … ich habe auch nicht abgeschaltet, als ich ihn draufhatte … ohne dass er das wusste … Aber all das ist ja längst mit ihm geklärt.

Sheldon: Ist es das?

Michael: Aber ja! Hat er Ihnen etwas anderes gesagt?

Sheldon: Ich habe von alldem noch nie etwas gehört, Michael. Die Frage ist nur, was Sie mit Jay besprochen haben. Das würden wir dann schon ganz gern wissen. Andernfalls … ich bin mir nicht sicher, ob ich wirklich noch etwas für Sie tun kann, wenn wir uns in diesem Punkt nicht einigen.

Michael: Ich habe Jay gesagt, dass ich mitgehört habe, als Mr. Levin an seinem Handy mit jemandem gesprochen hat. Okay? Ich weiß nicht, mit wem er gesprochen hat, und ich werde Ihnen auch nicht erzählen, was ich ihn habe sagen hören. Aber er hat Dinge gesagt … die mir nicht mehr aus dem Kopf gegangen sind. Ja? Ich hatte Jay am Vortag kennengelernt … ich mochte sie … und sie kannte die Insel natürlich. Sie ist dort in diesem Küstenort aufgewachsen! Sie kennt die Insel, seit sie denken kann. Also habe ich … im Bett –

Sheldon: Sie waren mit ihr im Bett?

Michael: Na und?

Sheldon: Gut, in Ordnung …

Michael: Ich habe abends im Bett mit Jay ein wenig darüber gesprochen. Ja, das habe ich.

Sheldon: Dass Sie Mr. Levin am Telefon gehört haben?

Michael: Ja. Aber ich habe ihr nicht erzählt, was ich gehört habe! Niemals hätte ich ihr das erzählt!

Sheldon: Sicher?

Michael: Aber wenn ich es Ihnen doch sage!

3

»Gefällt es Ihnen?« Das Zimmermädchen machte einen Schritt zur Seite und ließ Paul den Raum betreten.

Jay.

Ihr Name war Jay.

Paul war sich nicht ganz sicher, aber er hatte den Eindruck, Jay auch auf der Fähre bereits gesehen zu haben. Sie war jung, bestimmt nicht älter als er, schwarzhaarig und freundlich.

In dem alten Insel-Hotel, das sie inzwischen erreicht hatten, war sie diejenige gewesen, die Paul zu seinem Zimmer geführt hatte, nachdem die Passagiere gemeinsam die Fähre verlassen und von der Anlegestelle eine breite Asphaltstraße zu dem Hotelgebäude bergauf gelaufen waren.

Das Zimmer gefiel ihm. Es lag im dritten Stock und passte perfekt zum Stil des ganzen Hotels. Ein breiter, schwerer Kasten, der offenbar noch aus den Siebzigerjahren des letzten Jahrhunderts stammte. Eine richtige Lodge. Überdimensionale Feldsteine und Balken so groß wie Baumstämme. Man hatte den Eindruck, der Hotelbau würde selbst das schwerste Unwetter überstehen.

»Herrlich.« Paul trat an das Fenster, von dem aus er bis auf die Bucht mit dem kleinen Hafen hinausschauen konnte. Er sah die schmutziggelben Positionslichter der Fähre tief unter sich im Nebel schwimmen. »Fährt das Schiff jetzt wieder zurück?« Er drehte sich zu Jay um.

»Ich denke schon. Seitdem die Bauarbeiten begonnen haben, pendelt die Fähre wieder hin und her.«

»Waren Sie vorhin auf dem Boot eigentlich auch dabei, Jay?«

Er lächelte. Nicht nur ihre Haare, auch ihre Augen schienen schwarz zu sein.

»Ja.« Sie sah ihn an. »Die Lodge ist ja noch nicht in Betrieb. Bisher hat hier noch niemand übernachtet, dieses Wochenende wird es das erste Mal sein.« Sie nickte, wie um sich selbst zu bestätigen, was sie sagte. »Die Umbauten des Parks sind noch nicht abgeschlossen. Außer den Bauarbeitern ist normalerweise niemand auf der Insel. Und die Baustelle ... über das lange Wochenende werden die Arbeiten dort nicht fortgesetzt.«

»Nein, klar.«

»Deshalb.«

»Deshalb was?« Paul erwiderte fragend ihren Blick.

»Deshalb fahren die Bauarbeiter jetzt zurück, und deshalb sind wir mit der Fähre gleich mitgekommen, ich und auch Glenn und Mary, die sich um Mr. Levins Gäste in dem Hotel kümmern sollen.«

»Ah, okay.«

Singles, das hatte Levin doch vorhin gesagt, dass wir alle Singles sind. Auch du, Jay?

»Und diese Tür hier?« Paul trat an die Tür, die weder in das Badezimmer noch zurück auf den Flur führte.

»Sie geht ins Nebenzimmer, glaube ich«, sagte Jay, »aber sie müsste abgeschlossen sein.«

Paul griff nach der Klinke. Sie ließ sich herunterdrücken, die Tür aber nicht öffnen. Ein Schlüssel steckte nicht. »Wunderbar.«

Es musste die Tür sein, die Lizzie ihm auf dem Grundriss gezeigt hatte. Paul hatte die Fernsehjournalistin im Trubel der Ankunft ein wenig aus den Augen verloren, und er wusste auch nicht, ob die Organisatoren sie wirklich in das Zimmer neben seinem einquartiert hatten. Er warf Jay einen Blick zu, aber es hatte ja keinen Sinn, mit ihr darüber zu sprechen.

»Vielen Dank, Jay«, *passen Sie auf sich auf*, hätte er am liebsten hinzugefügt, so zerbrechlich wirkte das Zimmermädchen auf ihn. War ihr schwarzer Rock nicht viel zu kurz? Sollte er ihr ein Trinkgeld geben?

»Unten ist ein Buffet für Sie aufgebaut, wenn Sie Hunger haben«, sagte Jay, »Mr. Levin freut sich, Sie nachher bei einem Imbiss zu sehen.«

»Gut, danke.« Paul ließ seinen Rucksack von der Schulter gleiten und steckte die Hände in die Hosentaschen. Sein Blick fiel auf ein altes Tastentelefon, das auf dem Nachttisch neben dem großen Bett stand. »Geht der Apparat eigentlich?«

»Soviel ich weiß, ja. Kann ich noch etwas für Sie tun?«

»Nein, alles in Ordnung, vielen Dank.«

Sie nickte, wandte sich zur Tür und verließ den Raum.

Langsam drehte sich Paul um sich selbst. Die Zwischentür. Das Fenster. Die Lichter der Fähre hatten sich inzwischen von der Küste gelöst und waren nur noch schwach zu erkennen.

Er setzte sich auf das Bett, griff nach dem Telefon und wählte die Nummer seiner Redaktion. Der Chef vom Dienst der Nachtschicht nahm ab.

Paul gab die Nummer durch, die auf dem Telefon stand und unter der er in seinem Zimmer erreichbar war. Seine Handynummer hatten sie ja auch, aber man konnte nie wissen. Außerdem ging er mit dem Kollegen kurz den Zeitplan durch, den er mit der Pressefrau vorhin abgestimmt hatte. Drei Tage sollte ihr Aufenthalt dauern. Den Rest des Freitags noch, Samstag und Sonntag. Montagvormittag um elf Uhr würde die Fähre kommen und Ersatzteile für das Riesenrad mitbringen, das noch aus der Zeit des alten Freizeitparks überdauert hatte. Levin wollte ihnen das Rad vorführen, und im Anschluss daran sollte die Fähre sie wieder zurück zum Festland bringen. Wenn Paul schon ein wenig vorarbeitete, konnte sein Bericht also in vier, spätestens fünf Tagen erscheinen.

»Das ganze Wochenende? Was sollst du dir denn drei Tage lang ein Hotel angucken?« Sein Kollege am anderen Ende der Leitung gluckste.

»Einen Park … eine Art … Erlebnispark.«

»Ach ja?«

»Noch habe ich nicht alles erfahren, aber es soll gleich ein Buffet geben, wahrscheinlich werden sie dann mehr verraten.«

»Erlebnispark, ja? Mit Achterbahn und Zuckerwatte? Soweit ich weiß, gibt es auf dem kleinen Felsen dort mitten im Meer –«

»Ach was – mitten im Meer, das sind vielleicht vierzig Kilometer, weiter ist es nicht bis zur Küste.«

»Zum Schwimmen trotzdem zu weit, oder, Paul? Hast du noch trainiert?«

Paul zog eine Grimasse. »Die Hotelanlage hier hat jedenfalls ihre beste Phase bereits hinter sich. Teuer gemacht, mit Indianermosaiken und einer Lobby so groß, dass man Flugzeuge darin parken kann, aber vollkommen ausgestorben. Ich glaube, wir sind jetzt keine zwanzig Gäste hier, und der Umbau der Anlage ist auch noch nicht fertig.« Er stockte und wandte ein wenig den Kopf.

»Paul?«

»Ja?«

»Der Umbau ist auch nicht fertig, sagtest du.«

»Ja …« Da war es wieder. *UH!* Als würde sich jemand ein Kissen aufs Gesicht drücken und Luft ausstoßen.

»Warte mal kurz.« Ohne aufzulegen, stand Paul auf und trat an die Zwischentür.

Uh! Uh!

Er wandte den Kopf und sah zur gegenüberliegenden Wand. Dort befand sich keine Tür, aber das Geräusch schien von dort zu kommen.

Ah! Ah! Ah! Jetzt war es eindeutig als Frauenstimme erkennbar. Gedämpft, gepresst, aber nicht zu überhören. *IH! IH! IH! IH!*

Sie machte das mit Sicherheit nicht allein.

»Hallo, bist du noch dran?«

Paul hielt sich den Hörer wieder ans Ohr. »Okay, sag auf der

Konferenz morgen früh, wann ich liefern kann, ja? Hier alles bestens, ich muss los.« Er legte auf, bevor der Kollege noch etwas antworten konnte.

Aaaaaoooooohhhhh! Sie war etwas leiser geworden, vorsichtiger, zog die Laute mehr in die Länge, als wollte sie … *nicht allzu sehr vorpreschen.*

Was sollte er machen – gegen die Wand klopfen?

Paul trat an die Tür, die auf den Flur hinausging, und zog sie auf.

Vom Flur aus konnte er einen Bettrahmen – oder was auch immer das war – in einem ungeduldigen Rhythmus gegen die Wand wumpern hören. Die Geräusche der Frau hatten aufgehört, aber das gleichmäßige Klopfen des Bettgestells gegen die Mauer war vielleicht sogar noch unangenehmer.

Paul machte einen Schritt auf den Flur hinaus und sah zu der Tür des Nachbarzimmers, hinter der die Geräusche zu hören waren. Überrascht stellte er fest, dass die Tür einen Spalt offen stand. Das dumpfe Rumpeln kam genau daraus hervor.

Sein Blick schnellte den Korridor mit dem dunkelroten Läufer entlang. Es war niemand zu sehen. Am liebsten hätte er die Tür des Nachbarzimmers unauffällig geschlossen. Dann aber hatte er eine andere Idee und trat zu der Tür auf der anderen Seite. Dahinter lag das Nebenzimmer, in dem jetzt eigentlich Lizzie untergebracht sein musste, wenn sie ihren Zimmertausch nicht doch wieder rückgängig gemacht hatten.

»Lizzie?« Er klopfte beherzt gegen die Tür. »Sind Sie schon auf Ihrem Zimmer?« Laut und deutlich. Aber es kam keine Antwort.

Das Rumpelgeräusch auf der anderen Seite allerdings war schlagartig abgerissen. Mit Sicherheit hatten sie ihn gehört. *Gut so.*

»Lizzie.« Noch einmal – schön nachdrücklich. Doch aus dem Zimmer, vor dem er stand, war keine Reaktion zu hören. Wahrscheinlich war sie schon unten.

Paul kehrte in sein eigenes Zimmer zurück, schloss die Tür hinter sich und betrat das Bad, um sich noch kurz Hände und Gesicht zu waschen, bevor er ebenfalls nach unten zu dem Buffet gehen wollte. Kaum hatte er den Wasserhahn aufgedreht, konnte er hören, wie auf der anderen Seite, dort, wo das Stöhnen und die Rumpelgeräusche hergekommen waren, ebenfalls jemand das Badezimmer betrat, das sich genau jenseits der Wand befinden musste. Er hörte eine Klospülung und eine gedämpfte Männerstimme, die einen unangenehmen Klang hatte. Was die Stimme sagte, konnte er jedoch nicht verstehen. Nachdenklich trocknete Paul sich die Hände ab, kehrte in sein Zimmer zurück – und blieb überrascht auf der Schwelle stehen.

Was war *das* denn?

Die Tür, die von seinem Zimmer aus auf den Flur führte, stand weit offen. Dabei war er sich vollkommen sicher, dass er sie gerade eben hinter sich zugemacht hatte, als er in sein Zimmer zurückgekehrt war. Nicht abgeschlossen, aber *zugezogen*. Jetzt jedoch stand sie offen. Er konnte den roten Läufer auf dem Flur draußen sehen.

Paul trat in die Türöffnung und schaute auf den Flur hinaus. Niemand zu sehen. Vorsichtig spähte er zu der Tür vom Nachbarzimmer, die vorhin einen Spalt offen gestanden hatte. Jetzt war sie geschlossen.

Was sollte das? Wem fiel es ein, still und heimlich die Tür zu seinem Zimmer zu öffnen? Leicht beunruhigt kehrte er zurück in die Zimmermitte und untersuchte seinen Rucksack, der dort am Tisch lehnte. Es fehlte nichts. Er lauschte. Hatten die anderen Gäste bereits begonnen, sich unten in der Halle zu versammeln?

Kurz entschlossen griff er nach seinem Jackett, trat hinaus auf den Korridor, schloss die Tür hinter sich ab und schlenderte zu der Haupttreppe, die in einem mächtigen Bogen über drei Stockwerke hinweg nach unten führte.

Ein leises Klicken ließ ihn noch einmal aufblicken, als er die

Treppe bereits betreten hatte. Durch die Stangen des Geländers konnte er die Tür zu seinem Zimmer gerade noch sehen. Die Tür zu *seinem* Zimmer und die beiden *Nachbar*türen. Es war die Tür zu dem Zimmer, aus dem die Geräusche gedrungen waren, die sich geöffnet hatte.

Paul blieb auf der Treppenstufe stehen.

Sie trug nichts als einen schwarzen BH. Kam aus dem Zimmer, verharrte auf der Schwelle und rief noch etwas zurück in den Raum.

Paul schluckte. Ihre Haut schimmerte ölig, und alles an ihr war rasiert.

Im gleichen Moment wandte das Mädchen sich um, und er sah ihr voll ins Gesicht.

Es war Jay. Verschwitzt. Gerötet. Angestrengt. Sie wirkte, als käme sie direkt aus der Sauna.

Paul duckte sich, um nicht von ihr gesehen zu werden, und hörte, wie sie auf nackten Füßen den Flur entlang von ihm weghuschte.

4

»Crime, Thriller und Mystery sind *IN*.« Beth Hoffman stand frei im Raum und hatte sich den Anwesenden zugewandt. »Es gibt Krimikreuzfahrten und Krimidinner, Krimibrettspiele und Krimilesungen, Krimis im Dunkeln und Krimis im Schloss – die Krimi-Erfahrung aber, die *wir* Ihnen hier bieten wollen, hebt den Reiz, den die Menschen bei all diesen Veranstaltungen suchen, auf eine ganz neue Ebene.«

Sie hielt inne und ließ ihren eindringlichen Blick über die Gesichter gleiten. Paul griff nach dem Hühnerbein, das er sich vom Buffet geholt hatte, und begann, das zarte Fleisch abzuknabbern.

Nun komm schon, lass es raus. Was habt ihr hier zu bieten?

»Dabei ist unsere Grundidee denkbar einfach«, fuhr Beth fort. »Im *Murder Park* geht es um die schönste Sache der Welt. Darum, einem anderen Menschen näherzukommen.«

Ach so? Erstaunt stellte Paul das Knabbern ein und lauschte.

»Was wir hier planen, ist nichts anderes als ein Setting, in dem sich Singles treffen und gemeinsam ein paar Tage verleben. Und wieso *Murder Park*? Weil ein Mörder umgeht!« Beth lächelte, sich ihrer Sache nun offenbar ganz sicher. »Sie kennen die Geschichte von *Zodiac Island*. Jeff Bohner hat hier drei Menschen umgebracht. Bohner ist inzwischen lange tot, er ist überführt und hingerichtet worden. Der alte Freizeitpark aber steht noch. Was könnte die Menschen enger zusammenrücken lassen als das Gefühl, einer von ihnen ist ein Mörder? Wem kann ich trauen, wen muss ich meiden? Die Spannung wird förmlich mit Händen zu greifen sein. Die Spannung und das Knistern.«

Paul hatte sich einen Teller vollgeladen und stand an einem der hochbeinigen Tische, die gleich neben dem Buffet aufgebaut waren. Die meisten der anderen Gäste, die sich in dem Speisesaal eingefunden hatten, kannte er bereits von der Fähre. Sheldon Lazarus, einen Psychiater, der vor vier Wochen bereits ein Gespräch mit ihm geführt hatte, Rupert Levin, dem Paul bisher noch nicht persönlich vorgestellt worden war, Kate Myerson, Lizzie Hillstrom und ihr Team, Constance Parker, die Pressefrau ... Bedient wurden sie von einer groß gewachsenen Frau Ende dreißig oder Anfang vierzig und einem kräftig wirkenden Mann in etwa dem gleichen Alter, die ebenfalls auf der Fähre dabei gewesen waren.

»Natürlich ist das alles nur ein Spiel«, fuhr Beth fort. »Aber wie müssen wir uns das vorstellen? Wer ist der ...« – und jetzt machte sie so wie Kate vorhin auf der Überfahrt mit den Zeigefingern Anführungszeichen in der Luft – »... ›Mörder‹? Keiner der Gäste weiß das. Die Gäste wissen nur so viel: Wer dem ›Mörder‹ zum Opfer fällt, muss abfahren. Für dieses ›Opfer‹ ist der Aufenthalt beendet – und damit auch die Chance, an diesem Wochenende jemanden kennenzulernen. Für die anderen aber, für diejenigen, die es geschafft haben, dem ›Mörder‹ zu entkommen, geht es weiter. Und natürlich wird jeder darauf bedacht sein, sich nicht abzusondern. Denn wer sich absondert, ist für den ›Mörder‹ leichte Beute! Und wieso? Weil es dem ›Mörder‹ darauf ankommen wird, unerkannt zu bleiben. Und er am einfachsten denjenigen unerkannt ›töten‹ kann, der allein ist. Also entkommt man dem ›Mörder‹ am besten, indem man die Nähe der anderen Gäste sucht. Der kontaktfreudigste Gast wird am längsten ›leben‹. Was aber könnte an einem gemeinsamen Wochenende anregender sein, als wenn alle miteinander darum bemüht sind, sich so nah wie möglich zu kommen?«

Paul wischte sich den Mund mit einer Serviette ab. Deshalb hatten sie bereits auf der Fähre von Singles gesprochen! Instinktiv wanderte sein Blick zur Seite, wo Lizzie an einem der anderen Tische stand und Beth zuhörte. Aber Lizzie schien ihn nicht zu bemerken.

»Besonders stolz«, hörte er Beth weitersprechen, »sind wir auf das authentische Environment, das wir auf der Insel für diese … Begegnungsstätte geschaffen haben. Das Singles-Geschäft ist eher Ruperts Zuständigkeitsbereich«, sie lächelte Levin zu, der an einem Tisch ganz in ihrer Nähe stand, »ich habe mich vor allem um die Kulisse dafür gekümmert.« Ihre Augen glänzten. »Wie Sie wissen, ist der ganze Park hier nichts anderes als ein riesiger Tatort. Jeff Bohners Tatort. Das Original. Ein Original, das wir ergänzt haben mit einer einzigartigen Sammlung von Raritäten aus der Verbrechensgeschichte.« Ihr Blick glitt über ihre Zuhörer hinweg, und ihre blonden Haarspitzen schienen in der Luft zu zittern. »*Murder Park* ist nicht nur ein perfekt konservierter Tatort, *Murder Park* ist auch die weltgrößte Sammlung von Murderabilia.«

Murderabilia …

»Sie werden hier im Park Originalstücke finden, die wie Boten aus einer dunklen, fremden Welt wirken – und zugleich eine unwiderstehliche Anziehungskraft auf uns ausüben. Devotionalien, Sammlerstücke, Memorabilien. Authentische Zeugnisse von der … wie ich sagen möchte: Nachtseite der menschlichen Existenz. Aber«, und damit warf sie Levin erneut einen Blick zu, »ich denke, wir lassen die Sammlung am besten gleich für sich selbst sprechen, oder, Rupert?«

5

Leber mit Zwiebeln, zwei Cheeseburger, mehrere Sorten Kirschkuchen, Vanilleeis, Coke und Tee mit Zucker.

Die Menüfolge war penibel aufgelistet.

Paul starrte auf das stockfleckige Dokument, das hinter Glas in einem Rahmen an der Wand hing. In der oberen Ecke des Dokuments war das Logo einer Gefängnisanstalt zu erkennen. Es war die Menüfolge, die sich Jeff Bohner als letzte Mahlzeit gewünscht hatte.

Gleich neben dem Dokument hing ein Foto an der Wand. Das Porträt eines Mannes, der direkt in die Kamera blickte. Ein Schwarz-Weiß-Foto, ein offizielles Foto, ein Foto aus einem Polizeiregister. Der Kopf wirkte überdimensional, die Augen standen eng zusammen und waren winzig, alles andere aber war riesig. Die Wangen, die Nase, die Ohren, es wirkte, als sei ein Klumpen Lehm von nicht allzu geschickten Händen geformt worden. »Jeff Bohner« stand unter der Aufnahme, und in seiner Miene war kein Lächeln zu erkennen.

Paul trat einen Schritt von dem Bild zurück.

Beth Hoffman hatte begonnen, die Gäste ein wenig in der Murderabilia-Sammlung herumzuführen. Zuvor waren alle noch einmal kurz auf ihre Zimmer zurückgekehrt, um sich wärmere Sachen zu holen, dann hatte die Park-Managerin sie über einen breiten Steinweg vom Haupthaus zu einer Schlucht gelotst, die sich keine hundert Meter neben der Lodge in den felsigen Untergrund bohrte. Ein paar Schritte weit hatte Beth sie in die Schlucht hineingebracht, dann war eine ganze Reihe von Bungalows aufgetaucht, die im typischen Motelstil der Sechzigerjahre gebaut waren und sich an die steinigen Wände zu klammern schienen. Denkbar einfache Kästen mit vier Wänden, zwei Fenstern, einer Tür und einem flachen Dach. Diese Bungalows beherbergten inzwischen jedoch keine Gäste mehr, sondern die Sammlung, die Beth für den Park zusammengetragen hatte: die Murderabilia-Sammlung, zu der auch das Polizeifoto von Jeff Bohner gehörte.

Paul löste sich von der Aufnahme und gesellte sich zu der Gruppe, die sich um Beth herum bei einer Glasvitrine versammelt hatte. Eine herausgerissene Zeitschriftenseite war darin ausgestellt, eine bunte Werbeanzeige für Damenunterwäsche, auf der ein Todeszelleninsasse – welcher, hatte Beth den anderen erläutert, während Paul in das Foto vertieft gewesen war – eine Reihe von satanischen Zeichnungen hinterlassen hatte, die sich auf obszöne Weise um das Model in der Anzeige herumschlangen. Gleich daneben: die Skizze einer Frau, der jedoch der Kopf fehlte – ein grobes Kugelschreiberbild, mit dem derselbe Täter offensichtlich seinen Fantasien nachgehangen und überlegt hatte, was er anstellen sollte, was er tun könnte, was ihn …

»… was ihn … das müssen wir schon so klar sagen … *anturnt*«, meinte Beth und ließ ihren Blick über die Anwesenden gleiten. »Hier«, sie trat an eine zweite Vitrine, die an die andere Seite des kleinen Raums gestellt war, »das sind die Fußnägel des sogenannten ›Eisenbahn-Killers‹ Angel Maturino Resendez, und gleich daneben haben wir eins der Hauptstücke unserer Sammlung.«

Paul folgte ihrem Fingerzeig und bemerkte, dass er auf ein Paar verschmutze Flip-Flops starrte. Ursprünglich mussten sie einmal weiß-blau gewesen sein, jetzt jedoch war das Plastik teils ausgeblichen, teils von einer unangenehmen Schmutzschicht überzogen.

»Sie haben von Manson gehört, Charles Manson«, erklärte Beth ihren Zuhörern. »Es gibt eine ganze Menge sogenannter

Kunst von Manson auf den einschlägigen Websites im Angebot, nach längerer Überlegung haben wir uns jedoch für den Erwerb seiner Original-Flip-Flops entschieden.«

Pauls Blick verlor sich in dem Anblick der Latschen. Die alten Schweißreste, die dort klebten … das war es wohl, worum es ging. Der Schmutz hatte in unmittelbarer Verbindung mit Manson gestanden? Hatten sie in einer anderen Vitrine vielleicht auch noch ein paar Taschentücher, in die Manson oder einer seiner Kollegen hineingewichst hatte?

»Das hier ist ein Bild, das Donny Johnson gemalt hat«, hörte er Beth sagen. »Kennen Sie Donnys Arbeit? Er büßt eine Gefängnisstrafe für Mord ab, will aber auf seine Malerei nicht verzichten. Also löst er den Zuckerguss von M&Ms in Wasser auf und benutzt ihn als Farbe! Und als Pinsel? Nimmt er seine eigenen Haare, aus denen er sich Malwerkzeug flicht.«

Dreck, einen Haufen Dreck haben sie hier hinter Glas ausgestellt. Es kam Paul vor, als würde er in den angeblich so kostbaren Sammlerstücken nur noch Abfall und Unrat sehen, der zugleich jedoch auf merkwürdige, beinahe ekelhafte Art zu vibrieren schien.

Er spürte, wie er tief Luft holte, als er aus dem Bungalow ins Freie trat. Die anderen ließen sich von Beth noch weiter herumführen, er aber hatte den Eindruck, kurz eine Pause zu brauchen.

Sein Blick ging die Schlucht entlang, in der sich die bleichen Lichter der Wegleuchten zwischen Nacht, Nebel und Felsvorsprüngen verloren. Der nächste Bungalow befand sich keine zwanzig Meter von der Stelle entfernt, an der er stand. Links von sich konnte Paul tief unten den reißenden Bergbach rauschen hören, der sich in den vergangenen Jahrtausenden in den Felsen gegraben hatte. Vorsichtig tastete er mit der Hand nach dem Geländer, das rechts von dem Weg in den steinigen Untergrund getrieben worden war, und schritt bis zur nächsten Hütte bergan. Die Tür dieses Bungalows war nur angelehnt, das Fenster erleuchtet, eine weiße, halb durchsichtige Gardine jedoch versperrte den Blick ins Innere. Neugierig berührte Paul die dünne Holztür und drückte sie auf.

Es war ein ganz normales Motelzimmer, das sich dahinter öffnete, mit einer braun-beigen Tapete, einem wertlosen Teppichboden und rechteckigen Möbeln, die billig und nicht besonders stabil aussahen. Gleich am Eingang befand sich ein Aufsteller, auf den ein Zeitungsartikel in Sichthöhe geheftet war. Paul beugte sich vor, um den Artikel zu überfliegen, und erkannte zu seinem Erstaunen auf dem Zeitungsfoto genau das Motelzimmer wieder, das vor ihm lag.

»Das erste *Zodiac-Island*-Opfer … bereits vor Monaten im Motelzimmer aufgefunden …«

Wo? Hier?

Die Möbel, das Tapetenmuster, die Gardinen … selbst der billige Druck, der an der Wand hing, war auf dem Foto deutlich wiederzuerkennen. Offenbar hatte Beth peinlich genau darauf geachtet, den Fundort im Originalzustand zu erhalten.

Den Fundort von Bohners erstem Opfer.

Langsam ging Paul an dem Aufsteller vorbei und tiefer in den Raum hinein. Ein Fernseher, kein eleganter Flachbildschirm, sondern ein riesiges schwarzes Ungetüm aus längst vergangenen Zeiten, war über ein Gestänge direkt an der Wand befestigt und lief. Männer mit aufgefönten Neunziger-Jahre-Frisuren waren auf dem Bildschirm zu erkennen, Frauen mit hochgestellten Britney-Spears-Zöpfen. Offensichtlich eine Show von vor mindestens zwanzig Jahren.

In der Küchennische gleich neben dem Fernseher stand der Kühlschrank halb offen und tauchte den Raum mit seinem blauen, kalten Licht in eine seltsame Stimmung. Auf dem Bett aber, das hinter einem Raumteiler zum Vorschein kam … tief eingesunken in die viel zu weiche Matratze –

Unwillkürlich blieb Paul stehen und hielt sich eine Hand vor den Mund. Ein strenger Eisengeruch hatte begonnen, ihn zu umfangen, ein Geruch, der zu den Flecken auf dem Teppich passte, zu dem elektrischen Summen des Kühlschranks und zu dem Wesen … der Form – aus Wachs … die auf dem Bett lag.

Eine junge Frau mit einer Frisur wie aus *Charlie's Angels*. Eine Frau aus Wachs. Mit schimmernder Haut – und einer geöffneten Bauchdecke. Ihr Kopf lag tief eingesunken in das Kopfkissen, ihre Augen waren zur Decke gerichtet. Glasaugen von erschreckender Lebendigkeit. Die Fleischlappen ihrer Bauchdecke waren zur Seite geklappt.

Ein Schild war neben der wächsernen Leiche auf dem Bett aufgestellt, eine Zeichnung, die erläuterte, dass Bohner mit stumpfem Messer gearbeitet und den Magen herausgetrennt hatte. Das Organ lag dort neben ihr auf der Decke … aus Wachs … oder Gummi … aber glänzend, von dunklem, fast braunem Rot … und klebrig. Paul zweifelte keine Sekunde, dass der Wachsmagen klebrig sein würde, wenn er ihn berührte.

Vorsichtig ging er um das Bett herum und entdeckte, dass die Frauenfigur der Länge nach aufgeschnitten und eine Scheibe so eingesetzt worden war, dass man einen sauberen Aufriss … oder Querschnitt der Puppe betrachten konnte. Die einzelnen Schichten der Bauchdecke, das Loch, das Bohner bei seiner Operation im Unterleib hinterlassen hatte, die Gebärmutter und dort – Paul beugte sich ein wenig hinunter, um besser sehen zu können … ein Spielzeugauto, nicht viel größer als ein Daumen, ein sogenanntes Muscle-Car – eingebettet in das Fleisch, die Innereien, das Wachs der Puppe.

Ssssss …

Ein leise surrendes Geräusch schreckte Paul auf. Seine Finger gruben sich reflexartig in seine Oberschenkel, sein Nacken fühlte sich an, als hätte jemand einen Schwamm Eiswasser darauf ausgedrückt. Der Arm der Wachsfigur hatte angefangen, sich zu heben, angetrieben offenbar von einem winzigen Elektromotor, von dem das surrende Geräusch stammte. Ruckend und unbeholfen schwenkte das künstliche Körperteil über das Gesicht der Puppe hinweg und kam oberhalb ihres Kopfes mit der Handfläche nach außen auf dem Kissen zu liegen.

»Die erst siebzehnjährige Nancy Cass«, schnarrte es gleichzeitig aus dem Fernsehgerät, in dem sich mit dem Einsetzen des Elektromotors offenbar der Ton dazuschaltete, »wollte nichts anderes, als mit ihrer kleinen Tochter ein Wochenende auf *Zodiac Island* zu verbringen. Ein Wunsch, der ihr zum Verhängnis werden sollte.«

Pauls Blick zuckte von der Puppe zu der Mattscheibe, auf der jetzt das Foto eines Mädchens zu erkennen war, das die Lippen zu einem Lächeln über die Zähne zurückgezogen hatte und eine Zahnspange entblößte.

»Die junge Mutter hat ihr Wochenende auf der Insel nicht überlebt.«

Es war das Mädchen, dessen wächsernes Abbild dort vor Paul auf dem Bett lag.

Der Nachrichtensprecher kam zurück ins Bild, doch der Ton hatte sich bereits wieder abgeschaltet, denn obwohl der Sprecher die Lippen bewegte, war nicht mehr zu hören, was er sagte.

Pauls Blick wanderte zurück zur Matratze, zum Gesicht des Wachsmädchens, dessen Arm auf dem Kopfkissen lag. Er bemerkte, dass zugleich mit der Armbewegung eine dünne Decke über den Leib der jungen Frau gezogen worden war. Eine Decke, unter der sich ihre Wölbungen und die entsetzliche Bauchwunde verbargen. Für einen Sekundenbruchteil kam es ihm so vor, als würde nicht mehr die Wachspuppe eines Mordopfers vor ihm liegen, sondern ein Mädchen, das warm, nackt und atmend …

… auf mich wartet.

NEIN!

Er wusste doch, was sich unter der Decke verbarg!

Im gleichen Moment setzte hinter der Tür zum Badezimmer,

das sich gleich neben der Küchennische befand, das gleichmäßige Rauschen von Wasser ein.

Paul verspürte einen Stich in der Brust.

Jemand hat die Toilettenspülung gezogen!

»Hey, Baby«, drang eine Stimme aus dem Bad, eine männliche Stimme, eine Aufzeichnung, Paul konnte es deutlich hören, er meinte sogar, die Schnitte hören zu können, mit denen die Aufnahme zusammengestückelt war – »warte auf mich, ich bin gleich bei dir.«

Hatte sich der Kopf der Puppe auf dem Bett ein wenig gedreht? Ihre Glasaugen, die zuvor zur Zimmerdecke gerichtet waren, gingen jetzt in Richtung Bad. Paul konnte hören, wie das Rauschen des Wassers verebbte, sehen, wie die Badezimmertür knarrend aufschwang und ein baumlanger Schatten in der Türöffnung erschien.

Nein, kein Schatten …

… eine zweite Puppe aus Wachs, die Paul um gut einen Kopf überragte. Das eiskalte Licht des Kühlschranks fiel der Wachsgestalt ins Gesicht und erhellte die teigigen, unheimlichen, LEEREN Züge Jeff Bohners, der unbeweglich dort in der Türöffnung stehen geblieben war. Nackt. Die Hände geöffnet und nach vorne gestreckt, von der Bewegung, die ihn bis zur Tür gebracht hatte, nachzitternd.

»Komm zu mir, komm zu Mama, na, komm schon.« Diesmal war es eine helle Mädchenstimme, die zu hören war, Nancys Stimme, wie Paul sofort denken musste, eine Stimme, die aus dem Kopfkissen drang, in dem sich ein weiterer Lautsprecher befinden musste.

Aber … was macht sie denn?

Jetzt waren die Glasaugen der Puppe auf dem Bett nicht mehr zum Bad gerichtet, jetzt sahen sie IHN an, ja, IHN, er sah es doch ganz genau, ER, Paul, war es, den sie meinte, zu ihm sprach sie –

»Komm schon, Baby, beeil dich, komm zu Mama ins Bett!«

Es war, als hätte sich seine Luftröhre plötzlich verschlossen. Er prallte zurück, stieß mit dem Rücken gegen die dünne Holztür des Motelzimmers – fuhr herum und stürzte durch den Eingang ins Freie.

6

Kalt. Klar. Nacht.

Paul rang nach Luft.

Die Schlucht. Der Bungalow hinter ihm. Aus dem Inneren der Hütte war nichts mehr zu hören. Wahrscheinlich standen die Puppen noch so, wie er sie eben verlassen hatte. Vielleicht aber fuhren sie auch gerade wieder in ihre Ausgangspositionen zurück.

Er lief den Weg, den er gekommen war, wieder hinunter. Der Flachbau, in dem er die anderen zurückgelassen hatte, war leer. Stattdessen fand er sie ein paar Schritte weiter in einem weiteren der kleinen Hotelbungalows.

»Natürlich müssen wir uns auf die Zusicherungen der Händler verlassen«, erläuterte Beth den Anwesenden gerade, als Paul sich zu ihnen gesellte, »aber es ist eine kleine Welt. Jeder kennt jeden. Da kann es sich eigentlich keiner erlauben, mit Fälschungen zu handeln. Und das hier«, sie zog ein Tuch weg, das ein Drahtgestell verborgen hatte, »ist wirklich sehr gut zertifiziert. Wissen Sie, was es ist?«

Die Besucher drängten sich um das Drahtgestell, um besser sehen zu können.

»Es ist das Hemd, das Bohner bei seinem letzten Mord getragen hat.« Beth näherte ihr Gesicht dem Drahtkäfig ein wenig. »Sie müssen sich ganz darauf konzentrieren … dann können Sie vielleicht noch etwas erahnen von dem Geruch, der entsteht, wenn ein Mann wie Jeff Bohner Jagd auf sein Opfer macht.«

Sie richtete sich auf, und ihr Blick glitt über die Anwesenden hinweg. »Paul! Da sind Sie ja wieder.«

Er zuckte ein wenig zusammen. »Ja … ich war nur in dem Bungalow ein paar Schritte weiter oben und hab mich dort umgesehen …«

»Hmhmmm.« Beth schien kurz nachzudenken. »Gut, dann wären wir ja wieder vollzählig – obwohl, Moment.« Ihre Augen tasteten die Gesichter ab, die ihr zugewandt waren. »Nein. Einer von uns fehlt immer noch.« Ein spitzer, vogelartiger Zug war in ihr Gesicht getreten. »Aber wer?« Sie breitete die Arme aus und sah in die Runde.

»Constance fehlt.« Es war Lizzie, die als Erste antwortete.

Paul sah sich zu den anderen um. Es waren alle da. Sheldon, Rupert, Tony und Michael, Mary und Glenn – das Haushälterpaar, das schon beim Imbiss bedient hatte und von Jay erwähnt worden war –, Jay selbst, Beth, Kate, die auf der Fähre über Bohner gesprochen hatte, Lizzie und er selbst. Elf Personen – alle elf, die auch auf der Fähre schon dabei gewesen waren. Nur eine fehlte. Constance, die Pressefrau.

»Constance ist diejenige, die fehlt, Sie haben völlig recht, Lizzie.« Beth warf Rupert einen kurzen Blick zu. »Haben Sie ihr irgendeinen Auftrag gegeben, Rupert? Dass sie noch was erledigen sollte?«

Levin schüttelte den Kopf, lächelte.

»Merkwürdig, oder?« Beth sah wieder zu den anderen. »Wir hatten doch alle miteinander hierherkommen wollen. Wieso ist Constance denn jetzt nicht bei uns?«

So also soll das hier laufen?

Paul ließ sich mit der Schulter gegen die Wand des Bungalows sinken. Na schön. Aber er war hier, um zu berichten – nicht, um Spielchen zu spielen. Sollten sich die anderen doch darauf einlassen.

»Sind denn alle, die sich zurzeit auf der Insel befinden, jetzt auch hier?«, hakte Lizzie nach. »Wir elf. Und Constance. Also zwölf. Ist noch jemand auf der Insel?«

»Wir elf und Constance, zwölf insgesamt. Das sind alle, richtig, sonst ist niemand hier.«

»Es ist schon losgegangen, ja? Das Spiel, das Sie hier spielen. Ist es so?«, mischte sich Paul jetzt doch ein.

Beth nickte. »Wir wollen Ihnen an diesem Wochenende unseren Park präsentieren, das haben wir ja gesagt. Worauf sollen wir warten? Natürlich ist es losgegangen.« Ihre Mundwinkel zogen sich in die Höhe, aber es wirkte angestrengt. Als müsste sie sich zwingen, gute Laune zu demonstrieren.

»Ach ja? Und was heißt das jetzt? Ist Constance dem ... also ... sogenannten Mörder zum Opfer gefallen, oder was? Vielleicht hatte sie auch einfach keine Lust mitzukommen und ist noch im Hotel!«

»Warum versuchen Sie nicht, das herauszufinden, Paul?« Beth wirkte angriffslustig.

Paul bemerkte, dass die Blicke der anderen auf ihn gerichtet waren. Auch Lizzie sah zu ihm.

»Und was genau soll ich herausfinden?«

»Na, was mit ihr passiert ist, natürlich.«

»Gar nichts! Was soll ihr schon passiert sein?«

»Was passiert sein soll? Das haben wir doch eingangs deutlich gemacht, oder? Es geht um ein Erlebniswochenende. Nichts, was hier geschieht, ist Zufall. Wir wollen unseren Gästen etwas bieten. Abenteuer, Nervenkitzel, und ein bisschen Grusel vielleicht auch. Ich würde also vorschlagen, Sie ... Sie alle«, Beth lächelte in die Runde, »versuchen herauszubekommen, wieso Constance jetzt nicht unter uns ist.«

Ein Gedanke blitzte in Pauls Kopf auf. »Ein Krimispiel – das ist es doch, was Sie in dem Park hier planen. Wahrscheinlich läuft es darauf hinaus: Constance fehlt, der«, er krümmte die Zeigefinger zu Anführungszeichen in der Luft, »›Mörder‹ hat sie erwischt – und wir sollen herausbekommen, wer von uns der ›Mörder‹ ist.«

Beth hob die Schultern, blieb aber stumm. *No comment* sollte das wohl heißen.

»Wie aber kann der ›Mörder‹«, erneut nahm er seine Zeigefinger zu Hilfe, »Constance erwischt haben, wenn wir jetzt alle hier sind? Das haben Sie doch gerade gesagt. Alle, die sich im Moment auf der Insel befinden, sind gerade hier in diesem Bungalow. Also? Wie kann jemand von uns Constance ›ermordet‹ haben, wenn wir uns jetzt hier alle sehen – und außer dem ›Opfer‹ keiner fehlt?« Ein wenig ärgerte er sich über sich selbst, als er das sagte. Warum ließ er sich auf diesen Unsinn überhaupt erst ein? Aber es war stärker gewesen als er – der Impuls, sich an der Lösung des Rätsels von Constances Abwesenheit zu beteiligen.

»SIE sind nicht bei uns gewesen, Paul.«

Es traf ihn wie ein Schlag mit dem Hammer. »Was?«

»Sie, Paul.« Beth sah ihm gerade ins Gesicht. »Wir anderen waren hier alle zusammen, das ist richtig. Nur Constance hat gefehlt. Constance und Sie, Paul.«

»Ich … Das ist doch lächerlich. Wie gesagt, ich war gleich nebenan, in dem Bungalow mit der Nancy-Cass-Puppe.« Er fühlte die Blicke der anderen weiter auf sich und winkte ab. »Ist doch absurd!«

Beth lächelte, und jetzt wirkte es echt. »Okay, Paul, ganz abgesehen davon, wo Sie waren, denken Sie doch mal nach. War Constance dabei, als wir hier zu den Bungalows gegangen sind? Oder hat sie schon vorhin beim Imbiss gefehlt?«

»Beim Imbiss habe ich sie noch gesehen«, meldete sich nun Michael zu Wort, »auf dem Weg hierher dann aber nicht mehr.«

Beth zog die Augenbrauen in die Höhe. »Vielleicht ist Constance also vorhin schon dem ›Täter‹ zum Opfer gefallen. Als alle noch mal auf ihre Zimmer gegangen sind, um sich wärmere Sachen zu holen. Da kann es doch jeder von uns gewesen sein, oder?«

Na großartig! Das ist ja wirklich toll ausgetüftelt.

Beth machte eine Pause, wie um zu warten, dass den Anwesenden klar würde, was das bedeutete. »Der Täter«, fuhr sie schließlich fort und verzichtete diesmal auf das Andeuten der Anführungszeichen, »... oder *die Täterin!* Er oder sie erwischt Constance noch im Hotel – und mischt sich dann wieder unter uns. So könnte es gewesen sein, oder nicht?«

Ein Spiel – alles nur Spaß ...

Paul fühlte, wie sein Blick in die Gesichter der anderen gezwungen wurde. *Also tatsächlich einer von uns.* Aber wer? Dieser Tonmann, Michael? Sollte er der ›Täter‹ sein? Glenn, der vorhin beim Buffet die Platten auf den Tisch gebracht hatte? Beth selbst – warum nicht? Es konnte jeder von ihnen sein. Wer war es – wer war der Täter – oder die Täterin, den oder die Beth meinte?

»Warum teilen wir uns nicht auf«, hörte er die Park-Managerin fortfahren, »und sehen nach, wo Constance ist? Dann bekommen wir vielleicht am schnellsten heraus, was passiert ist. Warum gehen Sie, Paul, nicht zusammen mit Mary, Tony und Michael in die Richtung, in der Sie sich vorhin schon umgesehen haben, und schauen dort nach? Und wir anderen teilen uns auch noch mal auf –«

»Aber wie soll das denn laufen?«, fiel Paul ihr etwas unwirsch ins Wort. »Ich meine, später, wenn Sie den Park hier kommerziell betreiben. Wenn sich der – also der ›Mörder‹ ein ›Opfer‹ sucht. Woher weiß ich denn, dass – was? Ich mich tot stellen soll? Einer kommt auf mich zu – und wie? ›Buh – du bist tot‹?«

»Vielleicht hat er sie gefesselt – also Constance gefesselt –, haben Sie daran schon mal gedacht, Paul?«

»Gefesselt? Wie – *wirklich* gefesselt, ohne dass sie das wollte?«

Beth spitzte die Lippen. »Ja, wirklich gefesselt, warum nicht? Ohne dass sie das wollte? Nun, Constance gehört zum Team, zum *Murder-Park*-Team, nicht wahr? Um sie brauchen Sie sich nicht allzu viele Sorgen zu machen, Paul. Sie ist eine von uns – sie ist damit einverstanden.«

»Und bei den Kunden, wie soll es da später laufen? Die lassen sich dann auch fesseln?«

»Für unser Spielkonzept, lieber Paul Greenblatt, ist vor allem wichtig, dass erst mal niemand von den Gästen weiß, wer der ›Mörder‹ ist, nicht wahr? Das ist ja gerade der Clou des Parks. Dass es einer der Gäste sein muss. Und dass die anderen nicht wissen, *wer von ihnen es ist*. Deshalb erwischt es eben am ehesten denjenigen, der sich von den anderen entfernt. Dann kann ein ›Mord‹ geschehen, ohne dass die anderen wissen, wer der ›Mörder‹ ist. Man sollte also zusammenbleiben, habe ich das nicht gesagt? Je weniger man sich absondert, desto weniger gefährdet ist man. Und das wiederum fördert das Knistern unter den Teilnehmern. Aber es gibt viele verschiedene Varianten, Paul. Die Fesselung ist nur eine davon. Und wird das ›Opfer‹ rechtzeitig befreit, muss es auch nicht gleich ausscheiden, nicht wahr?«

Ich werde mich nicht einfach von euch fesseln lassen!

»Lassen Sie uns das eins nach dem anderen durchspielen und erleben, Paul. Und jetzt geht es erst mal um Constance!« Wieder wandte sich Beth an alle. »Wenn Sie die blonde Pressefrau also weiterhin dabeihaben wollen, sollten Sie sich beeilen, sie zu finden! Solange Constance noch nicht« – wieder kamen die gefingerten Anführungszeichen zum Einsatz – »›tot‹ ist, können Sie sie natürlich ›retten‹. Und sie wird weiter am Spiel teilnehmen können.«

›*Weiter am Spiel teilnehmen können*‹ … das sollte wohl heißen: weiter als Single für die Verkuppelung zur Verfügung stehen.

Ohne dass Paul den Mund aufgemacht hatte, war ihm das durch den Kopf gegangen. Und tatsächlich sah er, wie Beth ihm zuzwinkerte. Oder war ihm das nur so vorgekommen?

Er wischte sich über die Augen, aber als er wieder zu ihr hinsah, hatte Beth sich bereits abgewandt.

Video-Interview 1: Paul Greenblatt Fortsetzung

Sheldon: Sie waren dreizehn, vierzehn Jahre alt, als Sie begonnen haben, Zeitungsartikel und Bücher über Serienmörder zu sammeln, sagten Sie?

Paul: Ja, das stimmt, dreizehn, vierzehn, etwa zehn Jahre muss das jetzt her sein.

Sheldon: Erzählen Sie mir davon.

Paul: Wissen Sie, zum Teil habe ich mir ja selbst schon Sorgen gemacht, dass es zu weit gehen könnte, aber ... ich war ein Teenager, und damals hat mich das vollkommen in Beschlag genommen. Inzwischen habe ich andere Jungs in diesem Alter kennengelernt, und ich glaube, das gibt es immer wieder, dass ein Jugendlicher, wenn er heranwächst, sich etwas sucht, das er wirklich ausforschen will. Manche stürzen sich auf Lego oder Star Wars oder ... was weiß ich ... Fußball? Bei mir waren es nun mal ... ja, Serienmörder. Ich kannte jeden von ihnen. Ihre Opferzahlen, ihre Vorgehensweisen, ihre Vorlieben. Wie sie gejagt und gestellt worden sind. Wer nie gefasst wurde. Die Killer in den Staaten, aber auch die in Mexiko oder Russland. Die Mörder aus Deutschland aus den Zwanzigerjahren, die Täter in Japan. Ich habe dutzendweise Briefe an die Gerichte, an die Gefängnisse geschrieben, weil ich einen Besuchstermin wollte, mit einem von denen, die einsaßen, aber ... Ich meine, davon wussten meine Pflegeeltern natürlich nichts. Ich habe die Briefe geschrieben und abgeschickt und für die Rückantwort die Adresse eines Freundes angegeben. Aber es hat nie geklappt. Ich habe nie einen Termin bekommen. Ein Glück vielleicht, sage ich mir heute.

Sheldon: Ein Glück? Wollten Sie diese Täter irgendwann nicht mehr treffen?

Paul: Mit sechzehn – siebzehn hat es nachgelassen. Alles in allem … letztlich sind es gar nicht so viele. Und nicht alle sind gleich spannend. Zwanzig, dreißig der bekanntesten Mörder habe ich wirklich … gut kennengelernt, möchte ich sagen. Ich habe mir auch Handbücher vom FBI kommen lassen, in denen die Techniken des Profilings erklärt werden. In denen seziert wird, wie man es schafft, sich in den Kopf, in den Geisteszustand eines Killers zu versetzen. Aber … sie wissen es nicht, verstehen Sie? Die Polizisten, die Kriminalisten, die Psychologen, die das schreiben, sie versuchen sich in die Lage des Mörders zu versetzen, aber … Es ist, als ob man versucht, sich in die Lage des Präsidenten zu versetzen. Klar, man kann es VERSUCHEN, aber … wissen, wie es wirklich ist, tut nur derjenige, der es getan hat. Der das Opfer anvisiert hat, gejagt hat, erlegt hat. Beseitigt hat. Der vom Tatort weggegangen ist, NACH DER TAT – nur er weiß, wovon er spricht. Deshalb habe ich versucht, an alles heranzukommen, was die Täter selbst geschrieben haben, mehr als an das, was die Ermittler geschrieben haben. Aber auch das, was die Täter geschrieben haben, ist leider sehr unbefriedigend. Denn … Ich hatte den Eindruck, man spürt es auf jeder Seite, in jeder Zeile … das sind schon ganz eigene Menschen … Typen, die auf acht oder zehn Ebenen gleichzeitig denken. Und sie versuchen, dich zu manipulieren. Sie haben alles Mögliche im Kopf, wenn sie von ihren Erfahrungen berichten, sie haben bestimmte Ziele im Kopf, und diese Ziele lenken sie, lenken das, was sie schreiben. Es geht ihnen – zumindest kam es mir so vor – nicht darum … sozusagen objektiv, ungefiltert zu berichten, wie es wirklich war, es geht ihnen vielmehr darum, dich zu beeinflussen. Aber ich wollte mich nicht manipulieren lassen, ich wollte mich nicht dazu bringen lassen zu glauben, dass sie gar nicht wirklich schuld an dem waren, was sie getan hatten, ich wollte wissen, *wie es ist*. Ich wollte wissen, wie der Kill ist, wie es sich anfühlt, was dir dabei durch den Kopf geht, durch den Bauch …

Sheldon: Die Texte, die Berichte, die Bücher … es hat Sie unbefriedigt gelassen?

Paul: Ja, oder vielleicht hatte ich auch bloß genug? Kann das sein? Ich war sechzehn, siebzehn, es ließ einfach nach. Ich kannte sie ja. Im Prinzip hatte ich von den bekanntesten Tätern und über sie alles gelesen und angeschaut, was es gab. Ich … weiß noch, wie ich in meinem Zimmer anfing, die Fotos und Papiere von den Wänden zu lösen. Es war, als würde so etwas wie die Sonne in dem Zimmer wieder aufgehen.

Sheldon: Aber was genau hat Sie dazu gebracht, Paul? Wann war der Moment, in dem sie entschieden haben, sich von dieser Welt zu lösen?

Paul: Na ja, ich hatte irgendwie genug, aber ich hatte auch jemanden kennengelernt – kann das der Grund gewesen sein? Also ›kennengelernt‹ ist jetzt vielleicht zu viel gesagt, aber ich … habe für jemanden zu … schwärmen begonnen. Sagt man das so? Nicht für jemanden aus einem Buch … oder sonst was … sondern für jemanden aus meiner Schule.

Sheldon: …

Paul: Es kann der Grund gewesen sein, das sehe ich Ihnen doch an! Vielleicht war es auch schlichtweg das Gefühl, diesem Mädchen unmöglich mein Zimmer mit diesen Bildern an den Wänden zeigen zu können. Also habe ich aufgeräumt und die Sonne reingelassen. Und nachdem die Sachen erst mal von den Wänden runter waren … hat mich nichts mehr dorthin zurückgezogen. Polizeiberichte. Ermittlungen aus den Fünfzigerjahren? Ich meine, wie bitte?

Sheldon: Was für ein Mädchen war das, Paul?

Paul: Von meiner Schule, wie gesagt. Sie war ein, zwei Jahre älter als ich … ein paar Mal habe ich mit ihr geredet. Womöglich hatte sie irgendwo gehört, wer ich war, also was ich hinter mir hatte, womöglich war es das, was sie dazu gebracht hat, überhaupt mit mir zu sprechen. Heute? Ich weiß nicht, wo sie inzwischen lebt, wahrscheinlich mit einem Mann und einem Stall voller Kinder.

Sheldon: Das Mädchen hat mit Ihnen geredet? Obwohl sie älter war als Sie?

Paul: Jeder kannte sie, sie war eine … auffällige Erscheinung. Sah wirklich gut aus. Gibt es das nicht immer? Eine, die jeder bemerkt? Sie wohnte nur ein paar Straßen von uns entfernt, und natürlich wusste ich, wer sie war. Ich hatte angefangen, sie aus der Ferne zu bewundern. Vielleicht hat sie auf irgendeine verrückte Weise sogar gespürt … dass ich …

Sheldon: Dass Sie – was?

Paul: Dass ich ihr einmal sehr nah gewesen bin? Ich war noch nicht sechzehn, wusste aber schon, wer sie war, also … Ich kannte sie vom Sehen aus der Schule. Aber im Kopf hatte ich … zumindest kam mir das damals so vor … im Kopf hatte ich erst mal noch nur FBI-Akten, Mordberichte, Fotos, Interviews mit Opfern, denen es gelungen war, einem Täter zu entkommen. Es war die Zeit, in der ich eine unstillbare Wut in mir gefühlt habe. Ich war auch damals schon groß, ein hochgewachsener Junge, nicht gerade breit, aber lang. Und ich bin durch die Gegend gestromert. Stundenlang durch die Straßen gestreunt. Hab mich regelrecht herumgetrieben.

Sheldon: Haben Ihre Pflegeeltern dem keinen Riegel vorgeschoben?

Paul: Na ja, es waren nur meine Pflegeeltern, verstehen Sie? Sie waren rücksichtsvoll, aber … Es war, als würden sie das Gefühl haben, mir nicht wirklich sagen zu dürfen, was ich zu tun und zu lassen hätte. Sie fuhren … sozusagen mir gegenüber immer mit angezogener Handbremse? Sie waren zurückhaltend, vorsichtig, mein Pflegevater hat mich nie angeschrien, zum Beispiel. Vier Jahre war ich alt, als ich zu ihnen gekommen bin, sie hatten außer mir keine Kinder und wussten, was ich hinter mir hatte. Und dennoch haben sie sich entschlossen, mich aufzunehmen. Ich habe sie jetzt schon einige Jahre nicht mehr gesehen, aber es sind – fast möchte ich sagen: herzensgute Menschen. Sie waren immer … nachsichtig mit mir. Zu sehr? Ich weiß es nicht, aber so etwas spürt man. Man spürt, wenn die Eltern – oder diejenigen, die bei einem die Elternrolle übernommen haben –, wenn sie das Gefühl haben, nicht wirklich das Recht zu haben, einen in die Schranken zu weisen. Es ist ja nicht so, dass das fehlende Liebe wäre. Es ist eher so etwas, wie … eine fehlende Berechtigung. Sie sind eben nur die Pflegeeltern – und da gibt es dann etwas, das fehlt. Oder? So verstehe ich das jedenfalls heute. Sie haben mich geliebt, sie haben mich respektiert, aber ich gehörte ihnen nicht wirklich – nicht ganz, verstehen Sie? Und das muss ich irgendwie auch gefühlt haben. Es hat mir keine Ruhe gelassen – obwohl ich damals überhaupt nicht wusste, was es war, das mir gefehlt hat. Ich wusste nur, was ich fühlte. Dass ich unruhig war, rastlos, wild. Ja, wild. Also bin ich durch die Gegend getigert – eingestiegen aber bin ich dann in ein Haus ganz bei uns in der Nähe.

Sheldon: Eingestiegen?

Paul: Einmal, ja.

Sheldon: Was heißt ›eingestiegen‹?

Paul: Es war gar nicht schwer. Viel einfacher, als ich selbst gedacht hatte. Eben bei diesem Mädchen, das mir aufgefallen war, bei ihren Eltern. Ich wusste, dass an dem Tag bei ihnen niemand zu Hause war, es waren Ferien, fast niemand aus meiner Schule war noch in der Stadt. Ich hatte ein paar Tage lang in der Straße nachgesehen und wusste, dass sie und ihre Eltern nicht da waren. An dem Abend habe ich mich dann aus meinem Zimmer geschlichen, kaum dass es dunkel war, und bin hingegangen. Das Herz hat mir im Hals geschlagen. Aber die Straße lag vollkommen ruhig da. Ich war nichts als ein schmaler Schatten im Mondlicht, bin durch die Pforte im Gartenzaun und um das Haus herum zur Hintertür. Wie bei fast jedem Haus in der Gegend hatte die Hintertür eine Katzenklappe, und sie hatten die Klappe nicht gesichert. Sie hatten die Tiere ja nicht mit in den Urlaub genommen, jemand kümmerte sich um sie. Und dieser … Katzensitter hatte die Katzen natürlich nicht eingesperrt. Ich habe einen Arm durch die Katzenklappe gestreckt, mich auf den Rücken gedreht und bin von unten an die Klinke gekommen. Dann war die Tür auf und ich im Haus drin.

Sheldon: Sie sind in das Haus eingebrochen.

Paul: Melden Sie das jetzt, Sheldon? Es ist fast zehn Jahre her …

Sheldon: Ich habe Ihnen gesagt, dass unser Gespräch vertraulich bleibt, Paul.

Paul: [sieht vor sich auf den Boden]

Sheldon: Was haben Sie in dem Haus gemacht?

Paul: Na, was glauben Sie wohl, was ich dort gemacht habe?

Sheldon: Sie sind in das Zimmer des Mädchens gegangen. Wie hieß sie?

Paul: Ich habe Ihnen den Namen nicht gesagt und möchte ihn auch nicht nennen.

Sheldon: Sie sind in ihr Zimmer gegangen.

Paul: Ich bin in ihr Zimmer gegangen.

Sheldon: Und?

Paul: Habe mich auf ihr Bett gelegt. Ich war eingebrochen und so aufgeregt, dass ich dachte, ich müsste zerspringen. Aber es war … wie ein Rausch. Das Kissen hat nach ihr geduftet, das ganze Zimmer schien sie zu … zu atmen. Es war fast, als wäre sie in dem Raum. Ich hatte die Augen weit offen, natürlich hatte ich kein Licht gemacht, ich sah ihre Sachen auf dem Nachttisch, auf dem Regal, an den Wänden – es war, als würde sie mich ganz umfangen. Ich habe auf ihrem Bett gelegen und sie geliebt, okay? Ich habe nichts Schmutziges gemacht, ich habe nichts mitgenommen, nur dort gelegen und ihre Nähe eingesogen.

Sheldon: Haben Sie ihr das erzählt, später, als Sie miteinander geredet haben?

Paul: Nein, habe ich nicht. Natürlich nicht. Aber nach dem Abend, nachdem ich in ihrem Bett gelegen hatte … habe ich die Fotos und Berichte in meinem Zimmer von den Wänden genommen.

Sheldon: Haben Sie irgendjemandem davon erzählt – von dem Einbruch?

Paul: Niemandem. Nur Ihnen jetzt.

Sheldon: Und warum, warum ausgerechnet jetzt?

Paul: Weil Sie mich nach Bohner fragen, Sheldon, wundert Sie das? Da kann so etwas schon mal nach oben kommen. All das, was ich glaubte, längst hinter mir zu haben!

Sheldon: Beruhigen Sie sich Paul, es ist gut – es ist gut, dass wir darüber reden.

Paul: Ist es das? Sind Sie sich sicher? Woher wollen Sie das wissen? Weil sie Psychiater sind? Ihr verdammten Psychofritzen kennt euch aus? Ich weiß nicht. Ich bin mir da nicht so sicher! Ich weiß nicht, ob ich überhaupt dort hinwill, in diesen Park, diesen verdammten *Murder Park,* wenn sich dort alles um Jeff Bohner dreht!

7

»Soweit ich es sehe, können wir entweder tiefer in die Schlucht hineingehen«, Paul trat auf eine kleine Erhebung gleich neben dem Bungalow, den sie eben verlassen hatten, und sah an dem Häuschen vorbei in die dunkel rauschende Felskerbe, »oder wir gehen in die andere Richtung, auf das Haupthaus zu.«

Er deutete von der Schlucht weg zu dem Betongerippe, als das das Hotelgebäude durch die Nacht hindurch zu ihnen schimmerte, erhellt nur von einigen Außenlampen und Fußwegleuchten, die fahl im Nebel waberten.

Sie hatten sich aufgeteilt, geradeso, wie Beth es vorgeschlagen hatte. Mary, Tony und Michael waren mit Paul nach draußen gekommen, während Beth die anderen noch weiter instruierte.

»In die Schlucht hinein, jetzt bei der Dunkelheit, das hat doch keinen Sinn.« Tony trat neben Paul auf die Erhebung. »Da hinten … ist das nicht ein Trampelpfad? Der müsste direkt zum Hotel führen. Wahrscheinlich sollen wir Constance sowieso beim Haupthaus finden, oder?« Der massige Kameramann rieb sich über die kurzen Bartstoppeln an seinem Kinn, sodass Paul ein leises Bürstgeräusch hören konnte. »Die wollen doch nicht, dass wir in das Bachbett stürzen und uns den Hals brechen.«

»Das glaub ich auch.« Michael rutschte auf seinen Stoffturnschuhen bereits zu dem Pfad, der gleich hinter dem Bungalow abging. »Lasst uns zurück zum Hotel gehen und diese unsägliche Farce beenden.«

Paul wechselte einen Blick mit Tony, dann folgte er Michael den abschüssigen Pfad hinunter. Hinter sich hörte er, wie Mary und Tony sich ebenfalls an den Abstieg machten. Eine Zeit lang gingen sie schweigend im Gänsemarsch durch die Dunkelheit.

»Sie kann überall sein, oder?«, hörte Paul Michaels Stimme von vorne kommen. »Sollen wir die ganze Nacht nach ihr suchen? Sie werden sie schon nicht erfrieren lassen.«

»Willst du nicht derjenige sein, der sie findet, Michael?« Das war Tony, der hinter Paul kam. »Dann darfst du ihr sicherlich auch die Fesseln abnehmen.«

Paul blieb stehen und warf einen Blick zurück. Gleich hinter ihm kam Mary, der Kameramann bildete den Abschluss der Gruppe. Paul hielt der Frau eine Hand hin.

»Geht es, wollen Sie meinen Arm?«

Marys robuste Pumps hatten zwar nur kleine Absätze, aber auch die erleichterten nicht gerade das Gehen über den steinigen Boden.

»Es geht schon, Mr. Greenblatt, vielen Dank.« Mary hatte einen Mantel an, der ihren umfangreichen Körper ganz verbarg, und ihr Hals ragte ungewöhnlich lang aus dem Kragen heraus. Die Haare trug sie offen und fast wie eine Prinz-Eisenherz-Frisur. »Machen Sie sich um mich keine Sorgen.«

»Und Sie machen das wirklich zu dritt, Mary?« Paul hatte Mary und Tony an sich vorbeigehen lassen und schritt nun hinter ihnen her. »Dass Sie sich um das ganze Haus und all die Gäste kümmern, meine ich. Sie, Glenn und Jay.«

»Es packen ja alle mit an«, hörte er Mary antworten, »Constance, Beth, selbst Kate. Außerdem ist das Essen bereits vorbereitet, ich und mein Mann sollen es lediglich auf den Tisch bringen.«

»Ihr Mann? Wer, Glenn?«

»Ja, Glenn, natürlich.« Mary warf Paul durch die Dunkelheit einen Blick über die Schulter zu, der ihm fast misstrauisch vorkam.

Hatte es nicht geheißen, sie alle wären Singles? Aber das galt vielleicht nicht für diejenigen, die sich um das Haus und die Gäste kümmerten …

»Nein, weil Constance und Rupert vorhin auf der Fähre meinten, wir alle wären … wissen Sie? … Singles.«

»Aber doch nicht ich und Glenn, Mr. Greenblatt«, hörte er Mary antworten. »Wir sind für das Haus und das Essen zuständig. Mr. Levin wollte extra ein Ehepaar für den Job, und deshalb hat er uns beide genommen.«

Und Jay für die Zimmer. Jay schien es mit der Singlebörse ja ein wenig ernster zu nehmen.

Paul bemerkte, dass Michael und Tony weiter vorn auf dem Pfad stehen geblieben waren. Der Kameramann wirkte aufgebracht und hielt Michael am Arm. *Wer bist du?* – hatte er »wer bist du?« gerufen?

»Ich hab dich erst *einmal* gesehen! Bei diesem Dreh letztes Jahr«, jetzt war Tony deutlich zu verstehen. »Die meisten Teams, die Kameramänner, die Tonmänner, das sind doch immer die gleichen. Man kennt sich. Aber dich? Hab ich nur einmal getroffen und dann nie wieder!«

Paul und Mary waren inzwischen ganz an die beiden herangekommen.

»Man sieht sich hier bei einer Produktion, dort bei der nächsten«, ereiferte sich Tony. »Lizzie hat gesagt, dass ein gewisser Michael mitkommen wird. Okay, sag ich, denk mir nichts. Aber jetzt? Hier? Wer bist du? Arbeitest du überhaupt als Tonmann sonst – oder trifft man dich immer nur hier auf der Insel?«

Mary ging an den beiden vorbei weiter Richtung Hotel.

»So ein bisschen Ton angeln«, Tony warf Paul einen Blick zu, »das bring ich dir doch an einem Nachmittag bei!« Er schaute wieder zu Michael. »Also. Wieso hab ich dich nur einmal gesehen? Ich meine … so jung bist du ja nicht.«

»Ach, leck mich doch am *Arsch!*« Es war heftig und brüsk aus Michael herausgebrochen. Er rempelte den Kameramann fast an, als er an ihm vorbeiging, offenbar nicht gewillt, sich auf so ein Verhör einzulassen.

»Ist doch wahr«, wandte sich Tony an Paul. »Ist das zu viel verlangt? Dass man wissen möchte, mit wem man arbeitet?«

»Ich wollte, ich hätte diesen Drecksjob nie angenommen!« Wütend war Michael herumgefahren.

»O ja, und wieso?« Ein wenig höhnisch schaute Tony zu ihm. »Bezahlen sie dich zu schlecht?«

»Glaubst du wirklich, dass sie uns sagen, um was es hier eigentlich geht?«

»Ach, hör doch auf mit der Panikmache!« Tony gab Paul ein Zeichen. »Kommen Sie, Paul, da vorn ist das Hotel. Die anderen sind wahrscheinlich schon im Bett. Lassen Sie uns Constance aufstöbern, dann kriegen wir Pluspunkte bei der Parkleitung!«

Paul sah zu Michael. »Um was geht's hier denn eigentlich, Michael?«

Aber der Tonmann zuckte nur die Achsel und trottete hinter Tony auf die Hotelsilhouette zu.

Der Weg mündete an der Rückseite des Gebäudes, wo eine Einfahrt in die Keller führte. Ein Gabelstapler stand im weißen Licht der Lampen, Paletten mit eingeschweißten Vorräten waren aufgereiht. Getränkekisten, zugenietete Fässer, Pappkartons und Styroporbehälter, die offenbar noch eingelagert werden mussten.

»Mistviecher!«

Ein harter Gegenstand knallte zwischen die Paletten und prallte von der Betonwand der Einfahrt ab.

»Ratten, oder … Marder?« Es war Michael. Er hatte eine Konservenbüchse aus einem Karton gegriffen und nach einem Schatten geworfen, der ihm zwischen den Vorräten aufgefallen sein musste.

»Reiß dich zusammen, Mann, was soll das denn!« Tony hielt eine Hand flach in Michaels Richtung, als wollte er ihm drohen.

»Was sie da sagen … Krimispiel!« Michaels Augen waren übergroß, und erst jetzt bemerkte Paul, wie aufgebracht der Tonmann wirklich war. »Spaß? Unterhaltung? Leute kennenlernen? Das glaubst du doch selbst nicht! Hier geht's um was ganz anderes –«

»Ach ja«, unterbrach Paul ihn, »und um was, verflucht noch mal?« Er sah, wie sich die geröteten Augen des Mannes auf ihn richteten.

»Was man sich über Bohner erzählt, haben Sie davon noch nie was gehört?«

»Über Bohner? Jeff Bohner? Was meinen Sie denn?«

»Hören Sie sich um, Mann, machen Sie sich schlau.« Michael schleuderte Tony einen Blick zu. »Tut doch nicht so, als wenn wir alle nur zum Vergnügen hier wären!«

»Natürlich nicht.« Paul kratzte sich am Ohr. »Wir sollen über den Park berichten. Niemand ist zum Spaß hier, Michael. Wir sind zum Arbeiten auf der Insel. Jeder auf seine Weise. Aber –«

»Ach, das sind doch nur Gerüchte«, fuhr Tony dazwischen. »Bohner! Hören Sie nicht auf ihn –«

»Nein«, Paul wollte sich von Tony nicht unterbrechen lassen, »lassen Sie ihn doch mal ausreden –«

»Daaa!« Michaels Aufschrei fuhr Paul wie ein Dorn ins Genick. Er wirbelte herum, sein Herzschlag plötzlich ein Galopp, als hätte ihm jemand Drogen direkt in die Kammern gespritzt.

WAS? Wo denn?

»Dort oben, hinter der Einfahrt –«

Jetzt sah auch er es. Ein ... Mantel – Schatten – Schlackern? Eine Gestalt wie eine Vogelscheuche – weg. Es kam Paul vor, als hätte man ihn binnen Sekunden von der Sohle bis zum Scheitel mit Eissplittern gefüllt.

»Halt!« Er rang nach Luft – im nächsten Augenblick trugen ihn seine Beine an der Betoneinfahrt vorbei die Böschung hoch, auf deren Spitze die Gestalt zu sehen gewesen war.

Da! Dort war sie wieder! Ein zuckender Schatten, springend, schlackernd, hüpfend.

»HEY!«

Die Gestalt hatte eine Kapuze über dem Kopf, aber der Umhang, der Kaftan – was auch immer das war – schien sie beim Laufen zu behindern.

»Bleib stehen, verflucht!«

Paul sprintete dem Schattenriss hinterher, um die Gestalt einzuholen, bevor sie ganz von der Dunkelheit verschluckt wurde. Schon spürte er den schwarzen Umhang an den Fingerspitzen – ein unangenehmes, synthetisches Zeug – da blieb die Gestalt mit einem Mal vor ihm stehen und fuhr herum.

Schwer und langsam, wie in einem unendlich verzögerten Seufzen, hörte Paul sich einatmen …

Dieses *Gesicht* …

Es war *riesig*, es war wütend, es war *böse* –

WAS IST DAS?

Eine Maske –

Es muss eine Maske sein –

Es war ein riesiges Babygesicht, eine Babykopfmaske, die ihn aus der Kapuze heraus anstarrte. Und durch die Babyaugenschlitze der Maske waren die Pupillen des Wesens zu sehen, das sich dahinter verbarg. Stechende, rote, gemeine Pupillen.

Video-Interview 4 von 12

Widder

Name:	**Beth Hoffman**
Alter:	**40 Jahre**
Beruf:	**Park Manager**

Sheldon: Wer wird am Ende entscheiden, welche Teilnehmer an dem ersten Pressewochenende dabei sind? Sie, Beth? Oder Rupert?

Beth: Rupert sagt, er hat keine Zeit dafür. Er hat mich gebeten, die endgültige Auswahl zu treffen, auch aufgrund der Gespräche, die Sie bereits geführt haben und noch führen werden, Sheldon. Aber was meinen Sie? Wollen Sie mich bei der Auswahl unterstützen? Am Ende haben Sie ja die Interviews gemacht, haben jedem ins Auge gesehen. Ich glaube eigentlich, Sie können viel besser auswählen als ich.

Sheldon: Lassen Sie uns das nach unserem Gespräch festlegen. Ich … ich berate Sie gern, aber letztlich … Ich kann Ihnen ein psychiatrisches Profil der Kandidaten zeichnen, aber wer von den Leuten am besten geeignet ist, das geplante Wochenende zu einer gelungenen Veranstaltung zu machen, entscheiden vielleicht doch lieber Sie, Beth. Aber wissen Sie was? Ich gebe Ihnen gern eine Liste mit Vorschlägen. Die können Sie dann akzeptieren oder nicht. Zwölf Personen, richtig? Wer hat eigentlich gesagt, dass es zwölf sein sollen? War das Ihre Idee?

Beth: Nein, ich habe nicht zwölf gesagt.

Sheldon: Wer dann? Wollte Rupert zwölf?

Beth: Rupert hat mir gesagt, es war IHRE Idee, Sheldon. Er meinte, Sie hätten gesagt, bei zwölf Leuten würde sich eine gute Gruppendynamik bilden. Weil es so viele verschiedene Möglichkeiten gibt, ausgeglichene Gruppen zu bilden. Zwei mal sechs Leute oder drei mal vier oder vier mal drei …

Sheldon: Natürlich, zwölf ist immer gut, aber ich habe Rupert das nicht empfohlen. Deshalb fragte ich Sie ja gerade … und offen gestanden – ich musste auch noch an etwas anderes denken. Ist Ihnen das auch aufgefallen?

Beth: Was?

Sheldon: Zwölf. Zwölf Gäste – zwölf Sternzeichen. Von Widder über Krebs bis Fische – das sind genau zwölf Tierkreiszeichen. Und zwölf Gäste sollen es am Ende sein. Gibt es dabei einen Zusammenhang? Oder interpretiere ich da zu viel hinein? Ich meine, das wissen Sie doch, die Insel war früher *Zodiac Island* –

Beth: Ich weiß, Sheldon, natürlich weiß ich das.

Sheldon: Genau, und wahrscheinlich haben Sie auch schon einmal von der Theorie gehört, dass Jeff Bohner damals durchaus ein Auge auf die Sternzeichen seiner Opfer gehabt haben soll.

Beth: Ja, davon habe ich gehört. Kate Myerson hat darüber nachgedacht, es ließ sich aber nie belegen, drei Morde waren einfach zu wenig.

Sheldon: Ja … ja, so heißt es …

Beth: Dann sind wir hier fertig. Ich kann gehen, Sheldon?

Sheldon: Ja … sicher … gleich … nur … einen Moment noch, Beth.

Beth: Ja?

Sheldon: Ich habe nicht ausführlich mit Rupert darüber geredet, aber … Wenn ich ihn richtig verstanden habe, geht es ihm vor allem darum, mit dem Park, dem *Murder Park* ... Er sieht das als eine Investition, die Geld abwerfen soll, nicht wahr? Es sind mehrere Faktoren zusammengekommen. Die Insel, *Zodiac Island,* war relativ preiswert zu erwerben ... Er war auf der Suche nach einem Projekt – es war Ihre Idee, ist das richtig? *Murder Park.* Die ... die Serienmörder ... die Bungalows ... das haben Sie sich überlegt. Sie haben Rupert auf diesen Einfall gebracht.

Beth: Ich designe Freizeitparks, Sheldon, das wissen Sie doch –

Sheldon: Ja, nein, ich will Sie nicht verwirren, Beth, ich meine nur: Sie haben Rupert gesagt, dass er es mit einem *Murder Park* versuchen könnte. Dass sich das bei *Zodiac Island* besonders anbieten würde, nach dem, was dort geschehen ist. Es war IHRE IDEE, nicht wahr, Beth?

Beth: Was ... was soll das, Sheldon, was fahren Sie mich so an?

Sheldon: Ich fahre Sie nicht an, Beth, ich stelle nur fest, dass Sie mir ausweichen. Haben Sie etwas zu verbergen? Gibt es etwas, das Sie mir jetzt besser sagen sollten? Und FLÜCHTEN SIE NICHT WIEDER in irgendeine Ausrede!

Beth: Es war meine Idee, ja. Und? Gefällt sie Ihnen nicht?

Sheldon: Es war Ihre Idee. Und die Murderabilia-Sammlung? Das war auch Ihre Idee.

Beth: Vor allem die Sammlung. Die Sammlung, die Insel zu kaufen, der alte Park dort, die ganze Kulisse, jawohl. Rupert ist sofort darauf angesprungen. Was er gesucht hat, war ein Setting für eine Art Singles-Park. Und er hat sofort begriffen, dass diese Insel perfekt dafür ist.

Sheldon: Charles Mansons Flip-Flops, der elektrische Stuhl, die Kette aus Brustwarzen von Ed Gein. Sie haben das besorgt, Beth. Sie haben sich mit den Händlern getroffen, haben Angebote ausgehandelt, haben sich richtig reingefuchst in die ganze Materie, in diese schwüle, dunkle, aufgeheizte Welt der Serienmörder, um die so ein Kult gemacht wird. Ist das richtig? Sie haben sich mit den Männern getroffen, die solche Sachen verkaufen. Die mit den abgeschnittenen Fußnägeln der Mörder in der Tasche herumlaufen, um ein paar Dollar dafür zu kassieren. Was haben Sie den Männern geboten, Beth? Immer nur Dollar, Dollar, Dollar? Oder haben Sie sich, wie es sich für eine aufopferungsbereite Mitarbeiterin gehört, sozusagen mit Haut und Haar für die Sache engagiert? Mit den Männern geflirtet, um an ein besonders gutes Stück zu kommen, um einen besonders guten Preis zu erzielen?

Beth: Ich brauche mir das nicht anzuhören.

Sheldon: Nein, brauchen Sie nicht. Aber eines werden Sie sich doch anhören müssen, Beth. Ich habe mir ein wenig angesehen, was für Sammlerstücke ... Murderabilia, wie Sie sagen ... Sie von dem wichtigsten Mörder in Ihrer Sammlung, von Jeff Bohner, zusammengetragen haben. Darunter befindet sich auch eine Tagebuchnotiz, die er geschrieben haben soll. Auf der Speisekarte eines Diners. Sie wissen, welches Stück ich meine?

Beth: Ja, das weiß ich –

Sheldon: Hier, ich habe eine Kopie dabei, Beth. Lassen Sie mich das kurz vorlesen.

Beth: Ich wüsste nicht –

Sheldon: »Stattlich, du stehst stattlich vor mir.« So geht es los. Erkennen Sie es wieder?

Beth: Natürlich, nur –

Sheldon: »Du stehst stattlich vor mir, und deine Augen blitzen. Ich bin eine RESPEKTSPERSON, scheinst du zu sagen. Ich habe EINEN NAMEN, EINE FAMILIE, einen Beruf. EINE POSITION. EIN HAUS. Ein Bankkonto. Ich habe ANGESTELLTE. Ich habe Männer und Frauen, für die ich VERANTWORTLICH BIN, die auf mich hören. Die wissen, wer ich bin, die darauf achten, wenn ich etwas sage. ICH

HABE TERMINE, AUFGABEN, VERPFLICHTUNGEN. Und keine ZEIT. Gar keine Zeit. Ich kann lachen, wenn es sein muss, wenn es lustig ist, wenn es Spaß macht, wenn man einmal fünfe gerade sein lässt. Aber ansonsten habe ich ZU TUN.« So schreibt Bohner – ich meine, das Papier befindet sich in Ihrer Sammlung, Beth.

Beth: Was wollen Sie von mir, Sheldon?

Sheldon: Lassen Sie mich das kurz zu Ende lesen. »Aber das«, so geht es weiter, »ist nur die oberste Schicht. Und ich bin derjenige, der dir nicht nur die oberste Schicht abzieht, sondern auch alle darunter liegenden. Bis die Qualle zum Vorschein kommt, die du in Wahrheit bist. Das Quallentier. Das feuchte, knochenlose, empfindsame Wesen, das sich unter all den Schichten verbirgt. Das Wesen, das kein Rückgrat hat, keine Haltung, das nur Schmerz kennt, Empfindung … oh, und Genuss. Wenn es genießt, schließen sich seine Augen … und unter den Lidern wird es noch ein wenig feuchter. Arme und Beine hat das Wesen nicht, auch keine Ohren und keine Nase … nur einen Mund, eine Mundhöhle, in die es sich etwas stecken kann. Eine Mundhöhle, in der es warm ist und feucht. Das ist die QUALLE, das Wesen, das sich unter all den Schichten verbirgt. Die Qualle ist dein wahres Selbst, die Qualle ist das, was dich liebenswert macht. Aber das hast du verlernt. Du hast verlernt, in dir die Qualle zu sehen. Du hast dich so weit davon entfernt, dass du es laut von dir weisen würdest, wenn man dir sagt, dass du in Wahrheit genau das bist: dieser zarte Nerven- und Zellenknäuel, aus dessen Mund der Speichel tropft. Dieses Weichtier, das sich, wenn seine Not wirklich groß wird, nur umso weiter öffnet. Weiter und weicher, je bedrohlicher es um es steht. Das aber ist es, was mich zum Dorn macht. Wenn ich fühle, wie die Schichten abtauen, wegschmelzen, eine nach der anderen, sobald die Bedrohung nur hässlich genug ist und die Widerstandskraft erlahmt. Wenn ich fühle, wie die Qualle deine Schichten durchschwemmt. Dann ist meine Stunde gekommen. Je weicher die Qualle zutage tritt, desto fester wird der Dorn, den ich in ihr versenke – ihrem Fleisch, ihrer Weichheit, ihrer Empfindsamkeit.«

Beth: Ich kenne den Text, Sheldon.

Sheldon: Ja, Sie kennen ihn, Beth – und soll ich Ihnen sagen, warum Sie ihn kennen? Weil Sie ihn selbst verfasst haben! SIE haben das geschrieben –

Beth: Woher wollen Sie das wissen?

Sheldon: Ich weiß es, Beth, ich weiß es, und erzählen Sie mir nicht, dass ich mich irre.

Beth: Das können Sie nicht wissen –

Sheldon: O doch, das kann ich. Ich weiß, dass Sie es gefälscht haben, weil Sie es in Ihrer Sammlung haben wollten. Aber warum, Beth? Was für eine Frau sind Sie, dass Sie sich so weit in die Gedankenwelt eines Serienmörders hinabbegeben? Was ist es, das Sie auf die Idee zum *Murder Park* gebracht hat? Was ist es, das Sie an den Serienmördern fasziniert? Fantasieren Sie davon, einem von ihnen in die Fänge zu geraten – oder aber, Beth … Wovon fantasieren Sie?

8

»Es gehört dazu! Zum … Service sozusagen!«

Beth, ging es Paul durch den Kopf, bevor er die Augen aufschlug.

Er war heftig zusammengezuckt, als das Wesen mit der Kapuze herumgefahren war. Der abrupte Spurt – der Stopp – Paul hatte getaumelt, einen Schritt zur Seite gemacht, in eine Bodenkuhle hinein, die er in der Dunkelheit nicht gesehen hatte. Ein stechender Schmerz war ihm durch den Knöchel gerast, er hatte das Gleichgewicht verloren und war gestürzt. Der Boden war auf ihn zugeschossen, und Paul war mit dem Gesicht auf die Steine geknallt.

»Ist Mr. Greenblatt niedergeschlagen worden? Nein! Sie haben es selbst gesagt …«

Die Stimme hielt inne, offensichtlich hatte Beth bemerkt, dass er sich geregt hatte. Für einen Moment musste er das Bewusstsein verloren haben, nicht lang, aber lang genug, damit sie Beth geholt hatten.

Paul blinzelte. Sie standen über ihn gebeugt um ihn herum. Tony, Michael und Beth. Ein Lichtstrahl leuchtete ihm genau in die Augen.

Paul hielt sich eine Hand vors Gesicht, um sich vor dem Lichtstrahl zu schützen. »Bitte, Beth, Sie blenden mich.«

Der Strahl schwenkte zur Seite, und es war, als würde ein bösartiger Vogel von ihm ablassen.

»Geht es Ihnen gut? Tut Ihnen etwas weh?«

Paul atmete aus. »Was … wer war das?« Er stemmte sich hoch. Sein rechter Wangenknochen schmerzte, und sein Schädel brummte, aber es schien ihm nichts Ernstes zu fehlen.

»Wer war was?«

»Dieses … Wesen, eben hier, mit so einem schwarzen Umhang, einer Art Cape« – *und einer Babymaske.*

»Kommen Sie erst mal hoch, Paul.«

»Nein, sagen Sie doch mal –«

»Hören Sie, Paul, es tut mir leid. Sie sind gestolpert? Sind Sie mit dem Kopf aufgeschlagen?«

»WER WAR DAS, VERDAMMT!« Er brüllte es regelrecht. Was sollte das denn? »Was hetzen Sie für Typen hier über die Insel, soll das ein Scherz sein?«

»Es gehört zum Spiel, Paul«, versuchte Beth einzulenken, »kein Krimispiel ohne Täter, okay?«

»Der Täter?« Er hatte sich erhoben und sah sie an. »Wie geht es Constance? Haben Sie sie gefunden?«

»Es geht ihr gut. Die andere Gruppe hat sie gefunden. Sie ist im Hotel.«

»Und der Freak mit der Maske, der vor mir davongelaufen ist?«

»Paul –«

»Kommen Sie, Beth, es ist spät, mir tut der Schädel weh, ich muss unglücklich gefallen sein. Ich verstehe ja, dass Sie Ihren Gästen etwas bieten wollen, aber wir sind keine Gäste, wir sollen berichten. Also kürzen Sie ab, machen Sie es uns allen ein wenig einfacher, und erklären Sie mir, was für ein Typ das war, der hier über die Insel getobt ist.«

»Es war kein Typ, Paul, es war … Wir haben Jay gebeten, eine Maske überzuziehen –«

»Jay?« *Das ist nicht Jay gewesen.* »Das … Nein, nein, die Gestalt … sie war viel größer, und … das war keine Frau.« Er sah es doch genau vor sich, das Schlackern der Arme, der Glieder, so lief keine Frau! Jay? Er hatte sie doch vorhin gesehen, als sie nackt war, sie war klein und zierlich …

»Es war Jay, Paul, kommen Sie, wir haben lange genug hier draußen gefroren, es war ein langer Tag.«

Paul warf Tony einen Blick zu. Der Kameramann hatte die Gestalt doch auch gesehen. Den Typen mit der Kapuze –

»Lassen Sie's gut sein, Paul«, hörte er Tony sagen, bevor Paul den Mund aufgemacht hatte. »Sie haben es doch gehört. Ein Spaß, ein Scherz. Das ist alles haarklein ausgearbeitet hier ... Aber um ehrlich zu sein, ich hab mich auch erschreckt, als die Figur in der Dunkelheit plötzlich aufgetaucht ist.«

Das war nicht Jay! Vielleicht weiß Beth es nur selbst nicht. Vielleicht weiß sie nicht, dass es nicht Jay war!

9

»Kommen Sie, Jay, hier, Mr. Greenblatt will es nicht glauben. Sagen Sie ihm, dass Sie es waren, dass wir Sie gebeten haben, sich den Umhang überzuziehen.«

Paul stand im Speisesaal, und Beth winkte zu Jay hinüber, die zusammen mit Mary und Glenn gerade damit beschäftigt war, heiße Suppe in Tassen zu füllen. Soweit Paul es sehen konnte, hatten sich die meisten von ihnen in dem geräumigen Saal versammelt. Sein Kopf schmerzte noch ein wenig, doch der Schreck über den Sturz war offensichtlich größer gewesen als der Schaden, den er dabei genommen hatte. Es ging ihm gut, und er freute sich auf die nächtliche Mahlzeit. Die neblige Kälte der Insel, die ihm bis in die Knochen gesickert war, verschwand dann vielleicht.

»Mr. Greenblatt, es tut mir leid, dass Sie gestürzt sind … aber … es stimmt, was Beth Ihnen gesagt hat, dass ich … Ich meine …« Jay stand vor ihm und sah zu ihm auf. »Dass ich vor Ihnen davongelaufen bin.«

Paul musterte die schmale junge Frau. Warum sagte sie, dass sie es gewesen sei? Gehörte das zum Spiel? War alles ein Spiel hier? Inszeniert von Rupert, Beth und Co.?

Ich habe Sie oben im Flur gesehen, Jay, als Sie praktisch nichts anhatten. Niemals waren Sie das, unter diesem … diesem Kaftan …

Was hatte Michael vorhin gerufen – aufgebracht, wie er war – kurz bevor die Gestalt aus dem Dunkel auftauchte? ›Hier geht's doch um was ganz anderes!‹ Paul sah kurz zu dem Tonmann, der an einem der anderen hohen Tische stand, während Mary ihm gerade eine Suppentasse vor die Nase stellte. Aber Michael hielt den Kopf gesenkt, als fürchtete er aufzufallen.

»Wer hat Constance eigentlich gefunden?« Paul sah Beth an, die bei ihm und Jay stehen geblieben war.

»Glenn.« Beth nickte zu dem stämmigen Mann Anfang vierzig, der zusammen mit Mary die Suppe servierte. »Okay, Jay, vielen Dank.« Sie lächelte dem Zimmermädchen zu, um ihr zu signalisieren, dass sie gehen könne.

»Und wo – wo hat er sie gefunden?« Paul zog die Tasse, die Jay ihm hingestellt hatte, zu sich heran.

Beth musterte ihn aufmerksam. »In der alten Portiersloge gleich vorn bei der Halle am Eingang. Nicht schwer zu finden. Sie war gefesselt – nicht wirklich fest ... aber doch so, dass sie nicht einfach aufstehen konnte.«

»Tatsächlich, ja?«

Beth nickte. »Sie war an einen Stuhl gebunden. In dieser Variante ist es so, dass das Opfer weiter teilnehmen kann, wenn es rechtzeitig von den anderen gefunden und befreit wird. Wird es nicht rechtzeitig gefunden, muss es abfahren.«

»Weil es sozusagen nicht«, Pauls Zeigefinger krümmten sich wieder, »›überlebt‹ hat, richtig?«

»Wie gesagt, es gibt verschiedene Spielvarianten, das ist eine davon. Damit sich eine Gruppe nicht zu schnell reduziert, verstehen Sie? Wir können das morgen auch alles im Detail noch mal durchgehen, wenn Sie möchten. Wichtig ist, dass die Teilnehmer eines Erlebniswochenendes – wenn der Park dann wirklich in Betrieb ist – gemeinsam mit einem Spielleiter –«

»Der Sie dann sein werden, Beth?«

»Manchmal.« Sie lächelte. »Nicht immer natürlich. Wir wollen schon im Prinzip ganzjährig Veranstaltungen anbieten, dann werde ich nicht immer zur Verfügung stehen. Aber natürlich ... zunächst einmal werde ich die Gruppen betreuen ...«

Während sie weitersprach, wanderte Pauls Blick durch den

Raum und blieb an Constance hängen. Sie wirkte wie immer und sah keineswegs mitgenommen aus. Die zierliche Pressefrau stand mit Kate und Tony zusammen an einem Tisch und war ebenfalls mit einer Tasse heißer Suppe beschäftigt. Als hätte sie seinen Blick bemerkt, wandte sie den Kopf und schaute zu ihm.

Er drehte sich wieder zu Beth.

»... der Kern allerdings«, beendete die Parkleiterin gerade ihren Satz, »ist in allen Spielvarianten der gleiche: Einer aus der Gruppe ist der Täter, der die anderen bedroht, und es geht darum herauszufinden, wer von ihnen es ist. Wie in den meisten anderen Krimispielen auch, die normalerweise angeboten werden.«

»Na schön. Und jetzt?« Vorsichtig pustete Paul auf seine Suppe, um sie zu kühlen. »Nachdem Constance gefunden worden ist? Warten wir, wen es als Nächsten trifft – oder wie ist das geplant?«

Beth sah ihm prüfend in die Augen. »Paul ... hören Sie, vielleicht sehen Sie das alles zu ... ernst.«

Ja, vielleicht.

»Entspannen Sie sich –«

»Warum sagen Sie nicht einfach, wer sich unter der Maske versteckt hat, Beth.«

Sie lächelte noch immer. »Warum sollte ich? Um das Spiel vorzeitig zu beenden?«

»Was soll das denn? Wollen Sie uns hier wie die Puppen« – *Glasaugen* – Paul sah die Glasaugen der Nancy-Cass-Puppe trübe im Kühlschranklicht blinken – »wie die verdammten *Puppen* tanzen lassen, während Sie alle Knöpfe drücken und immer einen Schritt voraus sind?« Er fühlte, wie ihm der Ärger zu Kopf stieg.

»Jetzt machen Sie mal halblang, Paul.« Levin stieß sich vom Kaminsims ab, an dem er gelehnt hatte, und kam auf sie zu. »Es ist ein Erlebnispark hier, in dem man seinen Spaß haben soll. Kein Grund, ärgerlich zu werden. Was regen Sie sich denn so auf?«

War er laut geworden? Es hatte ja keinen Sinn, sich hier gegenseitig anzugiften.

»Ich will Ihren Park nicht schlechtmachen, Rupert … nein, wirklich nicht. Was … was ich nur sagen will: *Es war nicht Jay.* Begreifen Sie? Ich meine … Ich gebe es ja gern zu, Sie haben das alles hervorragend vorbereitet, aber … es war nicht Jay, die vorhin draußen vor mir davongelaufen ist. Vielleicht wissen Sie das ja selbst nicht.«

»Nein?« Rupert lächelte. »Aha. Na, wie Sie meinen.« Er warf Beth einen Blick zu, der Paul wieder ärgerte.

»Nein, ich muss … dem Kollegen von der Presse da doch recht geben, Rupert.« Es war Sheldon. Er hatte sich von dem langen Sofa, das gleich beim Panoramafenster stand und auf dem er gesessen hatte, erhoben.

Sheldon. Paul hatte vier Wochen zuvor mit dem Psychiater ein Gespräch geführt. Das war die Bedingung dafür gewesen, dass Paul an der Pressereise zu der Insel teilnehmen durfte – dass er sich mit Sheldon Lazarus treffen und reden musste.

»Sie haben mich ja schon im Vorfeld gebeten, Ihnen bei der Vorbereitung zu dieser Reise ein wenig behilflich zu sein, Rupert. Aber jetzt, wo ich zum ersten Mal hier auf der Insel bin … Ich muss gestehen, dass ich mir unter Ihrem Projekt ein bisschen was anderes vorgestellt hatte.«

»So?« Die Gereiztheit in Levins Ton war nicht zu überhören.

»Sie möchten mich gern dabeihaben, Rupert, verstehe ich Sie da richtig?« Sheldons Gesicht wirkte ein wenig gerötet. »Sie wollen in Ihren Werbeprospekt hineinschreiben können, dass ich voll und ganz hinter dem Park stehe. Ist es nicht so? Nun, jetzt, wo ich hier bin und sehe, was Sie wirklich planen, sind mir erhebliche Zweifel gekommen.«

»Natürlich wollen wir Sie auf unserer Seite haben, Sheldon. *Murder Park* und Jeff Bohner … das ist auch eine Reise in die Psyche des … darf man das so sagen? Des Monsters? Wer besser könnte den Leuten versprechen, dass sie hier etwas Echtes, Ungefiltertes erleben werden, als Sie, Sheldon? Jeder weiß, dass keine

Welt der Serienmörder vollständig wäre ohne Ihre Expertise!« Rupert konnte charmant sein. »Natürlich hoffe ich, Sie zu gewinnen, hoffe ich, dass wir Sie überzeugen können, uns auch weiterhin zu unterstützen.«

Sheldon betrachtete den anderen, und Paul hatte den Eindruck, die beiden wären sich durchaus gewachsen. Beide nicht mehr ganz jung, ein wenig grau schon, aber ... voller Selbstbewusstsein und gestärkt von den Erfolgen, die sie im Leben hatten.

»Haben Sie eigentlich jemals einen von ihnen getroffen, Rupert«, hörte er Sheldon jetzt sagen, »haben Sie mit einem von ihnen geredet? Mit den Vätern, den Müttern, den Freundinnen und Freunden der Opfer? Ich meine, ist Ihnen denn nicht klar, dass ich mich nach den Erfahrungen, die ich mit den Angehörigen der Opfer gemacht habe, niemals mit dem identifizieren kann, was Sie hier aufziehen wollen?«

Paul fiel auf, dass die Hand, mit der sich der Psychiater auf dem Sofa abstützte, ein wenig zitterte. Auch schienen die Altersflecken in seinem ansprechenden Gesicht stärker hervorgetreten zu sein.

»Ich will Ihnen keinen Vorwurf machen, Rupert«, fuhr er fort, »aber ... ehrlich gesagt, habe ich kein Verständnis für das, was Sie hier tun. Ich hatte gedacht, dass es sich um eine ... wissenschaftlich anspruchsvolle Präsentation eines bestimmten Falls der Psychiatriegeschichte handeln würde. Ich hatte ja keine Ahnung, dass Sie die historischen Dokumente und Materialien, die Sie hier zusammengetragen haben, dass Sie sie nur als Hintergrund, als Kulisse praktisch ...« Er schien nach Worten zu suchen, sich in seiner Rede ein wenig verheddert zu haben. »Also! Dass Sie dieses Material als Bühnendekoration für eine Art Partnerbörse missbrauchen! Darauf wäre ich niemals gekommen – und das kann ich nicht gutheißen.«

Die meisten Gäste hatten sich Sheldon zugewandt, und man schwieg. Paul hatte das Gefühl, dem aufgebrachten Psychiater recht geben zu müssen. Unbedingt! Hatte er nicht selbst auch schon gedacht, dass es nicht in Ordnung war, was hier aufgezogen wurde? Doch statt sich zu besinnen und auf seinen eigenen unterschwelligen Widerwillen zu horchen, hatte er sich in die Frage hineingesteigert, wer von Ruperts Mitarbeitern wohl hinter der Maske stecken könnte.

»Wie auch immer«, kürzte Sheldon seine Rede ab und ließ das Sofa los. »Ich jedenfalls werde morgen früh abreisen.«

Sollte die Fähre nicht erst nach Ablauf von drei Tagen, am Montag, wiederkommen?

Betretenes Schweigen. Vereinzeltes Klappern mit dem Suppengeschirr, während Sheldon sich abwandte und den Speisesaal Richtung Treppenhaus durchquerte.

Pauls Blick ging zu Lizzie, die direkt vor dem Panoramafenster stand, ein Glas in der Hand. Ihr Gesicht konnte er kaum erkennen, da hinter ihr ein Scheinwerfer brannte, und doch hatte er den Eindruck, sie würde ihm ein wenig spöttisch zulächeln.

»Was meinen Sie dazu, Paul?«

Überrascht drehte Paul sich um und sah, dass sich Levin wieder an ihn gewandt hatte. »Wollen wir die Sache ganz furchtbar ernst nehmen, wie Sheldon es tut? Oder noch ein bisschen Spaß haben?«

»Wer war das unter der Babymaske, Rupert?« Paul stützte beide Hände auf den Tisch und drückte die Arme durch. »Von mir aus können wir noch ein wenig weitermachen, aber ich will wissen, wer das war.«

Wem die verdammten Stecknadelaugen hinter der Maske gehört haben!

»Sie lassen nicht locker, was?« Rupert lachte.

Er trat zu einem verspiegelten Wandschrank, der sich neben dem Kamin befand, und zog ihn auf. Für einen Moment sah Paul sein eigenes Spiegelbild in der Schranktür, dann schwenkte die Spiegelung weg, und er schaute in eine Art Garderobe.

Schwarze Umhänge. Capes. Kaftane. Zehn, zwanzig davon. Und an der Innenseite der Schranktür: Masken. Babymasken. Schweinskopfmasken. Nixon-Masken …

»Jeder kann es gewesen sein, Paul.« Rupert nahm eine der Gummimasken vom Haken und schleuderte sie Paul entgegen. »Die hier? Ist die was für Sie? Oder die hier?« Die zweite Gummimaske kam geflogen. Paul fing auch diese auf.

Rupert warf die Schranktür wieder zu. »Willkommen im *Murder Park*!«

10

»Haben Sie die Nase schon voll, Paul? Ich dachte, Sie leisten uns noch ein wenig Gesellschaft.«

Ruhig hatte Paul die Tasse mit der heißen Suppe ausgelöffelt. In kleinen Gruppen hatten die Gäste an den Tischen gestanden und miteinander geredet. Er war allein geblieben. Als er aufgegessen hatte, war ihm aufgefallen, dass aus dem Speisesaal auch an der Rückseite eine Tür herausführte. Er fragte Mary danach, als sie seine Tasse abräumte, und erfuhr, dass auch dort eine Treppe nach oben in sein Stockwerk führte.

Gerade hatte er beschlossen, diesen Weg einmal auszuprobieren, als Lizzie an seinen Tisch getreten war.

»Sieht man mir das an, ja?« Er fühlte sich fast ein bisschen ertappt.

»Allerdings. Sie sehen so aus, als wollten Sie die Insel am liebsten gleich morgen früh zusammen mit Sheldon verlassen.«

»Ich wollte mir das tatsächlich noch überlegen.«

»Gefällt Ihnen der *Murder Park* nicht, Paul?«

Er kniff ein wenig die Augen zusammen. »Ich kann Sheldon schon verstehen. Auf der einen Seite die Mörder … ihre Fußnägel? Diese Sammlung … Auf der anderen Seite ist das alles nur Spaß. Bühne für eine Verkupplungsshow. Es stößt mich ab, wenn ich ehrlich bin.«

Er konnte an ihrem Gesicht ablesen, dass sie wusste, was er meinte.

»Trotzdem«, sagte sie, »ich habe mich gewundert. Ich habe Sheldon vor ein paar Wochen für ein Gespräch getroffen und hatte den Eindruck, er würde voll und ganz hinter dem Projekt stehen. Ich dachte, er gehört mit zum Team. Jetzt aber tut er so, als würde ihn überraschen, was hier wirklich geplant ist.«

»Sheldon hat auch mit Ihnen geredet?«

Lizzie nickte.

»Hat er mit allen gesprochen, die jetzt hier sind?« Pauls Blick wanderte über die anderen Inselbesucher, die sich noch in dem Saal aufhielten. »Wieso?«

»Ich nehme an, Levin wollte genau wissen, wen er sich auf seine erste Pressepräsentation mit einlädt. Rupert hat viel Geld in den Park investiert. Da muss er sichergehen, dass der Ruf seines Projekts nicht im Vorfeld beschädigt wird.«

Paul runzelte die Stirn. »Wenn das heißen soll, dass Rupert Einfluss auf meine Berichterstattung nehmen will … Ich lasse mir jedenfalls nicht vorschreiben, was ich über den Park hier schreibe.«

Lizzie sah ihn aufmerksam an, als ginge ihr etwas durch den Kopf, das sie jedoch nicht aussprach.

»Michael … es ist Ihr Tonmann, nicht wahr?« Paul nickte zu Michael, der noch immer an seinem Tisch stand und sich jetzt mit Tony unterhielt. »Er hat vorhin … als wir zurück zum Hotel gegangen sind … Er meinte, wir alle hätten ja keine Ahnung, um was es hier wirklich geht.«

»Ja?« Lizzie sah ebenfalls zum Tonmann. »Ich weiß nicht, was ich von ihm halten soll. Ich habe noch nie zuvor mit ihm gearbeitet. Mit Tony schon, aber Michael …«

»Sie zum Beispiel, Lizzie.« Paul sah sie an. »Warum wollten Sie unbedingt in dem Zimmer neben meinem untergebracht werden?«

Sie drehte sich so, dass sie ihm ins Gesicht sehen konnte. »Stört Sie das etwa?«

»Nein, es stört mich nicht, ich wüsste nur gern – wieso? Ich meine … kommt Ihnen das nicht ungewöhnlich vor?«

»Ich mag Ihren Blog, Paul, das habe ich doch schon gesagt.«

»Aber –«

»Oder ist es einfach die Aussicht dort oben? Haben Sie daran schon mal gedacht? Das Zimmer, das ich zuerst bekommen sollte, liegt im Erdgeschoss.«

Und das ist der Grund dafür, dass Sie die Zimmer getauscht haben?

»Also was ist, Paul? Gehen Sie jetzt hoch auf Ihr Zimmer, oder doch noch nicht?«

›*Gehen Sie jetzt hoch auf Ihr Zimmer?*‹ Wie Lizzie es sagte, klang es für ihn fast wie ›*gehen WIR jetzt hoch auf Ihr Zimmer*‹ …

Instinktiv musste er an die Geräusche denken, die nach ihrer Ankunft aus dem Zimmer neben seinem gedrungen waren.

»Ich glaube, ich komme gleich mit.« Lizzie schaute an ihm vorbei in den Saal und hatte weitergesprochen, ohne auf eine Antwort von ihm zu warten. »Morgen ist schließlich auch noch ein Tag.«

»Also los.« Paul nickte zu der Tür, durch die er vorhin schon hatte gehen wollen. »Hier hinten müsste auch eine Treppe nach oben führen.«

Er bemerkte, dass Beths Blick ihnen folgte, als sie zu der hinteren Tür im Speisesaal gingen, aber er achtete nicht weiter darauf.

Der Flur hinter der Tür war mit keinem Teppich mehr ausgelegt und führte an der Küche vorbei. Ein großer Herd, endlose Arbeitsplatten, gewaltige Geschirrspüler. Offensichtlich war die Hotelanlage auf die Bewirtung einer großen Anzahl von Gästen ausgelegt. In der Küche brannte Licht, es war jedoch niemand zu sehen. Schon hatte Paul nach dem Geländer der Treppe gegriffen, die neben der Küche nach oben ging, als er aus dem Augenwinkel eine Bewegung wahrnahm.

»Mr. Greenblatt?«

Es war Jay. Sie drückte sich in den Schatten neben der steinernen

Treppe. »Oh, Ms. Hillstrom«, sie sah zu Lizzie, »bitte sagen Sie Mr. Levin nichts davon …« Ihre Augen irrten wieder zu Paul. Er konnte sie kaum verstehen, so hastig kamen ihr die Worte über die Lippen. »Sie haben recht, Mr. Greenblatt, ich … war es nicht, vorhin draußen, ich bin nicht vor Ihnen davongelaufen, ich habe schon versucht, mit Mary und Glenn darüber zu sprechen, aber sie wollen nicht auf mich hören.«

Paul warf Lizzie einen Blick zu, die hinter ihm die Treppe bereits betreten hatte. Sie schien etwas irritiert zu sein.

»Ich sollte die Maske tragen«, wisperte Jay und jetzt hatte sie Pauls Arm ergriffen, »das stimmt, aber ich bin nicht dazu gekommen.« Sie lehnte sich zu Paul nach vorn und er hatte den Eindruck, ihre Wärme spüren zu können. »Constance war in der Portiersloge, auf dem Stuhl dort, sie war festgebunden – und sie wollte nicht, dass ich sie dort ganz allein zurücklasse. Also habe ich die Maske, die Beth mir gegeben hatte … die Babykopfmaske … wieder zurück in den Schrank gehängt und bin in Constances Nähe geblieben. Erst als ich gehört habe, dass Glenn kam, habe ich mich zurückgezogen – aber da war es bereits zu spät, da waren die meisten von Ihnen schon wieder zurück beim Hotel, da war es zu spät, um noch mit der Maske draußen herumzulaufen.«

»Ach ja?« *Wusste ich doch, dass es nicht Jay war!*, schoss es Paul durch den Kopf. »Sie waren bei Constance?« – *Constance hat dich also bei sich gesehen, während du angeblich draußen herumgelaufen sein sollst?*

»Nein … nein, nicht direkt BEI ihr, ich war nicht bei ihr in der Loge, aber in der Nähe, sodass ich sie hören konnte, wenn sie rief. Es gibt dort gleich bei der Portiersloge eine Garderobe, dort habe ich mich aufgehalten. Wir wollten ja nicht, dass man mich bei Constance in der Loge sieht. Sie wollte das nicht, das hätte auch Beth nicht gewollt. Aber sie wollte auch nicht ganz allein dort bleiben, an den Stuhl gefesselt …«

»Und Glenn? Hat der Sie gesehen, Jay?« *Kann Glenn Beth*

gegenüber bestätigen, dass du nicht mit der Maske draußen herumgelaufen bist?

»Er auch nicht. Ich bin dann auch gleich weg, als ich gehört habe, dass jemand kam, als ich hörte, wie Constance seinen Namen sagte. Da wusste ich ja, es war okay, Constance brauchte mich nicht mehr.«

Glenn also auch nicht. Einen Augenblick unschlüssig, sah Paul Jay an.

»Es sind diese Sammlerstücke, Mr. Greenblatt, das kann ich Ihnen sagen.« Mit aufgerissenen Augen starrte das Zimmermädchen zurück. »Die Sachen, die Mr. Levin in die Bungalows gebracht hat? Sie bringen Unglück!«

»Unglück ... Wie ... wie meinen Sie das denn?« Paul war regelrecht ein wenig überrumpelt. *Was haben denn die Sammlerstücke damit zu tun?*

»Ich bitte Sie, Jay«, war jetzt Lizzie zu hören, »sagen Sie nicht, dass Sie abergläubisch sind.«

»Ich habe mit den Bauarbeitern gesprochen, die den Park fertig bauen sollen, gestern erst, als sie von der Fähre kamen. Ich wohne in dem Hafenstädtchen, in dem die Fähre anlegt, wissen Sie?« Jays Augen kamen Paul vor wie die überdimensionalen Facettenaugen eines Insekts. »Ich wohne in dem Städtchen, man kennt sich, und sie haben es mir erzählt. Dass sie ...«

»Ja?« Paul beugte sich zu ihr hinunter.

»Ein Schlauchboot, sie haben ein hellgraues Schlauchboot auf der Insel entdeckt, erst letzte Woche, sie haben es gefunden, und sich nichts weiter dabei gedacht. Aber dann, als sie ein paar Stunden später wieder danach gesehen haben, war es verschwunden.«

Unwillkürlich glitt Pauls Blick über Jays Scheitel hinweg in den Gang, der an der Küche vorbeiführte.

Ein Schlauchboot ... Jemand ... ist doch noch jemand auf der Insel – von dem Beth nichts weiß?

»Glenn und Mary wollen nicht, dass ich mit Mr. Levin darüber spreche«, flüsterte Jay weiter, »aber es war ein Schlauchboot, die Arbeiter sind sich ganz sicher.«

»Haben sie, die Arbeiter meine ich, haben sie es nicht Mr. Levin gemeldet?«

Jays schwarze Haare flogen, so sehr schüttelte sie den Kopf. »So wichtig ist ihnen das ja nicht. Aber ich sage Ihnen, es hat sich jemand auf der Baustelle herumgetrieben, Mr. Greenblatt, und keiner weiß, wer das gewesen ist. Vorhin, der Mann mit der Maske, den Sie gesehen haben – das war nicht ich. Beth hat gesagt, dass ich sagen soll, dass ich es war, aber ich war es nicht –«

»JAY!«

Paul zuckte zusammen.

Die gedrungene Statur Glenns kam durch den Flur von der Küche her auf sie zu. »Was hältst du denn die Gäste auf!« Er sah zu Paul. »Mr. Greenblatt. Ms. Hillstrom. Sie müssen entschuldigen …« Er machte eine harsche Bewegung mit der Hand durch die Luft. »Geh jetzt schlafen, Jay, morgen wartet viel Arbeit auf uns.«

»Es ist nicht ihre Schuld.« Paul lächelte. »Wir haben Jay aufgehalten, stimmt's, Lizzie?« Er schaute dem Zimmermädchen nach, das sich hastig durch den Flur zurückzog.

»Ich hoffe, Jay hat Sie nicht belästigt.«

»Nein … natürlich nicht. Kein Problem. Gute Nacht, Glenn!« Paul straffte die Schultern und drehte sich um, um Lizzie die Treppe hinauf zu folgen.

»Es muss an dem Klima hier auf der Insel liegen«, hörte er Glenn hinter sich. »Jay kommt aus dem Küstenort, an dem die Fähre abfährt, dort kursieren schon immer ulkige Geschichten über das Eiland. Sie dürfen das, was sie sagt, nicht zu ernst nehmen.«

Paul wandte sich noch einmal um und sah Glenns rundes Gesicht durch die Gitterstäbe des Geländers.

»Deshalb konnte Mr. Levin die Anlage hier auch kaufen, verstehen Sie?«, sagte Glenn. »Aber Sie brauchen sich keine Sorgen zu machen, für einen Monster Park ist so ein Klima genau das Richtige.«

Monster Park?

»Monster Park?« Paul beugte sich über das Geländer und schaute nach unten. Doch Glenn hatte sich bereits abgewandt, und Paul sah nur noch die kahle Stelle auf dem Schädel des Haushälters, während der sich entfernte.

»Hat er eben ›Monster Park‹ gesagt?« Paul blickte nach oben. Aber das Treppenhaus über ihm war leer. Lizzie war schon weg. Nachdenklich stieg er die Treppe allein empor.

Video-Interview 5 von 12

Fische

Name:	**Jay Jackson**
Alter:	**28 Jahre**
Beruf:	**Zimmermädchen**

Jay: Groß geworden, ja. Ich bin in dem verschlafenen Küstenort dort aufgewachsen. Der kleine Hafen, der Hauptplatz im Zentrum des Städtchens und das Gerichtsgebäude. Ein Ort wie aus einem Bilderbuch, nur dass diese Insel ein paar Meilen vor der Küste liegt. *Zodiac Island* hatten sie sie getauft, als sie Ende der Fünfzigerjahre den Freizeitpark dort aufgebaut haben, aber so hieß die Insel ursprünglich nicht. New England Island hat sie geheißen, und niemand hat dort gelebt. Also konnten die *Zodiac*-Leute die Insel kaufen und ihren Park darauf errichten. Und mit dem ersten Besucherstrom, der durch unseren Ort kam, um zur Insel zu gelangen, war das Schicksal des Städtchens besiegelt. Es hat sich … sozusagen aus dem Schatten der Insel nicht mehr erhoben, wissen Sie? Wobei das den meisten Einwohnern unseres Orts durchaus recht war. Wir hatten ja keine Industrie dort oben, vor allem war es der Tourismus, der Geld einbrachte. Also waren die Leute in unserem Ort einverstanden, wenn die Menschen zur Insel wollten und dafür durch unser Städtchen kamen. Nur einige waren dagegen. Sie meinten, die Vergnügungssucht der Besucher würde uns schaden. Andere hielten ihnen entgegen, das seien auch viele Familien mit Kindern, die nichts Böses im Sinn hätten, die mit ihren Kleinen nur ein bisschen Spaß haben wollten. Aber die Gegner der Insel ließen sich dadurch von ihrer Meinung nicht abbringen. Ich muss gestehen, vollkommen verstanden habe ich nie, wieso sie es am liebsten gesehen hätten, wenn ein Sturm den schartigen Felsbrocken dort mitten im Ozean aus dem Boden gerissen und hinweggespült hätte, richtig verstanden habe ich es nie – und doch konnte ich es auf irgendeiner dumpfen, tieferen Ebene auch begreifen ... oder besser gesagt: nachempfinden, was sie gefühlt haben. Dass es so etwas wie eine dunkle Macht war, die dort vor der Küste lag, versteckt im Nebel, von unserem Ort aus nur bei strahlendem Wetter sichtbar, dass es eine Macht war, auf die wir keinen Einfluss hatten, dass die Insel einfach dort draußen lag und wartete, um irgendwann unseren hübschen Ort, mit seinem Gerichtsgebäude, dem kleinen Hafen und den bunten Häusern in einem schrecklichen Moment ganz zu verschlingen.

Sheldon: Waren Sie auf der Insel, als der alte Park noch geöffnet war? Also auf *Zodiac Island* – waren Sie einmal dort?

Jay: Sicher ... Ja, ich war dort. Einmal.

Sheldon: Und?

Jay: Und was?

Sheldon: Wie haben Sie die Insel erlebt, Jay, als Sie dort waren?

Jay: Wieso?

Sheldon: Wieso was, Jay?

Jay: Wieso fragen Sie das?

Sheldon: Sie möchten für uns arbeiten, Jay? Ich habe Ihnen das doch erklärt. Mr. Levin wird die Insel wieder für den Publikumsverkehr öffnen. Nicht als *Zodiac Island,* aber doch schon auch als eine Art Vergnügungspark. Und er sucht Leute. Zunächst einmal Mitarbeiter, die die Gäste während einer ersten Pressebesichtigung betreuen können. Die Arbeiten auf der Insel … das haben Sie sicher mitbekommen … die Bauarbeiten sind schon recht weit vorangeschritten. Der neue Park ist noch nicht ganz fertig, aber immerhin schon so weit, dass in den kommenden Wochen bereits eine Gruppe von Pressevertretern hingeführt werden soll. Wir brauchen also Leute, die sich um diese Gäste kümmern. Ein paar haben wir schon. Was wir noch suchen, ist ein Mädchen, das die Zimmer versorgt. Bettwäsche, Minibar … Es kann aber auch sein, dass Sie gebeten werden, die Badezimmer durchzuwischen und so weiter. Was meinen Sie, haben Sie Interesse?

Jay: Das habe ich doch bereits denjenigen mitgeteilt, bei denen ich mich zuerst gemeldet habe. Ja, ich habe Interesse. Ich würde den Job gern bekommen.

Sheldon: Richtig, Sie haben vollkommen recht, Jay. Und Mr. Levin haben die Unterlagen, die Sie eingereicht haben, sehr gut gefallen. Mr. Levin oder einem seiner Leute … Ich weiß jetzt nicht genau, ob Rupert Levin persönlich Ihre Bewerbung durchgesehen hat, oder ob es Beth Hoffman war … Was ich aber weiß, ist, dass ich gebeten worden bin, mich mit Ihnen zu unterhalten, um ein paar letzte Fragen zu beantworten. Wenn ich alles klären kann, steht Ihrer Einstellung nichts mehr im Wege, Jay.

Jay: Und warum haben Mr. Levin oder dieser Frau … warum haben ihnen meine Bewerbungsunterlagen gefallen?

Sheldon: Na, weil Sie genau die Richtige sind, Jay! Sie kennen die Insel, seit Sie denken können, Ihre Mutter hat sogar dort gearbeitet, ist es nicht so?

Jay: Ja, das stimmt.

Sheldon: Sie sind … bitte verstehen Sie das nicht falsch, wenn ich das so direkt sage, aber … Sie sind ein sehr hübsches Mädchen, das sich zu bewegen und auch zu lächeln weiß. Natürlich hat man Sie ausgewählt!

Jay: Wunderbar, dann ist ja alles klar.

Sheldon: Moment, wie gesagt, ein paar Fragen müssen wir noch klären.

Jay: Ja?

Sheldon: Nichts Kompliziertes, Jay, wir wüssten nur gern, was genau Sie über *Zodiac Island* mitbekommen haben, als Ihre Mutter dort gearbeitet hat.

Jay: Was hat das denn mit der neuen Arbeit zu tun?

Sheldon: Fragen Sie mich das nicht. Das müssten Sie dann am besten mit Beth klären, die Ihre direkte Vorgesetzte sein wird. Ich … Wissen Sie, Jay, ich bin eher für so etwas wie eine psychiatrische Expertise zuständig.

Jay: Psychiatrische Expertise? Was sind Sie, Psychiater?

Sheldon: Ja.

Jay: Ach! Und Sie sollen mich untersuchen?

Sheldon: Nur ein Gespräch, Jay, Sie brauchen sich keine Sorgen zu machen.

Jay: Mach ich mir aber – oder, Moment, nein, das … Es stimmt ja gar nicht. Ich habe nichts gegen Sie, Dr. Lazarus, ich versuche nur ein bisschen besser zu verstehen, was hier eigentlich vor sich geht – was genau Sie von mir wollen.

Sheldon: Ich will, dass Sie mir ein paar Fragen beantworten, Jay, das ist alles.

Jay: Okay, von mir aus, aber … vielleicht können auch Sie mir vorher etwas beantworten. Was … was ist es denn ganz konkret, das Mr. Levin mit der Insel vorhat? Ein Vergnügungspark – aber nicht so etwas wie *Zodiac Island*, sagen Sie? Wie muss ich mir das vorstellen?

Sheldon: Jay, ich … Wie gesagt, um den Park kümmert sich Beth Hoffman, sie hat ihn entworfen und das mit Rupert Levin abgestimmt. Was genau Mr. Levin für ein Unternehmen geplant hat, kann ich Ihnen nicht sagen. Mich haben sie erst spät ins Boot geholt, ich soll lediglich ein paar Gutachten erstellen und alle Bewerber, die ausgewählt wurden, über *Zodiac Island* befragen.

Jay: Alle hatten etwas mit *Zodiac Island* zu tun?

Sheldon: Auf die eine oder andere Weise … im entferntesten Sinne … ja. Sie doch auch, oder? Also, was meinen Sie, können wir weitermachen?

Jay: Wenn Sie möchten …

Sheldon: Wissen Sie, Jay, es ist kein Zufall, dass ausgerechnet ich gebeten worden bin, diese Gespräche zu führen. Der Grund ist, dass ich mich in den vergangenen Jahren sehr intensiv mit einem Mann beschäftigt habe, dessen Name untrennbar mit *Zodiac Island* verknüpft ist.

Jay: Ja?

Sheldon: Haben Sie den Namen Jeff Bohner schon einmal gehört?

Jay: Bohner hat … Er hat eine Frau getötet – auf der Insel. War es nicht so? Oder … ich erinnere mich nicht mehr genau – war das nicht der Grund, weshalb die Anlage schließen musste?

Sheldon: Ganz genau.

Jay: Klar, ich weiß, wer Bohner war. Ich weiß sogar, dass es hieß, er sei einmal in diesem Raum gewesen … im Circle Room, Sie wissen schon. Meine Mutter hat dort gearbeitet. Das habe ich ja bereits in meinen Bewerbungsunterlagen erwähnt, obwohl ich es nicht gern sage. Aber ich dachte mir schon, dass Sie das vielleicht interessieren könnte.

Sheldon: Da haben Sie ganz richtig gedacht, Jay. Ihre Mutter … tatsächlich, ja? Sie hat im Circle Room gearbeitet. Wissen Sie, was die Frauen dort gemacht haben, Jay?

Jay: Ich habe erst viel später davon erfahren, da war die Insel längst geschlossen, da habe ich mit meiner Mutter einmal darüber geredet. Als ich kleiner war, als die Insel noch offen war, als die Leute scharenweise dorthin fuhren, wusste ich es nicht. Mein Vater war ja fast nie zu Hause, er hat als LKW-Fahrer gearbeitet und war oft tagelang unterwegs. Und meine Mutter hat auf *Zodiac Island* gearbeitet. Ein paar Mal habe ich gesehen, dass sie Kostüme zum Waschen mit nach Hause gebracht hat. Bunte Kostüme, mit Kapuzen und Umhängen. »Was ist das, Mama?« Es hat mich sofort interessiert. Und ich habe nicht lockergelassen. »Wir spielen dort, Jay«, hat sie gesagt, »weißt du, auch Erwachsene spielen manchmal. Und Mama spielt dort mit den Gästen.« »Und was spielt ihr?« Aber darauf hat sie mir dann nicht mehr antworten wollen.

Sheldon: Sie haben vorhin gesagt, dass Sie einmal selbst auf der Insel waren. Haben Sie Ihre Mutter dorthin begleitet?

Jay: Nein.

Sheldon: Sondern?

Jay: Es war an einem Tag, als mein Bruder sich nicht wohl gefühlt hat. Ich war ... Ich muss acht gewesen sein, älter nicht, er war erst fünf. Meine Mutter sagte immer ... also, wenn mein Vater unterwegs war und meine Mutter arbeiten ging, dann sagte sie: Wenn was ist, wendet euch an die Nachbarin. Ansonsten aber musste ich auf meinen Bruder aufpassen, wenn ich keine Schule hatte. An dem Tag nun war mein Vater weg, meine Mutter war auf der Arbeit, und meinem Bruder ging es nicht gut. Er hatte ein heißes Köpfchen und hat nicht aufgehört zu husten. Er war ganz bleich und hatte rote Flecken auf den Wangen. Das hatte ich noch nicht erlebt. Ich habe versucht, sein Fieber zu messen, nur ging das alles nicht, also bin ich los, zur Nachbarin, aber natürlich war sie nicht zu Hause. Ich habe erst noch ein bisschen gewartet, aber meinem Bruder ging es immer schlechter. Da habe ich es mit der Angst zu tun bekommen. Ich wusste mir einfach nicht mehr zu helfen. Ich war wie gesagt selbst erst acht und ... so ganz klar kann man in dem Alter ja auch noch nicht denken.

Eigentlich wusste ich nur eins: Ich wollte mit meinem Bruder zu meiner Mutter. Ich wusste ja, wo sie war. Sie arbeitete auf der Insel im *Halloweenland* – oder *Hollywoodland?* Das brachte ich immer durcheinander, aber ich war mir sicher, dass ich sie schon finden würde. Also habe ich meinen Bruder angezogen, und wir sind runter zum Hafen, wo die Fähren ablegten. Es war ja noch nicht spät, und jede Stunde fuhr ein Boot, um Leute auf die Insel zu bringen. Ich kannte sogar den Mann, der die Besucher vorne auf die Fähre ließ, so groß war unser Ort ja nicht. Kaum sah der, wie schlecht es meinem Bruder ging und dass wir zu unserer Mutter wollten, hat er uns ohne Ticket mitfahren lassen.

Sheldon: Das war das eine Mal, dass Sie nach *Zodiac Island* gekommen sind.

Jay: Ja, genau. Als wir ankamen, fragten wir uns zum *Halloweenland* durch. Wir haben uns durch die Besucher geschoben, während die ganze Insel vom Sirren und Flirren der Karussells, dem Jauchzen der Menschen förmlich zu flimmern schien. ›Die Insel raubt mir meine Mama‹, so oder so ähnlich ging es mir durch den Kopf, die ganze Insel hatte etwas merkwürdig Lebendiges für mich bekommen. Vielleicht war es das Fieber meines Bruders, das langsam auf mich abfärbte, vielleicht waren es die grellen Farben und Töne und Lichter – der ganze Felsen, die Maschinen, die Menschen, sie schienen alle zu einem halb fleischlichen, halb technischen Wesen zusammenzuwachsen, einem Wesen, das tief drin in sich irgendwo meine Mutter versteckt hatte. Als wir die Geisterbahn endlich gefunden hatten und an der Kasse nach meiner Mutter fragten, sagten sie uns, wir sollten draußen warten, sie würden sie gleich anrufen. So standen wir bestimmt eine halbe Stunde, bis jemand kam und uns zum Hintereingang brachte. Die Anlage war viel größer, als ich vermutet hatte. Wir gingen fast zehn Minuten außen an der

Bahn entlang, die zum Teil halb in den Felsen gebaut war, bis wir an einen Eingang kamen, bei dem deutlich zu erkennen war, dass sehr genau überprüft wurde, wer dort aus und ein ging. Dort stand sie, in einem weißen Bademantel, ich weiß noch genau, wie sie gelächelt hat, als wir zwei um die Ecke bogen. Meine Mutter hatte ihre Haare oben auf dem Kopf zusammengesteckt, zu einer Frisur, die ich noch nie bei ihr gesehen hatte, und ihr Gesicht war gerötet, fast wie erhitzt. Sie war auch geschminkt, und als sie uns umarmte, roch sie nach Parfum. ›Meine Mutter trägt Parfum‹ – das hatte ich nicht gewusst. »Mama, endlich!« Ich wühlte mein Gesicht in ihre Seite, ich war so froh, dass wir sie gefunden hatten. Mein Bruder ganz genauso, aber er war schon ziemlich geschwächt, es ging ihm wirklich nicht so gut. Meine Mutter hat uns beide fest in ihre Arme geschlossen, sodass ich auch gegen meinen Bruder gedrückt wurde und spürte, wie heiß sein Körperchen war. Bestimmt fünf Minuten saßen wir dort auf den Stufen am Eingang, und ich habe gemerkt, dass meine Mutter am ganzen Körper zitterte. Ich löste mein Gesicht und lehnte mich etwas zurück und sah, dass sie weinte. Von tief aus ihr heraus kamen die Tränen und liefen ihr übers Gesicht. »Mama, jetzt sind wir doch alle zusammen, jetzt wird alles gut«, sagte ich, aber da sah ich, dass ihr Bademantel einen Spalt weit aufgegangen war, und ich fühlte, wie mein Mund plötzlich ganz trocken wurde. Ihr Körper, ihre Haut, ihr Bauch, ihr ganzer Leib war geradezu überwuchert – ein Fell – es war ein … ein Katzenfell, wie ich unwillkürlich denken musste, nur ihr Kopf war frei davon, ihr ganzen Leib aber war mit einem dichten Fell bedeckt, das sich eng an ihre Haut schmiegte und unter dem sich jede ihrer Rundungen abzeichnete. »Was ist das – Mama!«, rief ich und zog, ohne darüber nachzudenken, den Morgenmantel auf, dass ihr haariger Leib zum Vorschein kam. Mein Bruder hatte die

Hände an die Wangen gelegt, seine Augen waren riesig, er starrte auf den Pelzleib meiner Mutter – und dann traf sie mich, dass ich tiefrote Funken vor den Augen hatte – die Ohrfeige. Mit voller Wucht hatte meine Mutter mir eine runtergehauen, und ich sah nur noch, wie sie verzweifelt den Morgenmantel über ihr Fell zog, um es vor uns zu verbergen.

11

Es war wie das Auftauchen aus einem Fass schwarzer Tinte. Das Erste, was Paul wahrnahm, war ein dunkelblaues Rechteck – das Fenster seines Zimmers. Schwarz die Silhouette des Bergkamms, dahinter ein riesiger goldener Mond. Er stützte sich mit einem Arm im Bett auf. Silbrig glitzernd kam das Meer als Schimmer ins Bild. Die Küste. Die entfernten Explosionen der Brandung, wenn sich die Wellen des Atlantiks gegen die Felsen warfen und die Gischt meterhoch in die Höhe schoss.

Pock pock.

Er sah zur Tür seines Zimmers. Es hatte geklopft – das hatte ihn geweckt. Sein Blick schnellte zum Display des Radioweckers, der auf dem Nachttisch stand. Kurz nach vier Uhr morgens.

»Ja?«

»Paul, sind Sie wach?«

Jetzt ja.

Es war eine Frauenstimme. Er wusste nicht, welche der Frauen es war, Lizzie jedenfalls nicht. Lizzie hatte er gestern Abend, nachdem sie aus dem Treppenhaus verschwunden war, nicht mehr gesehen. Und das Klopfen kam auch nicht von der Zwischentür, die ihre beiden Zimmer miteinander verband, es kam von der Tür zum Flur.

»Machen Sie auf, Paul … Ich … ich … es ist nur –«

Er rollte sich unter der Decke hervor. Boxershorts und T-Shirt. Das musste reichen. Er hatte sich gestern Abend noch gewaschen, war ins Bett gefallen und sofort eingeschlafen. Jetzt saß ihm die Müdigkeit wie ein Kissen zwischen den Augen.

»Moment, warten Sie, ich komme.«

Er drückte die Klinke herunter und zog die Tür auf. War es leichtsinnig gewesen, nachts nicht abzuschließen?

Sie war einen Kopf kleiner als er. Constance. Das Haar ein wenig verstrubbelt, das Gesicht ungeschminkt. Unwillkürlich fühlte er so etwas wie Beschützerinstinkt in sich erwachen.

»Constance! Was ist?«

»Haben Sie es auch gehört. Das Klappern?«

Paul musste grinsen. »Klappern, ja? Au Mann ... Entschuldigen Sie, aber können wir nicht morgen weiterspielen? Wenn ich meinen Schlaf nicht bekomme, kann ich keinen klaren Gedanken fassen.«

Sie verengte die Augen zu freundlichen Schlitzen. »Schon klar, Paul ... Es ist nur, Ihre Tür liegt meiner gerade gegenüber, deshalb ... aber, na gut, ich will Sie nicht weiter stören.« Sie sah den Flur hinunter. Die Tür auf der gegenüberliegenden Seite stand offen. Das musste ihr Zimmer sein.

»Legen Sie sich auch wieder hin, Constance.« Paul hatte die Klinke seiner Tür nicht losgelassen. »Lassen Sie sich von Rupert und Beth nicht zum Narren halten.«

»Hm.« Sie guckte kurz zu ihm. »Es ... es klang nur irgendwie ... nicht gerade wie ein Spiel.«

»Okay.« Paul zuckte kurz mit dem Kopf und wollte sich schon wieder zurückziehen, zögerte dann aber doch, weil es ihm zu unfreundlich vorkam, Constance die Tür vor der Nase zuzumachen.

»Als wenn Töpfe zu Boden scheppern, wissen Sie.« Sie schaute ihn mit großen Augen abwartend an.

»Constance, ich weiß nicht, wo Beth ihr Zimmer hat. Klopfen Sie dort, sie kann sich darum kümmern. Ja?«

»Ich dachte nur«, sie blinzelte, »weil Sie vorhin gesagt haben, unten im Speisesaal, dass Sie das nicht so toll finden, was hier gemacht wird ... Da dachte ich, dass ich mich vielleicht am besten an Sie wende, Paul.« Sie sah ihn noch immer an, und er bemerkte, dass sie nicht kokettierte. Es war so etwas wie eine Unruhe, ein Gefühl des eigenen Gefährdetseins, das in ihren Pupillen zu schimmern schien. »Es hat wirklich ziemlich gescheppert. Wer macht denn so was? Läuft da unten rum und schmeißt Töpfe durcheinander! Ich meine, Mary? Glenn? Werfen ihre Pfannen auf den Boden? Was soll das? Das kann doch nicht … Sie meinen, Beth hat ihnen gesagt, dass sie das tun sollen? Dass das dazugehört?«

Die Pressefrau hatte nicht direkt Angst, aber … es war ihr unangenehm, das war ihr anzusehen. Doch was sollte er ihr sagen? *Schließen Sie sich in Ihrem Zimmer ein, und öffnen Sie niemandem?*

»Können Sie nicht kurz mitkommen? Runter. Wir sehen nach und … schlafen kann ich vielleicht nicht mehr, aber es wird ja auch bald wieder hell.«

Paul betrachtete ihr Profil, während sie zum Fenster am Ende des Flurs schaute.

»Sie waren auf einem Stuhl gefesselt, ja?« Er sah, wie sie sich ihm wieder zuwandte. »Vorhin.«

Über Constances Gesicht huschte ein Lächeln. »Ach das – ja klar. Aber das war mit mir abgesprochen. Beth hatte mich gefragt, ob es okay wäre, wenn ich das erste … also Opfer sozusagen gebe. Sie hat mich auf dem Stuhl festgebunden, als alle auf ihre Zimmer gegangen waren, um sich noch warme Sachen für den Ausflug zu den Bungalows zu holen. Aber ich hätte mich wohl auch selbst befreien können; es war ja nur, um Ihnen allen einmal diese Spielvariante vorzuführen.«

»Und Glenn hat Sie dann gefunden, richtig?«

Constance nickte. »Jay war sogar so nett, in meiner Nähe zu bleiben, bis wir hörten, dass jemand durch die Halle auf die Portiersloge zukam.«

»In der Nähe – wo?«

»In der Garderobe, dort neben der Portiersloge. Ich habe mich einfach wohler gefühlt, weil ich wusste, dass gleich jemand bei mir sein konnte, wenn ich rief. Aber dann kam Glenn, und ich sagte auch seinen Namen, sodass Jay wusste, es war in Ordnung, sie brauchte nicht länger dort zu bleiben.«

»Gesehen haben Sie Jay also nicht – haben Sie sie gehört, hat sie noch etwas gesagt, bevor sie gegangen ist?«

»Wieso?« Aufmerksam schaute Constance ihn an.

Weil ich wissen will, ob es stimmt – ob Jay wirklich nicht die Gestalt mit der Maske gewesen sein kann.

»Nur so … Ich meine – haben Sie sie noch gesehen – oder nicht?«

»Nein … nein, ich habe dann auch nicht mehr darauf geachtet. Aber das war völlig in Ordnung … Glenn war dann ja da. Jetzt allerdings … diese Töpfe …« Sie winkte ab. »Aber gut, Sie haben natürlich recht, Paul. Entschuldigen Sie, wenn ich Sie geweckt habe –«

Paul unterbrach sie. »Nein, klar, ist ja kein Problem.« *Herrje!* »Lassen Sie uns schnell nachsehen.«

Er trat zurück in sein Zimmer, nahm den Schlüssel vom Sideboard, schlüpfte in seine Jeans und die Pantoffeln, die vom Hotel bereitgestellt wurden, trat auf den Flur, zog die Tür hinter sich zu und schloss ab. »Wir schauen uns unten um – aber dann will ich auch noch ein wenig schlafen, bevor es hell wird.«

Die Pantoffeln waren ein Paar billige Einweglatschen, die aus Pappe und etwas Kunstfaser zusammengeklebt zu sein schienen. Paul hatte jedoch keine eigenen Hausschuhe mitgebracht, und barfuß wollte er nicht herumlaufen.

»Jetzt ist nichts mehr zu hören, oder?«

Er sah Constance an, die neben ihm die große Haupttreppe hinunterstieg. Ihr langes helles Haar lag offen auf ihren Schultern. Unter dem Kragen des weißen Hotelbademantels ragte ihr schmaler Hals auf. Sie schaute auf ihre Füße, um auf den Stufen nicht zu stolpern.

»Es tut mir wirklich leid, Paul«, sie blickte kurz zu ihm, »ich hätte Sie schlafen lassen sollen.«

»Schon gut«, er lächelte, »ich geistere gern nachts ein wenig durch Hotelflure.« Sie war ihm dankbar, das konnte er sehen.

»Wahrscheinlich hätte ich doch bei Beth klopfen sollen«, hörte er sie sagen, »aber wissen Sie … Beth … wir kommen gut aus miteinander, obwohl es manchmal so scheint, als hätte sie das Bedürfnis zu beweisen, dass sie … alles richtig gemacht hat.«

»Wie jetzt?«

»Na, weil Beth sich um das ganze Design des Parks kümmert … vielleicht ist es ja auch wirklich schwer für sie. Für mich ist es einfach: Ich muss die Pressevertreter kontaktieren und betreuen, da kann ich nicht viel falsch machen. Für Beth steht viel mehr auf dem Spiel … und natürlich glaubt jeder, mitreden zu können: ›Das hier macht Spaß – das eher nicht‹. Und Beth muss alle davon überzeugen, dass sie es besser weiß als jeder andere – nämlich worauf die Leute Lust haben werden. Dabei ist das eher eine Geschmacksfrage …« Sie warf Paul einen Blick zu. »Manchmal habe ich den Eindruck, Rupert ist sich selbst nicht ganz sicher, ob er Beths Instinkten trauen kann. Dabei hat er schon viel Geld investiert, um ihre Ideen umzusetzen. Das baut Druck auf, verstehen Sie?«

»Hmm …« Sie hatten das Erdgeschoss erreicht, und Paul sah sich in der großen Eingangshalle um. »Sie haben Töpfe gehört, sagten Sie?« Er machte mit dem Kopf ein Zeichen Richtung Speisesaal. »Zur Küche geht's dort hinten.«

»Lassen Sie uns kurz in der Küche nachsehen, dann will ich Sie auch wirklich nicht länger hier herumscheuchen.« Constance zog ihren Bademantel enger um sich, und sie gingen über den roten Teppich, der in der Halle ausgelegt war.

Nur die Notbeleuchtung war eingeschaltet. Die Funktionsleuchten, die knapp über dem Fußboden schimmerten, gaben den Räumen eine Färbung wie unter Wasser. Schatten stiegen von schräg unten auf. Dumpf war das Gebläse einer Klimaanlage oder Heizung zu hören, die im Keller eingeschaltet sein musste.

»Psst.« Constances linke Hand schlug sanft gegen Pauls Arm. Er blieb stehen.

Klackklackklack … Jetzt hörte auch er es: ein entferntes Klackern.

»Der Fahrstuhl.« Sie hatte sich ganz zu ihm geneigt, die Stimme zu einem Flüstern gesenkt.

»Ja?« Paul bemerkte, dass auch er zu flüstern begonnen hatte. Er räusperte sich und sprach in normaler Lautstärke weiter. »Es ist noch jemand unterwegs. Macht doch nichts.«

Das Geräusch der Fahrstuhltüren war zu hören, die sich öffneten – und wieder schlossen. Stille.

Constance schaute zurück zu der Treppe, die sie heruntergekommen waren. »Er ist nach oben gefahren.«

»Er?« Paul lächelte. »Oder sie, würde ich sagen.« Er holte Luft. »Wollen wir uns jetzt die Küche ansehen oder nicht?«

Sie gingen weiter und kamen von der Eingangshalle aus in den Speisesaal, der ebenfalls nur durch die Notleuchten dicht über dem Fußboden erhellt war. Die Tische waren bereits für das Frühstück gedeckt. Die Doppeltür in den hinteren Gang war geschlossen – durch die beiden Scheiben auf Augenhöhe jedoch fiel ein hellerer Schein. In dem Korridor, der zur Küche führte, brannte Licht.

Als Paul die Flügel der Tür aufstieß, konnte er es sehen. In der Küche lagen ein paar von den großen aluminium- und kupferfarbenen Töpfen auf dem Boden, und die beiden Scheiben des mittleren Küchenfensters waren geöffnet. Einige Töpfe standen neben dem Fenster noch auf der Arbeitsplatte. Offensichtlich waren ein paar von ihnen auf den Boden gestürzt, als das Fenster aufgestoßen worden oder aufgeflogen war.

Paul blickte sich um. Constance war in der Türöffnung stehen geblieben.

»Sie haben recht. Hier sind ein paar Töpfe heruntergefallen.« Er bückte sich, um das Kochgeschirr aufzuheben. »Das Fenster ist aufgegangen und hat sie dabei von der Anrichte gefegt.« Er stellte die Töpfe zurück auf die Platte. *Na gut, aber ist das Fenster von innen oder von außen geöffnet worden. Von innen? Dann hätte man vielleicht eher die Töpfe vorab zur Seite geschoben. Und von außen?* Paul sah sich den Fensterrahmen genauer an. Gesplittert oder verbogen war nichts – soweit er das auf den ersten Blick erkennen konnte. *Also von innen... Aber wieso? Ist jemand durch das Fenster ins Freie geklettert?*

»Haben Sie das weiter hinten im Korridor gesehen?«, hörte er Constance von der Tür aus fragen.

»Was gesehen?« Er wandte sich zu ihr um.

»Das Zimmer dort hinten?«

Paul trat an Constance vorbei zurück in den Korridor. Ein gutes halbes Dutzend Türen gingen von dem Flur ab. Alle waren geschlossen – bis auf eine. Die hinterste stand einen Spalt offen.

Er sah zu der Pressefrau. »Na und? Wahrscheinlich eine Vorratskammer oder so etwas.«

»Hier vorne ja, das sind Lagerräume, weiter hinten haben Glenn und Mary ihre Zimmer. Glenn, Mary und Jay.«

»Ja?«

»Ich war heute Nachmittag bei Jay, weil ich wissen wollte, ob ich noch eine Zusatzdecke haben kann.«

Constances Wangen kamen Paul plötzlich ein wenig eingefallen vor. Jetzt meinte er ihr auch ansehen zu können, dass sie es nicht gewohnt war, mitten in der Nacht durch die Gegend zu schleichen.

»Es ist ihr Zimmer, Paul. Das dort hinten ist Jays Zimmer.«

Paul schaute den Flur hinunter. Irgendetwas sagte ihm, dass er zurück in sein Zimmer gehen und diesmal die Tür hinter sich abschließen sollte. Im gleichen Moment sah er, wie Constance begann, den Korridor herunterzulaufen – auf die geöffnete Tür zu.

»Warten Sie!«

Er holte sie ein. Constance hatten die beiden Kragenseiten ihres Bademantels umfasst und eng zusammengezogen. »Als ich heute Nachmittag bei Jay war, wirkte sie … Etwas hat mit ihr nicht gestimmt.«

Nackt bis auf den schwarzen BH. Es war wie ein Blitz, der Paul durchzuckte. Jay, die aus dem Zimmer neben seinem herauskam. Die Haut eingeölt.

›*Ein Schlauchboot*‹, hörte er ihre Stimme. ›*Die Bauarbeiter haben ein Schlauchboot gesehen.*‹ ›*Jay, es war Jay, Paul, die Sie verfolgt haben.*‹ ›*Ich war es nicht Mr. Greenblatt, ich bin es nicht gewesen.*‹

Constance stieß die halb geöffnete Tür ganz auf. Ein kalter Windzug fuhr Paul unters T-Shirt. Das Zimmer lag dunkel vor ihnen. Das Bett zerwühlt – die beiden Fensterflügel geöffnet. Im nächsten Moment knallten sie mit voller Wucht zu, als durch die nun ganz offene Tür ein starker Durchzug entstand.

»Sehen Sie doch!« Constance stürzte ans Fenster und zog die beiden Flügel wieder auf. Dahinter erstreckte sich der Vorplatz des Hotels. Die Fensteröffnung war nicht vergittert. »Dort hinten.« Sie wies mit dem Arm nach draußen.

Hinter ihnen knallte es erneut und heftig. Diesmal war es die Tür von Jays Zimmer, die der Windzug zwischen den Fenstern in der Küche und im Raum des Zimmermädchens zugeworfen hatte.

Die Insel – die Felsen – die Nacht – die Brandung.

Paul konnte weiter draußen das Meer erkennen, das sich mächtig und langsam bewegte – hob, senkte und krachend gegen die Felsen schlug. Keine dreißig Meter vor dem Fenster lag etwas auf dem Boden und flatterte in der kalten Brise. Schwach wurde es von den Außenlampen, die rings um das Gebäude aufgestellt waren, erhellt.

Mit einem Satz war Paul auf dem Fensterbrett und ließ sich auf der anderen Seite auf den steinigen Boden gleiten. Er spürte die Kiesel durch die Pappsohlen seiner Schlappen, hastete über den

Vorplatz auf den weißen Schimmer zu – und wusste, was es war, bevor er es erreicht hatte.

Er beugte sich hinunter, griff nach dem Stoff, presste ihn an sich. Eine weiche, weite Hose. Er drückte das Kleidungsstück ohne nachzudenken an sein Gesicht, holte Luft – und roch sie. Jay. So wie sie gerochen hatte, als sie ihn am Fuß der Treppe angesprochen hatte.

»Was ist es?«

Er wandte sich um. Das Haus, spitz aufgereckt in der Nacht, wie ein zersplittertes Dreieck mit riesigen Kanten. Unten, direkt vor ihm, das Fenster, durch das er gestiegen war. Darin die Silhouette Constances. Aber sie war nicht mehr allein. Neben ihr stand eine zweite Frau. Kurze Haare und mager. »Was haben Sie dort, Paul?« *Beth.*

»Es ist eine verdammte Jogginghose!« Er spürte, wie sich ein Schlappen von seinem Fuß löste, doch er achtete nicht darauf. »Eine Jogginghose, Beth – und erzählen Sie mir nicht, dass Sie das nicht wussten!« Seine Hand hielt den Stoff fest umklammert, während er auf das Lichtrechteck, in dem die beiden Frauen standen, zustolperte. »Jays Hose. Die haben Sie doch hier platziert –«

»Paul, beruhigen Sie sich –«

»Sie haben sie hier platziert, damit wir sie finden. Na, wo steckt er?« Jetzt brüllte er fast, er konnte sich einfach nicht bremsen. Es war diese Insel hier, diese verfluchte Insel. »Wo steckt der Killer, den Sie sich ausgedacht haben. *Murder Park*! Ja? Meinen Sie wirklich? Soll ich Ihnen was sagen? Ich amüsiere mich gar nicht! Ein Vergnügungspark – der mich ankotzt, wenn Sie es genau wissen wollen!«

Er hatte das Haus erreicht, stand vor dem Fenster und schrie es Beth ins Gesicht. »Was haben Sie sich dabei gedacht? Es ist Nacht, ich bin müde. Und jetzt? Geh ich ins Bett und schlaf weiter? Was mit Jay ist? Ist mir doch egal! Ist ja doch nur ein Spiel.«

Oder? Er fühlte, wie sein Blick zu Constance zuckte und der

Zorn von ihm abfiel. *Und wenn Jay nur kurz etwas holen gegangen ist?* »Vielleicht hat Jay ja auch einfach die Töpfe in der Küche gehört und ist aufgestanden, um nachzusehen«, murmelte er fast mehr zu sich als zu Constance.

»Aber die Hose, Paul, wieso ist die Hose hier draußen?« Es waren Tränen, die an Constances Wimpern hingen. Jetzt war es nicht nur Sorge, die ihr im Gesicht stand, jetzt war es helle Panik. »Sie hätte doch niemals ihre Hose hier draußen ausgezogen!«

»Das klärt sich sicher alles ganz schnell wieder auf«, mischte sich Beth ein, aber Paul fiel ihr ins Wort.

»Ach ja? Was heißt das? Dass Sie selber nicht wissen, was hier los ist?« Er brüllte nicht mehr, er hatte sich jetzt im Griff. Zumindest kam er sich selbst so vor.

»Ich habe ein Klappern gehört«, hörte er Beth sagen, »die Töpfe. Constance sagt, Sie hätten sie aufgehoben, die Töpfe hätten in der Küche auf dem Boden gelegen. Deshalb bin ich hier heruntergekommen, und jetzt schreien Sie mich an, und ich weiß nur –«

»Machen Sie uns doch nichts vor!«, fuhr Paul Beth ärgerlich an. »Sie haben das hier«, er warf die Hose aufs Fensterbrett, »wahrscheinlich selbst dort hingelegt. Oder einen von Ihren Leuten hinlegen lassen!«

»Ach, glauben Sie doch, was Sie wollen.« Beth sah Constance an. »Wecken Sie Glenn, wir müssen sämtliche Außenlichter einschalten. Ich will wissen, wo Jay steckt.«

12

»Sie ist nicht in ihrem Zimmer, nicht im Bad, nicht in den Unterkünften der Zimmermädchen. Sie ist in keinem der Räume im Küchentrakt, nicht im Eingangsbereich und auch nicht in den Kellerräumlichkeiten. Keiner von Ihnen hat sie in seinem Zimmer oder auf einem der Flure gesehen.« Glenn hatte seine durchdringenden Knopfaugen auf die Umstehenden gerichtet.

Paul war kurz in seinem Zimmer gewesen und hatte sich Schuhe und einen Pullover übergezogen. Sein Blick wanderte über die anderen Inselbesucher, die sich im Frühstückszimmer eingefunden hatten. Es waren immer die gleichen Gesichter. Constance und Beth, Sheldon und Rupert, Glenn und Mary, Tony und Kate … Mit ihm selbst und Lizzie zehn Personen. Mit Jay elf. Hatte Beth nicht gestern gesagt, dass sie insgesamt zu zwölft auf der Insel wären?

›Es stimmt nicht, Mr. Greenblatt, ich bin nicht diejenige gewesen, die mit der Maske vor Ihnen davongelaufen ist.‹

»Es ist doch möglich, dass Jay eine Taschenlampe genommen hat und auf der Insel unterwegs ist.«

»Aber wieso?« Glenn sah zu Tony, der die Bemerkung gemacht hatte. »Wieso sollte sie mitten in der Nacht das Gebäude verlassen?«

Jays Hose, die Paul gefunden hatte, lag auf einem der Tische neben Glenn. Tony zuckte mit der Schulter.

»Gut, das kann sie uns sagen, wenn wir sie gefunden haben«, setzte Glenn seine Ansprache fort. »Ich denke, das ist jetzt erst mal das Wichtigste: Wir teilen uns in Gruppen auf und bekommen so schnell wie möglich heraus, wo Jay ist.«

»Das können Sie vergessen.«

Paul wandte den Kopf. Sheldon, der bereits ein Jackett trug und das charakteristische Seidentuch um den Hals, hatte das Wort ergriffen.

»Rupert?« Der Psychiater suchte mit den Augen nach Mr. Levin. Mit Glenn zu sprechen war offensichtlich unter seiner Würde. »Rupert, ich habe es bereits gestern gesagt, ich bin für diesen Zirkus nicht zu haben. Ich werde, sobald es Tag wird, die Fähre zurück nehmen.« Sein Blick hatte Levin gefunden, und er strich sich nachdenklich über den schmalen Schnurrbart, der über seiner Oberlippe sprießte. »Ich hoffe, es bringt euren Spielaufbau nicht allzu sehr durcheinander –«, er unterbrach sich, »andererseits, das wäre mir auch egal.« Er nickte Levin zu, der nicht antwortete, sondern an einem der Frühstückstische saß und seine Fingernägel betrachtete. »Nur damit Sie Bescheid wissen.«

»Das wird nicht gehen, Sheldon.« Levin sah nicht auf. Er hob auch nicht die Stimme, und doch wandte sich alle Aufmerksamkeit ihm zu. »Es wird leider nicht gehen, Sheldon, denn morgen früh wird keine Fähre kommen.«

»Nicht.« Es klang nicht wie eine Frage, eher so, als hätte Sheldon sich das schon gedacht und würde es jetzt nur bestätigt bekommen. »Würden Sie dann freundlicherweise dafür sorgen, dass ein Boot geschickt wird. Oder ... haben Sie hier auf der Insel –«

»Kein Boot auf der Insel, Sheldon.«

Diesmal sagte der Psychiater nichts.

»Und ich kann Ihnen auch keins rufen.«

»So?«

»Haben Sie es selbst schon versucht? Eins zu chartern? Das müsste doch eigentlich ganz einfach sein, oder?«

Paul sah, dass Sheldon ein wenig von seiner Haltung eingebüßt hatte. Plötzlich schienen die Haare seines Schnurrbarts alle einzeln über seiner Oberlippe implantiert worden zu sein. »Ich bin sicher, Sie haben da die richtigen Kontakte, Rupert, ich müsste ja erst mal herausbekommen, wer ein Boot vermietet –«

»Es geht nicht, Sheldon, weil das Telefon nicht funktioniert.«

Pauls Augenbraue zuckte kurz. *Nicht?* Er hatte doch gestern noch mit seiner Redaktion telefoniert.

»Das Festnetz nicht – und das Handy auch nicht.« Jetzt sah Rupert doch auf, sein Blick ging kurz zu Sheldon, dann über die Gesichter der anderen. »Vielleicht haben es einige von Ihnen schon bemerkt – es muss etwas mit dem Mobilfunkmast der Insel sein.«

Pauls Hand schob sich automatisch in die Tasche seiner Jeans, in die er vorhin sein Handy gesteckt hatte. Er zog es hervor, drückte den Bildschirmschoner weg. Es funktionierte – aber es zeigte kein Netz an.

Er sah, wie auch Tony, Lizzie und Kate mit ihren Mobilgeräten beschäftigt waren.

»Mir ist es vorhin erst aufgefallen, kurz nachdem Beth mich benachrichtigt hat, dass Jay verschwunden ist«, hörte Paul Rupert sagen, »sonst hätte ich Sie selbstverständlich schon informiert.«

»Keine Fähre, kein Festnetz, kein Handy«, fiel Tony ihm ins Wort. »Ist überhaupt genug Essen vorrätig?«

»Die Vorratskammer ist voll für mehrere Tage«, rief Glenn dazwischen, um sich über die aufkommende Unruhe hinweg verständlich zu machen.

»Und wann soll die Fähre wieder kommen, ohne dass wir sie extra rufen?«, setzte Tony nach.

»Drei Tage«, Constance hatte neben Rupert Platz genommen, »drei Tage waren geplant, es bleiben also noch knapp zweieinhalb. Samstag und Sonntag. Montagvormittag wird die Fähre wieder hier sein. Ich bitte Sie, Sie alle haben doch gewusst, dass Sie ein Wochenende lang hier sein werden.«

»Ohne Telefon?«

»Wollen Sie sagen, dass ich die Insel nicht verlassen kann?«, war Sheldons Stimme zu hören.

Wo ist Jay?, ging es Paul durch den Kopf.

»Hören Sie, Rupert«, meldete sich Lizzie zu Wort, »ich habe von Anfang an Gefallen an diesem Projekt gefunden, aber Sie müssen auch verstehen, dass wir … dass das ein bisschen zu weit geht.«

Levin hatte sich in seinem Stuhl zurückgelehnt, einen Arm auf die Lehne hinter Constance gelegt.

»Was halten Sie davon, die besten Tricks für die echten Gäste aufzuheben.« Lizzie lächelte. »Ich verspreche Ihnen auch«, sie warf Paul einen Blick zu, »wir verraten nichts. Also jetzt mal nur unter uns, sozusagen *off the record*. Das ist der zweite Schritt, ja? Dass das Zimmermädchen dann verschwunden ist. Das Festnetz im Eimer, die Handys ohne Empfang. Wow.« Sie nickte. »Toll. Nein, wirklich. Natürlich werden sich die Leute dann … ja, aufregen. Und das ist es ja, worum es hier geht, oder? Ein paar Stresshormone freisetzen. Finde ich –«

»Okay, JAY!«, unterbrach Rupert sie laut. Er war aufgestanden und hatte sich nach hinten gewandt. »Jay! Wir sind aufgeflogen. Sie können rauskommen!«

Er drehte sich wieder zurück – und plötzlich hatte Paul den Eindruck, schwarze Falten hätten sich in Ruperts Gesicht eingegraben. Er sah … gealtert aus. Gezeichnet.

»Es tut mir leid, Ms. Hillstrom«, Levins Augen blieben auf Lizzie gerichtet, »aber ich fürchte, wir werden tun müssen, was Glenn sagt. Uns aufteilen und nach dem Zimmermädchen suchen. Ich wollte, ich könnte es Ihnen ersparen. Kann ich aber nicht.«

»Es ist die Basisstation!« Der Ruf fuhr durch den Saal, und die große Glastür, die vom Frühstücksraum auf die Terrasse führte, schepperte. Michael stand in der Türöffnung, eine starke Taschenlampe in der Hand, den Strahl in den ohnehin schon hellen Raum gerichtet.

Michael – natürlich! Er war derjenige, der eben noch gefehlt hatte. Die zwölfte Person.

»Was ist mit der Basisstation?« Paul, der Michael am nächsten stand, hatte sich an ihn gewandt. Er wusste zwar nicht genau, was eine Basisstation war, vermutete aber, dass es mit dem Ausfall der Handys zu tun haben könnte.

»Kommen Sie, Sie müssen sich das ansehen!« Michael trat zur Seite, und Paul machte einen Schritt auf die Glastür zu.

»Warten Sie, ich komme mit.« Lizzie drängte sich an ihnen vorbei nach draußen.

Augenblicke später tanzte der Lichtfleck von Michaels Taschenlampe über den Weg, der hinter dem Hotelgebäude über den Bergrücken hinweg in ein steiniges Tal führte.

»Erst dachte ich: Wo hat er den Zündschlüssel her«, war Michaels Stimme zu hören, »aber dann –«

»Waren Sie eben dort, ja?« Paul eilte neben dem Tonmann durch die Dunkelheit. Lizzie hielt sich hinter ihnen.

»Ich wollte wissen, was los ist, als ich gemerkt habe, dass mein Mobilfunk nicht geht.«

»Und?«

»Glenn hatte mir gesagt, dass die Handyverbindung über eine Basisstation hergestellt wird«, fuhr Michael fort, »das ist praktisch eine Art Handyantenne. Also bin ich hin. Und natürlich lassen die Arbeiter den Schlüssel auf der Insel einfach stecken. Wer soll die Geräte denn hier klauen? Dort, sehen Sie!«

Die roten Rücklichter eines Baufahrzeugs glommen durch die Nacht. Der schwere Radlader befand sich noch etwa fünfhundert Meter von ihnen entfernt, aber der Weg verlief jetzt bergab, sodass sie das Gefährt bereits sehen konnten.

»Ist es dort? Diese Handyantenne?«

»Ja. Er muss den Radlader benutzt haben, um den Mast zu beschädigen.«

»›Er‹? Muss es ein Mann gewesen sein?« Paul warf Michael einen Blick zu. »Vielleicht war es ja auch eine ›sie‹, die den Radlader gefahren hat, oder?«

»Er … oder sie … sicher … Jedenfalls hat derjenige, der das Fahrzeug genommen hat, nicht mal das Licht ausgeschaltet.«

Sie liefen weiter.

»Ich kenne mich damit ja auch nicht aus«, sagte Michael nach einer Weile, »aber es sieht nicht gut aus. Und das Ding, die Antenne, steht so weit weg vom Hotel, dass wir nichts gehört haben. Er kann es schon vor Stunden –«

»Er – wer denn?« *Weiß Michael mehr als ich?*, schoss es Paul durch den Kopf.

»Ja, sorry, Sie haben recht.« Michael blieb stehen und schob sein Basecap ein wenig nach hinten. Mit der Taschenlampe leuchtete er zu dem Fahrzeug, dessen Rücklichter direkt auf sie zu zeigen schienen. »Jedenfalls ist die Radladerschaufel ein paarmal kräftig gegen den Elektrokasten dort am Fuß des Masts gerammt worden. Das hat das Ding außer Betrieb gesetzt.«

Paul ging an Michael vorbei durch die Dunkelheit auf den Mast zu. Inzwischen war auch das Licht der vorderen Scheinwerfer zu sehen, die genau auf den Handymast zielten.

Kurz darauf hatte er das schwere Gerät erreicht. Die Tür des Radladers stand offen. Der Zündschlüssel steckte. Die schwere Schaufel war so gegen die Antenne gedrückt, dass sie fast ganz umgeknickt war. Der Elektrikkasten am Fuß des Masts war durch einen Maschendrahtzahn gesichert gewesen, aber der Zaun war von dem Gefährt umgefahren worden, als bestünde er aus Streichhölzern.

Er.

Was ist hier los?

Pauls Blick ging zu Michael, der ihm nachgekommen und an die Fahrerkabine getreten war, um mit seiner Taschenlampe hineinzuleuchten. Sie war leer.

Natürlich.

Paul schaute zu Lizzie, die gerade neben ihm an den Elektrikkasten trat.

Es hat angefangen, hörte er eine Stimme in sich flüstern. *Jemand hat angefangen, Jagd auf uns zu machen.*

13

»Ich glaube einfach nicht, dass das hier aus dem Ruder läuft. Du?« Aufgebracht sah Lizzie Paul an. »Das ist doch geplant, natürlich ist es das!«

Sie hatten sich aufgeteilt. Michael war zum Hotel zurückgekehrt, um die weiteren Schritte mit den anderen zu besprechen, Paul und Lizzie wollten den Fußweg abgehen, der an der Antennenstation vorbei die Küste entlangführte, um zu sehen, ob sie in dieser Richtung eine Spur von Jay fanden.

»Der Mast ist jedenfalls nicht zum Spaß umgeknickt.« Paul hatte sich die Taschenlampe von Michael geben lassen und hielt sie jetzt so, dass ihr Strahl etwa zwei Meter vor ihnen die Steine und das Geröll aus der Dunkelheit holte. »Und so ein Mast ist teuer.«

Am Horizont zeigte sich ein feiner silberner Streifen, der die Insel und das Meer vom darüber sich wölbenden Himmel schied. Über und hinter ihnen jedoch flossen Land, Wasser und Luft noch immer in einer gewaltigen schwarzen Lache zusammen – einer Lache, die nach ihnen zu greifen schien, während sie sich mit ihrem winzigen Lichtpunkt den gewundenen Küstenpfad entlangtasteten.

»Einer hat sich in den Bagger gesetzt und den Mast umgefahren … damit wir nicht um Hilfe rufen können. Ja?« Lizzie hatte sich bei ihm untergehakt.

»Jedenfalls hat sich jemand in das Ding gesetzt und den Mast umgefahren, ja.«

»›Jemand‹! Was meinst du denn? Jemand von uns, von den

Teilnehmern der Pressereise? Wohl kaum, oder? Also muss sich doch noch jemand anders auf der Insel aufhalten, jemand, von dem selbst Beth und Rupert nichts ahnen. Richtig?«

»Woher soll ich das wissen?« Der Lichtstreif am Horizont begann sich auszudehnen. »Jay hat etwas von einem Schlauchboot erzählt«, fuhr Paul fort. »Du warst doch dabei. Die Bauarbeiter hätten ein Schlauchboot auf der Insel entdeckt.«

»Meinst du, deshalb ist Jay jetzt weg? Dass dieses Boot mit ihrem Verschwinden etwas zu tun hat?«

»Schwer zu sagen.«

»Ein Schlauchboot … Jemand könnte damit hergekommen sein.«

»Hmhm.«

»Derjenige, der den Radlader gefahren hat.« Lizzie sah Paul an.

»Ja, das habe ich auch gerade gedacht.«

»Jemand, von dem Rupert und sein Team gar nichts wissen.«

Paul spürte, wie sein Unbehagen wuchs. »Ja. Und das wiederum hieße, dass Rupert und Beth vielleicht gar nicht überschauen, was hier wirklich im Gange ist.«

»Womöglich versteckt sich derjenige, der den Mast umgefahren hat, irgendwo hier auf der Insel.« Lizzies Blick durchforschte das Dunkel, das sie umgab.

»Derjenige … oder diejenige … obwohl …«, Paul warf ihr einen Blick zu, »die Gestalt mit der Babymaske gestern Abend … das darunter war keine Frau; die Erscheinung hat sich einfach nicht wie eine Frau bewegt.«

Lizzie drückte seinen Arm fester an sich. »Wahrscheinlich ist es leichtsinnig, hier entlangzulaufen. Er könnte überall im Schatten kauern.«

Ein mächtiger Felsbrocken war neben dem Weg aus dem Dunkeln aufgetaucht. Paul sah etwas dahinter verschwinden, aber das war wohl nur ein Schatten, den er durch das Schwenken seiner

Taschenlampe in Bewegung versetzt hatte. Sie liefen an dem Felsbrocken vorbei.

»Oder es ist wirklich einer von den Leuten im Hotel«, sagte er. »Einer von uns sozusagen.«

»Hab ich auch schon gedacht.«

»Ich könnte es sein.«

»Ja.« Aber ihre Stimme gluckste ein wenig, und sie ließ ihn nicht los. »Oder Tony. Oder ... Glenn oder ... Was weiß ich.«

»Ich hab eher an Michael gedacht. Vorhin, als wir alle im Frühstückszimmer versammelt waren – da hat er gefehlt. Angeblich, weil er beim Handymast war, aber ... er könnte auch irgendwas anderes gemacht haben ...«

»Michael ... Michael trau ich so etwas eigentlich nicht zu. Er ist ein bisschen eigen vielleicht, aber ... wirklich komisch ist vielmehr Tony.«

»Ach ja?«

»Ich wollte ihn gar nicht als Kameramann dabeihaben, aber die Produktionsfirma hat gesagt, ich muss ihn nehmen.«

Tony. Paul sah den stämmigen Kameramann mit dem runden Kopf, den kurzen Haaren und den großen Augen vor sich.

»Und warum wolltest du ihn nicht?«

»Klar, ich hab schon verstanden, warum es ihnen wichtig ist, dass ich ihn nehme. Er kennt sich aus mit so was –«

»Mit was?«

»Mit ... Polizeisachen ... mit Gewaltverbrechen. Zu gut sogar, für meinen Geschmack.«

»Ein echter Profi.«

»Kann man wohl sagen. Hast du das nicht auch mal gemacht? Davon hab ich doch auf deinem Blog gelesen. Den Polizeifunk abhören, und wenn die Beamten zu einem Tatort gerufen werden, so schnell wie möglich auch hinfahren.«

Das kann schon mal vorkommen ...

Drei oder vier Mal hatte Paul auf diese Weise exklusives Material für seinen Blog zusammenbekommen. Wenn er den Polizeifunk verfolgte und rasch aufbrach, konnte er über einen Tatort berichten, bevor die anderen mitbekommen hatten, dass es diesen Fall überhaupt gab.

»Tony hatte sich vor ein paar Jahren richtig darauf spezialisiert«, sagte Lizzie an seiner Seite. »Er hat auf eigene Faust gearbeitet, hatte nur eine kleine Digikamera und diesen Funkscanner oder Peilsender oder wie das heißt, mit dem er den Polizeifunk abgehört hat. Und einen Wagen natürlich. Damit war er dann unterwegs. Nacht für Nacht. Tagsüber schlafen, und wenn es dunkel wird: Funkscanner an und warten. Auf das nächste Opfer. Das nächste Blut. Fast wie Dracula, wenn du mich fragst.«

»Er brauchte wahrscheinlich das Geld. Schön ist es nicht, aber –«

»Eine Kollegin hat mir erzählt, dass er einmal schneller dagewesen sein soll als die Polizei. Ein Überfall in einem Privathaus, ein Überfall, der schiefgegangen ist. Schüsse fallen, die Einbrecher türmen, Nachbarn rufen die Polizei. Und wer kommt als Erster? Tony mit seinem miesen kleinen Honda. Kamera raus, rein ins Haus. Mehr als drei oder vier Minuten hat er nicht gehabt, dann ist er wieder verschwunden, bevor die Polizisten ihn verhaftet hätten. Aber er hat Bilder dort drinnen gemacht …«

»Ja?«

»Gesendet werden konnten die nicht. Aber Tony ist sehr stolz darauf. Ich wollte das Material gar nicht sehen, aber er hat praktisch darauf bestanden. Blut. Auf weißen Kacheln. Man konnte richtig erkennen, dass einer darauf ausgerutscht war. Die Bilder sind mit so einer wackligen Kamera aufgenommen, Tony hält die Hände nicht still. Man hat förmlich den Eindruck, die Bilder würden mit seinem Herzschlag pumpen. Er tastet sich durch den Eingangsbereich, kommt um die Ecke, und da liegt sie. Augen auf. Von der Wucht der Einschüsse auf die Couch geschleudert. Die Kugeln haben sich in Brust und Bauch gebohrt. Ich meine: Hat sie noch gelebt? Das muss … vielleicht drei, höchstens fünf Minuten nach den Schüssen gewesen sein. Tony war ja nur deshalb so schnell dort, weil er zufällig ganz in der Nähe war. Ich habe die Aufnahmen gesehen, die Frau … Sie war … sie sah einfach noch lebendig aus, verstehst du? Rosig. Jung. Die Lippen feucht. Sie hatte sich kurz vorher mit der Zunge den Mund benetzt, und jetzt war sie erschossen. Tony also ran mit seiner Kamera und fährt sie ab. Am Gesicht entlang, die Einschusslöcher – tritt zurück, rutscht in dem Blut aus, fängt sich …«

»Und deshalb wolltest du ihn hier nicht dabeihaben.«

»›Du bist ein Neuling, Lizzie‹, haben die von der Produktionsfirma zu mir gesagt, ›nimm einen alten Hasen mit.‹ Sicher, ich kann das verstehen. Und Tony ist nett, fast zu nett für meinen Geschmack manchmal. ›Lizzie willst du das, Lizzie willst du jenes, sag mir, was du brauchst, lass uns besprechen, wie du es haben willst.‹ Das ist … schleimig? Obwohl er immer so kernig tut. Wenn man mit ihm allein ist … Sicher meint er es nicht böse, aber trotzdem … es ist unangenehm. Ich sag ihm: ›Tony, du machst das super, ich verlass mich ganz auf dich‹ … aber dann fallen mir die Bilder aus dem Haus wieder ein. Weißt du, was mich am meisten daran beunruhigt hat?«

»Das Blut?«

»Dass er sich … Ich bin mir nicht sicher, aber ich hatte doch den Eindruck, dass er sich daran aufgegeilt hat … dass es ihn angestachelt hat. Das Blut, die Gewalt, die Wucht, die Nähe des Todes, natürlich auch, dass die Frau, das Opfer, dass sie noch ganz jung war, eine hübsche junge Frau. Aber wenn er sie so auf der Straße oder auch zu Hause in dem Badeanzug gesehen hätte, es hätte ihn nicht so … erregt. Dass sie da lag. Augen auf. Verschmiert. Das war es, was ihn wirklich angemacht hat. Sexuell erregt. Keine Ahnung, woran genau man das den Bildern angemerkt hat. Aber man hat es ihnen angemerkt. Er ist voll darauf abgefahren. So sehr, dass es ihn ja noch erregt hat, sie mir zu zeigen. Mir war das eindeutig zu viel … zu viel des Schrägen. Also habe ich ihm gesagt, ich denke, dass wir besser nicht zusammenarbeiten sollen, aber daraufhin hat er umgeschwenkt und mich gebeten, ihn bei sich zu Hause mal zu besuchen. Da tat er mir auch wieder leid. Ich brauch den Job, meinte er. Komm mich besuchen, mach dir ein Bild, und entscheide dann.«

»Also bist du hin und hast ihn besucht.«

»Ja, schon. Es war ja nicht so, dass er mich auf der Straße oder im Park angesprochen hätte. Und letztlich hat mich die Produktionsfirma gedrängt, mit ihm zu arbeiten. ›Von dem kannst du was lernen.‹ Also bin ich hin. Ich dachte, was soll's, vielleicht habe ich ihn ja wirklich falsch eingeschätzt.«

Sie waren stehen geblieben, und Paul hatte die Taschenlampe ausgeknipst. Der Streifen am Horizont hatte inzwischen fast die Hälfte des Himmels aufgehellt. Die Insel stach als zackige Silhouette davon ab. Der Weg, den sie eingeschlagen hatten, schlängelte sich ein wenig bergauf, und sie befanden sich mittlerweile recht hoch über der Brandung, die unten gegen die herabgestürzten Felsen anraste.

»Ein Fernseher auf einem Pappkarton, eine Matratze, ein paar Hanteln in der Ecke. Das war's.«

Paul sah zu Lizzie, die sich mehr auf ihn als auf die Landschaft zu konzentrieren schien.

»Tonys Wohnung?«

»Ja. Ein Zimmer, eine Küche, mit Wasch- und Spülmaschine, na gut, aber kein Tisch, nichts. Das Fenster? Ging auf einen schmalen Lichtschacht hinaus. Ein Haus mit vielleicht dreißig Stockwerken, aber Tony lebt im ersten oder zweiten. Da kommt nicht mal Licht rein in die Wohnung.«

»Lebt er allein?«

»Natürlich! Tag und Nacht liegt er in seiner Bude auf der Matratze und denkt nach. Das hat er mir selbst gesagt! Bis ein Anruf kommt und er einen Auftrag bekommt. Raus zum Dreh, zwanzig, vierzig Stunden, dann wieder zurück in das Loch auf die Matratze. Bis zum nächsten Anruf.«

»Denkt nach? Worüber denn?«

»Über seine Frau und seine Tochter. Die ihn verlassen haben. Auch das hat er mir erzählt, als wir in seinem Apartment auf dem Boden gesessen haben. Sie haben ihn zu der Zeit verlassen, als er Nacht für Nacht den Polizeifunk abgehört hat. Die Anspannung muss immer größer geworden sein, bis er ihr schließlich nicht mehr gewachsen war.«

»Hat er gesagt.«

Sie nickte. »Man merkte, dass er nicht so oft darüber spricht, dass es ihm aber doch im Kopf herumgeht, und dass er froh ist, mal jemandem davon zu erzählen. Was genau passiert ist, wollte er mir nicht sagen. Er meinte, die Nächte, die Fahrten zu den Tatorten, der ewige Stress mit der Polizei, wie weit er nun was drehen durfte – das alles habe ihn fix und fertig gemacht. Es muss wohl zu einem Streit mit seiner Frau gekommen sein, bei dem sie übel aneinandergeraten sind. Wie gesagt, was genau passiert ist, wollte er mir nicht sagen, aber als er davon sprach, sah er schon ziemlich mitgenommen aus.«

Lizzie hatte die Augen weit geöffnet und schaute Paul an. Kein Wunder, dass sie sich an ihn hielt, wenn das der Kameramann war, mit dem sie sie auf die Insel geschickt hatten. »Jedenfalls scheint er ziemlich ausgerastet zu sein, und daraufhin hat sie ihn verlassen.«

»Und darüber denkt er nach.«

»Ja … klar, er tat mir leid, oder tut mir leid … aber … Ich glaube nicht, dass es der Stress war, der ihn schließlich zum Ausrasten gebracht hat. Ich glaube, es war das, was mir auch bei seinen Bildern aufgefallen ist. Er liebt es. Er liebt die Gewalt. Nicht immer, nicht jeden Tag. Aber es überkommt ihn. Es schwelt im Hintergrund … Die Gedanken verengen sich immer mehr darauf, bis er sich nicht länger zurückhalten kann … und dann passiert's. Und das ist es, was mir Sorgen macht. Das habe ich denen von der Produktionsfirma auch gesagt. ›Okay, ich war jetzt bei Tony, ich verstehe, dass er den Job haben möchte, ich verstehe, dass er versucht hat, mein Vertrauen zu gewinnen, indem er ganz offen war – ich würde trotzdem lieber mit jemand anderem drehen.‹ Aber sie meinten, sie wüssten über Tony Bescheid, ich könne ihm vertrauen und solle mich nicht so anstellen. Er sei nun mal der Beste für den Bericht hier.«

»Ach so«, Paul hatte das Gefühl, endlich klar zu sehen, »*deshalb* wolltest du in das Zimmer neben mir!«

Aber Lizzie winkte ab. »Nein ... nein, Tony wird – natürlich wird er mir ... oder irgendjemandem ... nichts tun. Tony ist schon okay, er ist halt nur ein bisschen ... einsam. Vielleicht ist es das.« Sie lächelte. »Das mit dem Zimmer ... ach was, ich habe keine Angst vor Tony. Ich hätte nur lieber mit einem anderen Kollegen gedreht, das ist alles.«

Sie gingen weiter. Der Himmel war inzwischen ganz hell. Es war das erste Mal, dass Paul die Insel bei Tageslicht sah. Ein nur spärlich bewachsener Felsen inmitten des Ozeans.

»Was?« Paul blieb stehen und sah Lizzie an. Hatte sie etwas gesagt?

Er bemerkte, dass sie beide Fäuste auf die Lippen gepresst hatte. Ihre Augen wirkten beinahe glasig, und ihre Schultern standen eckig nach oben.

Er folgte ihrem Blick – und sah es. Tief unter ihnen, vielleicht zweihundert Meter Luftlinie von dem Punkt entfernt, an dem sie standen, dort, wo die Brandung auf die zerklüftete Steilküste traf, lag ein Körper im Wasser. Aus der Entfernung war nicht viel mehr als ein Arm zu erkennen, der sich hinter dem Rücken verdreht hatte – Haare, die in dicken Strähnen über die nackte Haut hingen – ein Rumpf, der von dem brodelnden Wasser umspült wurde. Und doch wusste Paul es, als würde er der Gestalt dort unten geradewegs in die Augen sehen können: Es war Jay, die dort sanft vom Auf- und Abwogen der Wellen geschaukelt wurde, Jay, deren Gesicht nach unten, ins Wasser gedreht war.

14

»Ja, sicher, es könnte sein, aber ich glaube das nicht. Ich glaube nicht, dass sie gestürzt ist. Es war dunkel, natürlich, die Küste fällt dort steil ab, der Weg ist schmal, sie hatte vielleicht keine Lampe dabei. Aber warum sollte sie sich mitten in der Nacht so weit vom Hotel entfernen? Mit oder ohne Lampe!« Paul starrte Beth an. »Warum sollte sie ihre Hose ausziehen, verlieren … Warum sollte sie durch die Kälte irren? Ich … ich weiß es nicht, es kann alles Mögliche passiert sein, aber es war kein Unfall, Beth. Sie – das können Sie mir nicht erzählen!«

›*Ich bin nicht vor Ihnen davongelaufen, Mr. Greenblatt, ich habe schon versucht, mit Mary und Glenn darüber zu sprechen, aber sie wollen nicht auf mich hören.*‹ Paul konnte gar nichts dagegen machen, er hatte Jays Stimme im Ohr. ›*Die Sachen, die Mr. Levin in die Bungalows gebracht hat?*‹ Jays schwarze aufgerissene Augen. ›*Sie bringen Unglück, verstehen Sie!*‹

Paul drehte sich um und sah zu den anderen, die dabei waren, ein festes Seil, das Glenn mitgebracht hatte, an einem Felsblock zu befestigen. Es war zu steil an dieser Stelle, als dass Paul es mit Lizzie versucht hätte, nach unten zu Jay zu gelangen. Lebte sie noch? Aber es waren nur ihr Hinterkopf und ihr Rücken, die aus dem Wasser herausschauten. An dem Fußweg, an dem sie standen, bestand die Steilküste aus lockeren Gesteinsschichten, die sich überall lösen und mit einem in die Tiefe rutschen konnten. Die kleine Bucht, in der Jays Körper … oder Jays Leiche … zu erkennen war, war auf beiden Seiten von steilen Felsklippen eingeschlossen, um die man hätte herumschwimmen müssen, um in die Bucht zu gelangen. Aber das Wasser war tiefgrau und aufgewühlt. Der Ozean schien zu grollen, bewegte sich wie ein riesiges Plateau, das sich ineinander verschob und hob und verkantete, um sich im nächsten Augenblick wieder auseinanderzuziehen und in neuen Strömungen zu verfließen.

Paul und Lizzie waren ins Hotel zurückgeeilt, um die anderen zu benachrichtigen, und schließlich mit Glenn, Beth und Michael zu der Bucht zurückgekehrt. Die übrigen Reiseteilnehmer hatten sich entweder schon auf ihre Zimmer zurückgezogen oder waren sonst wo auf der Insel unterwegs gewesen.

»Wir sind hier gleich fertig. Dann können wir uns an dem Seil herunterlassen.« Glenn hatte bemerkt, dass Paul zu ihm schaute.

»Ich habe Jay gestern Abend, kurz nach unserer Ankunft, in dem Flur gesehen, an dem auch mein Zimmer liegt.« Paul hatte sich wieder Beth zugewandt. »Sie ist … entkleidet … aus dem Zimmer neben meinem gekommen.« *Und ich habe gehört, was sie dort getrieben haben.* »Wer ist denn in diesem Zimmer untergebracht? Auf der einen Seite von mir Lizzie Hillstrom – und auf der anderen?«

Beth fasste sich kurz an die Stirn. »Auf der anderen Seite? Sheldon Lazarus. Er ist dort einquartiert.«

Sheldon.

Paul bemühte sich, ruhig zu bleiben. Er brauchte Beth doch nur anzusehen, um zu erkennen, wie hoffnungslos überfordert die Park-Managerin von den Ereignissen war.

»Gut, dann rede ich nachher mit ihm, Beth, aber das reicht nicht. Sie müssen auch mit ihm sprechen. Sie müssen ihn fragen, was er über Jay weiß.«

»Ja, Paul, sicher.«

»Nein, nicht *›ja, Paul, sicher‹*, Sie müssen es wirklich tun. Verstehen Sie mich?«

»Ich werde mit Rupert sprechen –«

»Sie hatten Sex dort in dem Zimmer neben meinem, Sheldon und Jay, ich habe sie deutlich gehört!«

»Und deshalb soll er das Mädchen von der Klippe gestoßen haben?«

»Paul?« Es war Glenn, der nach ihm rief. »Kommen Sie?«

»Ja, Sekunde noch.« Paul machte ein Zeichen, dass er gleich bei ihm sein würde.

»Sheldon ist nicht zufällig hier, Paul«, sagte Beth. »Rupert hat ihn ins Team geholt, weil er hofft, dass Sheldon sich hinter den Park stellt. Jeder weiß, dass Sheldon vor zwanzig Jahren an der Fahndung nach Jeff Bohner persönlich beteiligt war. Für Rupert ist der *Murder Park* überhaupt erst vollständig, wenn er sagen kann, dass Sheldon Lazarus mitgeholfen hat, das Projekt zu gestalten. Als Werbemittel ist das nicht zu unterschätzen –«

»Nach dem, was hier los ist, denken Sie an Werbung?«

»Paul, hören Sie, ich habe Verständnis dafür, dass Sie beunruhigt sind, wer ist das nicht? Aber … ich muss Sie bitten, auch für uns, für Mr. Levin Verständnis zu haben. Er hat bereits erhebliche Gelder hier investiert, er kann nicht von einem Moment auf den nächsten –«

»Nein, nein, verdammt – hat sich das denn wenigstens geklärt?« Aufgebracht hatte Paul sie unterbrochen. »Wer unter dieser Babymaske gesteckt hat? Jay jedenfalls war es nicht. Sie hat mit mir darüber gesprochen. Sie, Beth, hatten sie beauftragt, mit der Maske über das Gelände zu toben – aber Jay war es nicht.«

»Wie, Jay war es nicht?« Beths Augen hatten sich verengt.

»Sie ist davon abgehalten worden – und zwar von Constance. Constance wollte in der Portiersloge nicht allein sein – also hat sie Jay gebeten, in ihrer Nähe zu bleiben. Deshalb. Deshalb hat Jay die Maske, die Sie ihr gegeben haben, wieder zurück in den Schrank gehängt und ist bei Constance geblieben. Sie *kann* es also nicht gewesen sein, sie kann nicht unter der Maske gesteckt haben!«

Beth zögerte, offensichtlich aus dem Konzept gebracht. »Sie war bei Constance in der Loge?«

»Nein, in der Nähe, in der Garderobe –«

»Constance hat Jay also nicht gesehen?«

»Nein, ich sagte doch gerade –«

»Kommen Sie jetzt, Paul?« Glenn stand immer noch ein paar Schritte hinter ihm.

»Ja, Moment –«

»Jay ist mit einer Maske ausgestattet worden, Paul, ich weiß nicht, was sie Ihnen erzählt hat. Ich kann Ihnen jetzt nicht alles haarklein erklären, Paul, aber *Murder Park* ist ein Unternehmen, in dem es darum geht –«

»Mich interessiert nicht, was für ein Unternehmen Sie hier planen, mich interessiert, wer Jay von der Klippe gestoßen hat! Und erzählen Sie mir nicht, dass Jay sich selbst hinabgestoßen hat! Angeblich war sie es ja auch, die unter der Babymaske gesteckt hat, aber das stimmte nicht, das hat Jay mir selbst anvertraut, gestern Nacht noch –«

»... und natürlich haben wir«, redete Beth einfach weiter, als hätte er gar nichts gesagt, »für dieses Wochenende, an dem wir einzelne Aspekte des Parks der Presse vorstellen wollen, ein paar Sachen vorbereitet, aber das heißt doch nicht ...«

Paul wandte sich ab. Es war nicht zu ertragen. Die Frau war wie ein Pudding, den man versuchte, an die Wand zu nageln. Er würde nichts Gescheites aus ihr herausbekommen.

»Michael ist jetzt schon auf dem Felsvorsprung auf halber Höhe«, Glenn kam ihm entgegen, »und befestigt dort ein zweites Seil, mit dem wir bis ganz nach unten reichen müssten.«

Paul trat an die Klippe und streckte den Hals vor, um in die Tiefe zu schauen. Er wurde das Gefühl nicht los, dass die Grasnarbe, die über dem Abgrund hing, jeden Moment nachgeben und hinabrauschen könnten. Bestimmt zwanzig Meter unter sich konnte er Michael sehen, der auf einer größeren Felsnase stand, den Kopf in den Nacken gelegt hatte und zu ihnen nach oben blickte.

»Ich würde vorschlagen, dass ich hier oben das Seil sichere und Sie sich als Erster zu Michael herunterlassen. Von dort klettert dann einer von Ihnen, Sie oder Michael, in einem zweiten Schritt bis ganz nach unten.« Glenn starrte neben Paul in die Tiefe.

Insgesamt waren es vielleicht achtzig Meter bis zu dem Zimmermädchen, dessen Rücken noch immer zwischen den gewaltigen Brocken in der Brandung zu sehen war.

»In Ordnung.« Paul schlang sich das Seil um eine Hand, nickte Glenn zu und tastete sich rückwärts Richtung Meer langsam über den äußersten Rand. Kiesel lösten sich unter seinen Sohlen und rollten in die Tiefe. Er legte sein ganzes Gewicht in den Strick.

»Passen Sie auf, dass Sie so wenig Geröll wie möglich abreiben, Paul«, hörte er Michael von unten rufen – und rutschte weiter.

Als er die äußerste Kante der Steilküste hinter sich hatte, kam es ihm vor, als wäre die Brandung noch lauter geworden. Jeder Brecher war einzeln zu hören, das Zischen, mit dem sich das Wasser zwischen den Felsen verteilte, das Glucksen, mit dem es unter den Steinen vergurgelte. Ein scharfer Wind pfiff ihm um die Ohren, in den sich winzige Salzkristalle gemischt zu haben schienen. Am schlimmsten aber war, dass er keine Handschuhe hatte. Das Seil war spröde und rau, und doch durfte er es keinen Moment aus den Fingern lassen. Griff um Griff ließ Paul sich hinab.

»Sehr gut, Paul, Sie haben es fast geschafft.« Michaels Stimme war jetzt dicht unter ihm.

Er stieß sich mit den Füßen von den Steinen ab, hing und ließ sich fallen. Mit dumpfem Schlag landete er auf dem Felsvorsprung. Eine Hand streckte sich ihm entgegen. Er griff danach und ließ sich aufhelfen. Für einen Moment sahen sich Michael und er in die Augen.

»›Ich wollte, ich hätte diesen Drecksjob nie angenommen!‹« Es platzte aus Paul heraus, bevor er darüber nachdenken konnte.

»Was haben Sie damit gestern Abend eigentlich gemeint?« Er richtete sich auf und sah, wie Michaels Blick unter dem Basecap flackerte.

»Wissen *Sie* denn, um was es hier eigentlich geht, Michael?«

›Meinst du wirklich, dass sie uns sagen, um was es hier geht?‹ – das war es, was Michael seinem Kollegen Tony entgegengeschleudert hatte.

Der Tonmann wandte den Kopf ab und sah in die Tiefe, als wollte er Pauls Blick ausweichen. »Es ist schwierig, Paul ...« Seine Stimme verlor sich.

»Ja? Wieso?« Paul ließ ihn nicht aus den Augen. »So schwierig ist es doch gar nicht. Sie haben wirklich verängstigt gewirkt, und jetzt ...« Er schaute ebenfalls zum Wasser, wo Jays fahle Haut zu sehen war. »Wissen Sie etwas, das ich nicht weiß?«

Michaels grüne Augen hatten sich wieder auf Paul gerichtet. »Ich kann nicht mit Ihnen darüber sprechen, Paul. Ich würde gern, aber ...« Es ging ein Ruck durch seinen Körper, und Paul kam es vor, als hätte Michael eine Entscheidung getroffen. »Ich will meinen Job nicht verlieren, okay? Ich muss auch sehen, wie ich über die Runden komme.«

»Jay ist ... tot – und Sie haben Angst, Ihren Job zu verlieren?«

»Hören Sie Paul, es ist mir egal, was Sie denken. Sie haben doch keine Ahnung –« Michael unterbrach sich und wandte sich wieder ab.

Paul atmete aus. Es war offensichtlich, dass Michael nicht reden wollte. Und Paul hatte keine Möglichkeit, ihn zum Sprechen zu bringen. »Na gut«, er riss sich zusammen, »vielleicht reden wir heute Abend, ja?«

»Von mir aus ...«

Es klang nicht gerade ermutigend.

»Ich gehe als Erster, einverstanden?« Paul versuchte, in Michaels Miene zu lesen, die von dem Basecapschirm halb verdeckt war. »Sichern Sie das Seil hier.«

Die Erleichterung darüber, dass Paul ihn nicht weiter bedrängte, war Michael anzumerken. »Alles klar.« Er griff nach dem Strick, dessen Ende zusätzlich an dem Felsen gesichert war, und wickelte ihn sich um die Hand.

Vorsichtig begann Paul, sich über die Steinkante zu schieben. Hier waren es nicht länger Grasnarbe, Kiesel und Sand, die die Steilküste bildeten, hier war es der blanke Felsen, der wie ein Block ins Wasser ragte. Aber dadurch hatten seine Füße einen besseren Halt, und an das Seil hatte er sich inzwischen auch ein bisschen gewöhnt. Es dauerte keine zehn Minuten, dann hatte Paul den Sockel der Steilküste erreicht. Die ineinandergestürzten Brocken bildeten eine gute Standfläche. Er ließ das Seil los und blickte nach oben. Michael war von dort, wo Paul jetzt stand, nicht mehr zu sehen. Glenn jedoch war zu erkennen, der gerade dabei war, sich am höchsten Punkt der Klippen in die Tiefe zu lassen. Bis Glenn bei ihm unten war, konnte es dauern. Aber Paul wollte nicht länger warten.

Er schaute Richtung Wasser. Jay musste etwa zehn Meter vor ihm liegen, dort, wo die Brandung haushoch spritzte, wenn die Wellen heranrollten. Das Rauschen und Brausen des Atlantiks schien sich in der Bucht zu fangen wie in einem Kessel. Schritt für Schritt begann Paul, über die Steine zu balancieren.

»Paul, warten Sie!«

Er drehte sich um und sah nach oben. Glenn hing auf halber Höhe und hatte die Hand an den Mund gelegt, um seinen Ruf gegen den Wind zu schützen.

»Was?«

Glenn machte mit seinem freien Arm ein Zeichen. Deutete er zu dem Zimmermädchen? Paul sah, wie sich Glenns Lippen bewegten, konnte jedoch nicht verstehen, was er sagte.

»Ich schau mal, ob ich sie aus dem Wasser bekomme.« Paul spürte, wie die Worte heiser aus seiner Kehle kratzten.

Glenn schüttelte den Kopf.

Was?

Warten?

Worauf denn?

»… Flut.«

Flut. Glenn hatte »Flut« gebrüllt.

Paul warf einen Blick hinaus aufs Meer. Ja, natürlich, das konnte sein … er hatte es nicht verfolgt, aber wahrscheinlich war es so. Dass die Flut langsam reinkam. Umso mehr sollten sie sich beeilen!

Er sprang über die Felsspalte, die sich vor ihm auftat, und landete auf dem nächsten Brocken, der bereits halb im Wasser lag. Es war eine Art Plateau, das sich schräg nach oben in die heranrollende Brandung erstreckte. Paul hört es dumpf schlagen – ein Zischen –, dann flogen die Tropfen bestimmt acht Meter hoch vor ihm in die Luft. Rasselten wie ein dichter Regenschauer nach unten. Für einen Moment nahm er nur noch Tropfen und Schemen wahr, bevor ihm klar wurde, dass seine Brille von der Gischt benetzt worden war. Er wischte die Gläser ab, setzte sie wieder auf – und sah sie. Jay. Sie lag in dem kleinen Becken, das sich zwischen dem Plateau und den letzten Brocken der Küste gebildet hatte.

Wenn er an der äußeren Kante des Plateaus hinunterkraxelte, bekam er vielleicht ihre Hand zu fassen. Paul warf einen Blick zurück zu Glenn. Der hatte inzwischen den Felsvorsprung auf halber Höhe erreicht und war dabei, sich mit Michaels Hilfe bis ganz nach unten abzuseilen.

Paul verstaute seine Brille in der mit einem Reißverschluss gesicherten Tasche seines Anoraks. Dann hockte er sich mit dem Rücken zum Ozean auf das Plateau, um bis zur Wasseroberfläche zu gelangen.

Hörte es grollen –

sah sich um –

und begriff zu spät, was es war.

Eine Wand –
aber nicht aus Stein –
sondern aus Wasser.

Hoch wie ein Baum. Genau hinter ihm, heranrollend, sich auftürmend.

Er spürte, wie seine eiskalten Hände verkrampften. Wollte sich zurück auf das Plateau werfen – und fühlte zugleich, wie das Wasser ihn schon erreichte, sanft anhob wie eine riesige Mutter – aber kalt war, nass und unerbittlich. *Nicht tot. Und doch auch nicht lebendig.*

Er riss den Mund auf. Fühlte, wie das Salzwasser über sein Gesicht wusch, in Mund, Nase und Ohren eindrang. Im nächsten Augenblick hatte es ihn von dem Felsen gelöst. Paul schwamm – flog – schwebte in dem Nass – knallte mit der Seite gegen einen schartigen Brocken, verschmolz mit dem Rauschen, das ihn umtobte – und spürte, wie die Riesenwelle ihn mit sich hinausriss. Schrappte über die äußersten Felsen, stieß verzweifelt mit den Armen um sich, um nicht in die Tiefe gezogen zu werden – und kam ans Licht.

Die Insel. Ein schroffer Felsen wie der Panzer einer Schildkröte. Die Steilküste. Und winzig klein, oben auf der Klippe: die Farben der Kleidung von Beth und Lizzie. Um Paul herum aber war alles grau, blau, grün und schwarz. Der Ozean, der ihn trug – und zugleich an ihm zerrte. An seinen Schuhen. Den Jeans, der Jacke, die sich mit Wasser vollgesogen hatten.

»O mein Gott, steh mir bei.«

Die Schuhe abstreifen? Aber barfuß würde er an dieser Felsküste niemals herausklettern können. Er kraulte. Versuchte die Panik, die in ihm hochkochte, zu zügeln, und fühlte, wie die Wellen ihn hochhoben, sinken ließen – sich an der Küste brachen.

Video-Interview 6 von 12

Krebs

Name:	**Mary Padillo**
Alter:	**37 Jahre**
Beruf:	**Haushälterin**

Mary: Nein, ich kannte dieses Mädchen, Bohners erstes Opfer … wie hieß sie? Cass? Nancy Cass? Ja, richtig. Nein, ich kannte sie nicht. Sie war ja nur eine Besucherin. Wissen Sie, wie viele Besucher damals jeden Tag nach *Zodiac Island* kamen? Das müssen Hunderte gewesen sein, wenn nicht mehr! Aber das stimmt natürlich, ich war ungefähr so alt wie sie, ein Teenager, nur gekannt habe ich sie trotzdem nicht.

Sheldon: Ihr Großvater hat auf *Zodiac Island* gearbeitet, ist das richtig?

Mary: Ja, das stimmt. Er hat die Autoscooter-Anlage betrieben, sie hat ihm gehört. *Bumper Buggy* hieß der Pavillon, und das waren über vierhundert Quadratmeter, dreißig Wagen fuhren dort, und es war eigentlich immer was los.

Sheldon: Sie sind gern dort gewesen.

Mary: Gern? Ich … Mir blieb eigentlich keine rechte Wahl. Aber, ja, es war nicht schlecht. Ich habe meinen Großvater, meine Großeltern oft dort besucht. Meine Eltern waren froh, besonders in den Ferien; sie waren irgendwie froh, wenn sie wussten, dass ich dort war, dass sie sich nicht um mich kümmern mussten. Das klingt jetzt vielleicht lieblos, aber so war es nun mal. Meine Eltern mussten beide arbeiten, also haben sie gesagt: Willst du nicht zu den Großeltern auf die Insel? Ich kam ja umsonst auf den Rummel, weil mein Großvater die *Bumper Buggys* gemacht hat, also bin ich hin und habe mir dort die Zeit vertrieben. Nur dass sich meine Großeltern natürlich auch nicht viel um mich kümmern konnten. Meine Großmutter hat die Kasse gemacht, und mein Großvater hatte immer irgendeinen Wagen, den er reparieren musste, oder was anderes an der Anlage, die Stromabnehmer, die Lampen, den Sound … Aber das machte nichts. Ich saß auf dem Geländer und hab den Leuten zugeschaut. Ich war ja nicht besonders hübsch, also … Das habe ich mir nie eingebildet, ich wusste, wie ich aussah. Aber ich war jung, ja? Ich war siebzehn und hatte nichts zu tun. Wissen Sie, wie die Blicke an mir kleben blieben? Ich hab's nicht darauf angelegt, aber – das stimmt schon, gelangweilt hab ich mich. Ich habe bei den *Bumper Buggys* rumgehangen und die Zeit totgeschlagen. Klar hab ich nicht ›nein‹ gesagt, wenn einer mir Zuckerwatte kaufen wollte – oder sonst was. Warum auch? Ich hab ›ja‹ gesagt und die Zuckerwatte aufgegessen. Jeder kannte mich, ich hatte keine Angst. Ich kannte all die Besitzer der anderen Fahrgeschäfte, ich wusste, dass ich sie rufen konnte, wenn einer der Jungs, die mir was gekauft hatten, nicht begriff, wo Schluss war. Also hab ich die Zuckerwatte genascht und mich herumführen lassen. Können Sie sich vorstellen, wie ausgehungert die Jungs zum Teil waren? Die haben ja richtig geglüht! Den ganzen Tag sind sie zu dritt oder viert über den Rummel getingelt – aber was sie eigentlich wollten, also die meisten von ihnen, was sie wirklich wollten, war: ein Mädchen kennenlernen. Die meisten Besucherinnen hatten allerdings ihre eigenen Freunde dabei. Ich nicht. Ich war allein. Ich hatte Zeit. Ich war nicht hübsch, aber die waren so heiß auf mich, dass man sich förmlich verbrannt hat.

Sheldon: Und so haben Sie auch Glenn kennengelernt?

Mary: Ich hatte ihn schon öfter auf dem Gelände gesehen, am Anfang hat er nicht weiter auf mich geachtet. Trotzdem, mitbekommen hat er es schon: Wer steht denn da, schienen seine Augen zu sagen, als er mich sah, aber dann schaute er weg und ließ sich nichts weiter anmerken. Ein paar Wochenenden später jedoch war er wieder da und sah zu mir herüber. Als sich unsere Blicke trafen, war es, als würde es klicken, so kam es mir vor. Klick. Huch! Was ist das denn? Von da an kam er eigentlich jedes Wochenende.

Sheldon: Sie waren siebzehn. Und er?

Mary: Er ist ein wenig älter als ich. Drei Jahre. Damals war er zwanzig. Und er hatte immer eine Gruppe von Leuten um sich. Meistens waren auch Mädchen dabei, daher wusste ich, dass er eigentlich auf Blondinen stand. Ich konnte ja sehen, wie er reagierte, wenn ein blondes Mädchen zu sehen war. Dann schaute er zu der hin – und doch hat er immer wieder auch zu mir geguckt, obwohl ich nicht blond war. Ich stand am Geländer und lutschte mein Eis, und er saß auf einem der Scooter und knallte gegen die Wagen seiner Kumpel, dass die Funken flogen. Dann drehte er den Kopf und sah mir voll ins Gesicht. Es war, als würde ein heißer Ball in meinem Bauch aufgehen.

Sheldon: Das war in dem Sommer, in dem Nancy Cass ermordet wurde.

Mary: Ja. Ich wusste, dass es den Mord gegeben hatte. Die Polizei war ja alarmiert worden, nur die Presse und die Öffentlichkeit waren nicht informiert, um das Geschäft der Insel nicht zu ruinieren. Aber die, die dort arbeiteten, also auch meine Großeltern, wussten natürlich Bescheid. Ich hatte Nancy zwar nicht gekannt, aber ich musste immerzu an sie denken. Ich wusste, dass sie so alt gewesen war wie ich. Und ich musste daran denken, dass der Mörder vielleicht noch einmal herkommen würde. Ich sah die Blicke der Männer auf mich fallen und musste denken: Einer von ihnen könnte es gewesen sein, könnte Nancy ermordet haben. Einer von ihnen könnte dich so sehen, wie er sie gesehen hat, und sich sagen: Sie. Sie ist es. Sie will ich haben.

Sheldon: Hatten Sie Angst?

Mary: Ja, natürlich.

Sheldon: Aber das hat Sie nicht davon abgehalten, Glenn kennenzulernen.

Mary: Er war, wie gesagt, immer mit Freunden unterwegs. Wir wussten nichts über den Mörder von Nancy Cass, aber es hat mich beruhigt, dass Glenn nie allein war. Ich kannte ihn inzwischen ja auch schon ein bisschen, wir hatten ein paar Worte gewechselt und … ich hatte ihn einmal hinter dem Waffelstand auf dem Boden liegen gesehen. Wenn man bei uns hintenrum zum Eingang ging, der in das kleine Kassenhäuschen führte, sah man die Rückseite der Waffelbude, in der eine … also in der eine ziemlich fette Lady Waffeln und zu süße Crêpes verkaufte. Ich war auf dem Weg zu meiner Großmutter gewesen, als ich die Verkäuferin sah, erst nur ihr Gesicht. Sie hatte die Augen geschlossen, und alles an ihr … wackelte? Ich meine, sie muss mindestens doppelt so alt gewesen sein wie Glenn. Sie hat mich gar nicht bemerkt. Ich habe einen Schritt zur Seite gemacht, und dann hab ich begriffen, dass sie ihn zwischen ihren dicken Schenkeln hatte. Er war nackt, ohne T-Shirt hatte ich ihn bis dahin nicht gesehen. Und er war muskulös, da war kein Gramm Fett an ihm dran, alles Muskeln. Schweißbedeckt war er, und sie hat gezittert, alles an ihr hat gebebt, und ich hab schnell weggeschaut. Aber vergessen konnte ich es doch nicht. Also habe ich dafür gesorgt, dass er das nächste Mal, als ich ihn bei uns vorbeikommen sah, bemerkte, dass ich zu ihm rüberguckte. Dass er sah, wie ich ihn anblickte. Ich hatte mein kurzes Kleid an, und diesmal hat er nicht auf sich warten lassen. Er kam zu mir herüber, und ich habe gar nichts weiter gesagt. Aber ich bin mit ihm hinter die Scooterbude gegangen, an dem Kassenhäuschen vorbei, und dann sind wir unter die Anlage gekrochen. Dort war ich auch vorher schon mal gewesen, ich wusste, dass man gerade darunter passte, aber mit einem Jungen war ich noch nie darunter gekrabbelt. Mit Glenn schon. Es war stickig dort unten und eng, und es war heiß an dem Tag. Über uns knallten die Buggy Bumper ineinander, und man hörte das Knistern der Elektrizität. Ich konnte spüren, wie ihm das alles zusetzte, wie ungeduldig er war, er fühlte sich an, als wollte er gleich platzen. Er hatte ein Eis in der Hand gehabt, und das gab er mir, aber es war so heiß, und ich lag auf dem Rücken, dass mir die ganze Soße über die Hand gelaufen ist, über den Arm bis zum Ellbogen. Ich habe versucht, es abzulecken, aber es war klebrig, und bald hatte ich den süßen Saft überall. Es stank dort unten, wahrscheinlich war ich nicht die Einzige, die den Ort kannte, es stank, und ich bekam kaum Luft, aber Glenn war das alles egal. Er stand wie unter Strom. Er hat mir das T-Shirt hochgezogen und dann … das … ich …

Sheldon: Möchten Sie eine Pause machen, Mary?

Mary: Nein, das ist schon in Ordnung, ich … ich muss gestehen, ich habe darüber noch nie gesprochen.

Sheldon: Okay.

Mary: Er hat mir das T-Shirt hochgezogen, ich hatte die Hände voller Eis und wusste nicht, wohin damit, er hat mir das T-Shirt hochgezogen und übers Gesicht gestülpt. Ich wollte es abstreifen, wollte sehen, was passierte, was er machte, aber er hat meine Hände festgehalten und gesagt, ich soll es so lassen. Ich konnte nichts sehen, fühlte nur das Klebzeug an meinen Händen, Armen, auf meinem Bauch, wo es inzwischen auch hingelaufen war, ich roch, wie es stank, fühlte die Anspannung, die er ausstrahlte, wollte das Shirt von meinem Gesicht ziehen, aber er hielt es fest. Und warum? Weil er mein Gesicht nicht sehen wollte! Er stand auf Blonde, und ich war nicht blond. Ich war nicht hübsch. Aber ich war jung. Und er wollte mich ohne mein Gesicht haben.

Sheldon: Vielleicht kommt Ihnen das nur so vor, Mary.

Mary: Ich weiß es. Ich weiß es einfach. Ich lag da und dachte, egal, er wird sicher gleich fertig sein, ich lag da im Dunkeln, im Heißen, und es war nicht schnell vorbei. Es ging weiter und weiter und immer weiter. Es kam mir so vor, als würde er immer größer werden, immer härter, immer lauter. Und direkt über uns rasten diese Bumper ineinander, und es schepperte und klirrte, und die Musik plärrte. An mir floss der Schweiß runter, ich hatte das Gefühl, in einer Lache zu liegen, in einer Pfütze zu schwimmen, in einer Pfütze aus Öl und Schmierfett. Vielleicht war es das ja sogar, dort unten war alles Mögliche zusammengeflossen. Aber Glenn störte das nicht, der dachte nicht daran, der dachte nur daran ... Er dachte nur daran, wie er mich ... wie er in mir war. Wie er sich in mir bewegte. Und plötzlich ... wurde alles um mich herum ganz warm, verstehen Sie? Nicht um mich, ich selbst wurde plötzlich ganz warm, es war eine Art Kribbeln, ich weiß nicht genau, wie er das gemacht hat, aber ... ich meine, ich sah ja nichts, ich spürte nur, dass plötzlich noch etwas anderes dazugekommen war. Die ganze Anlage stand ja unter Strom, der Strom floss durch das Gitter, über das die Buggys die Elektrizität bekamen, der Strom wurde über offene Gitter geleitet, und irgendwie muss es Glenn gelungen sein, diesen Strom dort unten anzuzapfen und eines von diesen Geräten anzuschließen.

Sheldon: Was für ein Gerät?

Mary: Fragen Sie mich nicht … Er hatte es von einem Freund, es ging mit Strom … so ein Spielzeug … mit Strom … das man anschließen muss, und dann entwickelt es eine hohe Spannung, aber wenig Volt oder umgekehrt, und wenn man den anderen damit berührt, fließt der Strom durch ihn durch, dass … es … Es kribbelt, man kann gar nichts dagegen machen … Das reizt einen, auf eine … schon sehr merkwürdige Weise … Es … es ist, als ob die Erregung über einem förmlich zusammenschlagen würde …

Sheldon: Er hatte … eine Art Toy … ein Elektrosextoy angeschlossen?

Mary: Ja, so was … denn plötzlich wurde mir richtig warm, und alles fing an zu kribbeln, und ich hatte den Eindruck, ein bisschen … abzurutschen. Rauszurutschen aus dem üblichen … dem üblichen Empfinden? Ob es ein Stab oder Handschuh oder eine von diesen Elektroden war, weiß ich nicht, aber plötzlich war dieses Kribbeln da, und ich konnte Glenn fühlen, der überall war. Überall mit dieser elektrischen Stimulation, dass ich das Gefühl hatte, ich würde regelrecht aufgeladen. Zugleich fühlte ich mich ein wenig benommen, während er nie müde zu werden schien, sondern nur immer weitermachen wollte. Überall war er, wie eine Spinne mit acht Armen und Beinen, die an mir herumkrabbelte und mich berührte und reizte und immer weiter hinausschob, weiter hinaus aus dem, was ich bisher kannte – bis ich schrie und schrie und schrie und für einen Moment glaubte, ich würde nicht mehr aufhören können, sondern vergehen und in dem Stromfluss, den er durch mich hindurchtrieb, verglühen.

15

Ein paar vertrocknete Grashalme fingen sofort Feuer. Vorsichtig schob Lizzie einen dünnen Ast in die winzige Flamme. Das Zweiglein glomm auf. Sie rückte die Hölzer zusammen und platzierte einige weitere kleine Äste, die sie gesammelt hatte, darüber. Legte das Feuerzeug, mit dem sie die Gräser in Brand gesteckt hatte, beiseite und sah auf.

Paul saß auf einem Stein neben ihr. Den Mantel, den Lizzie übergeworfen hatte, als sie mitten in der Nacht mit Michael losgegangen waren, um nach der Handyantenne zu sehen, hatte er um die Schultern gelegt. Seine nasse Kleidung hatte er abgestreift und auf den Steinen rings um die Feuerstelle ausgebreitet.

Die Sonne stand inzwischen hoch am Himmel und blendete. Sie hockten nur wenige Schritte vom Wasser entfernt auf dem felsigen Strand. Steil ragte hinter ihnen die Küste auf.

Mit ausgestreckten Armen winkend hatten Michael und Glenn am Ufer gestanden. Eiskalt hatte das Wasser Paul umschlossen. Für einen Moment hatte er gedacht, wie ein Stein unterzugehen. Dann jedoch war ihm klar geworden, dass er um die Klippen herumschwimmen konnte, die die Bucht, in die er hinabgestiegen war, umschlossen. Und mit einem Mal war die unerträgliche Erschöpfung, die ihn im Griff gehabt hatte, von ihm abgefallen. Das Wasser war ihm ins Gesicht, in die Augen und den Mund gespritzt, wenn der Wind die Gischt abtrieb. Aber Paul hatte nicht lockergelassen. Schwimmen – das konnte er doch! Die Schuhe hatte er nicht ausziehen wollen, da er fürchtete, barfuß über die spitzen Steine nur schlecht an Land zu kommen. Jacke und

Hemd aber streifte er ab und ließ sie im Wasser versinken. Die Kälte belebte ihn. Trieb ihn an. Er spürte, wie sich das Ufer auf der anderen Seite der Klippen näherte. Die Steilküste fiel dort ein wenig ab. Die Wellen knallten nicht unerbittlich auf die Felsen, sondern liefen auf dem Geröll, das den Strand dort bildete, aus.

Lizzie war ihm oben auf dem Weg gefolgt, hatte den anderen Zeichen gemacht, war die Böschung hinabgeschlittert und hatte auf ihn am Strand gewartet, während er sich durch das Wasser kämpfte. Die letzten Meter war sie ihm entgegengekommen und hatte ihn gestützt, als er sich endlich über die Kiesel aus der Brandung geschleppt hatte.

Das Feuer knisterte. Lizzie hatte Treibholz zusammengesucht, einen Steinkreis gebildet. Die Sonne brannte auf Pauls Schädel, und er fühlte, wie die Haare an seinem Kopf trockneten. Zwei Stunden, vielleicht drei, länger hatte er in der Nacht nicht geschlafen. Es geschah, ohne dass sie etwas sagten. Sein Kopf sank in ihren Schoß, und er schloss die Augen.

»Sie wollen eine Pritsche aus dem Hotel herunterlassen und Jay damit hochziehen. Glenn hat Beth gesagt, dass sie den Radlader holen soll, so ein Ding ließe sich ganz einfach fahren. An den soll das Seil dann geknüpft werden.«

»Ist Jay ... sie ist ... sie ist tot, ja?«

»Der Sturz allein ...«

Wie lange hatte es gedauert, bis sie gestorben war? Hatte sie noch allein dort gelegen, auf den Steinen, bevor die Wellen sie ins Meer gezogen hatten? Mit zerschmetterten Knochen ... Hatte sie hinauf in den Nachthimmel gestarrt und auf den Tod gewartet?

Paul setzte sich auf. Das Feuer brannte jetzt richtig, und es begann sich eine Glut zu bilden, die heiß abstrahlte.

Um ein Haar wäre er eingeschlafen.

»Schlaf ruhig ein bisschen, Paul. Wir haben Zeit.« Lizzie lächelte. Die Sonne spielte in ihrem Haar. Wie hübsch sie war!

Paul atmete aus. Er fühlte sich ziemlich zerschlagen, aber er wollte nicht schlafen. Es gab etwas, das ihm die ganze Zeit über schon im Kopf herumging und über das er längst mit jemandem hatte reden wollen. Am liebsten mit Lizzie. Auch wenn er nicht genau wusste, wieso, traute er ihr mehr als jedem anderen auf der Insel.

»Ich kann das schon verstehen«, meinte er schließlich, »mit Tony, die Arbeit, das Drehen an Tatorten, wieso ihn das so in Anspruch genommen hat. Mir selbst geht es im Grunde nicht viel anders.« Er wusste nicht gleich, wie er anfangen sollte.

»Wolltest du immer schon als Polizeireporter arbeiten?« Lizzie steckte ihre Hände – Handflächen nach unten – unter ihre Oberschenkel und warf ihm einen Blick zu. »In den Gerichten dabei sein, mit den Ermittlern zusammenarbeiten, die Prozesse verfolgen ... das ist natürlich faszinierend.«

Ja.

Aber es gab noch einen anderen Grund, weshalb er tat, was er tat. Und der reichte tiefer.

»Ist das nicht Wahnsinn«, hörte er Lizzie sagen, »gestern Abend erklären sie uns, was für ein Konzept ihrem Erlebnispark zugrunde liegt, und heute ... Jay ...«

Paul starrte ins Feuer. »Wenn man sich ansieht, was sie hier in den Bungalows zusammengetragen haben«, *ist es, als ob man Jeff Bohner ins Gehirn kriechen würde,* »kommt es einem fast so vor, als könnte das kein Zufall sein. Dass sich ausgerechnet hier so etwas ereignet. Dass jemand zu Tode kommt.« Er fühlte, wie sie neben ihm saß und abwartete. »Es ist inzwischen gut zwanzig Jahre her«, fuhr Paul langsam fort, »ich war damals nicht älter als vier, zu der Zeit bin ich mit meiner Mutter schon einmal hier gewesen.«

»Auf der Insel?«

»Auf *Zodiac Island*, ja, in dem alten Rummel, den sie damals hier betrieben haben. Das Riesenrad hast du ja vom Hafen aus noch gesehen. Sie hatten alles, eine Achterbahn, Schießstände, einen Autoscooter ... das ganze Programm. In der Gegend war die Anlage sehr beliebt ... Meine Mutter hat mich allein aufgezogen, und wenn sie mir eine Freude machen wollte, ist sie mit mir hierhergekommen. Übers Wochenende, mit einer Übernachtung in einem der Bungalows.«

Er sah ihn vor sich. Den winzigen Betonbungalow, in dem sie damals übernachtet hatten.

»Wir waren allein in dem Bungalow, als er reinkam. Einfach so. Hinten durch die kleine Tür bei der Küche. Erst hörst du das Fliegenfenster schlagen. Dann die Tür klappen. Und schließlich die Schritte auf dem Fußboden. Wenn du mit deiner Mutter allein bist, horchst du auf, wenn du solche Schritte hörst.«

Lizzie sagte nichts, sah vor sich auf den Steinstrand.

»Meine Mutter war damals nicht älter als Mitte zwanzig.« Paul sah einen Schleier vor den Augen und hörte sich sprechen. Es kam aus ihm heraus, als würde jemand anders davon berichten. Er hatte sein Leben lang – so kam es ihm manchmal vor – fast nichts anderes gemacht, als mit dem, wovon er gerade sprach, zu ringen.

»Sie war hübsch, richtig süß. Ich hab Fotos von ihr. Sie hatte ihn kennengelernt, während ich Mittagschlaf machen musste. Das war immer so. Mittags musste ich ins Bett und schlafen. Meine Mutter war dann auf dem Gelände unterwegs.« Wo genau sie mittags immer gewesen war, wusste Paul nicht, er hatte nur eine Vermutung. »An dem Tag, an dem er durch die Küchentür hereingekommen ist, habe ich ihn zum ersten Mal gesehen.« *Jeff.* »Er hat mir gesagt, dass ich ihn Jeff nennen soll. An die Geräusche kann ich mich noch erinnern ... so kommt es mir vor ... aber an sein Gesicht ... Später habe ich mir die Polizeiakten angeschaut. Viel später. Als er längst tot war. Daher weiß ich, wie er aussah.«

Paul wandte den Kopf und schaute Lizzie an.

»Die Beamten sagten, er hätte mich in das Schlafzimmer gesperrt, aber sie wussten nicht genau, wann. Zu welchem Zeitpunkt ...«

Er sah Jeff vor sich, wie er ihm später aus den Akten entgegengestarrt hatte. Und er sah das Kreuz des Mannes vor sich, wie es sich über seiner Mutter wölbte, die auf der Couch lag.

»Er hat ihr den Mund zugehalten« – *und gekeucht.*

Lizzie hatte ihre Füße oben auf den Stein gestellt und presste die Knie an sich.

»Das kann man in den Akten alles nachlesen. Und anschauen. Die Fotos vom Tatort. Das Blut. Die Spuren, die das Blut hinterlassen hat. Er gibt Tatortfotos ... die habe ich erst viele Jahre danach zu Gesicht bekommen, die wollten sie mir nicht zeigen, als ich noch klein war, aber dann ... Später haben sie es mir nicht mehr abschlagen können. Aufnahmen, auf denen meine Mutter zu sehen ist. Die Augen offen. Ich hab mir die Bilder genau angeschaut. Manchmal denke ich, dass ich das nicht hätte tun sollen, weil sie sich ... sie haben sich in meinem Kopf festgesetzt, und alles andere, was darin, was in meinem Kopf war, scheint sich um diese Fotos herumgruppiert zu haben.«

Er schwieg. ›Einladung zur Presse-Präsentation ...‹ *Murder Park*. Was hätte er sagen sollen: ›Sie machen diesen Park auf, aber ich seh mir das nicht an‹?

»Dein Vater ... hat sich dein Vater –«

»Ich weiß nicht, wer mein Vater ist«, sagte Paul, bevor sie ausgesprochen hatte. »Meine Tante, die Schwester meiner Mutter, hätte sich um mich kümmern sollen, aber sie konnte nicht, sie ist selbst kaum über die Runden gekommen. Also wurde entschieden, dass ich zu Pflegeeltern kommen sollte. Ich war ja erst vier. Ich konnte mich ... wie gesagt – an nichts, praktisch nichts erinnern. Ich weiß nur noch, dass irgendwann meine Mutter nicht mehr da war. Meine Pflegeeltern haben mich aufgenommen, ein Ehepaar ohne eigene Kinder. Aber ich habe es gut bei ihnen gehabt.« *Es gab Tage, da habe ich nicht einmal mehr an das gedacht, was passiert war.*

»Deshalb ...«, er sah kurz zu ihr und bemerkte, wie fest sie ihre eigenen Beine umarmte, »… also wegen Jeff Bohner, so scheint es mir manchmal, habe ich angefangen, als Polizeireporter zu arbeiten. Gerichtsverhandlungen. Mordfälle. Ermittlungen. Genau, wie du sagst. Darüber berichten, wenn so etwas wie die Oberfläche aufbricht und …«, er suchte nach Worten, »die Welt der Gewalt, die sich darunter verbirgt, plötzlich sichtbar wird.«

Die Glut des Lagerfeuers strahlte heiß zu ihnen herüber. Die Flammen fauchten, wenn der Wind hineinblies.

Paul blickte in die tanzenden Feuerzungen, nahm sie jedoch kaum wahr. »Manchmal, wenn ich über einen neuen Mordfall berichte, ist es, als würde die Wut, die in dem Täter steckt, wieder nach mir greifen. Und doch, von der Gewalt fasziniert … wie Tony … bin ich nicht.« *Die Wut, mit der sich ein Täter Bahn bricht? Die Wucht, mit der er in die Welt eindringt? Mit der er seine Spur hinterlässt? Das ist es nicht, was dich anzieht?* »NEIN!«

»Was?« Lizzie sah ihn erschrocken an.

»Was denn?«

»Du hast gestöhnt … Es … es hat wie ›NEIN‹ geklungen …«

Paul fasste sich an die Stirn. »Wirklich?« Er versuchte sich zu sammeln. »Meine Mutter und ich hatten nicht viel Geld, sie hatte sicher viele Sorgen damals, aber wir waren glücklich. Denke ich heute zumindest. Wenn wir am Frühstückstisch saßen oder nachts im Bett lagen, nur sie und ich, und sie mir vorgelesen hat, dann waren wir glücklich. Ich mit ihr und sie auch mit mir. Aber dann ist Bohner zu uns gekommen, er musste nicht mal die Tür eintreten … und hat sie mir weggenommen.«

Er griff nach einem längeren Stück Treibholz und stieß das Ende in die Glut. Funken stoben auf.

»Paul?«

Er reagierte nicht, war wie gefangen in den Erinnerungen, die er heraufbeschworen hatte.

»Paul … Ich … ich möchte dir etwas sagen. Ich hoffe, du bist mir deshalb nicht böse.«

Er sah die Flammen züngeln.

»Dass ich in das Zimmer neben deinem wollte?«

Jetzt schaute er doch zu ihr hoch. Sie hatte sich erhoben, stand neben dem Feuer und blickte zu ihm.

»Ich hatte davon gehört. Dass du … deine Mutter … Constance hat es mir erzählt. Ich dachte, dass ich das in meinem Bericht verwenden könnte. Der Park … die alten Bohner-Fälle … und dann: ein Interview mit einem Betroffenen. Ich dachte, ich sollte alles versuchen, um dich für meinen Bericht zu gewinnen. Es tut mir leid.«

Sie hat es gewusst. Natürlich! Alle wussten, was ihn mit Bohner verband – *deshalb* wollten sie ihn hier haben. Sozusagen als lebendiges Ausstellungsstück!

Ohne etwas zu sagen, griff Paul nach seinen Sachen und stand auf. Langsam begann er, sich wieder anzuziehen. Das Hemd und die Jacke waren ja im Wasser geblieben, aber die Jeans und seine Schuhe hatte er noch, und sie waren auch nur noch ein wenig klamm. Als er aufblickte, sah er, dass Lizzie sich bereits auf den Weg zurück nach oben gemacht hatte. Mit dem Treibholz fegte er die Glut etwas auseinander, doch hier unten auf den Steinen dicht beim Wasser konnte das Feuer sowieso kein Unheil anrichten.

Dann machte Paul sich ebenfalls auf den Rückweg.

Sarah Greenblatt hatte seine Mutter geheißen. Nach Nancy Cass und Patricia Tartaglione war sie das dritte Opfer der *Zodiac-Island*-Mordserie gewesen. Das dritte und letzte. Nach dem Tod seiner Mutter hatten sie den Freizeitpark endgültig geschlossen.

Video-Interview 7 von 12

Stier

Name:	**Glenn Braxton**
Alter:	**40 Jahre**
Beruf:	**Hauswart**

Glenn: Ja, ich war oft auf *Zodiac Island,* ich habe das gemocht, die Atmosphäre, die Stimmung, die Leute, die Maschinen, den Spaß, den Spaß auf Knopfdruck, verstehen Sie? Reinsetzen, Sicherheitsbügel runter, Knopfdruck – Herzklopfen! Automatisch. Maschinenspaß. Du fährst los, die Maschine wirbelt dich herum, dein Herz rast, dein Blut zischt. Von Langweile, Trägheit, Müdigkeit keine Spur.

Sheldon: Sie mögen das, ja? Diese Welt der Jahrmärkte und Vergnügungsparks.

Glenn: Schon. Ich habe das auf *Zodiac Island* kennengelernt, als ich ein Teenager war, und bin davon nie mehr ganz losgekommen. Letztlich war das ja auch der Grund, weshalb ich mein Leben lang … oder zumindest einen großen Teil meines Lebens auf Rummelplätzen gearbeitet habe.

Sheldon: Und das Ende von *Zodiac Island* – damals vor zwanzig Jahren –, das haben Sie auch miterlebt?

Glenn: [nickt]

Sheldon: Zuvor aber haben Sie dort Ihre Frau kennengelernt.

Glenn: Meine Frau? Wen meinen Sie? Mary? Ja, ich habe sie

dort kennengelernt – aber nicht nur sie. Ich war, wie gesagt, recht oft dort, wir sind in einer Gruppe von Jungs hingegangen, sind zwischen den Ständen entlanggeschlendert und haben Mädchen aufgerissen – oder es versucht. Da gab es eine Budenbesitzerin, sie hat einen Stand gehabt, an dem man Crêpes kaufen konnte, o Mann. Fett war sie, aber … geil. Wie ein ganzer Topf voller Schlagsahne. Ein Topf, in den ich mich reingelegt hab. Sie hat mich hinter ihre Bude genommen, und dann ging das los. Zu der Zeit war ich … wie eine Art Hochdruckkessel. Da hatte sich so viel Energie – so viel Wut aufgestaut, das muss sie gespürt haben. Vielleicht weil ich einer war, der ihr ganzes Fett so richtig zum Schwabbeln bringen konnte. Das konnte nicht jeder. Ich aber hatte das in mir. Ich brannte darauf, ich konnte das gar nicht bremsen. Ich erinnere mich, beim ersten Mal bin ich hinter der Bude über sie hergefallen, das hat ihr richtig den Atem verschlagen. Ich weiß noch, ich hab's an ihren Augen gesehen, wie sie das mitgerissen hat. Ich war wütend, aber ihr hat das gefallen – und soll ich Ihnen sagen, warum ich so wütend war, woher all diese Anspannung kam, was es war, das sich da angestaut hatte? Es hatte mit meinem kleinen Bruder zu tun, Jimmy, der war – jedes Mal, wenn ich nach *Zodiac* fuhr, blieb er zu Hause. Er war immer zu Hause. Er war immerzu in seinem Zimmer, und ich bin los. Ich hielt es nicht mehr aus zu Hause. Ich wollte nicht in seiner Nähe sein, ich wollte nicht dort sein, wo sein Dahinsiechen alles mit einem grauen Schleier zuzudecken begonnen hatte. Können Sie sich das vorstellen?

Sheldon: Er … er war krank?

Glenn: Mit Unwohlsein, nichts weiter als einer leichten Übelkeit hatte es angefangen. Eine Art Ermüdung … er konnte einfach nicht mehr richtig. Laufen? Springen? Rumtoben? Er war rasch alle, musste sich ausruhen, musste aussetzen. Und dann kam das Fieber dazu, er nahm ab, wurde dünner. Schwitzte nachts. Da begannen sich meine Eltern Sorgen zu machen. Er war erst zwölf und ein ganz normaler Junge gewesen, und plötzlich hatte das angefangen. Sie gingen mit ihm zum Arzt, der fand aber nichts. Dann kam hinzu, dass es ihn am ganzen Körper juckte. Da wurde ich schon nervös. Jimmy Jimmy Jimmy, es ging nur um ihn. Das hat mich, es hat mich gar nicht gestört, sollten sie sich doch um Jimmy kümmern, aber die Sorge, die verfluchte Sorge hat mich fertiggemacht. Es juckte ihn am ganzen Körper, er bekam Ausschläge … Ich saß beim Frühstückstisch und sah meinen kleinen Bruder mit den Flecken im Gesicht und bekam ANGST. Es war Leukämie, verdammte, verfluchte Leukämie, die er hatte, und als die Diagnose raus war, war es, als würde sich ein schwarzer Schleier auf unser Haus legen. Auf mich legen, meine Seele, mein Gemüt. Das Gesicht meiner Mutter, meines Vaters, sie fielen ein, wurden grau, die Mundwinkel gingen nicht mehr hoch, die Augen wurden trübe. Und Jimmy? Ich konnte ihn fast nicht mehr anschauen. Als ich wusste, dass er starb, dass er todkrank war, mit zwölf, dreizehn, da konnte ich ihn kaum noch ansehen. Sein Gesicht zog sich in die Länge, sein Körper krümmte sich, sie haben ihm ein Zimmer hinten bei uns im Haus eingerichtet, da lag er dann in seinem Schlafanzug auf dem Bett, mit Windeln drunter und einer Sauerstoffmaske auf dem Kopf. Und wenn die Schmerzen groß wurden, fing er an zu schreien. Sie kleideten den Raum mit Schaumstoff aus, verstärkten die Tür mit Styropor, und wenn man sie schloss, wurden die Schreie erstickt, aber man konnte sie trotzdem noch im ganzen Haus hören. Sie krochen unter dem Türblatt durch, krochen durch die Schlitze, krochen an einem hoch und ins Ohr. Er schrie, und ich hielt mir die Ohren zu, aber auch wenn ich sie mir verstopfte, in meinem Kopf schrie er weiter. Er hatte angefangen, spontan zu bluten, sein Körper verfiel, die Knochen taten ihm weh, er war so schwach, dass er nicht mehr aufstehen konnte, und war blass wie Papier. Ich betrat sein Zimmer nur, wenn ich musste, und doch musste ich immerzu an ihn denken. Wenn ich im Haus war, sah ich in die Richtung, in der sein Zimmer lag, und musste an Jimmy denken. An den Jungen, der er gewesen war, und an das Monster, das die Krankheit aus ihm gemacht hatte. Dann ging ich aus dem Haus, fuhr los, fuhr nach *Zodiac Island*, um das zu vergessen. Rein in die Schaukel, Sicherheitsbügel runter, Knopfdruck und los. Wenn die Schaukel schräg stand, dass ich eigentlich rausfallen müsste, wenn das Adrenalin mir in den Ohren kochte, dann wurde Jimmy aus meinem Kopf geschleudert. Dann hatte ich ihn für ein paar Sekunden nicht vor Augen, sah nicht die schwarzen Schatten in seinem Gesicht, hörte nicht sein Schreien und Husten, roch nicht den Geruch, der aus seinem Zimmer in den Flur sickerte. Aber die Wut, die Wut hatte ich trotzdem im Bauch. Die Wut auf ihn, die Wut auf mich, die Wut auf … auf Gott? Ich weiß nicht, ich habe nicht an Gott gedacht, aber ich habe daran gedacht, dass Jimmy dort in seinem Zimmer lag. Hoch zu mir gesehen hat er immer mal wieder, von seinem Bett aus, wenn ich ihm einen Tee bringen musste, seine riesigen Augen haben unter der Sauerstoffmaske hervorgesehen, und seine trockenen, gesprungenen Lippen haben sich bewegt: »Glenn, nimmste mich mal mit, wenn du wieder fährst«, hat er dann gesagt, »zum *Zodiac Island*, nimmste mich mal mit, eine Runde mit den Dingern fahren?« Dann hat er wieder gehustet, und seine Augen haben sich ein wenig geschlossen. Aber ich hab ihn nie mitgenommen. Er war doch viel zu schwach, er hätte das doch nicht gedurft. Das sagte ich mir, und das war auch so, und doch hat es mich wütend gemacht. Ich habe mich gehasst, verstehen Sie? Ich habe mich gehasst, weil ich dort hingefahren bin, um ihn zu vergessen – ihn vergessen musste – und ihn nicht mitgenommen habe. Ich war wütend, hab mich gehasst, und das habe ich der fetten Crêpe-Tante in den Bauch gewühlt. Ich habe ihr Fett zum Schwabbeln gebracht, weil ich vor Jimmy davongelaufen bin, vor den Bildern von ihm, die ich im Kopf hatte. Das war so ein Schub, da konnte sie noch so fett sein, da hab ich mich durchgewühlt.

Sheldon: Wie lange ging das so?

Glenn: Fast zwei Jahre hat es gedauert, und es wurde immer schlimmer. Ich hatte eine Flasche mit so einer Sprühdüse in meinem Zimmer, und wenn ich morgens aufgewacht bin, hab ich damit um mich gesprüht, um den Geruch, der von Jimmys Zimmer rübergewabert ist, zu verscheuchen. Das Fenster aufreißen, Luft reinlassen? Habe ich ja. Aber der Geruch, dieser Fleischgeruch, hing in den Wänden, in der Tapete, dem Teppich, den Decken, er hing in mir, in den Haaren, der Haut, den Augen, dem Magen. Er füllte mich aus, und dann hörte ich das Schreien aus Jimmys Zimmer, weil er die Schmerzen nicht mehr ertrug. Meine Eltern, meine Mutter? Mein Vater kam kaum noch nach Hause, und meine Mutter? Sie war da, aber so grau, man sah sie kaum noch. Sie war dünn, beinahe so dünn wie Jimmy, der nur noch Haut und Knochen war, und sie saß meist im Sessel vom Wohnzimmer. Aber wenn man in das Zimmer hineinkam, sah man sie fast gar nicht. Vielleicht war sie auch einfach zu schwach, um die Tür zu Jimmys Zimmer noch zu öffnen, aber sie ging nicht mehr hinein. Sie schaffte es nicht. Das Knochengesicht hinter den schwarzen Riemen der Sauerstoffmaske, die fiebrig glühenden Augen, die aufgesprungenen Lippen, der ausgemergelte Leib, der die Decke kaum noch ausbeulte – sie schaffte es nicht, dort hinzugehen. Aber Jimmy schrie nicht nur, weil er Schmerzen hatte, er schrie auch um Hilfe. Er konnte keine Sätze mehr bilden, es war alles wund, er blutete ganz fürchterlich aus der Nase, das Blut verklebte sein Bettzeug und trocknete an seinem Mund. Er schrie um Hilfe, er schrie darum, dass man ihn sah, aber keiner brachte es über sich, noch zu ihm zu gehen. Also floh ich, rannte nach *Zodiac Island* und ließ mich in den Karussells herumwirbeln, bis ich in eine Ecke kotzen musste, weil ich nichts gegessen hatte und mich nur noch herumschleudern ließ. Ich aß nicht, aber ich war scharf auf die Frauen. Wenn ich ein Mädchen auf der Insel die Straße entlanglaufen sah, sie brauchte bloß mit den Hüften ein bisschen zu wackeln, die Schenkel, die Haare, da schwoll ich an, dass mir die Hose eng wurde, und wenn ihr Blick dann auf mich traf, konnte ich mich kaum noch bremsen. Dann bin ich zu ihr hin, da gab's kein Halten mehr. Ich hab nicht lockergelassen, hab sie eingesponnen. Das Skelett mit der schwarzen Sauerstoffmaske saß mir im Nacken – und das war der Tod. Das Mädchen aber, das konnte ich riechen, ich roch doch, wie der Duft aus ihr herausströmte, sie war das Leben. Das war so stark, eine so unerbittliche Anziehungskraft, dass es immer mal wieder vorkam, dass eine nicht widerstehen konnte. Dann brauchte ich mich nicht länger von einer Schaukel herumwerfen zu lassen, dann verkroch ich mich mit der in einer Ecke, zwischen den Buden, in einem Winkel. Manchmal nahm mich eine auch mit auf ihr Zimmer, wenn es eine von diesen alleinerziehenden Müttern war, die mit ihren Kindern in den Park kamen, dann nahm sie mich mit auf ihr Zimmer und wurde dort in ein Feuerwerk gerissen, dass ihr Hören und Sehen verging. Das waren Exzesse, die gingen so weit, dass ich mich selbst nicht an alles erinnern kann. Das waren feuerrote Tunnel, durch die ich gestürzt bin, in die ich sie mit mir genommen habe, da konnte ich manchmal nur noch wie von Ferne hören, dass sie keuchten und stöhnten und ächzten, wenn in ihnen alles zusammenfloss. Aber ich habe nicht aufgehört, bin immer nur weitergerast, weg von dem Monster mit der Sauerstoffmaske, das mir auf den Fersen war und von dem ich wusste, dass ich am Ende wieder zurück zu ihm musste.

Sheldon: [macht sich Notizen]

Glenn: Und dann, an einem Abend … das weiß ich noch, ich war den ganzen Tag über auf der Insel gewesen, es war an dem Abend, als der ganze Park in Aufruhr war. Sie hatten eine Leiche entdeckt, die Leiche dieser Sarah – ihren Nachnamen … Greenwald, Green … ich hab das vergessen –, aber sie hatten die Leiche gefunden, im *Halloweenland.* Alle Besucher mussten den Park verlassen, und an dem Abend bin ich nach Hause zurückgekehrt, und da war es zum ersten Mal totenstill. Es stank vielleicht mehr als jemals zuvor, aber aus Jimmys Zimmer war nichts zu hören. Ich habe mich in meinem Zimmer verkrochen, hab durch das Fenster gesehen, wie der Wagen von den Sanitätern kam, wie sie etwas auf einer Bahre hinausgetragen haben. Danach war es wieder still im Haus, und langsam, jeden Tag ein bisschen mehr, ist der Gestank verflogen. Am Anfang war sie weg, meine Wut, aus mir verflogen mit dem Gestank. Ich dachte, ich wäre sie los. Doch das stimmte nicht. Sie war weg, natürlich war sie das, aber dann habe ich gemerkt, dass sie wiederkam. Als hätten die zwei Jahre mit Jimmy – ›nein, Jimmy, ich kann dich nicht mitnehmen‹ –, als hätte sich das so tief in mein Innerstes hineingestanzt, dass es nicht mehr daraus zu löschen war. Ich hatte meinen Bruder nicht ein einziges Mal mitgenommen nach *Zodiac.* Ich hatte in dem Zimmer neben seinem gelebt und mir die Ohren zugehalten, wenn er geschrien hat. Und das hab ich mir nie verziehen.

16

Es war wie ein Kreischen – aber nicht das Kreischen eines Menschen, sondern das Kreischen einer Maschine. Mechanisch. Unerbittlich. Als würden zehntausend Stahlplatten auf einmal durchgefräst werden.

Nach Luft ringend fuhr Paul aus seinem Bett hoch. *Was? Wie?* Er hatte das Gefühl, minutenlang keinen Atem geholt zu haben. Sein Herz hämmerte in seinem Hals. Sein Rücken war schweißbedeckt. Er starrte auf seine Brust. Er lag nur mit Boxershorts bekleidet auf seinem Bett. Dort konnte er sie sehen – direkt unter der Haut –, die Herzschläge.

Ein schwarzer Gang. Ein Tunnel. Eine Treppe! Eine lange Treppe, die nach unten führte. Er war sie hinabgelaufen – er war klein noch, viel kleiner als jetzt, ein Junge –

vier Jahre –

Er war die Treppe hinuntergesprungen, er hatte sich keuchen gehört.

Es ist ein Traum gewesen – ein Traum!

Er hatte davon geträumt, dass er die Stufen nach unten gerannt war, hinaus aus dem Tunnel, hinein in gleißendes Licht.

Auf der Insel, ich bin hier gewesen – auf Zodiac Island.

Über heißen Sand ist er gelaufen, es hatte an seinen Sohlen gebrannt – er war zu dem Bungalow gelaufen, zu dem Bungalow, in dem er mit seiner Mutter gewohnt hat …

– aber sie war nicht allein –

… als die Sonne hinter der Mauer, an der er entlanggerannt war, hervorbrach, ihn voll ins Gesicht traf und alles überstrahlte.

»Es kommt aus Michaels Zimmer – das ist doch ein Trennschleifer – eine Steinsäge – oder wie die Scheißdinger heißen … von der Baustelle! Ist Michael jetzt völlig durchgedreht?«

Die Stimme überschlug sich.

Mit einem Satz war Paul aus dem Bett. Der Traum floss aus seinem Körper heraus. Alles war wieder da. Er hatte mit Lizzie unten am Strand beim Lagerfeuer gesessen, ihr von seiner Mutter erzählt, dann waren sie zum Hotel zurückgekehrt. Vor dem Gebäude hatte Tony Lizzie abgepasst, Paul war auf sein Zimmer gegangen, um sich frische Sachen anzuziehen. Er hatte sich nur kurz auf sein Bett setzen wollen – und war eingeschlafen.

Er rannte zur Tür seines Hotelzimmers, riss sie auf. Hastete den Flur entlang.

Das metallische Kreischen war in sein Zimmer gedrungen und hatte sich mit seinem Traum vermischt. Jetzt war es nicht mehr zu hören – aber die Stimme … die gerufen hatte, kurz bevor das Geräusch verstummt war – war das nicht Tony gewesen?

Dumpf dröhnte so etwas wie ein schwerer Schlag durch den Korridor. Als wäre ein Sandsack aus einer ziemlichen Höhe heruntergefallen. Es schien von draußen gekommen zu sein!

Zwei Stufen auf einmal sprang Paul die große Haupttreppe nach unten, durchquerte die Eingangshalle.

Die Sonne traf ihn frontal, als er aus der Eingangstür der Lodge ins Freie trat.

Das Erste, was er sah, war der Radlader, der auf dem Vorplatz parkte. Schwarz zeichnete sich der Schatten des Fahrzeugs auf dem sandigen Boden ab. Vorhin hatte das Gefährt dort noch nicht gestanden.

Wie lange hatte er geschlafen? Zwei Stunden? Drei?

Jay. Sie haben sie hochgeholt. Mit der Pritsche – dem Seil – am Radlader …

Im gleichen Moment hörte er ein fedriges Flattern von der Seite – fuhr herum – und sah es.

Möwen. Drei oder vier. Sie flatterten, und ihre mächtigen Schwingen breiteten sich aus. Sie tänzelten über den Boden, sprangen zurück und stießen erneut nach vorn. Noch trauten sie sich nicht ganz heran, aber sie konnten kaum mehr an sich halten. Sie lauerten auf etwas, das dicht an der Außenmauer des Hotels im Sand lag. Etwas Weiches … Großes …

Ein Körper –

Ein Mann –

Mit einem Basecap, das ihm übers Gesicht gerutscht war.

An der Seite des Körpers aber glitzerte es feucht. Rot. Verschlingungen. Fleischig. Blutig.

»Weg da!« Mit einem Satz war Paul bei dem Mann. Die Vögel flatterten auf und beiseite. »Verschwindet!«

Er kniete nieder – hatte das Gefühl, in Flammen zu stehen. Vermied es, dort hinzusehen, wo Innereien glänzten. Wollte eben nach dem Cap greifen – da sah er, wie Michaels Kopf herumwälzte, der Schirm der Mütze verrutschte, wie die Augen des Tonmanns sich auf ihn richteten.

Ein Arzt …

»Eine von diesen Maschinen mit einer Stahlscheibe«, Michaels Stimme war nur ein raues Flüstern. »Er hat mir … Um Gottes willen –« Ein Husten schüttelte ihn.

Paul spürte, wie ein Pochen in seinem Schädel einsetzte und sich sein eines Auge immer wieder blinzelnd schloss. Wie durch einen Schleier registrierte er, dass Kate sich neben ihn zu Michael kniete.

»Was … was ist passiert?«

Michaels Blick schien sich an Kate festhalten zu wollen, seine Lippen zitterten, aber es war nichts zu verstehen.

»Jemand«, stotterte Paul, »… mit einem Trennschleifer oder so was –«

»Jemand?« Kate beugte sich über den Tonmann. »Konnten Sie sehen, wer das war, Michael? Konnten Sie den Mann erkennen – war es ein Mann?«

Zwischen Michaels Lippen trat Blut hervor. »Er hat sich wie ein Mann bewegt! Ich weiß es nicht, die Maske – er hat eine Babymaske getragen – Gummi, eine der Masken aus dem Schrank in der Halle und einen Umhang, aber ja, ich weiß es nicht, wer es war, jeder –« Michaels Lider flatterten, die Pupillen schoben sich nach oben in den Schädel.

»Wir müssen die Wunde … desinfizieren. Gibt es Morphium im Haus, irgendein Betäubungsmittel?« Rupert.

Paul blickte auf und sah, dass Rupert zusammen mit Glenn auf sie zukam.

»Ich … ich weiß nicht, Mr. Levin … Ich … ich weiß es nicht.« Glenn starrte Rupert an.

Paul fühlte die Hand des Tonmanns, die nach seiner Hand tastete. Pauls Finger schlossen sich um die Finger des anderen. Sie waren eiskalt und von einer klebrigen Schweißschicht bedeckt. Er sah, wie sich Michaels Blick erneut auf ihn richtete. Das Gesicht des Tonmanns war vom Schmerz zerfurcht, Sand und Kiesel klebten an seiner Wange. Es war nicht Todesangst, die in seinen Augen stand, es war der Tod selbst, der sich dort eingenistet hatte. Der die Pupillen tanzen ließ und an den Fädchen zupfte, mit denen Michael noch am Leben hing.

17

Plötzlich schien alles zu glühen. Die Insel ein Vulkan. Das Hotel ein Hochofen. Die anderen wie elektrisch geladen. Jeder Blick, den Paul auffing, war wie ein Nadelstich. Das Herz in seiner Brust ein wildes Trommeln.

Jedes Handy war überprüft worden. Kein einziges funktionierte. Jedes ging, aber keins bekam Anschluss. Sie konnten schreien, aber es würde sie niemand hören. Das Festnetztelefon war tot. Und keiner von ihnen hatte auch nur eine entfernte Ahnung davon, wie man einen medizinischen Notfall behandelte.

»Jay. Michael. Wer ist der Nächste?!« Glenn hielt ein schweres Küchenmesser in der Faust und starrte in die Runde.

Inzwischen war eine gute Stunde vergangen, seit Michael sie alle aufgeschreckt hatte, aber es fühlte sich so an, als ob Jahre verstrichen wären.

Mary hatte eine Hausapotheke in dem Hotel aufgestöbert, und sie hatten dem Tonmann Schmerzmittel gegeben. Tony und Glenn hatten ihn in ein Zimmer im Erdgeschoss getragen, Kate und Beth versuchten dort gerade, die Wunde notdürftig zu versorgen. Der Anblick der Verstümmelung hatte sich Paul wie eine wütende giftige Spinne in den Kopf gesetzt.

Glenn hieb mit dem Messer in eine Melone, die er aus der Vorratskammer geholt und in den Frühstücksraum gebracht hatte. Keiner hatte seit der Suppe vom Vorabend etwas gegessen. So sehr es ihm bei dem Gedanken, etwas zu sich zu nehmen, auch schwindelte, zwang sich Paul dazu, sich eine von Glenns Melonenscheiben zu nehmen. Er aß sie mit der Hand von einem der Teller, die bereitgestellt worden waren. Ununterbrochen war das Zischen und Fauchen der Espressomaschine zu hören, aus der Mary für die Gäste Kaffee holte.

»Wer ist der Nächste?«

Inzwischen war klar, dass Michael in seinem Zimmer überrascht worden war. Er hatte wohl versucht, sich ins Badezimmer zu flüchten, war dort jedoch überwältigt worden. Es war ihm noch gelungen, sich auf den Balkon zu schleppen, der zum Badezimmer gehörte, und sich von dort wahrscheinlich absichtlich das eine Stockwerk in die Tiefe zu stürzen – die schwere Verletzung aber war ihm bereits zuvor zugefügt worden.

»Ich habe heute früh noch mit Michael geredet«, stieß Glenn hervor. »Er hatte Angst, er hatte ein ungutes Gefühl. Erst recht, als er erfuhr, dass Jay verschwunden war. Deshalb ... Er hat sich vorhin in seinem Zimmer eingeschlossen. Er meinte, dass er es nicht mehr verlassen würde, bis die Fähre kommt. Er hat sich in seinem Zimmer eingeschlossen, weil er Angst gehabt hat!«

»Und dann hat er dem Täter aufgemacht, oder was?« Paul ließ Glenn nicht aus den Augen. *Hat er dir aufgemacht, Glenn, und du erzählst uns jetzt irgendetwas, nur um zu verbergen, wer du wirklich bist?*

Glenn sah zu Paul, und das Funkeln in seinem Blick war nicht zu übersehen. »Ich habe mit ihm gesprochen, aber er hat mir nicht aufgemacht.« Er beugte sich wieder über die Melone. »Ich habe mit Michael durch die Tür geredet. Ich glaube nicht, dass er irgendjemandem aufgemacht hat. Aber das brauchte er auch nicht. Sehen Sie selbst nach, wenn Sie wollen. In seinem Schrank; sehen Sie sich den Zimmerschrank an.«

Paul schaute Glenn beim Schneiden zu. Er schätzte ihn auf etwa vierzig. Glenn war kräftig und stellte sich mit dem Messer sehr geschickt an.

Offenbar hatte er bemerkt, dass Paul ihn musterte, denn plötzlich hob er den Kopf und sah ihm direkt ins Gesicht.

»Was ist, wollen Sie wissen, wie der Typ, der Michael das angetan hat, in sein Zimmer gekommen ist? Oder wollen Sie ein kleines Verhör mit mir veranstalten?« Der Klang seiner Stimme ließ keinen Zweifel daran, dass er nicht beabsichtigte, sich darauf einzulassen.

Kam Glenn mehr als irgendein anderer von ihnen infrage? Paul stellte den Teller ab, den er benutzt hatte. Es hatte keinen Zweck, ein vernünftiges Gespräch führen zu wollen. Sie alle waren wie entzündet.

»Sie also wussten davon!« Tonys Stimme kam Paul entgegen, als er kurz darauf durch den Flur im ersten Stock auf Michaels Zimmer zuging. »Wer noch, Rupert, wer wusste noch davon?«

Paul trat in die Tür, durch die die Stimmen gekommen waren. Tony hatte sich Rupert gegenüber aufgebaut. Die beiden Spiegelflügel des Schranks in Michaels Zimmer standen offen. In einer Ecke lag Werkzeug wie auf einer Baustelle, auf dem Bett saß Constance.

»Wie meinen Sie das«, stieß Rupert hervor, »wer wusste wovon was?«

»Wer wusste noch von diesem Zugang außer Ihnen!« Tony schien drauf und dran zu sein, sich auf Levin zu stürzen. »Der, der Michael so zugerichtet hat, ist so in das Zimmer hineingekommen. Also: Wer außer Ihnen wusste, dass es diesen Zugang gibt? Niemand? Dann müssen Sie es gewesen sein, richtig? Dann müssen Sie derjenige gewesen sein, der Michael in seinem Zimmer überrascht hat.«

Paul machte einen Schritt in das Zimmer hinein und sah zum Schrank. Ein paar Anziehsachen von Michael hingen darin an einer Stange, sein Koffer lag auf einem Brett darüber. Es war die Rückwand des Schranks, die Paul auffiel. Denn die Rückwand war zur Seite geschoben und ein schmaler Zwischenraum dahinter erkennbar.

›*Wollen Sie wissen, wie der Typ, der Michael das angetan hat, in sein Zimmer gekommen ist?*‹ Das also war es, was Glenn gemeint hatte.

»Wer davon wusste?«, war Rupert zu hören. »Von den Bauarbeitern? Von den Leuten, die an der Planung beteiligt sind –«

»Nein, von uns hier, die jetzt auf der Insel sind – außer Ihnen!«, schleuderte Tony ihm entgegen.

»Von uns hier? Keine Ahnung, Constance, wussten Sie davon?«

»Selbstverständlich, Mr. Levin. Beth, Glenn und Mary waren, soweit ich weiß, ebenfalls informiert.«

Paul war zum Schrank getreten und hatte den Kopf hineingesteckt. Der schmale Raum hinter der zurückgeschobenen Rückwand wurde zwar nur indirekt von Michaels Zimmer aus beleuchtet, aber es war deutlich zu erkennen: Eine steile Treppe führte in dem engen Spalt nach unten.

»Er muss über diese Treppe in das Zimmer gekommen sein.« Constance war vom Bett aufgestanden und hatte sich neben Paul an den Schrank gestellt. »Michael hat sich in seinem Zimmer eingeschlossen, aber derjenige ... oder diejenige ... ist durch den Schrank gekommen.« Sie nickte zum Badezimmer, das dem Schrank gegenüberlag, in das Paul jedoch nicht hineinschauen konnte, da die Tür zugezogen war. Über dem Türblatt verlief auf Brusthöhe ein tiefer Kratzer, der die Farbe abgerissen hatte und bis ins Holz gedrungen war. »Michael hat wahrscheinlich versucht, sich ins Bad zu retten, aber es ist ihm nicht mehr rechtzeitig gelungen, die Tür abzuschließen. Und auch wenn es ihm gelungen wäre ... der ... oder die andere hatte so eine motorisierte Stein- oder Betonsäge dabei. Das Gerät ist noch da.« Sie nickte zur Badezimmertür. »Es muss aus dem Lager der Bauarbeiter stammen, das sich hinten im Hotelgebäude befindet. Dort werden die Umbauarbeiten ja noch fortgesetzt. Von dort kommt auch das andere Werkzeug hier auf den Boden, zumindest meint Rupert das.«

Sollte er die Tür öffnen – in das Bad hineinschauen? Paul zögerte.

»Das ganze Bad ist voller Blut«, hörte er Constance leise neben sich.

›*Es kommt aus Michaels Zimmer – das ist doch ein Trennschleifer – eine Steinsäge – wie die Scheißdinger heißen … von der Baustelle!*‹ Paul hatte ja gehört, wie jemand das gerufen hatte – war es nicht Tony gewesen?

Er wandte sich um und sah den Kameramann an. »Sind Sie das gewesen, Tony?«, fragte er. »Der gerufen hat – vorhin?«

Tony sah zu Paul. »Na klar! Ich hatte dieses schrille Schleifgeräusch gehört. Sie nicht?«

»Doch …«

»Mein Zimmer liegt gleich hier nebenan. Da konnte ich ja hören, dass es aus Michaels Zimmer kam! Also bin ich auf den Flur gerannt, aber seine Tür war abgeschlossen.«

Paul nickte. Das hatten Glenn und Constance ja auch schon gesagt.

»Deshalb habe ich gerufen«, fuhr Tony fort. »Fragen Sie Mary – die hat mich dort vor der Tür ja gesehen – da war das Motorengeräusch noch zu hören!«

»Und jetzt?« Paul blickte zur Zimmertür, durch die er gerade hereingekommen war. »Wer hat die Tür geöffnet?«

»Ich«, ergriff Rupert das Wort. »Ich bin durch den Schrank hier hereingekommen und habe von innen aufgeschlossen. Da lief dieser Winkelschleifer, oder was das ist, auch noch. Jemand hat den Schalter mit Draht so fixiert, dass er sich nicht abschaltet, wenn man loslässt. Ich bin sofort ins Badezimmer – aber dort war niemand mehr. Nur das Gerät lief noch auf Hochtouren.«

Das kreischende Metallgeräusch … Es hatte Paul aus dem Schlaf gerissen. Er selbst hatte vor Jahren einmal auf einer Baustelle gejobbt und mit so einer Maschine zu tun gehabt. Die irrsinnige Geschwindigkeit, mit der sich die Scheibe gedreht hatte … Beton und Steine hatten sie damit geschnitten … und so einen Steinschneider hatte …

… jemand …

Michael in die Seite gerammt.

Ihm schwindelte.

»Er … oder sie … hat Michael damit die Seite aufgeschlitzt und ihn dann allein gelassen.« Rupert wurde wieder von Tony in Beschlag genommen, Constance aber hatte sich erneut an Paul gewandt.

Paul schaute zu ihr und sah, wie sie sich eine Hand vor den Mund hielt und ihre Schultern eine rollende Bewegung nach vorne machten, so als würde aus ihrem Bauch etwas nach oben drängen.

»Und wie ist er nach unten gekommen?«

Constance nahm die Hand herunter. »Er muss so unter Adrenalin gestanden haben, dass er sich noch auf den Balkon schleppen konnte. Das meint zumindest Rupert, und in dem Punkt ist Tony sich mit ihm einig. Vom Bad führt eine Tür auf den Balkon. Das muss der Moment gewesen sein, als das Geräusch von der Säge im ganzen Haus zu hören war. Als Michael die Balkontür aufgerissen hat. Vom Balkon aus hat er sich dann nach unten fallen lassen. Vielleicht, um dem Angreifer zu entkommen, das wissen wir nicht.«

Das Geräusch des Aufschlags …

Pauls Hand lag auf der Klinke zum Badezimmer. Es knirschte, während er sie vorsichtig nach unten drückte. Einen Spalt weit schob er die Tür auf.

Für einen Moment hatte er das Gefühl, leuchtende Punkte würden sein Blickfeld durchziehen. Die Kacheln. Die Spritzer. Das Blut. Als wäre es in das weiß geflieste Bad hineingeregnet. Oder von einem Rasensprenger nach oben gespritzt. Der Duschvorhang. Die Handtücher. Der Spiegel. Die Decke. Die Tropfen waren überall hingeschleudert worden. An einer Stelle war der Boden vollständig verkrustet. Quer über die Fliesen zog sich eine verschmierte Spur, die bis zur geöffneten Glastür reichte und dort auf den Balkon hinausging. Zwischen dem Keramiksitz der Toilette und dem Waschbecken ragte Paul ein Plastikgehäuse entgegen. Die Trennscheibe des Schleifers hatte sich dort verkeilt. Der Motor war stumm, das Plastikgehäuse und die Scheibe waren dunkelrot verschlackt. Am Griff war deutlich zu erkennen, wo ein Draht den Schalter so fixiert hatte, dass die Maschine auch dann noch weitergelaufen war, als niemand sie mehr festhielt.

»Kate hat gesagt, wir sollen nichts berühren.« Constance stand neben ihm in der Türöffnung, und ihre großen Augen blickten zu Paul hoch. »Auch wenn wir die Polizei jetzt nicht alarmieren können – Montag wird die Fähre kommen, und sie werden das Bad ... alles hier untersuchen.«

»Sie, Paul?«

Er schaute sich um.

Tony sah ihn erwartungsvoll an. Das Gesicht des Kameramanns wirkte wie gezeichnet.

»Was?« Paul zog die Badezimmertür hinter sich wieder zu.

»Wussten Sie, dass es diesen Zugang in Michaels Zimmer gab? Ich jedenfalls nicht!« Breitbeinig stand Tony noch immer Rupert gegenüber.

Paul schüttelte den Kopf. »Nein, natürlich nicht, ich wusste nichts davon.«

»Eben!«, hieb Tonys Stimme erneut auf Rupert ein. »Sie aber wussten Bescheid, Rupert. Das haben Sie ja auch gerade gesagt. Sie sind durch den Schrank in das Zimmer hier gekommen. Und wissen Sie, was ich da denken muss? Dass das, was hier abgeht, doch genau das ist, was bei euch im *Murder Park* geplant ist, oder? Ein paar Gäste. Und ein Killer geht um! Nur eben, dass es als Spiel geplant war und jetzt ... gar nicht so lustig ist!«

»Nehmen Sie Vernunft an, Tony.« Offenbar versuchte Levin, ganz ruhig zu bleiben. »Sie glauben doch nicht, dass ich etwas damit zu tun habe.«

Nein?

»Mr. Levin?« Es war Beth. Sie musste vor dem Haus stehen und nach oben rufen, denn ihre Stimme kam von draußen.

»Ja?« Rupert trat an Tony vorbei an das geöffnete Fenster.

»Es ist der … der Tonmann«, war Beths Stimme durch das Fenster hindurch zu hören. »Ich glaube … ich kann seinen Puls nicht mehr fühlen.«

Paul wischte sich mit dem Unterarm über den Mund und spürte, dass sein ganzes Gesicht von Schweiß bedeckt war.

»Ist gut, Beth. Ist jemand bei ihm?«

»Kate ist noch da.«

»In Ordnung.« Ruperts Stimme schien ein wenig zu zittern. Er wandte sich wieder an Tony. »Jeder, der sich auf der Baustelle herumgetrieben hat, kann ohne Weiteres den Geheimgang entdeckt haben.«

»Wie viele solcher Geheimgänge gibt es noch, Rupert?«, stieß Paul hervor. »Wo sind überall Fallen, die sich öffnen können? Oder wollen Sie der Einzige sein, der Bescheid weiß, während alle anderen dem Killer hilflos ausgeliefert sind!«

»Was soll denn das heißen, überall Fallen?« Jetzt hatte Tony Ruperts Arm gepackt und er riss den Mann regelrecht herum.

»Tony, bitte – was soll das!«

Mit einem heftigen Ruck befreite Levin seinen Arm – und doch war nur zu deutlich zu erkennen, dass der grauhaarige, nicht besonders groß gewachsene Unternehmer es körperlich niemals mit dem Kameramann aufnehmen könnte. »Es gibt keine Fallen, das ist Unsinn.« Er strich sich über die Haare, um sie zu glätten, und seine wachsamen Augen ließen nicht von Tony ab. »Was es gibt – das stimmt, und das streite ich ja gar nicht ab … sind ein paar einfache Tricks, die wir in das Hotel hier eingebaut haben und die, würde ich sagen«, sein Blick flackerte zu Paul, kehrte aber gleich wieder zu Tony zurück, »absolut unentbehrlich sind für das, was wir hier im Park vorhaben.«

»Ach ja.« Es klang, als würde Tony knurren wie ein Hund.

»Das hat Beth doch alles haarklein gleich gestern erklärt«, sagte Rupert, der zu spüren schien, dass er Oberwasser gewann, wenn er Tony mit seinen Worten erst einmal einspann. »Wir planen eine Art Singles-Setting –«

»Singles-Setting?«

»Singles-Welt, Singles-Park, Singles-Adventure-Park? Bei dem sich die Leute näherkommen sollen, weil einer umgeht und sie«, da waren sie wieder, die Zeigefinger als Anführungszeichen, »›bedroht‹. Und was könnte überraschender sein, als wenn jemand plötzlich durch eine Tapetentür auftaucht, in einem Geheimgang verschwindet oder aus einem Raum herauskommt, den man zuvor sorgfältig verschlossen hat?« Levin hatte seine grauen Augen ein wenig verengt, und sein Mund stand eine Winzigkeit offen. »Das spielt doch wunderbar in die Atmosphäre hinein, die wir hier im *Murder Park* erschaffen wollen, das müssen Sie doch sehen, Tony. Es … verunsichert die Besucher, aber es erhöht auch den Kitzel.« Er sah zu dem Schrank, durch dessen Hinterwand die versteckte Treppe zu sehen war. »Das habe ich alles mit Beth ausgearbeitet, wir haben uns sehr genau überlegt, wie wir den alten Betonklotz hier zu einer Art Trickkiste machen können.« Er winkte ab. »Halb so wild. Ein paar Durchgänge, ein paar Luken, aber der Effekt, da bin ich mir sicher, wird großartig sein.« Erneut sah er Paul an, wie um sich dessen Zustimmung zu holen. Aber Paul wollte sich von ihm nicht vereinnahmen lassen. Natürlich nicht! Ohne den verfluchten Geheimgang wäre Michael vielleicht nichts passiert.

»Beth hat vorhin angedeutet«, platzte es aus ihm heraus, »dass sie sich mehr um die Ausstellungsstücke und den Park gekümmert hat, während Sie, Rupert, vor allem die Idee hatten, dieses Gelände hier …«, er suchte nach Worten, »als Singles-Begegnungsstätte zu nutzen.« Paul konzentrierte sich. »Sie wollen die Angst zu Geld machen, Rupert, sehe ich das richtig? Das ist es, was Sie bei dieser riesigen Unternehmung antreibt? Die Geldgier? Oder steckt mehr dahinter?«

Rupert hielt Pauls Blick stand. Da war es wieder, dieses Glitzern in den Augen des irgendwie intensiv wirkenden Mannes. Er strahlte etwas aus, das Paul bei allem Widerwillen, den er gegen die Anlage empfand, doch für Rupert einnahm.

»Ich bin Geschäftsmann, Paul«, antwortete Levin, und es war zu spüren, dass er die Worte nicht leichtfertig wählte, »ich investiere Geld, ich bringe Dinge auf den Weg, aber ich muss das Geld auch wieder einnehmen, so unfein das vielleicht auch sein mag. Ohne ein Geschäftsmodell würde es den *Murder Park* nicht geben. Was ich durchaus schade fände.« Er wandte sich wieder an Tony. »Nur dass wir uns da nicht falsch verstehen: Die Umbauarbeiten der Anlage sind noch im Gange. Deshalb werden auch am Montag die Bauarbeiter wieder auf die Insel kommen, Sie werden sehen, Tony, gleich Montagvormittag mit der ersten Fähre. Und natürlich sind die Umbauarbeiten nicht geheim oder so etwas, das wäre ja vollkommen lächerlich. Es gibt Pläne, es gibt Maurer, die Bescheid wissen, ganz normal. Deshalb sage ich auch, dass sich jeder, der sich auf der Baustelle umsieht, innerhalb kürzester Zeit einen Überblick über alle Maßnahmen verschaffen kann, die geplant beziehungsweise zum Teil schon umgesetzt sind. Ich glaube, im Büro des Poliers gleich hinten«, er deutete mit dem Daumen über seinen Rücken, »gibt es auch alle Bauzeichnungen.«

Tony hatte sich auf einen Stuhl fallen lassen, der an der Wand stand. »Aber von uns hier …«, murmelte er, beinahe wie ein trotziges Kind, das den Eindruck nicht los wird, dass man es hinters Licht führen will, »… von uns hier, wer weiß davon? Ist doch ganz egal, worüber der Polier, oder wer auch immer, informiert ist. Derjenige, der Michael das angetan hat, ist *jetzt* auf der Insel und nicht Montagvormittag! Und jetzt sind nur wir hier. Und sonst niemand. Also, zum letzten Mal: Wer von uns weiß von diesem Zugang durch den Schrank in das Zimmer?«

Rupert hatte die Hände in die Seitentaschen seines Jacketts versenkt und schaute aus dem Fenster, als dächte er nach.

»Tony, was heißt denn ›von uns‹? Wie kommen Sie darauf, dass einer *von uns* Michael das angetan hat? Ich halte das für vollkommen ausgeschlossen. Es muss sich noch jemand auf der Insel verstecken, irgendwo im Dickicht auf der Südseite.« Er fuhr mit der Hand durch die Luft. »Das Eiland ist nicht besonders groß, sicher, aber dafür, dass sich jemand hier irgendwo im Verborgenen hält, ist es allemal groß genug.«

Tonys Blick war auf die orangebraunen Rauten des Teppichbodens gesenkt.

»Und dieser Unbekannte«, ergriff Paul das Wort, »hat hier auf uns gewartet, ja?«

Rupert wandte ihm den Kopf zu. Hob die Schultern, als wollte er sagen: Ist nicht alles möglich?

»Er hat eine frühere Fähre genommen und auf der Insel auf uns gewartet.« Paul dachte laut nach. »Oder er könnte auch … was weiß ich … vielleicht ein Schlauchboot genommen haben und irgendwann auf die Insel gekommen sein. Einmal, um sich den Bau anzusehen. Und noch einmal, um uns hier aufzulauern. Das wäre doch denkbar, richtig?« Er bemerkte ein leises Aufglimmen in Ruperts Augen.

»Ein Schlauchboot, ja.« Levin sah kurz zu Constance, wie um Pauls Blick auszuweichen. »Glenn hat mir erzählt, dass Jay ein Schlauchboot gesehen hat … beziehungsweise, dass die Bauarbeiter ihr von einem Schlauchboot berichtet haben. Ich selbst habe darüber nicht mit ihr gesprochen, aber das kann natürlich sein.«

»Sie hat gesagt, das Boot sei den Bauarbeitern zufolge dann jedoch wieder weg gewesen«, erklärte Paul. »Derjenige, der damit gekommen ist, müsste die Insel damit also auch wieder verlassen haben.«

Rupert zuckte mit der Schulter. »Oder sie sind zu zweit gekommen, und nur einer ist wieder abgefahren, Paul. Wie wollen Sie das wissen?« Er schaute zu Tony. »Aber vielleicht ist es auch wirklich einer von uns, Tony, ganz wie Sie sagen. Ich meine, das kann man nicht ausschließen. Jemand könnte mit dem Boot hierhergekommen sein, sich einen Überblick über die Umbauten verschafft und danach die Insel wieder verlassen haben. Und dann könnte sich derjenige … oder diejenige«, er nickte, als würde er sich die Vermutung selbst bestätigen, »*zusammen mit uns* auf die Fähre begeben haben. So weiß er … oder sie … mehr als wir – aber wir wissen davon, was er … oder sie … alles weiß, nichts. Dann wäre es tatsächlich *einer von uns*.«

18

»Paul, warten Sie!«

Constance stand noch immer an der Tür zum Bad. Tony und Rupert hatten das Zimmer gerade über die Treppe hinter dem Schrank verlassen, weil Tony wissen wollte, wo sie hinführte. Paul hatte ihnen ebenfalls folgen wollen, war von Constances Ruf jedoch zurückgehalten worden.

Er blieb vor dem Schrank stehen und wandte sich zu ihr um. Sie kam auf ihn zu, stellte sich ein wenig auf Zehenspitzen und griff nach seinem Arm. Er fühlte ihren warmen Atem an seiner Wange, als sie ihm ins Ohr flüsterte.

»Ich weiß, wer es ist.«

Paul holte Luft, von der plötzlichen Nähe der jungen Frau und dem, was sie gesagt hatte, zutiefst irritiert.

»Ich glaube, ich weiß es, Paul …«

Er sah in ihre blauen Augen und spürte, wie sie plötzlich beide Arme um seinen Hals schlang.

»Es ist Glenn«, hauchte sie. Ihr Unterleib drückte sich gegen ihn. Gleichzeitig fiel etwas auf Pauls Hand, und als er hinschaute, sah er einen Wasser- oder Tränentropfen auf seiner Haut glänzen. »Es ist Glenn, und als Nächste wird er mich töten.«

Ihr Kopf sank an seine Schulter, und sein Arm legte sich um sie, ohne dass er es richtig bemerkte.

»Glenn – wieso Glenn, was ist denn mit ihm?«

»Jay hat es gesagt … nicht direkt, aber sie hat gesagt, dass sie mit Michael geredet hat, vor einem Jahr schon. Michael war hier, sie haben fürs Fernsehen gedreht. Da hat Jay ihn kennengelernt, sie hat in dem Café am Hafen bedient. Und sie hat … sie hat sich mit ihm angefreundet. Und er hat ihr erzählt, dass er etwas gehört hat. Über seine Mikros, als Tonmann.«

»Seine Mikros?«

»Er macht doch den Ton … er hat seine Mikrofone überall. Michael hat mitgehört, wie Mr. Levin telefoniert hat, Michael wusste nicht genau, mit wem, aber Glenn macht doch alles für ihn –«

»Für wen?«

»Für Mr. Levin! Sie kennen sich schon lange. Wenn Mr. Levin pfeift, kommt Glenn angerannt. Wenn er nicht gerade auf einem seiner Jahrmärkte arbeitet.«

»Was hat Michael denn gehört?« *Michael und Jay. Ausgerechnet die beiden.*

»Jay hat fast gezittert, als sie mir davon erzählt hat. Sie meinte, jemand hätte mitbekommen, dass Michael mit ihr darüber gesprochen hat, aber sie wusste nicht, wer.«

›Glaubst du wirklich, sie sagen uns, um was es hier eigentlich geht?‹

»… und jetzt sind sie beide tot.«

Sie lag noch immer federleicht und zugleich doch auch ein bisschen schwer in seinem Arm, und es fühlte sich an, als sei sie dafür wie geschaffen.

Doch jetzt hob sie den Kopf und sah zu Paul hoch. »Beth hat Ihnen gesagt, dass ich gefesselt war, richtig? Und dass Glenn mich gefunden hat.« Ihr Blick wanderte von seinem einen Auge zum anderen.

»Ja.«

»Glenn hat mich nicht nur gefunden, Paul. Haben Sie sich einmal gefragt, *wer* mich gefesselt hat?«

»Wer?« Er dachte kurz nach. »Haben Sie nicht gesagt, es wäre Beth gewesen?« Jetzt erinnerte er sich wieder. Er hatte mit Constance bereits darüber gesprochen, als sie nach unten gegangen waren, um nach den Töpfen zu sehen.

»Ich habe das behauptet«, ihre Hand lag auf seinem Nacken und er hatte den Eindruck, ihre Fingerspitzen würden sich in seinen Haaransatz schieben, »weil ich Ihnen nicht sagen wollte, was wirklich passiert ist.«

»Was wann passiert ist?«

»Als er mich gefesselt hat.«

»Er – wer?«

»Glenn – Glenn hat mich gefesselt. Es war nicht Beth. Es war Glenn. Und … er hat es ausgenutzt.«

Das Blut. Der Duschvorhang – die Spur auf dem Kachelboden. Paul hatte die Badezimmertür zugezogen, aber es war, als würden die verkrusteten Spuren unter dem Türblatt hindurchkriechen und an seinen Beinen emporkrauchen.

Dabei war es Constances Oberschenkel, der sich zwischen seine Beine zu schieben begonnen hatte. Er war so von ihr umschlungen, dass er für einen Moment – unfreiwillig, aber dadurch doch nicht weniger zwingend – zu erregt war, um sich dagegen zu wehren.

»Es stimmt, es war mit mir abgesprochen, ich wusste, was geschah«, flüsterte sie an seinem Ohr. »Aber Glenn hat es genossen, meinen Körper mit dem Seil an den Stuhl festzubinden, Paul.« Er fühlte ihren Atem, und ihr Haar berührte seine Wange. »Ich habe ihn gebeten, den Strick nicht so fest zu ziehen, aber er hat gesagt: Was kriege ich dafür, wenn ich nicht so fest zuziehe? Also habe ich zugelassen, dass … er mich berührt hat – mehr, als unbedingt nötig gewesen wäre. Wie viel muss ein Mann einen berühren, wenn er einen festbindet, Paul?«

Glenn …

»Das Fesseln war Teil des Spiels«, ihre Lippen strichen über Pauls Ohr, »Teil der Veranstaltung, aber Glenn – Glenn ist kein Spiel. Glenn ist echt. Rupert will es so. Rupert will, dass Glenn tötet.«

»Aber wieso denn?« Paul befreite sich ein wenig von Constance und drehte sich so, dass er ihr Gesicht sehen konnte. Sie war so dicht vor ihm, dass sich ihre Lippen fast berührten. Einen Moment lang schien sie nachzudenken, abzuwarten.

»Haben Sie das noch nicht verstanden, Paul?«, sagte sie schließlich. »Es ist alles ein PR-Effekt. Marketing, Öffentlichkeitsarbeit, Werbung – ich bin die Pressefrau, ich verstehe etwas davon. Rupert will, dass ein Täter mordet, dann wird die Insel schlagartig auf der ganzen Welt bekannt. Das ist nicht länger *Zodiac Island*, ein Erlebnispark für die ganze Familie, Paul, jetzt ist es *Murder Park*! Was soll man hier? Man soll sich gruseln und sich näherkommen. Und wo gruselt man sich besser als in einem Hotel, in dem tatsächlich Morde begangen wurden? Erst die Bohner-Morde – jetzt das! Hat Rupert es nicht gleich gesagt: Für Kinder ist das hier nichts. Nein, *Murder Park* ist etwas ganz Spezielles, etwas, das es nur einmal auf der Welt gibt. Ein echtes Mordhaus, eine ganze Mord-Insel, auf der man übernachten kann!«

Jetzt waren es Pauls Augen, die von einer ihrer Pupillen zur anderen sprangen. Was sagte sie da? Das … Es konnte unmöglich wahr sein! Aber was war hier wirklich los? Und in einem Punkt hatte sie mit Sicherheit recht: Erst Jay, dann Michael – wer war der Nächste? Das war es doch, was ihnen allen wie ein brennender Stachel im Nacken saß.

»Ich hab Angst, Paul, hier, fühlen Sie.« Constance hatte seine Hand genommen und breitete die Finger, die er eingeknickt hatte, vorsichtig aus, legte sie behutsam auf sich, dorthin, wo ihr Herz sein musste, nur wenig unterhalb des Halses, aber doch so weit unten, dass er den Ansatz ihres Busens spürte – und unwillkürlich seine Hand zurückziehen wollte. Aber sie hielt sie fest und sah ihn an. Die Lippen ein wenig geöffnet. Und er fühlte es. Das Pochen ihres Herzens. Das Atmen ihres Körpers.

»Sie müssen mir helfen.«

Und dann ziehst du einen Eispickel unterm Bett hervor und stichst mir das Ding zwischen die Augen.

Es war so schnell durch Pauls Kopf gezogen, dass er es kaum

bemerkt hatte. Gleichzeitig spürte er heiß und weich plötzlich ihren Mund auf seinen Lippen, ihre Hand an seinem Nacken, die andere Hand an seinem Rücken – während sie langsam nach hinten ging.

Das Kreischen des Trennschleifers – das offene Fleisch – die Wunde –

Paul fühlte, wie er schwer auf sie sank, als Constance ihn mit sich aufs Bett zog. Ihr Körper schien sich unter seinem Gewicht zu dehnen, und ihre Beine verschränkten sich hinter seinem Gesäß – während ihr Mund ganz ihm gehörte.

Er riss sich los. Stemmte sich mit einer Hand in die Matratze. *Lizzie* … sie hatte das Zimmer neben seinem haben wollen –, jetzt Constance – was ging hier vor?

Aber er sah, dass sie weinte.

»Du hast ja recht, Paul.« Constances Hand lag mit dem Rücken auf ihrer Schläfe, den Kopf hatte sie zur Seite gedreht, dass er nur ihr Profil sehen konnte, die zierliche Nase, das kleine Ohr, die blonden Haarsträhnen, die sich an ihrem Hals entlangringelten. »Ich weiß nicht, was auf dieser Insel geschieht, aber spürst du es nicht auch? Merkst du nicht, dass wir hier nicht mehr lebend herunterkommen?«

Ein Zittern ging durch ihren Leib, und Paul sah, wie sich das Bettlaken dort, wo sich ihr Auge befand, feucht färbte. Ob er es wollte oder nicht, die plötzliche intime Berührung … es war wie ein dumpfes Sausen in seinem Kopf, als würden sein und ihr Körper schon wissen, was gut für sie wäre.

»Ich will nicht sterben, Paul.«

Er fühlte ihre andere Hand an seiner Gürtelschnalle – atmete ruckartig aus und setzte sich auf.

Constance lag, die Ellbogenbeuge jetzt über den Augen, neben ihm. Schweigend.

Paul wusste nicht, was er sagen sollte. Die Gedanken jagten durch seinen Kopf.

Keiner kommt lebend von der Insel?

Vielleicht stimmte es. Der Tod war ihnen nah. Paul hatte ihn in Michaels Augen gesehen. Er hatte gesehen, was er aus Jay gemacht hatte. Noch waren sie am Leben. Er. Constance. Wie lange noch?

Sein Blick ging zu der jungen Frau, die neben ihm auf dem Bett lag. Der Stoff ihrer dünnen Bluse war ein wenig hochgerutscht, sodass er ihren Bauchnabel sehen konnte. Sie war so lebendig, so warm, so frisch, dass er nicht anders konnte, als sie zu begehren. Und doch wusste er, dass es nicht möglich war – dass es nicht infrage kam.

Er riss sich hoch, stand neben dem Bett. »Komm, lass uns zu den anderen gehen.«

Sie weinte, ihr Körper wurde geschüttelt. Sie hatte die Beine an den Bauch gezogen, die Hände vors Gesicht gepresst. Das war kein Trick, kein plumper Versuch einer Verführung, sie hatte wirklich Angst, sie hatte es doch eben gesagt. Helle, gleißende Angst. Ging es ihm nicht genauso? Sie hatten Michael gesehen, sie hatten Jay gesehen – sie fühlten, wie der Tod nach ihnen griff.

»Er wird Glenn sagen, dass ich die Nächste bin, Paul.«

»Beruhige dich, Constance –«

»Rupert will, dass du eine gute Zeit hier hast, Paul. Er will, dass du einen Bericht schreibst, der Aufmerksamkeit erregt. Und er weiß, dass du in deinen Berichten gern schreibst, was du erlebt hast. Wenn du nicht mit mir schläfst, sagt er Glenn –«

»Dass er dich umbringen soll?«

»Du hast doch Michael gesehen. Du hast doch gesehen, was hier vor sich geht.«

»Hat er dir das selbst gesagt, Constance? Rupert. Dass du … dass du mit mir –«

»Nein, natürlich nicht, so einfach ist das nicht!« Sie wischte sich über die Augen. Im gleichen Moment war ein Geräusch aus dem unteren Stockwerk zu hören. Ein metallischer Klang. Instinktiv drehte Paul den Kopf zur Tür.

»Ich habe eine Therapie bei Sheldon gemacht«, hörte er Constance sagen, »so ist Rupert auf mich gekommen.«

»Eine Therapie? Wieso?«

»Das hat … das erkläre ich dir ein andermal, Paul, aber Sheldon – er war es, der mit mir gesprochen hat.«

Wieder das metallische Scheppern.

»Was ist das?«

Ihre Augen blickten ihn verweint und gerötet an, aber sie antwortete nicht. Stattdessen hatte sie eine Hand an die Lippen gepresst und sah aus wie eine Katze, die ins Wasser gefallen ist.

Wieder. Laut. Durchdringend. WAMMMM.

»Sheldon hat, soweit ich weiß, mit uns allen gesprochen«, sagte Constance schließlich, »und bei seinem Gespräch mit mir hat er durchblicken lassen, dass ich … dir nahekommen soll, Paul. Dass Rupert das möchte, um sicherzugehen, dass dein Bericht über die Insel vorteilhaft ausfällt.«

»Sheldon hat mit dir darüber geredet, dass du mir … mich …«

Wie sollte er es ausdrücken? Dass sie ihn verführen, sich ihm zur Verfügung stellen –

WAMM!

Verflucht! Paul trat an die Tür, sah den Flur hinunter. Niemand zu sehen. Sein Blick kehrte ins Zimmer zurück. Constance kniete auf dem Bett, die Bluse über dem Kopf.

»Constance, nicht – bitte, zieh dich wieder an!«

Unangenehm berührt streckte er eine Hand aus – da erschien ihr Gesicht unterhalb des Stoffs, die Arme nach oben gereckt. Sie trug keinen BH, ließ die Bluse neben sich auf das Bett fallen und streifte mit einer geschmeidigen Bewegung ihre weiche Hose über die Hüften nach unten. Der Slip darunter war fast nur ein Strich. Sie kniete auf dem Bett und sah ihn an.

Einen Moment lang schauten sie sich in die Augen, und die Insel, das Hotel, das scheppernde Geräusch, die Ereignisse der vergangenen Stunden versanken um ihn herum, und es gab nichts als dieses Band ihrer Blicke. Abrupt fuhr Paul herum und zwang sich, auf den Flur zu staksen.

Bevor ich nicht mehr von ihr loskomme.

Von diesen Lippen, die sich auf seinen Mund gepresst hatten. Diesem Körper, der sich gegen ihn gedrängt hatte. Diesen kleinen Händen, die sich zwischen seine Beine geschoben hatten.

»Paul … *PAUL!*«

WAMM!, drang dumpf der nächste Schlag von unten zu ihm hoch.

»Bitte, Paul, lass mich nicht allein.« Ihre Stimme folgte ihm hinaus auf den Korridor.

Er hastete den Flur hinunter. ›Er wird Glenn sagen, dass ich die Nächste bin‹, hatte Constance geflüstert, und irgendetwas in Paul raunte ihm zu, dass es stimmte. Dass er sie nicht mehr lebend wiedersehen würde. Denn es war der Tod, der auf der Insel umging – hager, schwarz und riesig – und der sie alle bereits gestreift hatte.

19

WAMM!

WAMMMMM!

WAAMMMMM!!!!

Jeder Schlag schien in seinen Knochen nachzuzittern. Paul hatte den Kopf tief zwischen die Schultern gezogen und zuckte doch jedes Mal, wenn ein neuer Hieb durch das Treppenhaus dröhnte.

Axt. Mit einer Axt … oder einem Knüppel … gegen eine … Tresortür. Gegen eine Metalltür. Dass Dellen darauf zurückbleiben. Tiefe Kerben.

WAMM!

»Hallo!«

Die große Haupttreppe lag verlassen hinter ihm. Im Frühstücksraum: niemand zu sehen. Die Stühle – leer. Keiner hatte aufgeräumt. Es standen Teller und auch noch Speisen auf den Tischen. Von den Gästen selbst jedoch war niemand da.

Hallo.

Die Sonnenstrahlen fielen bis hinein in die Räume. Draußen spannte sich ein prächtiger blauer Himmel über der Insel. Für einen Moment hatte Paul das Gefühl, die Ereignisse der vergangenen Stunden könnten nur ein Albtraum gewesen sein.

WAMM!

Nein, es war kein Traum, keine Einbildung oder Täuschung, sondern real. So real wie eine blutige Wunde. So real, wie Michaels Augen aufgerissen und von Blut durchschossen gewesen waren.

WAMM!! WAMMM!! WAAMMM!!

Er RAST. Derjenige, der gegen die Metalltür schlägt, rast ... wie ein Erstickender, der nach Luft ringt.

»Hallo!« *Verflucht.* »Wo seid ihr?«

Auch durch die breiten Scheiben hindurch, die nach draußen schauten, war niemand zu sehen. Die Terrasse, ja. Die Felsen, ja. Die Insel, das Meer, der Himmel, die Berge, ja, ja, ja, ja – aber von den Menschen keine Spur.

Paul stand im Gang der Vorratsräume. An der Küche war er vorbeigegangen, die Hintertreppe, die nach oben führte, hatte er passiert. Die Tür, vor der er haltgemacht hatte, war mit einem mächtigen Hebel gesichert, der über eine senkrechte Stange oben und unten zwei Metallriegel bewegte. Von außen war nichts zu erkennen, und doch war sich Paul sicher, dass dies die Tür war, gegen die die Schläge geprasselt waren. Von innen geprasselt waren. Dass dahinter ein Mensch war. Hinter der Tür. In dem Raum. In dem Kühlraum, denn es musste ein Kühlraum sein, der so verriegelt war.

Dahinter. Warum? Hatten die anderen denjenigen, der sich dahinter befand, eingesperrt? Weil er es war? Weil er derjenige war, der Michael verstümmelt hatte? Oder sie – war es eine Sie, die sich in dem Kühlraum befand?

Paul wandte den Kopf. Der Gang war leer.

»Hey!« Er schrie es der Kühlraumtür entgegen.

Es kam ein Geräusch von innen als Antwort. Eine Stimme. Eine Männerstimme. Aber Paul konnte nicht verstehen, was sie sagte. Und er wusste nicht, wer es war, der ihm geantwortet hatte. Die Stimme war nur schlecht und wie erstickt zu vernehmen.

»Hören Sie mich?«

»Hmmm.«

Er musste erst die anderen suchen, mit ihnen sprechen, sie fragen, ob sie den Mann dort eingeschlossen hatten. Doch jetzt waren es keine Schläge mehr, die aus dem Kühlraum drangen, jetzt war es so etwas wie ein Kratzen, ein Schaben und Wetzen, das über die

Tür wanderte. Dem Paul mit den Augen folgte. Erst links, dann zog es herüber, auf die rechte Seite, bewegte sich nach oben. Paul spürte seine Hand aufglühen – hörte erst dann den dumpfen Schlag, mit dem er seine Faust auf die Tür hatte niedergehen lassen.

Das Metall war kalt. Ein wenig feucht, offenbar weil es von innen gekühlt wurde, während der Gang, in dem Paul stand, beheizt war.

Ein Kühlraum. Paul wusste nicht, wie oder wo die Temperatur in dem Kühlraum gesteuert wurde. Aber er konnte es fühlen: Dort drinnen musste es eiskalt sein.

Deshalb hatte der Mann gegen die Tür geschlagen!

Er trägt vielleicht nichts als ein T-Shirt. Und die Papierschuhe, die sie hier als Hausschlappen verteilen. Im Kühlschrank.

»Hey! Haben Sie Michael angegriffen?«

Ein Geräusch drang aus dem Kühlraum, das verzweifelt klang, schrill und schmerzhaft. Pauls Hand schloss sich um den Hebel. Eiskalt auch der – er zog ihn herum. Die mächtigen Metallriegel rutschten aus ihren Halterungen, es zischte – und sofort konnte Paul die Kälte spüren, die aus dem Raum drang.

»Sind Sie wahnsinnig!« Er drang, platzte geradezu aus dem Raum, umklammerte Pauls Arme, stand beinahe qualmend vor ihm, die Haare an den Schädel geklatscht, die Augen aufgerissen, in den Wangen tiefe Gräben von der Furcht, die sich mit jedem Grad, den seine Körpertemperatur gefallen war, tiefer in ihn hineingefressen haben musste.

Glenn.

»Die Tür, jemand hat die Tür zugeworfen, als ich Vorräte für die Küche geholt habe!«

Paul griff zu dem Regal, neben dem sie standen und in dem die Tischdecken gestapelt waren. Zwei, drei, vier von den weißen Baumwolltüchern wickelte er um den Haushälter.

»Haben Sie ihn gesehen, Mr. Greenblatt«, stieß Glenn hervor, »waren Sie dabei?« Zitternd. Die Decken um sich geschlungen.

Paul schüttelte den Kopf, noch immer auf der Hut.

Hat Glenn sich selbst eingeschlossen? Um unverdächtig zu erscheinen?

»Jemand hat die Tür zugeworfen, ja?«

Glenn deutete in den Kühlraum, in dem sich Fischkisten, Gemüsekörbe und Getränkekästen stapelten. »Ich hatte den Rücken zur Tür gewandt; plötzlich, klack – höre ich sie noch einrasten.« Er zeigte auf ein Brett, das er offenbar aus einer Palette gebrochen hatte. »Wenn ich damit nicht gegen die Tür geschlagen hätte …«

Er kennt sich in dem Haus aus. Wie Rupert. Er ist der Haushälter, verdammt.

»Sie waren es nicht, Paul, oder? Sie haben mich nicht hier eingesperrt?«

»Unsinn, natürlich nicht!«

Glenn war etwas kleiner als Paul, aber stämmiger. *Vielleicht trägt er Thermounterwäsche* unter dem Shirt … *vielleicht sind es nur sein Gesicht und die Hände, die kühl sind –*

Paul sah, wie Glenn sich abwandte, um an ihm vorbeizukommen.

»Dann scheiden Sie ja wohl aus, was, Glenn?«

Der Haushälter blieb stehen, als hätten ihn die Worte im Rücken getroffen. Langsam drehte er sich um, die Tischdecken um die Schultern geschlungen, das Gesicht noch immer vom Schreck gezeichnet. »Was – wieso?«

»Haben die anderen Sie eingeschlossen, Glenn, weil sie herausgefunden haben, dass Sie Michael angefallen haben?«

»Was – nein! Ich weiß nicht, wer mich eingeschlossen hat«, brauste Glenn auf. »Es hat nur geklickt, dann war die Tür zu – niemand hat mit mir geredet.«

»Ah ja?« Paul blieb angespannt. »Damit kommen Sie dann ja nicht mehr infrage, oder? Wenn Sie hier drinnen erfrieren sollten, können Sie ja nicht derjenige gewesen sein, der Michael angefallen hat. Und Jay getötet. Richtig? Denn dann sind Sie nicht der Angreifer – sondern eins von seinen Opfern!«

Es sei denn, du bist besonders raffiniert. Zeitlich würde es jedenfalls passen. Erst bringst du Jay und Michael um, dann schließt du dich ein. Und natürlich vermutet man, dass derjenige, der dich eingeschlossen hat, derselbe ist, der auch auf Michael und Jay losgegangen ist. Aber so gewieft bist du nicht, oder? Dass du sie erst tötest und dich dann selbst einschließt, um den Verdacht von dir abzulenken?

Glenns Augen waren dunkel, und seine Lider zuckten.

Er machte einen Schritt auf Paul zu. »Nein, ich habe Michael und Jay nichts getan, Sie Arschloch. Und ich habe mich auch nicht selbst in diesem Eisschrank eingeschlossen. Das geht von innen ja auch gar nicht.«

Und wenn dir jemand geholfen hat?

»Sie können mich so viel verdächtigen, wie Sie wollen, Paul, das ändert nichts daran, dass derjenige, der Michael so zugerichtet hat, noch immer unterwegs ist.«

Paul musterte ihn.

»Sie haben nicht die geringste Ahnung, was hier los ist, Paul. Und vielleicht ...« Glenns breite Schultern zuckten unter den weißen Tischdecken. »Vielleicht ist es auch besser so!«

»Wieso? Was ist denn los? Wissen Sie es? Sagen Sie es mir!«

Glenns dunkle Augen ruhten auf ihm. »Ich kümmere mich um das Haus, Paul, das stimmt. Aber ich kenne mich nicht wirklich sehr viel besser damit aus als Sie. Ich war nur einmal hier, letzte Woche. Da sollte ich mich innerhalb von ein paar Stunden mit dem Gebäude vertraut machen.«

Ach!

»Constance hat mich und Mary, meine ...«, Glenns Blick zuckte den Gang hinunter, aber sie waren allein, »meine Frau ... Constance hat uns auf der Fähre begleitet.«

»Constance, ja? Die Sie gestern Abend fesseln sollten. Haben Sie sie dabei ein bisschen härter angepackt, als es nötig gewesen ist, Glenn? Was meinen Sie?«

Überrascht hielt Glenn inne. »Wer sagt das?«

»Constance hat so was angedeutet.« Während Paul das aussprach, schoss ihm durch den Kopf, dass er Constance vielleicht besser nicht hätte erwähnen sollen. Andererseits – wer außer ihr konnte wissen, was beim Fesseln geschehen war?

»Was hat sie angedeutet?«

»Dass Sie es ausgenutzt haben, als Sie sie festgebunden haben.«

»Ausgenutzt … Hören Sie, Paul … lassen Sie sich von Constance doch nichts erzählen. Das ist es doch, was ich gerade sagen wollte. Sie … Also Constance war dabei, letzte Woche, als wir uns mit dem Hotel vertraut machen sollten. Und noch jemand war dabei. Sheldon. Sheldon Lazarus.«

Der Psychiater.

»Eigentlich sollte ich mir die Heizungsanlage anschauen«, Glenn hielt die Tischtücher mit beiden Händen um sich geschlungen, »aber dann ist mir aufgefallen, dass Constance Sheldon nach oben geführt hat. Was … was soll das? Was zeigt sie ihm da? Es ist mir gleich durch den Kopf gegangen. Denn wissen Sie … Constance, blond ist sie ja ohnehin schon, aber sie war auch noch zurechtgemacht, ja? Sie … sie trug ein ziemlich kurzes Kleid. Der Psychiater … er tut immer so … so seriös … aber ich glaube, er passt schon auf, dass er nicht zu kurz kommt.«

Hatte Beth das nicht gesagt? Dass die Geräusche, die Paul am ersten Abend aus dem Nebenzimmer hatte kommen hören … dass es Sheldons Zimmer gewesen ist, aus dem die Geräusche gekommen waren?

»Sie hat ihn in eins der Schlafzimmer geführt.« Glenn schaute Paul neugierig an, als wollte er sehen, wie Paul auf das, was er sagte, reagierte.

»Und?«

»Sie hat es ihm besorgt, dem alten Sack! Sie hätten ihn hören sollen! Rupert hat sie beauftragt, mit allen ins Bett zu gehen!« Glenn schnaubte, der Ärger war ihm förmlich ins Gesicht geschrieben. »Mit allen, nur nicht mit mir! Ich bin ja bloß der Hauswart, der verdammte Haushälter!«

Die Kälte, die in Glenns Sachen gesickert war, schien unter den Tischdecken hervorzukriechen.

»Ich habe mir Sheldon noch am gleichen Tag vorgeknöpft«, fuhr er fort, »und ihn gefragt: In dem Zimmer, mit der Blonden, was das denn gewesen sei. Ich wusste ja, dass ich in der darauffolgenden Woche mit ihnen hier auf die Insel fahren sollte, und wollte wissen, was mit der Blondine war. Was mit ihr in der kommenden Woche sein würde. Ja, erzählen Sie das ruhig meiner … meiner Frau, wenn Sie wollen!« Glenn wischte sich über die Stirn, dass die Haare, die von dem Kondenswasser daran geklebt hatten, in Büscheln von seinem Kopf abstanden. »Aber dieser Dr. Lazarus … natürlich hat er mich nur angefahren, dass ich mit Beth sprechen soll, wenn ich Fragen hätte.« Glenn machte einen Schritt auf Paul zu, und Paul roch förmlich, wie das Kondenswasser Glenns Kleidung durchtränkt hatte – ein Geruch nach Kühlschrank, nach Kühlwasser, nach gefrorenem Schweiß und abgestandener Luft. »Doch dann hat Sheldon noch etwas gesagt, und damit hatte ich nicht gerechnet. Dass ich mir nämlich wegen Constance nicht den Kopf zerbrechen soll, dass es um etwas ganz anderes auf der Insel ginge. Ob ich denn noch nie etwas davon gehört habe, was mit Bohner wirklich gewesen sei.«

»Mit … *Bohner?*« Plötzlich war es, als würde die Kälte, das Nass, der kühle Muff auch Paul in den Knochen sitzen.

»Ja, mit Bohner. ›Weißt du nicht, was sie sich über Jeff Bohner erzählen?‹, hat er mich angefahren. ›Nein, weiß ich nicht!‹, hab ich zurückgegeben, aber mehr wollte er mir nicht sagen, da konnte ich ihm noch so sehr zusetzen.«

Was sie sich erzählen – das hatte doch auch Michael gesagt, gestern Nacht, kurz bevor die Gestalt aus dem Dunkel aufgetaucht war. Ein Gerücht, hatte Michael das nicht gesagt? Ein Gerücht, das man sich über Bohner erzählt!

»Ich mach es für Geld«, knurrte Glenn, fast mehr zu sich als zu Paul, »natürlich mach ich es für Geld, dass ich auf diese Insel mitgekommen bin. Aber inzwischen denke ich, dass sie mir für das, was hier passiert, gar nicht genug bezahlen können.« Er grinste, und seine Zähne zeigten sich zwischen den von der Kälte ausgetrockneten Lippen. »Wenn Sie wüssten, was ich alles auf mich genommen habe, um den Job hier zu kriegen – fragen Sie Mary, sie wird das auch so sehen.«

Aber Paul musste immer noch an Constance denken. »Haben Sie es nun ausgenutzt, als sie Constance gefesselt haben, Glenn – ja, oder nein?«

»Und wenn schon, Mann. Sie ist doch für jeden zu haben. Für Sheldon – für Rupert? Meinen Sie nicht, Rupert hat sie gehabt? Was genau hat sie denn gesagt?«

Dass du sie als Nächstes töten wirst, Glenn – das hat sie gesagt. Aber das wollte Paul ihm nicht auch noch preisgeben.

»Sie haben sie also bedrängt«, stieß er stattdessen hervor. »Waren Sie dann auch derjenige, der Jay und Michael getötet hat?«

Zornig stierte der Hauswart ihn an. »Sind Sie wahnsinnig, Paul? Was soll das denn? SIE sind doch derjenige von uns allen, der am verrücktesten ist! Wenn jemand für das, was hier passiert, infrage kommt, dann doch Sie, Paul. Kein Wunder! Nach dem, was Sie als Kind erlebt haben. Bohners letztes Opfer war doch *Ihre* Mutter, Paul. ZURÜCK!« Er fauchte, als Paul aufgebracht einen Schritt auf ihn zu machte. »KOMM mir nicht zu nahe!«

Mit einem Satz war Glenn bei der Anrichte, die auf der anderen Seite des Gangs stand, riss eine Schublade auf, wirbelte herum und zielte mit einer Messerspitze auf Pauls Herz.

Instinktiv tauchte Paul weg, griff nach den Tischtüchern, die Glenn von den Schulter gerutscht waren und auf die er getrampelt war, riss sie nach oben – und spürte Glenns Gewicht auf dem Stoff. Blitzschnell sprang Glenn von den Decken herunter – doch jetzt hatte Paul sie schon um eine Hand gewickelt und schlug mit der geschützten Faust nach dem Messer.

»Also ist es kein Zufall, dass ausgerechnet *du* mir den Kühlraum geöffnet hast, Paul! Natürlich nicht, sie *wollten*, dass du mir den Raum aufmachst, das ist es – BLEIB ZURÜCK!«, schrie Glenn jetzt mit blankem Entsetzen im Blick. Dabei war er so auf Paul konzentriert, dass er nicht bemerkte, wie jemand hinter seinem Rücken im Flur auftauchte.

Tony. Paul zwang sich, den Blick nicht zu dem Kameramann zucken zu lassen, um Glenn nicht auf ihn aufmerksam zu machen. Langsam kam Tony auf sie zu, eine Hand nach vorn gestreckt, wie um Paul ein Zeichen zu geben, lautlos – nur noch wenige Schritte von Glenn entfernt.

»Rückwärts«, zischte Glenn Paul an, und das Messer schnitt durch die Luft, »in den Kühlraum, und hör auf, mit der Decke nach dem Messer zu schlagen! Geh einfach rückwärts in den Kühlraum, dann tu ich dir nichts!«

Im gleichen Moment musste Pauls Blick doch zur Seite gefahren sein, denn plötzlich schoss Glenn herum, stand für einen Augenblick Tony wie versteinert gegenüber. Ein Hieb – das Brett aus der Palette, mit dem Glenn gegen die Kühlraumtür geschlagen hatte – Tony hatte es an sich gerissen. Ausgeholt. Und Glenn an der Schläfe damit getroffen. Der Kopf des stämmigen Hauswarts flog herum, schwer sackte sein Körper auf den Fliesen zusammen.

»In den Kühlraum«, kam es heiser aus Pauls Mund, als er Tony zur Seite sprang, »wir müssen ihn einsperren, er ist vollkommen außer sich.«

20

»Wer kennt sich mit all den Geheimtüren in dem verdammten Hotel besser aus als der Hauswart, Paul?«

Sie wussten nicht, wie sie die Temperatur in dem Kühlraum regeln konnten, und hatten sich entschlossen, Glenn doch lieber in einem der ungekühlten Lagerräume, die ebenfalls abgeschlossen werden konnten, einzusperren.

Tonys blaue Augen blitzten. »Außerdem habe ich mit Rupert geredet, und er hat eingeräumt, dass Constance, Glenn, Mary und Sheldon vor ein paar Tagen schon einmal hier auf der Insel waren.«

Er und Paul gingen durch den Korridor Richtung Eingangshalle.

»Wo ist Rupert denn jetzt?« Paul warf Tony einen Blick zu.

Der Kameramann breitete die Hände aus. »Nachdem ich mit ihm die Treppe aus Michaels Zimmer hinuntergestiegen bin, meinte er, dass er sich draußen ein wenig umsehen wollte. Ich kann ihn ja nicht permanent überwachen! Also bin ich in den Speisesaal gegangen. Seit der Suppe gestern Nacht hatte ich nichts mehr gegessen.«

Paul blieb stehen. »Danke, dass Sie mir bei Glenn geholfen haben. Wahrscheinlich hätte er mich in den Kühlraum gesperrt, und ich wäre glatt darin erfroren.«

Tony lächelte. »Ich habe Ihre Stimmen gehört, als ich in der Küche war. Sie klangen beide ziemlich nervös. Also habe ich nachgesehen, und da stand Glenn mit dem Messer vor Ihnen.«

»Wir sollten Mary benachrichtigen«, schlug Paul vor, »vielleicht kann sie ihren Mann wieder zur Vernunft bringen.«

Tony atmete aus. »Sie haben recht. Soweit ich weiß, ist sie damit beschäftigt, die Vorräte von der Laderampe ins Haus zu bringen. Lassen Sie uns am besten gleich mal nachsehen.«

Paul zögerte. »Ich wollte eigentlich … einer Sache kurz nachgehen.«

»Ach ja?« Tony legte den Kopf fragend auf die Seite. »Haben Sie eine … heiße Spur, oder so was?«

Paul lächelte. »Ach was. Es ist nur … Sowohl Michael gestern Abend als auch Glenn jetzt, sie haben beide etwas erwähnt, das mir nicht mehr aus dem Kopf geht.«

»Was denn?«

Paul sah den Gang entlang, in dem sie stehen geblieben waren. »Dass es ein Gerücht über Jeff Bohner gibt.« Er schaute zu Tony. »Sie haben doch auch schon mal davon gehört, oder?«

»Ich – wieso?« Überrascht schaute Tony Paul an.

»Na … als Michael das erwähnt hat, gestern Abend, da haben Sie doch selbst gesagt, dass es eben nur Gerede sei. Nichts als ein Gerücht. Aber was – was ist es, das man sich über ihn erzählt?«

Tony zuckte mit der Schulter. »Keine Ahnung, was Sie meinen, Paul. Gerüchte gibt's viele, darauf habe ich noch nie was gegeben. Und Michael …« So etwas wie ein verletzlicher Zug huschte über Tonys Miene. »Ich kannte ihn fast gar nicht, aber mein Eindruck war, dass er ein bisschen … also labil war, wissen Sie? Nicht besonders stabil. Da kann ich mir vorstellen, dass er sich für so etwas wie ein Gerücht interessiert hat. Na egal … Wenn es Sie beschäftigt, Paul, sehen Sie sich doch mal in den Bungalows um, da ist ja das reinste Bohner-Museum zusammengetragen worden. Vielleicht werden Sie dort fündig.«

Sie gingen weiter.

»Beth könnte Ihnen vielleicht auch weiterhelfen«, hörte Paul Tony fortfahren, »soweit ich weiß, ist sie allerdings gerade mit den anderen auf der Insel unterwegs. Ein paar von ihnen wollten nachsehen, ob sie womöglich noch jemanden irgendwo hier aufstöbern.«

Sie traten durch die Terrassentür vom Speisesaal ins Freie.

Auf der anderen Seite des Vorplatzes sah Paul die Ausläufer der Schlucht und die ersten Bungalows, die sich dort an die Felsen schmiegten.

»Ich denke, ich werde das machen.« Er zeigte mit dem Kopf Richtung Schlucht. »Ich seh mich ein wenig in den Bungalows um. Wenn Sie Mary nicht finden, geben Sie mir Bescheid, dann helfe ich Ihnen, sie zu suchen.«

Tony öffnete den Mund, als wollte er noch etwas sagen, nickte dann jedoch nur und wandte sich ab, um den Weg um das Hotel herum zu der Laderampe zu nehmen.

Paul ging über den Vorplatz auf den ersten Bungalow zu. Die Sonne stand bereits schräg, brannte aber immer noch auf seinen Nacken.

Plötzlich kam ihm wieder in den Sinn, was Lizzie ihm über Tony erzählt hatte. Dass Tony die Gewalt liebt. Ist es wirklich notwendig gewesen, Glenn einen derartigen Hieb mit dem Brett gegen die Schläfe zu geben? Der Hauswart war zusammengeklappt wie ein nasser Sack.

Und dann fiel Paul noch etwas ein. Der Draht ... der Draht an dem Trennschleifer ... der dafür gesorgt hatte, dass das Gerät weiterlief, auch als derjenige, der es benutzt hatte, das Badezimmer bereits verlassen hatte. Warum war dieser Draht angebracht worden? Tony hatte erzählt, dass Mary ihn vor Michaels Tür gesehen hatte – als dahinter das Motorgeräusch zu hören gewesen war. War der Draht deshalb angebracht worden? Damit der Killer sich schon wieder sehen lassen konnte, während alle glaubten, er sei noch hinter der Tür, weil dahinter noch das Motorengeräusch zu hören war?

21

»Natürlich hängt es davon ab, wie man rechnet, welche Statistik man seiner Einschätzung zugrunde legt. In einem Punkt aber stimmen alle Angaben überein: Der Gipfel ist überschritten. Der Gipfel der Serienmörderkultur, wenn wir sie nun einmal so nennen wollen, der Höhepunkt der Serienmörderepoche liegt *hinter* uns.«

Pauls Augen flogen über den Text. Er stand in dem Bungalow, in dem sich die meisten der Murderabilia befanden – nicht in dem Haus mit der Puppeninstallation, sondern in dem Bungalow, in den Beth sie zuerst geführt hatte. In einem kleinen Regal, in dem sich verschiedene Hefte, Zeitschriften und Bücher stapelten, war ihm ein Buchrücken mit dem Namen Sheldon Lazarus aufgefallen. Es war eine Aufsatzsammlung, die Sheldon herausgebracht hatte und in der ein längerer Text von ihm über Jeff Bohner und die *Zodiac-Island*-Morde abgedruckt war.

»Und damit meine ich nichts anderes, als dass die Anzahl der Morde bzw. der Mörder in den letzten Jahren zurückgegangen ist«, schrieb Sheldon in dem Aufsatz weiter, den Paul aufgeschlagen hatte. »Die Anzahl der Serienmörder, die noch am Leben sind – *sinkt*. Ganz so verwunderlich, wie das vielleicht den Anschein haben könnte, ist es jedoch nicht. Denn ebenso wie sich jetzt mit dem Sinken der Morde ein Ende dieser Epoche abzeichnet, hat sie – die Epoche, die ich die Epoche der Serienmörder nennen möchte – auch einen *Anfang* gehabt.

Gewiss, vereinzelte Täter, die mehrere Morde hintereinander begangen haben, gab es auch früher schon. Vereinzelte Mörder, die in Serie, also wiederholt getötet haben, finden wir bereits in den Zwanziger- und Dreißigerjahren in Deutschland zum Beispiel; man denke an Fritz Haarmann, man denke auch an Langs Stummfilm *M*, der von einem Serientäter handelt. Dass es gleichzeitig *mehrere* solcher Täter gab, ist allerdings ein Phänomen, das erst in den Sechzigerjahren des zwanzigsten Jahrhunderts aufkam. Diese Zeit können wir auch als den Beginn der Serienmörderkultur auffassen. Wenn wir – um mal eine der Statistiken zu nehmen – die Zahlen von James Alan Fox, einem Kriminologie-Professor an der Northeastern University, zugrunde legen, erhalten wir folgendes Bild: Während es in den Sechzigerjahren erst 19 Tätern gab, sind es in den Siebzigern bereits 119! Parallel dazu können wir beobachten, wie der serielle Mord verstärkt Einzug in die populäre Kultur hält. Es beginnt mit Hitchcocks *Psycho* von 1960 und setzt sich fort in Filmen wie dem *Texas Chainsaw Massacre* von 1974 oder *Halloween* von 1978. In den Achtzigern dann schnellt die Anzahl der Serienmörder, die von den Behörden gezählt werden, auf 200. Das ist der Höhepunkt. Bereits in den Neunzigern, dem Jahrzehnt von *American Psycho*, vom *Schweigen der Lämmer* und *Seven*, sinkt die Zahl der Täter auf 141. In den Jahren 2000–2010? Werden 61 Täter als sogenannte ›Serienkiller‹ gezählt. Weniger als ein Drittel gegenüber den Achtzigern. Da es schwierig ist, die Daten auszuwerten, liegen zum gegenwärtigen Jahrzehnt, den Zehnerjahren, noch keine verlässlichen Angaben vor. Aber ich bin mir sicher, dass wir eine Fortsetzung dieses Trends beobachten können werden.«

Paul hatte sich mit der Schulter gegen die Wand des Bungalows sinken lassen und überblätterte ein paar Seiten. Als sein Blick auf den Namen »Bohner« fiel, begann er erneut zu lesen. »Vor allem geht es mir bei dieser Analyse jedoch darum, die besondere Vorgehensweise Jeff Bohners in einen Zusammenhang mit der aufgezeigten Entwicklung der Serienkillerkultur zu setzen. Denn Bohner – und das ist, wenn Sie so wollen, der springende Punkt meiner Analyse –, Bohner zeigt in dem, wie er vorgeht, in den Obsessionen, die in seinen Handlungen zutage treten, bereits so etwas wie eine *Krise* des Serienkills.

Und wieso? Inwiefern? Wir haben bereits andernorts darauf hingewiesen: Anders als seinen Vorgängern ging es Bohner – bei aller Brutalität, mit der er vorging – nicht wirklich um den Mord, sondern um etwas anderes. Etwas, das sich allerdings nur erreichen ließ, indem er jemanden tötete. Die Tötung selbst ist bei Jeff Bohner also nichts anderes als eine Art notwendige Begleiterscheinung, ein Kollateralschaden sozusagen. Der eigentliche Zweck, sein eigentliches Ziel aber war es vielmehr, auf verschiedenen Ebenen – oder, wenn Ihnen diese Vorstellung lieber ist: über verschiedene Kanäle – zu erleben, wie der Tod gleichsam Einzug hält. Einzug zum einen im Körper des Opfers, an das sich Bohner zum Teil während des Tötens so eng wie möglich anschmiegte, zum anderen aber auch Einzug im Gemüt, in der Seele eines *Angehörigen des eigentlichen Opfers*. Und zwar nicht irgendeines Angehörigen, nein, in diesem Punkt sprechen seine drei *Zodiac-Island*-Morde eine vollkommen klare Sprache: Einzug in die Seele des *Kindes des Opfers*. Mit einem Wort: Es ging ihm um den Effekt, den seine Tat auf das Opferkind hatte, wahrscheinlich – so nehmen wir an – weil sich an einem kindlichen Gemüt so etwas wie die Begegnung mit dem Tod noch einmal sehr viel deutlicher und direkter ablesen lässt als an der Reaktion eines Erwachsenen.

Betrachten wir ganz konkret Jeff Bohners Taten, zeigt sich das unmittelbar: Bei allen drei Morden hat er sich eine alleinerziehende Mutter gesucht, die ein einzelnes Kind aufzog. Diese Mutter hat er zu seinem Opfer gemacht. Gleichzeitig aber zielte er darauf ab, mitzubekommen, welchen Effekt seine Tat auf das KIND hatte. Er wollte – wenn man so sagen kann – miterleben, wie das Kind des Opfers von der Erfahrung des Mordes versehrt wurde. Und zwar nicht körperlich – die körperliche Versehrung betraf ja die Mutter. Die Versehrung des Kindes hingegen war SEELISCH.«

Pauls Blick schweifte von den Buchseiten ab und ging aus dem Fenster. Ein leichter Nebel aus Gischt, Nieselregen und tief hängenden Wolken hatte sich über die Insel gelegt. Durch die milchige Luft hindurch war der grüngraue Ozean jenseits der Küste nur noch verschwommen zu erkennen.

Seelisch …

Er wandte sich wieder dem Buch zu. »Was die genaue Mechanik von Bohners Obsession betrifft, können wir nur spekulieren. Auffällig ist jedoch, wie oft er sich in den wenigen Notizen, die wir von ihm haben, auf Jane Toppan bezieht, eine bekannte Mörderin aus dem 19. Jahrhundert. Was genau hat ihn an dieser Krankenschwester fasziniert? Die Antwort ist immer die gleiche: Toppans Umgang mit dem Tod – das war es, was Bohner an ihr beeindruckt hat. Denn Jane Toppan vergiftete ihre Opfer nicht nur, sie legte sich – nachdem sie ihnen das Gift verabreicht hatte – zu ihnen ins Bett und hielt sie mit beiden Armen fest umschlungen, während das Leben praktisch aus ihnen heraussickerte. Was Toppan im Leib des Opfers spüren wollte, an was sie nicht nah genug heranrücken konnte, war, wie der Tod buchstäblich von dem Opfer Besitz ergriff. Und genau das ist es auch, was Bohner fasziniert hat: wie sich der Tod nicht nur im Leib des Opfers, sondern mehr noch in der Seele, im Gemüt, in den Augen des Kindes breitmachte. Eine Herangehensweise, eine Zwangsstörung, die uns in dieser Form bei keinem anderen Täter jemals wieder begegnet ist.«

22

Die Augen ... hellblau ... sie sahen aus wie zwei Gebirgsseen. Ein unmoderner Scheitel, ein T-Shirt mit quer verlaufenden bunten Streifen, ein Lächeln, das wirkte, als hätte der Fotograf es in dieses Kindergesicht hineinbefohlen. Eine Stupsnase, Sommersprossen, es fehlte nur noch eine Zeichnung von Astronauten oder der Mondlandung im Hintergrund.

Paul hatte das Buch mit dem Aufsatz beiseitegelegt und sich einer Säule in dem Ausstellungsbungalow zugewandt, in die ein Bildschirm eingelassen war. Über den Monitor konnte man verschiedene Fotos und Filme über die *Zodiac-Island*-Morde abrufen.

Es waren die ersten Aufnahmen, die über den Bildschirm flimmerten, und sie zeigten einen Jungen, der erst fünf, dann vielleicht zehn Jahre alt war. Fotos von einem Knirps mit altmodischer Baseballkappe vor dem künstlichen Hintergrund eines Fotostudios. Fotos eines Jungen, der immer allein zu sein schien, mit seinem Teddy, einem Feuerwehrauto. Dann: eins von ihm mit seiner Mutter. Fotos von einem Jungen, der offenbar ohne Vater aufwuchs. Aber es waren keine Fotos eines Opfers von Bohner, es mussten Fotos von Jeff Bohner selbst sein.

Ein kurzes Musikstück platzte in die Aufnahmen, und ein Sprecher wiederholte noch einmal die Informationen, die Paul schon kannte. Drei Morde aus den Jahren 1996 und 1997 konnten Bohner zugeordnet werden, alle drei begangen auf *Zodiac Island.* Dann rissen die ruhigen Ansichten der Insel mit ihrer charakteristischen Achterbahn und dem hoch aufragenden Riesenrad ab, und die verwackelten Aufnahmen einer Kamera kamen ins Bild, die offensichtlich von jemandem gehalten wurde, der rannte. Zu sehen waren ein steiniger Weg, ein einstöckiger Bungalow, in der Ferne das Meer. Von links kam eine Frau ins Bild, die in die gleiche Richtung lief, wie derjenige, der die Kamera hielt, jetzt jedoch durch eine zu ebener Erde liegende Tür in dem Hotel-Bungalow verschwand. Kurz darauf hatte auch die Kamera den Flachbau erreicht, für einen Moment wurde es dunkel, dann hatte sich die automatische Blende an die geänderten Lichtverhältnisse angepasst, und das Innere des Bungalows tauchte in der körnigen Qualität einer alten Videoaufnahme auf. Ein Fernseher war zu sehen, die Jalousien waren heruntergelassen, eine durchgesessene Couch stand im dämmrigen Licht. Einige Personen in Uniform hielten sich im Hintergrund auf. Die Frau, die zuerst rennend zu sehen gewesen war, näherte sich einem Jungen, der an einem niedrigen Tisch in der Mitte stand. Und plötzlich wusste Paul, wer die Frau war. Es war Kate, Kate Myerson, die auf der Fähre den Vortrag über die Jeff-Bohner-Morde gehalten hatte. Sie war auf den Aufnahmen zwanzig Jahre jünger, und doch war es eindeutig dieselbe Frau.

Die Kamera verharrte am Fenster bei der Tür, der Junge am Tisch wirkte ein wenig benommen und war ganz auf Kate konzentriert.

Ein Lichtblitz … dann wurde der schmucklose Raum einer … *Kinderstation*, wie Paul denken musste, auf dem Bildschirm sichtbar. An der weißen Wand im Hintergrund waren Kinderzeichnungen zu erkennen, sowie ein bunter Kalender. Davor – auf einem kleinen Stuhl, in einem Pullover, der irgendwie nicht zu ihm zu passen schien – saß der Junge, der kurz zuvor in dem Wohnzimmer am Tisch gelehnt hatte. Gewaschen. Gekämmt. Verstört.

Ihm gegenüber: Kate, die zuhörte, während er sprach.

Er hat es miterlebt, ging es Paul durch den Kopf. Wie alt wird der Junge gewesen sein, vielleicht zehn? Paul selbst war erst vier Jahre alt gewesen, als er …

Seine Gedanken begannen zu wandern. *Vier Jahre*. Eine Zeit, an die er sich praktisch nicht erinnern konnte. Seltsam nebeneinanderstehende Eindrücke kamen ihm in den Sinn, wenn er versuchte, daran zurückzudenken. Eine Karussellfahrt. Oder war das später gewesen?

Vier Jahre alt war er gewesen, als seine Mutter …

Paul verlagerte sein Gewicht auf das andere Bein. Er hatte Fotos von seiner Mutter. Dank dieser Aufnahmen wusste er, wie sie ausgesehen hatte. Er konnte sich an die Fotos erinnern. An sie selbst nicht. Es war so etwas wie ein Beben, ein Malmen im Untergrund, das er zu spüren vermeinte, wenn er an sie dachte. Aber er konnte sich an die Zeit mit seiner Mutter nicht … bildlich erinnern. Keine Gesichter, keine Eindrücke, keine Worte.

Der Junge jedoch, den er dort vor sich auf dem Bildschirm sah, dieser Junge war wesentlich älter als vier Jahre. Bestimmt zehn oder elf.

Er wird es nicht vergessen haben können.

»… richtig nett«, sagte der Junge auf dem Monitor, und seine Kinderaugen waren auf Kate gerichtet, »wir sind auch ans Meer gegangen, an den Strand der Insel, dort, wo schöner Sandstrand ist.« Die Stimme der Jungen war hell, heller vielleicht als normalerweise, weil ihn das, worüber er sprach, aufregte. »Er hat gesagt, er hätte sich bei einem Kampf mit Indianern verletzt. Daher hätte er die Narbe am Oberschenkel. Ich weiß noch, wie ich sie zum ersten Mal gesehen habe. Aber er hätte nicht *gegen* die Indianer gekämpft, sondern *für* sie, hat er gesagt. Das fand ich toll. Und dann hat er mit mir Indianer gespielt. Auf den Dünen, die es dort an der Südseite gibt. Das habe ich geliebt. Wir sind über die Dünen gerannt, und manchmal habe ich die Narbe auf seinem Oberschenkel gesehen. Wir haben in dem Sand eine Burg gebaut, in der wir uns verschanzen konnten.«

Am Strand … Pauls Gedanken schweiften erneut ab. *Am Strand … eine Burg … verschanzen … Man hebt in der Mitte Sand aus und schüttet ihn ringsum zu einem Wall auf …*

»Ich hab gern mit ihm gespielt, und ich hab mich gefreut, als wir zum Strand gegangen sind. Ich ... dachte, dass es so mit einem Papa sein müsste. Dass man so mit einem Papa spielen müsste. Also habe ich mir immer Mühe gegeben. Mühe gegeben, beim Spiel alles richtig zu machen. Aber das war gar nicht so wichtig. Es hat einfach nur Spaß gemacht.«

Am Strand Indianer spielen.

Paul hatte den Eindruck, ein leichtes Summen in den Ohren zu verspüren. *Am Strand Indianer spielen.* Hatte er das nicht auch getan?

»Aber dann«, hörte er den Jungen auf dem Bildschirm weitersprechen, »ist plötzlich alles anders geworden. Aus ihm ist ein anderer geworden.« Seine Augen wurden größer, seine Stimme begann zu schwanken. Er sah Kate an, als wollte er an ihrer Miene ablesen, ob sie verstand, was er sagte. »Das war gestern ...« Der Junge beugte sich vor und flüsterte Kate etwas ins Ohr. Paul sah, wie sie kurz zur Kamera schaute, dann zu dem Jungen blickte und zu überlegen schien.

»Meinst du, du kannst das noch mal sagen, Davy?«, war sie schließlich zu hören. »Damit es die Kamera auch mitbekommt? Nur wenn du möchtest, natürlich.«

Jetzt sah auch der Junge zur Kamera, und seine Augen waren noch immer ruhig, so ruhig, wie sie es schon im Haus gewesen waren, und doch schien zugleich so etwas wie ein Lichtlein am Grund seiner Pupillen zu glimmen. Ein Lichtlein, das auf den ersten Aufnahmen noch nicht zu sehen gewesen war.

»Gestern war es«, sagte der Junge, und das Lichtlein auf dem Grund seiner Augen flackerte, »als würde eine Maske von seinem Gesicht abrutschen.« Er blickte in die Kameralinse, hatte offensichtlich das Gefühl, dass er nicht länger zu Kate, sondern dorthinein sprechen sollte. »Als würde eine Gummimaske von seinem Gesicht abrutschen, und das«, dabei zog sich das Gesicht des Jungen selbst in die Länge, und seine Stimme fing fast an zu singen,

»was darunter zum Vorschein gekommen ist, hat sich in meine Mama gefressen.«

Pauls Daumen berührte die Taste auf dem Bildschirm. Die Aufnahme fror ein.

Eine Zeit lang lauschte er dem Rauschen der Brandung und des Windes, das durch das Fenster in den Bungalow drang. Schließlich drückte er erneut auf den Monitor und sah den Aufnahmen weiter zu. Ein dunkelgrauer, dreieckiger Raum kam ins Bild. Ein Raum, der sehr viel düsterer ausgeleuchtet war als die Kinderstation. Etwas Rosafarbenes saß darin. Etwas Unförmiges. Ein Wesen, das der Kamera den Rücken zugewandt hatte und in dem Paul mit einem plötzlichen Stich in der Brust denselben Mann wiedererkannte, der ihm auch von dem Polizeifoto an der Wand des Bungalows gleich neben der Bildsäule entgegenstarrte.

Jeff Bohner stand unter dem Foto, das Paul bereits bei seinem ersten Besuch in dem Häuschen betrachtet hatte.

Leber mit Zwiebeln, zwei Cheeseburger, mehrere Sorten Kirschkuchen, Vanilleeis, Coke und Tee mit Zucker …

Die Gestalt auf dem Bildschirm drehte sich um.

Verfettet – das war es, was Paul in den Sinn kam –, der Mann war verfettet, und aus seinem Blick schien eine entsetzliche Verwahrlosung zu sprechen. Die Augen nach vorne quellend, die Wangen schlaff.

»Eine Maske«, drang eine Fistelstimme aus dem Monitor, und schlagartig wurde Paul klar, dass dies die Stimme des Mannes sein musste, den er dort vor sich sah, »eine Maske, die ich von meinem Gesicht abrutschen lasse? Aber natürlich verstehe ich das, Kate … Ich darf Sie doch Kate nennen?«

Die Aufnahme zog auf, und Kate kam ins Bild, die junge Kate von vor zwanzig Jahren, die dem Mann in dem dreieckigen Raum gegenübersaß.

»Natürlich habe ich dem Jungen und seiner Mutter erst mal ein nettes Gesicht – ja?« Der Mann unterbrach sich, sah zu Kate.

Prüfend? Er sieht prüfend zu ihr?

»... habe ich ihnen erst mal ein nettes Gesicht gezeigt. Wahrscheinlich spricht man von zwei Gesichtern, oder, Kate? Fragen Sie Dr. Lazarus, er wird Ihnen das erklären. Das verstehe ich sehr gut, was der Junge damit sagen wollte. Wo ist Sheldon Lazarus eigentlich, müsste *er* jetzt nicht hier sein?«

Paul hatte diese Aufnahmen noch nie gesehen. Sie waren ihm von keiner Polizeibehörde zur Verfügung gestellt worden. Kate ... oder war es Rupert gewesen? Sie hatten es ja bereits auf der Fähre erwähnt, dass die Behörden sie beim Aufbau der Sammlung von *Murder Park* freigebig mit Material aus der Bohner-Ermittlung versorgt hatten. Paul hatte auch früher schon *Fotos* von diesem Mann gesehen, von dem Mann, dessen Bild auch dort an der Wand hing – jetzt aber konnte er zum ersten Mal beobachten, wie der Mann sich bewegte. Es war das erste Mal, dass er hörte, wie seine Stimme klang, dass er mitbekam, wie seine Gesichtsmuskeln spielten – und im gleichen Moment rastete in Paul etwas ein. Er konnte es in seinem Kopf förmlich einschnappen hören.

»Dich hab ich als Kind nie gesehen!«

Paul starrte auf den Monitor, bis die Pixel vor seinem Blick verschwammen. Mit beiden Händen umklammerte er die Bildsäule.

»Das STIMMT NICHT! Du bist nicht der Mann, der in unseren Bungalow gekommen ist – du BIST NICHT JEFF BOHNER!«

Er hatte das Gefühl zu schreien – aber es war nichts zu hören. Denn Pauls Lippen bewegten sich nicht. Er hörte den Schrei nur in seinem Kopf.

Video-Interview 8 von 12

Löwe

Name:	**Kate Myerson**
Alter:	**46 Jahre**
Beruf:	**ehemals Spezialagentin der Bundesbehörde**

Sheldon: Wie sagen Sie: ›Sternzeichen‹ oder ›Tierkreiszeichen‹?

Kate: Mal so, mal so; ich habe nie genau verstanden, was der Unterschied ist.

Sheldon: Und Sie sind Löwe?

Kate: Ja.

Sheldon: Sie haben eine Theorie gehabt, ist das richtig? Einen Zusammenhang vermutet zwischen den drei *Zodiac-Island*-Morden, der noch über die Verbindung hinausgeht, dass alle drei Morde dem gesuchten Jeff Bohner zuzuordnen waren.

Kate: Ja, das ist richtig. Ich habe eine Zeit lang vermutet, die Mordserie könnte mit den Sternzeichen der Opfer zu tun haben. Es waren drei Frauen, sie hatten die Zeichen Skorpion, Fische und Stier. Die erste, Nancy Cass, ist zwar aufgeschnitten worden, die Todesursache war jedoch ein Skorpionstich. Ms. Tartaglione, die Mutter des kleinen Davy und das zweite Opfer, ist in der Badewanne ihres Bungalows ertränkt worden – das passt zu ihrem Sternzeichen Fische. Sarah Greenblatt, das dritte Opfer, ist erstochen worden, jedoch nicht mit einem normalen Messer, sondern – wie der Rechtsmediziner festgestellt hat – mit einem fast stumpfen Gegenstand, der nie gefunden werden konnte. Einem Horn, einer Art Horn? Passte das nicht mit ihrem Sternzeichen zusammen – dem Stier? Kurzum, die Todesursachen der drei Frauen haben mit ihren jeweiligen Tierkreiszeichen korrespondiert. War das Zufall? Oder gab es einen Zusammenhang? War ich auf etwas gestoßen? Sie müssen berücksichtigen, dass wir in jede Richtung denken mussten. Alles konnte miteinander in Verbindung stehen. Aber … das ist richtig, ich habe diese Theorie eine Weile verfolgt, musste mir schließlich jedoch eingestehen, dass sich aus den drei Bohner-Morden allein diese Vermutung nicht bestätigen ließ. Ich hatte einfach zu wenige Daten, zu wenige Indizien, als dass sie sich auf diese Weise zu einer einheitlichen Theorie zwingend hätten vereinigen lassen. Es konnte so sein, musste aber nicht. Und als nach dem dritten Mord schließlich die Serie abriss – sicherlich nur, weil wir ihn gefasst haben –, gab es keinen vierten Mord mehr, der meine Theorie hätte rechtfertigen können. Gott sei Dank.

Sheldon: Glauben Sie denn, dass es stimmte? Dass es Bohner um die Tierkreiszeichen ging?

Kate: Das ist schwer zu beurteilen. Was ich nur sagen kann, ist, dass es für mein Gefühl nicht richtig ist, diese Details jetzt in einem Erlebnispark auszubreiten. Es sind entsetzliche Verbrechen gewesen, das ist kein Stoff für einen Themenpark. Ich weiß, Sie haben mich kontaktiert, weil Sie mehr über die Jagd nach Jeff Bohner und seine Festnahme wissen wollen, aber ich … muss sagen, dass mich die ganze Idee des »*Murder Park*« – so wollen Sie ihn nennen, richtig? … dass mich die ganze Idee abstößt. Und ich muss auch sagen, dass ich nicht verstehe, wie Sie, Sheldon, dabei mitmachen können.

Sheldon: Es ist alles noch in Planung, Kate. Ich glaube nicht, dass es sich bei dem Vorhaben um einen Vergnügungspark im herkömmlichen Sinne, etwa im Stile Disneylands, handelt. Und wir können das beeinflussen. Helfen Sie mir – helfen Sie mir, aus dem Projekt eine Anlage zu machen, die ihrem Gegenstand gerecht wird! Wir wollen und sollten die Mordserie von Jeff Bohner nicht ausschlachten – im Gegenteil, wir sollten die Gelegenheit nutzen, um den Menschen zu zeigen, was hinter einer solchen Mordserie wirklich steckt! Lassen Sie uns dieses Projekt professionell angehen, mit einer gewissen ... Redlichkeit, wenn Sie so wollen. Meinen Sie nicht, die Menschen haben ein Recht darauf zu erfahren, zu was manche ihrer Mitmenschen fähig sind? Es ist viel über das Böse geredet worden ... und was uns in diesen Morden entgegentritt, hat auch damit etwas zu tun, finden Sie nicht? Denken Sie nicht, dass das Interesse der Menschen an solchen Phänomenen eine gewisse Berechtigung hat? Ich denke schon, und ich denke, es ist meine – und in gewisser Weise auch Ihre – Pflicht, Kate, mit anderen Menschen das, was wir darüber wissen, zu teilen.

Kate: Hmhm.

Sheldon: Außerdem gibt es noch einen Grund, weshalb ich Sie bitten möchte, dabei zu sein, wenn wir das Projekt erstmalig der Presse präsentieren. Paul Greenblatt wird an diesem Wochenende dabei sein. Er arbeitet als Journalist, er hat sich als Polizeireporter einen Namen gemacht und –

Kate: Ich weiß, ich habe ihn ... aus der Ferne ... immer ein bisschen im Auge behalten.

Sheldon: Haben Sie, ja?

Kate: Ja, natürlich ... Paul ... Seit jenem Morgen, an dem ich ihm zum ersten Mal begegnet bin, hat er mir immer am Herzen gelegen. Paul war damals erst vier Jahre alt. Sein Gesichtchen, das Gesicht des Vierjährigen ...

Sheldon: Ja?

Kate: ...

Sheldon: Kate?

Kate: Er … Kennen Sie das, wenn ein Vierjähriger versucht, tapfer zu sein? Wenn so ein Junge – so klein er auch sein mag – plötzlich auf irgendeinem Weg begriffen hat, dass etwas im Gange ist, das ihn regelrecht überrollen kann, wenn er nicht aufpasst? Er hat mich angesehen, ein uniformierter Beamter stand vor ihm, aber Paul hat an den Beinen des Beamten vorbeigesehen, und seine braunen Augen waren fest auf mich gerichtet. Als ich ihn da zum ersten Mal erblickte, wusste ich ja, was geschehen war. Ich wusste von den Kollegen, dass Paul als Erster den Tatort betreten hatte, dass er neben der Leiche seiner Mutter ausgeharrt hatte … und als ich ihn sah, hatte ich sofort den Eindruck, er wüsste Bescheid. Er war erst vier Jahre alt, aber er wirkte, als hätte er verstanden, was geschehen war. Er hatte mehrere Stunden bei der Leiche seiner Mutter verbracht und war dabei … praktisch um Jahre gealtert. Zugleich hatte er sich jedoch den natürlichen Charme des Vierjährigen bewahrt. Es war auf Anhieb so etwas wie Vertrauen zwischen uns. Ich bin zu ihm hingegangen, habe mich hingehockt, und er hat seine Hand nach mir ausgestreckt. Ich habe sie genommen und festgehalten, und dann hat er einen Schritt gemacht, hat sich umgedreht und sich mit dem Rücken gegen mich fallen lassen. Da konnte ich nicht anders, als die Arme um ihn zu legen, den kleinen Körper ganz festzuhalten und an mich zu drücken.

Sheldon: Haben Sie mit ihm reden können, später?

Kate: Kaum. Am Anfang habe ich es versucht, aber dann habe ich eingesehen, dass es keinen Sinn hat. Ich hatte ein paar Kurse in Kinderpsychiatrie auf der Akademie gemacht, ich kannte ein paar Kniffe, wie man versuchen kann, aus einem Kind etwas herauszubekommen, aber all das schien mir in diesem Fall nicht das Richtige zu sein … nicht das richtige Werkzeug und nicht das Richtige, in noch einem anderen

Sinn. Ich wollte nicht, dass er darüber sprechen muss. Ich wollte nicht, dass er – wissen Sie –, dass er sozusagen das, was ihm widerfahren war, in seinem Geist verfestigte, indem er es in Worte goss. Hätte er selbst angefangen zu sprechen – gut. Aber das tat er nicht. Wusste ich, was genau er erlebt hatte? Er sollte nicht nach Worten dafür suchen müssen, wenn er nicht wollte. Und er wollte nicht. Ich erfuhr von ihm, dass er den Mörder gesehen hatte. Aber er konnte ihn nicht beschreiben. Vielleicht hat er auch nicht verstanden, dass er ihn hätte beschreiben sollen. Er schien mit dem Mann gespielt zu haben. Ich habe nie herausfinden können, was sie in jener Nacht in dem Bungalow dort genau gemacht haben – Paul, seine Mutter und ihr Mörder. Aber es war unmöglich, eine brauchbare Information von Paul zu bekommen, ohne ihm zuzusetzen. Und dann – wissen Sie, dann war es mir plötzlich wichtiger, darauf zu achten, dass der Junge selbst, dass Paul selbst nicht durch uns noch mehr Schaden nahm, als er ohnehin schon ertragen hatte. Denn das schien mir das Wichtigste: das Trauma, das er erlitten hatte, so zu handhaben, dass er damit fertig werden konnte. Und dass er schwer traumatisiert war, stand außer Zweifel.

Sheldon: Wie lange haben Sie Paul im Auge behalten?

Kate: Oh, lange! Er ist mir nicht mehr aus dem Kopf gegangen. Ich habe mitbekommen, wie er später, als Teenager, wie er begonnen hat, sich für die üblichen bekannten Täter zu interessieren. Ed Gein, Ted Bundy, David Berkovitz … Ich habe gehört, dass er anfing, Zeitungsartikel zu sammeln, wie er sich Material aus anderen Städten hat schicken lassen, wie er die Wände seines Zimmers mit Aufnahmen zugeklebt hat. Das hat mich sehr beunruhigt. Ich wusste, etwas schwelt in diesem Jungen, und es ist vollkommen offen, wie er sich weiterentwickeln wird. Ich habe mich von ihm ferngehalten, ich war in seiner Nähe unmittelbar nach dem Mord, die ersten

Wochen, danach habe ich mich von ihm ferngehalten. Ich wusste, dass ich für ihn immer untrennbar mit der Ermordung seiner Mutter verbunden bleiben würde, und wollte ihn durch mich nicht immer wieder mit diesem Erlebnis konfrontieren. Also habe ich mich ferngehalten, aber aus der Ferne habe ich doch verfolgt, wie Paul sich entwickelt hat. Ich bin darüber informiert worden, dass er stundenlang, tagelang durch die Straßen seiner Gegend gestreift ist, ich habe die Kollegen der lokalen Polizei dort gebeten, ihm hin und wieder unauffällig auf den Fersen zu bleiben, und wir haben mitbekommen, dass er einmal in ein Haus eingestiegen ist. Wir hatten jedoch den Eindruck, es könnte um das Mädchen gehen, das dort mit seinen Eltern wohnte, und die Sache nicht auffliegen lassen. Er hat so etwas auch nicht wieder getan. Und doch war es natürlich so etwas wie ein Alarmzeichen für mich … für uns, als ich hörte, dass er das gemacht hat. Es war sozusagen das Schlimmste, was passieren konnte, die Entwicklung, von der ich immer befürchtet hatte, dass er sie nehmen könnte. Später jedoch gewann ich den Eindruck, dass er … sozusagen die Kurve gekriegt hätte. Die Kräfte, die durch sein Kindheitserlebnis in ihm freigesetzt worden waren, wenn ich das so sagen kann, schienen sich – Gott sei Dank – später andere Wege gesucht zu haben. Ich glaube, seine Arbeit als Reporter, dieser schreibende Umgang mit dem Verbrechen, hat ihm geholfen. Aber es war immer eine fragile Situation. Als schlummerte etwas unter einer nur hauchdünnen Oberfläche. Deshalb halte ich es auch für unverantwortlich, ihn mit auf die Insel zu nehmen –

Sheldon: Aber wir machen doch nichts mit ihm dort.

Kate: Der Junge ist unberechenbar, Sheldon. Wie alt ist er jetzt? Vierundzwanzig? Sie sind Psychiater, Ihnen brauche ich das doch nicht zu erklären!

Sheldon: Wollen Sie ihm die freie Entscheidung absprechen?

Er kann mitkommen oder es bleiben lassen, wir haben ihm lediglich das Angebot gemacht, dabei zu sein. Er kann nein sagen – kein Problem. Aber natürlich will er dabei sein. Wie könnten wir ihm das abschlagen?

Kate: Wissen Sie, Sheldon, in den ersten Wochen, bevor schließlich feststand, zu welchen Pflegeeltern Paul kommen würde, in diesen Wochen war unklar, wer sich um ihn kümmern sollte. Ich leitete zu diesem Zeitpunkt gemeinsam mit einem Kollegen die Ermittlungen – das wissen Sie ja –, es war mein erster Fall, und deshalb wurde auch die Frage an mich herangetragen, was mit dem Jungen geschehen sollte. Gleich am ersten Tag. Er stand dort, natürlich hätte ich einer Beamtin sagen können, dass sie sich um ihn kümmern sollte, aber … ich habe das nicht getan. Ich habe zwar der Beamtin gesagt, sie soll den Jungen betreuen, wenn ich tagsüber unterwegs bin, am Abend jedoch, wenn ich nach Hause kam, war die Beamtin mit dem Jungen in meiner Wohnung – und ging dann nach Hause. Paul war bei mir, Sheldon, die ersten drei Wochen hat er in meiner Wohnung gelebt. Ich hatte ihm ein Bett im Wohnzimmer eingerichtet, aber es war … es war ziemlich schlimm. Er schlief schlecht, wachte nachts auf … und gewöhnte es sich an, zu mir ins Bett zu kommen. Er hat seine Ärmchen um mich geschlungen und sich ganz eng an mich gekuschelt. So sind wir oft eingeschlafen. Aber … wie gesagt, ich weiß nicht genau, was in den Stunden, die Sarah Greenblatt, ihr Sohn und der Mörder allein in dem Bungalow verbracht haben – ich weiß nicht genau, was in diesen Stunden geschehen ist, aber … in den Nächten, die Paul bei *mir* war, habe ich erst wirklich das Ausmaß seiner Verstörung begriffen.

Sheldon: Inwiefern?

Kate: Insofern als … Ich habe geschlafen, wissen Sie? Mit Paul neben mir. Plötzlich jedoch bin ich aufgewacht … denn … er hat versucht ... so vorsichtig, so behutsam mit seinen kleinen Händen, dass ich davon zuerst nicht einmal aufgewacht bin ... Aber dann, als ich plötzlich wach war, habe ich bemerkt, dass ich die Hose meines Pyjamas nicht mehr trug. Ich war nackt, lag auf dem Rücken, und Paul – können Sie sich vorstellen, wie ich erschrocken bin?

Sheldon: Was ... was war mit ihm?

Kate: Er hatte sich unter die Decke geschoben – ich meine ... ich kann es mir nicht anders erklären, als dass dies Dinge waren, die geschehen sind, als Bohner bei ihnen war ... er hatte sich unter die Decke geschoben und begonnen, mich ...

Sheldon: Kate?

Kate: Ich ... ich kann nicht darüber sprechen, Sheldon. Ich habe eine Notiz angefertigt damals; versuchen Sie, eine Berechtigung zu bekommen, um das einzusehen. Zwingen Sie mich nicht, darüber zu sprechen. Es ... es ... es ist etwas, das nur Paul etwas angeht. Ich ... ich habe nach unten gegriffen, habe ihn zu mir nach oben gezogen – seine braunen Augen waren auf mich gerichtet – und – dieser Blick! Die Unschuld in seinen Augen. Ich werde das nie vergessen. »Mama«, schien er mit seinem Blick zu sagen. »Mama, ist alles gut, Mama?« »Ja, das ist es«, habe ich geflüstert. »Alles ist gut, Paul.« Aber er hat angefangen zu weinen, denn er wusste, dass das nicht stimmte. Nichts stimmte. Ich war nicht seine Mama, und nichts war gut, denn sie war ermordet worden, und er hatte über vier Stunden lang neben ihrer Leiche ausgeharrt.

23

Bis zum Einbruch der Dunkelheit kam Paul aus dem Ausstellungsbungalow nicht mehr heraus. Systematisch ging er die Unterlagen zum Fall Bohner durch, die Levin und seine Mitarbeiter dort gesammelt hatten und die Paul zum Teil noch nicht kannte. Alte Polizeiakten, Verhörprotokolle, Zeugenaussagen … Nach und nach entstand ein zunehmend klares Bild vor seinen Augen.

Der Mann, den Paul in dem Videogespräch mit Kate gesehen hatte, hatte sich in den Vernehmungen dazu bekannt, auf *Zodiac Island* gemordet zu haben. Und in dem Haus, in dem er festgenommen worden war, waren ein Messer und ein Tauchsieder sichergestellt worden, die anhand von Blutproben eindeutig zwei Bohner-Morden zugeordnet werden konnten, also zweien der Morde, die die Ermittler als Morde desselben Täters identifiziert hatten.

»Ja, es gibt das Gerücht, Paul, aber es ist eben nur ein Gerücht!«

Beth stand vor ihm auf der Terrasse vor dem Hotel. Die Sonne war bereits untergegangen. Das letzte Tageslicht würde rasch verfliegen und die Nacht sich über alles legen.

»Es ist ein Gerücht, und ich bin sicher, dass es aufgekommen ist, weil die Kollegen von der Abteilung, die sich um Bohner gekümmert hat, Kate ihren Fahndungserfolg damals übel nahmen. Sie war zu jener Zeit – was? 26 … 27 Jahre alt? Bohner war ihr erster richtiger Fall, sie hatten ihr einen erfahreneren Kollegen an die Seite gestellt, der ihr helfen sollte. Aber es war Kate, die Bohner schließlich festgenommen hat. Und das haben ihr die Kollegen nicht wirklich gegönnt. Inzwischen ist das zwanzig Jahre her, Paul, aber noch heute ist es nicht weit her mit der Gleichberechtigung … Natürlich sagen alle, dass sie dafür sind, aber in Wahrheit? Können sie es nicht verkraften, wenn eine Frau sie überholt! Und damals war es noch viel schlimmer. Sie hatten Jahre damit zugebracht, Bohner zu jagen, und dann kommt diese junge Frau und schnappt ihnen einen der auffälligsten Täter weg, die damals noch frei herumliefen? Sie haben das Gerücht in die Welt gesetzt, Paul, die Faktenlage hat es ihnen leicht gemacht. Keine eindeutige Spurenlage an den Tatorten, und was die Tat*waffen* anging … Konnte sich der Mann, den Kate festgenommen hatte, konnte er sich nicht … sofern er mit Bohner in Kontakt gestanden hatte … konnte er sich die Tatwaffen nicht *besorgt* haben? Natürlich haben sie sich dieses Gerücht zunutze gemacht –«

»Was denn jetzt, haben sie sich das Gerücht zunutze gemacht oder haben sie es in die Welt gesetzt?«

Beth schaute ihn an, für einen Moment wirkte sie ein wenig aus dem Konzept gebracht.

»Das kann man heute, nach all den Jahren … Wir reden über Gerüchte hier, wie wollen Sie das messerscharf bei einem Gerücht trennen, wer es in die Welt gesetzt und wer es nur weitererzählt hat? Und doch ist es nichts als ein Gerücht –«

»Aber der Mann –«

»Bohner.«

»Bohner. Ist das sein richtiger Name? Für mich wird es … immer Jeff Bohner bleiben, aber – es war nicht der Name des Mannes, den Kate festgenommen hat, richtig?«

Beth nickte. »Nun …« Sie zögerte.

»Was?«

»Sie wissen doch, was es mit dem Namen auf sich hat.«

Jeff Bohner …

»*Ich bin Jeff Bohner* – das hat er bei den drei Tatorten an die

Wand geschmiert«, sagte Paul. »Mit dem jeweiligen Blut des Opfers. *Ich bin Jeff Bohner.*«

Beth nickte erneut. »Daraufhin wurde der Täter, den sie suchten, so genannt. So etwas ist nicht unüblich – es ist schlichtweg einfacher, wenn man einen Namen hat. *Son of Sam. Jack the Ripper. Unabomber* ... Das sind Namen, die den Tätern gegeben werden – von der Polizei, von der Presse – oder die sie sich selbst geben.«

»*Jeff Bohner* ... Er hieß nicht wirklich so! Der Mann, den Kate festgenommen hat, hieß nicht so.«

»Glauben Sie, jemand schreibt am Tatort an die Wand, wie er heißt? Natürlich nicht!«

Paul hatte den Eindruck, ein leichtes Ziehen im Nacken zu verspüren. Fast, als würde er ein wenig schräg stehen.

»Ja.« Er atmete aus, wollte sich von dem Schwindelanfall nichts anmerken lassen. »Okay.«

»Kate hat ihn –«

»Moment, der Mann, den Kate festgenommen hat – wie hieß er, wie war sein richtiger Name?«

»Sie müssen diese Einzelheiten doch kennen, Paul!«

»Ja, schön, ich weiß, dass Jeff Bohner nicht sein wahrer Name war. Und ich weiß, dass es hieß, seine wahre Identität hätte sich nicht feststellen lassen. Das gibt es ja immer mal wieder, zum Beispiel bei Leichen, die aufgefunden, aber nicht identifiziert werden können. Bei einer Festnahme ist es allerdings ungewöhnlich, dass man den Festgenommenen nicht identifizieren kann, oder?«

»Sicher, das ist es. Aber auch das kommt vor. Man hat die DNA der Person, aber sie findet sich in keiner Kartei. Die Fingerabdrücke ebenso. Diese Muster sind eben nie zuvor registriert worden. Dann kann man sie nicht zuordnen. Kein Ausweis, niemand, der sich meldet und sagt, dass er die Person kennt. Dann haben die Behörden es schwer, den wahren Namen festzustellen. Natürlich gab es auch bei dem Mann, den Kate festgenommen hat, die unterschiedlichsten Spekulationen. War er ursprünglich aus Kanada und verschwieg das? Aus Australien? War er vor etwas auf der Flucht? Jahrelang hatte der Mann vollkommen zurückgezogen gelebt … Sie konnten ihn einfach nicht identifizieren. Aber als sie das Haus gestürmt haben, in dem er sich damals aufhielt, war es das Erste, was er gesagt hat: ›*Ich bin Jeff Bohner*‹. Und bei dem Namen blieb er. Das ist dann an ihm haften geblieben. Vor allem, nachdem die Beamten zwei Tatwaffen in dem Haus sichergestellt hatten, die zwei Bohner-Morden eindeutig zugeordnet werden konnten. Außerdem zeigte sich in den Verhören, dass er über die Morde genau Bescheid wusste. Und er hat sie gestanden, Paul, darüber hat man Sie doch auch in Kenntnis gesetzt, oder nicht? Dass er die Morde gestanden hat.«

»Ja … ja, sicher.« Das Ziehen war noch etwas stärker geworden. Paul stützte sich auf einen Terrassenpfeiler, aber so, dass es wirkte, als wollte er nur kurz sein Gewicht verlagern. »Keine Geburtsurkunde? Oder sein Vater, seine Mutter, jemand der aussagt, wie er heißt? Wie er richtig heißt!«

Beth schüttelte den Kopf. »Freunde … Verwandte … das gab es bei ihm nicht. In der Gegend dort, in dem Laden, in dem er hin und wieder eingekauft hat, hat er sich Clyde Oberman nennen lassen. ›Jeff Bohner‹ hatte ja bei den Tatorten an der Wand gestanden. Solange er nicht festgenommen war, war der Name also für ihn tabu. Aber auch ›Clyde Oberman‹ war nicht sein richtiger Name, sondern ein falscher, den er sich einfach ausgedacht hat. Kate und ihre Leute haben das überprüft. Alle Clyde Obermans, die registriert waren, waren andere Personen. Es gab keinen Clyde Oberman, der vermisst worden wäre, zum Beispiel … Deshalb kennt man den Fall auch weiterhin unter dem Namen Jeff Bohner und nicht unter dem Namen Clyde Oberman. Oberman war auch nur ein künstlicher Name, den aber hat Bohner …«, sie lächelte, »… man kann einfach nicht anders, als ihn so nennen … den Namen Clyde Oberman hat Bohner jedenfalls bei keinem Tatort an die Wand geschmiert, der Name scheint ihm nicht so wichtig gewesen zu sein. Er hat ihn benutzt, um eben nicht mit den Bohner-Morden in Verbindung gebracht zu werden. Als Mörder wollte er Jeff Bohner heißen, als normaler Mann Clyde Oberman …«

Oder es sind zwei verschiedene Personen.

»Und die Fotos … die Kinderfotos, die ich unter den Dokumenten hinten im Ausstellungsbungalow gesehen habe?«, fragte Paul, ohne sich seine Skepsis anmerken zu lassen.

»Es sind Kinderfotos, die Kate und ihr Team bei dem Mann im Zusammenhang mit der Festnahme sichergestellt haben – aber sie haben weder seine Mutter noch sonst einen Verwandten von ihm ausfindig machen können. Er hat gesagt, dass das auf dem Foto seine Mutter sei – das schien ihm wichtig gewesen zu sein. Wo sie sie finden könnten oder ob sie noch am Leben ist, hat er nicht preisgegeben. Das Einzige, worüber sie mit ihm sprechen konnten, war über die drei Morde.«

Gut. Okay … Paul überlegte. »Er hat ›*Ich bin Jeff Bohner*‹ gerufen, aber es stimmte nicht, verstehe ich das richtig?«

»Nun –«

»Nein, ich meine, er könnte gesagt haben, ›*Ich bin Jeff Bohner*‹, aber es könnte sein, dass er gar nicht derjenige war, der die Bohner-Morde begangen hatte! Er könnte davon erfahren haben, er könnte davon gehört haben – und dann stürmen sie sein Haus, und er sagt: ›*Ich bin Jeff Bohner*‹. Aber er ist es gar nicht?«

»Aber das Wissen über die Morde –«

»Aus Zeitungen, der Berichterstattung – nach dem dritten Mord ist ja ausführlich über die Taten berichtet worden!«

Beth atmete aus. »Er wusste Details, die kein Journalist kannte.«

»Der Mörder – der echte …« Das Ziehen wurde stärker, es kam Paul schon fast so vor, als würde er Beth wie gekippt vor sich stehen sehen. Er spürte, wie sich sein linkes Auge langsam schloss, ohne dass er etwas dagegen tun konnte. Aber er kämpfte dagegen an, sprach weiter. »Der Mann, den Kate festgenommen hat, er könnte … er könnte es von dem wahren Täter erfahren haben – was sich wirklich abgespielt hat. Er könnte von dem wahren Täter sogar die Mordwaffen bekommen haben!«

Beth sah ihn an. Es schienen Überlegungen zu sein, die sie nicht zum ersten Mal hörte. »Das ist das, was manche Leute behaupten, Paul. Um Kate zu schaden. Aber es ist äußerst unwahrscheinlich –«

»Aber nicht unmöglich.«

»Nein … natürlich nicht, es ist nicht unmöglich.«

»Sie könnten den Falschen auf den Stuhl gebracht haben!«

»Das ist nichts als ein *Gerücht*, Paul! Aber egal, wie oft man es wiederholt, es wird dadurch nicht wahrer! Ich bin davon überzeugt, dass sie den echten Jeff Bohner, den Mann, der drei Frauen getötet hat, hingerichtet haben.«

Paul hörte sie wie durch ein Brausen hindurch.

»Er könnte noch leben.« Die Worte kamen beinahe stoßweise aus ihm heraus. Seit er die Videoaufnahmen des Mannes in dem dreieckigen Raum gesehen hatte, der mit Kate gesprochen hatte, hatte sich alles, was Paul über die Bohner-Morde wusste, ganz neu zusammengesetzt. »Wie wäre es damit? Der wahre Jeff Bohner – und damit meine ich den Mann, der noch leben könnte! Also … Der wahre Jeff Bohner lernt jemanden kennen … einen Menschen, der nicht so … nicht so stark … seelisch stark ist wie er. Er manipuliert ihn. Er bringt ihn dazu, es zu sagen.«

»Was zu sagen, Paul?«

»Zu sagen ›*Ich bin Jeff Bohner*‹. Obwohl er es gar nicht ist! Er bringt ihn dazu, sich zu stellen. Für eine Mordserie, die er nicht begangen hat. Gibt es DNA, vom Tatort, die man –«

»Ja, es gibt DNA-Spuren, zumindest an den ersten zwei Tatorten.«

»DNA von dem Mann, den sie hingerichtet haben – am Tatort?«

»Ja.« Sie schluckte. »Es gab allerdings auch andere DNA-Spuren –«

»Was heißt das?«

»Das kann alles Mögliche heißen. Vielleicht hat der wahre Jeff Bohner den Mann, der sich hat hinrichten lassen, schon *vor* den Morden gekannt ... Sogar das wäre denkbar, sogar darüber wird spekuliert. Aber letzten Endes ist es ja so, dass Sie nicht unbedingt DNA-Spuren brauchen, wenn Sie die Tatwaffen und ein Geständnis haben. Deshalb war es richtig, den Mann, der die Taten gestanden hat, auch dafür zu verurteilen.«

Wie der schwarze Schatten eines Vogels huschte etwas durch Pauls Gesichtsfeld. Nur für einen Sekundenbruchteil, dann sah er wieder Beth vor sich stehen.

»Ist Ihnen nicht gut?« Beth sah ihn besorgt an.

»Alles okay.«

»Hören Sie, Paul, der Mann, der die beiden Frauen und Ihre Mutter umgebracht hat – ich verstehe ... ich kann mir vorstellen ... nein, vielleicht kann ich es mir auch nicht vorstellen –, aber ich weiß, dass Kate ihn festgenommen hat. Dass der Mann, den sie hingerichtet haben, der Täter der Bohner-Morde war.«

»Der Mann mit den Speckwülsten im Nacken.«

Sie sah ihn noch immer an, aber hinter ihren Augen schien es zu arbeiten. »Ja, Paul. Dieser Mann. Er war derjenige, den sie als Jeff Bohner gesucht haben.«

Dieser Mann hat meine Mutter nicht umgebracht!

»Beth, das wissen Sie doch selbst, es gibt Männer, die sich in einschlägigen Foren im Internet für alles Mögliche zur Verfügung stellen. Es geht sogar so weit, dass sie sich für die kannibalistischen Fantasien anderer Männer hergeben –«

»Waren Sie einmal in diesen Foren, Paul? Was die Menschen dort sagen, anbieten, bereden, überlegen? Der Fantasie sind keine Grenzen gesetzt. Es sind Wortgefechte, es sind ... Manchmal liest es sich, als würden sie regelrecht angeben wollen. Derjenige, der den schockierendsten, den abgedrehtesten Vorschlag äußert, der etwas sagt ... oder postet ... was die anderen noch nie gehört haben und was ihnen eine Gänsehaut über den Rücken jagt, der ist doch derjenige, der gewonnen hat, so hat es manchmal den Anschein. Wie können Sie darauf, auf solche Wortgefechte, etwas geben?«

»Es sind nicht nur Worte, Beth, das wissen Sie so gut wie ich. Sie kennen doch den Fall, in dem sich jemand hat … verspeisen lassen. Ich meine, genauso ist es doch vorstellbar, dass sich jemand hinrichten lässt für einen anderen, weil das nun einmal sein abwegiger, seltsamer Fetisch ist –«

»Vorstellbar, Paul, vorstellbar ist alles –«

Sich für einen anderen töten lassen.

Es war ein greller Blitz, den Paul im Auge zu haben glaubte, und es roch nach geröstetem Fleisch. Wie beim Grillen, nur süßer. Fürchterlicher. Es knisterte und stank. *Kirschkuchen, Vanilleeis, Coke und Tee mit Zucker …* Er wusste alles über den Mann, den sie auf dem elektrischen Stuhl vor fast zwanzig Jahren hingerichtet hatten, er kannte sogar seine Henkersmahlzeit. *Aber es war nicht Jeff Bohner – dieser Mann war nicht Mamas Mörder! Sie haben den FALSCHEN hingerichtet.*

»Paul, es gibt sie, natürlich, es gibt auch diese Fantasie. Vor allem bei Frauen kennt man das. Sie machen den Männern, die in den Todeszellen sitzen, Heiratsanträge. Sie machen Heiratsanträge, aber sie schwärmen auch davon, dass sie sich an ihrer Stelle hinrichten lassen möchten. Sie schwärmen davon, dass … die Männer in ihnen sein mögen, wenn sie hingerichtet werden. Sie schwärmen davon, dass die Männer in ihnen sein mögen, wenn sie sich für die Männer hinrichten lassen, Paul. Es gibt keine Fantasie, die auf diesem Sektor nicht durchgespielt worden wäre. Aber es ist … Haben Sie einmal über den Aufwand nachgedacht? Den es bedeutet, sich an der Stelle eines anderen hinrichten zu lassen?«

Er lebt.

Es kam Paul vor, als bekäme er keine Luft mehr.

»Die DNA, die gefunden wurde … Der Mann, den sie hingerichtet haben, es war seine DNA, aber der wahre Täter könnte sie absichtlich an den Tatort gebracht haben, Beth. Er könnte die DNA des anderen platziert haben – damit man sie findet! Ist es nicht so? Es wäre denkbar.«

»Ja, das wäre es, aber wie wahrscheinlich ist das?«

Sie haben den Falschen hingerichtet. Und Jeff Bohner, der wahre Jeff Bohner, LEBT.

24

Er hatte ihn Jeff genannt. Er hatte mit ihm gespielt. Die Narbe am Oberschenkel. Lang gezogen. Gerade so, wie es der Junge in dem Video beschrieben hatte. Paul hatte mit Jeff gespielt. Es waren Schlieren, die er heraufbeschwor, wenn er daran dachte. Das Meer … am Strand …

Er stand am Fenster seines Zimmers und schaute zu den Wellen hinaus, die gegen den felsigen Strand der Insel gespült wurden.

Er hatte mit ihm gespielt. Vier Jahre alt war er gewesen, und seine Mutter hatte im Sand hinter ihnen gelegen. Hier auf der Insel. Im Bikini auf dem Badetuch. Eingeölt. Träge. Wie ein Salamander. Er hatte mit Jeff gespielt, und sie waren durch die Dünen gerannt, die sich gleich bei ihrem Bungalow befunden hatten, während seine Mutter in der Sonne gelegen hatte.

Er hatte ihn Jeff genannt. *Jeff.*

Paul ging zu dem Bett in seinem Zimmer und legte sich darauf.

»Du kannst mich Jeff nennen, Paul.«

Seit Jahren hatte er nicht mehr daran gedacht. Seine Mutter war das letzte Opfer gewesen. Später hatte sich Paul Fotos vom Tatort angesehen … Er selbst konnte sich nicht erinnern. Aber an die Fotos erinnerte er sich. An die Fotos vom Tatort, die er auf Anfrage von der Polizei zur Verfügung gestellt bekommen hatte. *Ich bin Jeff Bohner …* Es hatte verschmiert an der Wand gestanden. Die Fotos waren nicht veröffentlicht worden, es war der Polizei gelungen zu vermeiden, dass sie bis ins Internet gelangten. Paul aber hatte sie sich anschauen dürfen, als er schon fast kein Teenager mehr war und alles wissen wollte.

»Du kannst mich Jeff nennen, Paul.« Das hatte der Mann zu ihm gesagt. Es kam Paul vor, als würde er nicht nur die heisere Stimme Bohners hören, sondern als würde er auch spüren, wie Bohners Atem über seine Wange strich. »Du kannst mich Jeff nennen, Paul. Okay?«

Aber so hatte der Mann nicht geheißen. Natürlich nicht. Er hätte seinen wahren Namen doch nicht preisgegeben! Es war nicht sein richtiger Name, er hatte ihn sich bloß ausgedacht.

Unzählige Male hatte sich Paul die Aufnahmen von dem Mann angesehen, den sie hingerichtet hatten. Hingerichtet als Jeff Bohner. Niemand anderen als den Mann, mit dem er gespielt hatte, hatte er in den Aufnahmen gesehen. Doch jetzt, während er auf dem Bett lag … es war, als würde sich unter der Haut dieses Mannes, dieses Mannes, den sie hingerichtet hatten, als würde sich unter seiner fettigen Gesichtshaut etwas regen. Als würde die Haut, das Fleisch, das Gesicht verrutschen. Als würde es Falten werfen, sich stauchen an einer Stelle, bewegen an einer anderen. Als würde sich darunter der wahre Jeff regen. Der wahre Bohner. Als würde das Gesicht, das sich der verfettete Mann in der Todeszelle wie einen Handschuh übergezogen hatte, nicht mehr richtig sitzen. Als würde es abgestreift und Bohner darunter hervorkommen. Blutig, weil er unter dem anderen Gesicht hervorgeschlüpft war. Verschwommen, weil sich Paul nicht an ihn erinnern konnte. Nur an die Narbe konnte er sich entsinnen, nur sie sah er bildlich vor sich. Wenn er im Geiste dann nach oben schielte, dorthin, wo sich das Gesicht des Mannes befinden musste, war es, als würde die Gestalt genau vor der Sonne stehen, die Strahlen am Hals vorbeibrechen und Paul gerade in die Augen stechen. Eine schwarze Silhouette vor glühendem Sonnenball.

»Du kannst mich Jeff nennen, Paul.«

Er fühlte, wie das Laken, auf dem er lag, von Schweiß durchtränkt war. Aber er fror. Zitterte. Und musste an den Ton der Stimme denken. Nicht an den Ton der Stimme Jeffs, sondern an den Ton der Stimme seiner Mutter. Die schrie, weil sie im Nebenraum ermordet wurde.

»Du kannst mich Jeff nennen, Paul.«

›Paul, nicht! Bleib in dem Zimmer, hörst du, um Gottes willen – NICHT!‹

Und es war noch etwas in dem Zimmer, als seine Mutter um ihr Leben schrie. Etwas, das umso kräftiger zu werden schien, je verzweifelter sie um ihr Leben rang. Der Tod.

»Der Tod«, flüsterte Paul, und seine Haut warf Pusteln vor Kälte.

Hat er sie noch gesehen? Seine Mutter? Als sie … hinübergegangen ist, hinübergestoßen wurde in das Reich des Todes? Hat Jeff ihn in das Zimmer geholt – und später wieder eingesperrt? Ist er dabei gewesen, als seine Mutter gestorben ist? Paul konnte sich nicht erinnern. Er konnte es nicht ins Bewusstsein holen. Er konnte nur spüren, wie sein Körper den kalten Schweiß aus sich herauspresste, wie er zitterte, wie sein Kopf, sein Geist, seine Seele sich zu biegen begannen.

Mit einem tiefen Aufstöhnen richtete er sich auf seinem Bett auf, presste die Fäuste gegen die Schläfen.

Die Narbe … Hatten sie sie bei dem Mann gefunden, den sie hingerichtet haben? Der Junge, Davy, dem Kate am zweiten Tatort begegnet ist … er hatte es doch eindeutig ausgesagt. Dass Bohner eine Narbe dort gehabt hatte – am Oberschenkel. Und an die Narbe konnte auch Paul sich erinnern. Wie Jeff ihn mit dem Finger an der Narbe hatte entlangtasten lassen. Paul spürte noch die Verhärtung der Haut in der Fingerkuppe.

Er kann sie sich nachträglich zugefügt haben.

Natürlich haben sie die Narbe überprüft. Aber was hieß das schon? Bohner konnte sie beim anderen, bei demjenigen, den sie später für die Morde hingerichtet hatten, mit einem Schnitt am Oberschenkel wiederholt haben. Die Narbe, die Bohner selbst am Oberschenkel hatte, die Paul an Bohners Schenkel gefühlt hatte.

So, dass schließlich BEIDE eine solche Narbe am Schenkel hatten. Der wahre Bohner – und der Mann, den sie an seiner statt gefasst und verurteilt hatten.

Und die Kinderfotos? Beth hatte es doch gesagt: Es waren wahrscheinlich Fotos von dem Mann, den sie festgenommen und hingerichtet hatten. Mussten es deshalb Fotos von Bohner sein, dem echten Jeff Bohner?

»Nein.«

Er zuckte zusammen. Es war, als hätte es jemand in dem Zimmer gesagt. Aber es war Paul selbst gewesen, der sich das zugeflüstert hatte.

25

»Sie, Kate, haben ihn festgenommen. Beth hat mir das eben auch noch einmal gesagt – und es steht in den Protokollen. Es gibt sogar Aufnahmen von der Polizei, auf denen man Sie sehen kann!«

»Ja, Paul, natürlich –«

Er hatte sie in ihrem Zimmer aufgesucht. Kate war noch vollständig angezogen, obwohl es inzwischen dunkel und spät war.

»Und das Gerücht, das Gerücht, dass der Mann, den Sie festgenommen haben –«

»Paul, es stimmt nicht, es ist Unsinn –«

»Sogar Michael hat davon gehört.«

»Michael?«

»Ja. Aber nicht nur er. Selbst Beth, die alle Details des Falls kennt, selbst Beth hat es nicht vollkommen abstreiten können. Beth sagt zwar, dass die Kollegen es Ihnen nicht gegönnt haben, Kate, dass sie es Ihnen nicht gegönnt haben, den Täter der Jeff-Bohner-Morde zu fassen. Dass Ihre Kollegen das Gerücht deshalb in die Welt gesetzt haben. Aber ist es wirklich so – ist es wirklich nur ein Gerücht?«

»Was, Paul – was genau meinen Sie denn?«

»Dass er noch lebt.«

»Jeff Bohner?«

Er nickte.

Kate war etwas kleiner als er, aber ihrem Gesicht war anzusehen, dass sie lange Jahre im Polizeidienst gestanden hatte. Es war ein Gesicht, das auf Anhieb Vertrauen erweckte. Ernst, ein wenig müde vielleicht, wesentlich älter als damals, als die Videoaufnahmen gemacht worden waren. Sie wirkte wie eine Frau, die keine Zeit für Spekulationen und Gerüchte hatte. Die allen Fantasien misstraute, weil sie zu oft gesehen hatte, wo es hinführte, wenn Menschen sich ihren Fantasien hingaben.

»Paul, ich weiß, warum Bohners Festnahme so wichtig für Sie ist, aber es gibt nichts Rätselhaftes daran.« Sie zog die Tür zu ihrem Zimmer, an der sie noch immer standen, ganz auf. »Wollen Sie kurz reinkommen?«

Paul trat an ihr vorbei in das Zimmer. Es lag auf der gleichen Etage wie seines, jedoch am Ende des Korridors.

Er sah zum Fenster. Es war Wind aufgekommen, der am Fensterrahmen rüttelte. In dem Glas spiegelte sich das Zimmer – vor der Scheibe hatte sich die Nacht auf die Insel gesenkt. Die zweite Nacht. Durch die Spiegelung hindurch war so gut wie nichts zu erkennen.

»Sie haben mich damals aufgenommen«, sagte er schließlich, ohne sich umzusehen. »Ich kann mich nicht selbst daran erinnern, aber ich weiß es, meine Pflegeeltern haben mir später davon erzählt.«

»Ja, Paul«, hörte er sie hinter sich. »Sie waren bei mir. Aber nicht lange, nur ein paar Tage.«

Er wandte sich um und sah zu ihr. »Und? Wie waren unsere gemeinsamen Tage?«

Sie wirkte fast ein wenig verloren in dem riesigen Siebzigerjahre-Sessel, in dem sie Platz genommen hatte. »Sie waren … natürlich sehr verwirrt«, sagte sie langsam. »Sie waren erst vier, Sie wussten – glaube ich – nicht genau, was los war, aber Sie haben es gespürt. Ich hatte den Eindruck, dass es vor allem darum ging, Sie erst mal wieder ein wenig zur Ruhe kommen zu lassen. Sie hatten einige Stunden bei Ihrer Mutter ausgeharrt … Ich war wirklich froh, dass es Ihnen nicht schlechter ging.«

Es kam ihm fast so vor, als würden ihre Augen ein wenig schimmern. Doch sie wischte sich nicht mit der Hand darüber.

»Es tat mir leid, dass ich nicht mehr für Sie tun konnte. Aber ich hatte Ihre Pflegeeltern kennengelernt und den Eindruck, es wären gute Leute. Also habe ich Sie ihnen guten Gewissens überlassen.«

Sie griff nach einer Wasserkaraffe, die vor ihr auf dem Tisch stand, und schenkte zwei Gläser voll. »Ich wollte, ich könnte aktiver vorgehen gegen das, was hier auf der Insel geschieht«, hörte Paul sie leise sagen. »Aber ... seit damals ... seit der Bohner-Sache ... Ich glaube, es hat mich bis an den Rand meiner Kräfte geführt. Damals schon.« Sie ließ sich in den Sessel zurücksinken, und Paul nahm ihr gegenüber Platz.

»Ist Ihnen der Zirkus, der hier um Bohner gemacht wird, nicht zuwider?« Er griff nach dem Glas, das sie ihm vollgeschenkt hatte, und nippte daran.

»Ich habe zwei Kinder in der Ausbildung, Paul, ich ... ich bin auf das Geld angewiesen.« Sie wirkte erschöpft. »Nur ein paar Monate nachdem wir ihn damals gefasst haben, habe ich meinen Job aufgegeben. Aufgeben müssen – ich ertrug es einfach nicht mehr. Aber es stimmt – ich war dabei. Ich war dabei, als wir Bohner festgenommen haben.«

Sie nennt ihn »Bohner« und meint den Mann, den sie festgenommen hat. Und den sie für die Bohner-Morde hingerichtet haben. Aber das war nicht der echte Bohner – nicht der Bohner, dem ich begegnet bin. Nicht der Bohner, der Mama getötet hat.

»Er lebte damals in einer Art Hütte«, fuhr Kate fort, »nicht viel mehr als ein Dach und vier Wände, ziemlich abseits. Nicht ungewöhnlich für Leute wie ihn. Sie haben wahrscheinlich Fotos gesehen.«

Ja, Paul hatte Fotos von der Hütte im Wald gesehen, in der die Ermittler den Mann schließlich aufgespürt hatten. Es gab nicht viele, nur zwei oder drei Aufnahmen, die auf allen einschlägigen Websites im Internet immer wieder abgebildet wurden. Aufnahmen, die leicht unscharf wirkten und in den seltsam künstlichen Farben vergangener Jahrzehnte gehalten waren. Der Müll, der sich vor der Hütte gesammelt hatte, war auf den Fotos zu sehen. Die paar Holzstufen, die zur Eingangstür hochführten. Ein zerfledderter Ohrensessel auf der Veranda. Ein rostiger Pick-up in der Einfahrt.

»Er hatte die Hütte selbst gebaut. In den Wäldern gibt es viele solcher Blockhäuser. Die Kollegen hatten das Haus so gut es ging aus der Entfernung ein paar Tage lang observiert. Viel unterwegs ist er nicht gewesen. Aber auch das war nicht ungewöhnlich. Es gibt eine ganze Menge Männer, die so leben, allein, ohne Arbeit, Tag und Nacht in und an ihrem Haus. Selbst einkaufen fuhr er nur einmal pro Woche, vor allem Tiefkühlkost und Büchsen …«

Paul wusste, dass der Pick-up später als Jeff-Bohner-Fahrzeug zum Verkauf angeboten worden war. Er hatte einmal versucht, den aktuellen Besitzer ausfindig zu machen, aber die Spur des Wagens hatte sich schon vor Jahren verloren. Zunächst war gut für den alten Ford bezahlt worden, denn es hieß, der Mörder hätte in diesem Fahrzeug eins seiner Opfer transportiert. Vielleicht sei sogar die eine Tatwaffe, die nie gefunden worden ist, von den Fahndern nur übersehen worden und immer noch irgendwo in der Karosserie versteckt. Das hatte den Preis in die Höhe getrieben.

»Es stimmt«, hörte er Kate sagen, »es gab eine ganze Reihe von Kollegen, die meinten, dass der Zugriff verfrüht wäre. Dass wir den Mann weiter observieren sollten … dass er wahrscheinlich nur ein Mittelsmann wäre und uns irgendwann zum wirklichen Täter führen könnte.«

Paul hielt sein Wasserglas in der Hand und sah die ernste Frau ihm gegenüber an. Sie war damals noch in ihren Zwanzigern gewesen, aber es war dieselbe Frau wie in den Videoaufnahmen. Keine Frage.

»Wie sind Sie darauf gekommen, dass derjenige, den Sie gesucht haben, dieser Mann in der Hütte war, Kate? Wie sind Sie ausgerechnet auf ihn gekommen?«

»Er war in der Stadt, in der er einkaufte, jemandem aufgefallen.«

»Ach ja. Und wem?«

»Wem? Der erste Anruf war anonym. Keiner will sich mit einem Typen, der allein in einer Waldhütte lebt, persönlich anlegen.«

»Haben Sie herausbekommen, wer der Anrufer war?«

Kate schüttelte den Kopf. »Der Sheriff des Orts ist dem Hinweis nachgegangen, dass die Hütte im Wald ohne Genehmigung errichtet worden wäre, und zwar auf einem Grundstück, das dem Bewohner der Hütte nicht gehören würde. Als der Sheriff das Haus gesehen hat, sich ein bisschen dort umgeschaut und auch ein paar Worte mit dem Bewohner gewechselt hat, hat er beschlossen, dass es wohl das Beste wäre, uns zu benachrichtigen.«

»Die Bundesbehörde.«

Sie nickte. »Der Sheriff hatte natürlich nicht gleich an Bohner gedacht – der Mann war ihm nur merkwürdig vorgekommen. Aber dann haben sich die Kollegen dort umgesehen, und ihnen ist etwas aufgefallen.«

»Die Sonnenuhr mit den Tierkreiszeichen in der Lichtung bei der Hütte.« Davon hatte Paul immer wieder gelesen, wenn der Fall dargestellt wurde.

»Genau.« Kate stellte ihr Glas zurück auf den Tisch. »Das brachte uns auf die *Zodiac-Island*-Morde. Wir waren ja seit Monaten hinter Bohner her, allerdings ohne eine vielversprechende Spur. Nachdem wir von der Sonnenuhr wussten, haben wir mit der Observation begonnen. Ich hatte gleich den Eindruck, es könnte mehr dahinter stecken.«

»War der Mann denn in dem Ort, in dem er einkaufen ging, unter einem Namen bekannt?« *Clyde Oberman* hatte Beth gesagt, und das war auch das, was Paul gelesen hatte, aber er wollte es jetzt von Kate hören. Wenn jemand darüber Bescheid wusste, dann sie.

»Er hat sich Clyde Oberman nennen lassen. Aber einen Clyde

Oberman, der gemeldet gewesen wäre und der das hätte sein können, gab es nicht.«

»Sie haben das gecheckt? Ob es sein richtiger Name war?«

»Es war nicht sein richtiger Name. Wie er wirklich hieß, konnte nie festgestellt werden. Uns gegenüber sprach er von sich immer nur als Jeff Bohner. Für mich wird es immer Jeff Bohner bleiben.«

Aber es war nicht Bohner. Es war der Mann, von dem Bohner wollte, dass ihr ihn findet. Derjenige, der sich zuerst gemeldet hat, der anonyme Anrufer, der euch auf die Spur von Clyde gebracht hat, DAS war er vielleicht … wahrscheinlich, DAS war Bohner. Und die Sonnenuhr hat er für Clyde gebaut, damit ihr anbeißt.

»Ich konnte durchsetzen, dass das Haus einmal durchsucht wurde, als er unterwegs war«, fuhr Kate fort. »Dabei stießen wir auf den Tauchsieder. Ins Labor bringen konnten wir den jedoch nicht, Bohner … oder Clyde … durfte zu diesem Zeitpunkt ja noch nicht wissen, dass wir in seinem Haus gewesen waren. Er durfte noch nicht wissen, dass wir an ihm dran waren! Aber dass er überhaupt einen Tauchsieder hatte –«

»Jeder kann einen Tauchsieder haben, Kate.«

»Ja, aber die Maße dieses Sieders stimmten genau mit den Verletzungen überein, die mit einem solchen Gerät keine zehn Monate zuvor Ms. Tartaglione zugefügt worden waren. Bohner hat sein zweites Opfer in der Badewanne des Hotelbungalows ertränkt, aber bevor sie tot war, hat er den Sieder angeschlossen und …« Sie atmete aus. »Manchmal ist es auch eine Art Bauchgefühl, wissen Sie? Als ich das Ding sah … natürlich, Sie haben recht, jeder kann einen Tauchsieder haben, aber … als ich es sah … es war in der ganzen verfluchten Hütte so dreckig, als stünde sie seit Jahren leer und würde nur noch von Obdachlosen benutzt. Ich weiß nicht, wie er darin hat leben können, ohne krank zu werden. Aber … als ich den Tauchsieder sah, verschmutzt, wie er war … und es stimmte ja auch, mein Gefühl … als wir den Sieder nach der Festnahme schließlich ins Labor gebracht haben, ist eindeutig festgestellt worden, dass das Gerät Kontakt mit Patricia Tartaglione gehabt hatte.«

»Es war ihre DNA an dem Sieder?«

»Ja.«

»Aber als Sie den Sieder zum ersten Mal gesehen haben, wussten Sie das noch nicht.«

»Wie gesagt, es war eher so etwas wie eine Ahnung. Und es hat gereicht. Ich habe den Vorschlag gemacht, das Blockhaus zu stürmen, und letztlich hat man mir zugestimmt. Das Risiko, dass Bohner eine weitere Tat beging, während wir nur zuschauten, wollte keiner eingehen. Also hieß es: ›Okay, Kate, wir geben Ihnen die Leute, die Sie brauchen, nehmen Sie ihn fest, gehen wir das Haus in Ruhe durch.‹«

Sie hatte sich in ihren Sessel ein wenig eingerollt. Ihre Handgelenke und der Hals waren so fein …

… dass ein leichter Druck bereits genügt, um sie zu brechen.

»Es war nachts«, hörte Paul sie sagen, »als wir auf die Hütte zugegangen sind, und es schien kein Mond.« Ihre Augen waren zum Fenster gewandt. »So wie hier auf der Insel kommt es mir heute vor. So dunkel war es. Sein Haus stand ziemlich tief im Wald, Laternen oder so gab es dort nicht. Aber als ich mitbekam, wie über dem Geruch von feuchtem Gras und nasser Erde, der immer über dem Gelände dort zu hängen schien … wie über diesem normalen Geruch noch ein anderer Geruch … Gestank vielmehr, hing, von etwas Süßlichem … Lebendigem? Da war es, als würde ich nach all den Wochen und Monaten, die wir bereits mit der Jagd nach ihm verbracht hatten, plötzlich zum ersten Mal wissen, dass er bei uns war. Dass er existierte. Lebte. Atmete. Der Mann, den wir als Jeff Bohner gesucht haben.«

Sie sah Paul an, und er hatte den Eindruck, sie wäre ein wenig blasser geworden.

»Plötzlich war es, als könnte ich etwas hören. So etwas wie ein

Flüstern? Wispern? Es war, als würde sich dieses Zischeln und Raunen wie ein Gift in mich hineinschleichen. Das Haus schien davon ganz unmerklich zu vibrieren.«

Sie schwieg. Zu dem Wind hatten sich Tropfen gesellt, die in dichten Schwaden gegen die nächtlichen Fensterscheiben getrieben wurden.

»Es gab eine Kammer hinter der Küche«, hörte Paul Kate gedämpft sagen, »die hatten wir bei unserem ersten Besuch nicht geöffnet, um keinen Verdacht zu wecken. Sie war abgeschlossen gewesen, und der Mann, den ich als Experten für die Schlösser mitgenommen hatte, hatte empfohlen, sie verschlossen zu lassen. Er meinte, dass Bohner die Tür möglicherweise zusätzlich gesichert haben könnte, um mitzubekommen, falls sie geöffnet würde. Mit einem Dreckklümpchen, was auch immer, das war in dem Chaos, das in dem Haus herrschte, nicht so schnell zu erkennen. Jedenfalls hatten wir die Tür verschlossen gelassen, obwohl sie sofort unsere Aufmerksamkeit erregt hatte, denn sonst waren ja alle Räume zugänglich gewesen.«

Paul hatte für einen Moment das Gefühl, den verfetteten Mann in seinem dreieckigen, dunkelgrauen Raum vor sich zu sehen. *›Eine Maske, die ich von meinem Gesicht abrutschen lasse‹*, hatte der Mann in dem Video zu Kate gesagt, *›aber natürlich verstehe ich das …‹*

»Sie haben die Türen vorne und hinten gleichzeitig eingetreten«, fuhr sie ihm gegenüber fort. »Ich hielt mich im Hintergrund, das Eindringen ins Haus war die Aufgabe der Kollegen von den Spezialeinheiten. Aber ich habe sie brüllen gehört, ich habe gehört, wie das Holz gesplittert ist. Und ich habe gesehen, wie einer der Kollegen aus dem Haus wieder herausgekommen ist, sich die Sturmmaske vom Kopf gerissen hat, und für einen Augenblick haben wir uns angesehen. Es schien eine Art Sprung in seinen Blick geraten zu sein – wie ein Sprung in einem Spiegel … und dann habe ich gehört, wie die anderen verstummt sind.«

»Daraufhin sind Sie selbst rein – ins Haus.«

Kate hatte den Blick jetzt fest auf Paul gerichtet. »Ich bin nicht einverstanden mit dem, was Rupert und sein Team hier auf der Insel machen, Paul, ich will, dass Sie das wissen. Es ist … nicht recht, es ist nicht recht wegen der Opfer … aber es ist … ich würde sogar sagen, auch nicht recht wegen … Bohner, beziehungsweise Oberman selbst. Auch er hat seine Würde gehabt. Und ich bin mir nicht sicher, ob diese Würde gewahrt ist, wenn man ihn zu einer Attraktion in einem Vergnügungspark macht.«

»Was war dort … in der Kammer, Kate … als Sie in das Haus kamen?«

»Er war dort, Bohner war dort in … einer großen Wanne. Keine Badewanne … eher ein kleiner Pool, ein kreisrundes Wasserbassin von vielleicht zwei Metern Durchmesser. Nur dass sich kein Wasser darin befand.«

»Sondern?«

»Maden.«

Maden.

»Er hat darin gebadet, Paul. Er hat darin gelegen, er hatte das Gesicht nach unten in die Maden getaucht. Ich habe es nur über die Schulter der Beamten gesehen, die vorne standen … aber er war entkleidet, zumindest der Rücken, die Schultern und der Nacken, alles, was ich sehen konnte, war entkleidet. Der süßliche Gestank, der mir aufgefallen war? Er stieg von diesem Bad auf. Die Tiere müssen überall gewesen sein … Es heißt, dass der Arzt noch Tage nach der Festnahme Tiere aus Bohners Körper entfernt hat. Es hat mit den Körperöffnungen zu tun … Er … er muss – ich habe einmal mit Sheldon Lazarus darüber gesprochen, der meinte, dass Bohner … oder Oberman … je nachdem, wie Sie ihn nennen wollen … dass er auf den Tod, aber auch auf den Prozess der Verwesung fixiert gewesen ist. *Bei lebendigem Leibe die Verwesung spüren* – so hat Sheldon das genannt.«

Kate sah Paul mit ihren glasklaren grünen Augen an. *Ich stehe auf der anderen Seite*, schien sie zu sagen, *zwischen mir und diesem Mann, den ich festgenommen habe, verläuft ein unüberbrückbarer Graben.*

»Ich dachte, er sei tot, als ich seinen Hinterkopf aus dem Trog herausschauen sah, aber das war er nicht. Er lag darin, natürlich hat er uns kommen gehört, wahrscheinlich hat er daraufhin erst das Gesicht in die Madenmasse gedrückt.«

Rosig. Verfettet. Und schlaff.

»Sie haben ihn hingerichtet, Paul, es ist vorbei.«

Nein. Ist es nicht. Es war Clyde Oberman, der in den Maden gebadet hat, Clyde Oberman, den ihr auf den Stuhl gesetzt habt, Clyde Oberman, der vom wahren Jeff Bohner dazu gebracht worden ist, sich für diese Morde hinrichten zu lassen.

»Sie haben nie an das Gerücht geglaubt, Kate?«

»Dass der Mann, den wir festgenommen haben, ein falsches Geständnis abgelegt hat? Dass er sich für den wahren Täter hat hinrichten lassen? Dass der wahre Täter nie gefasst worden ist?«

Paul nickte.

»Nein, ich weiß, dass das nicht wahr ist.«

»Was, wenn der echte Jeff Bohner diesem Clyde Oberman die Tatwaffen gegeben hat? Wenn er ihm die Details zu den Morden erzählt hat …«

Kates Blick war zum Fenster gedreht. »Ich weiß, Paul«, sagte sie. »Ich weiß, dass manche das meinen. Aber der Fall ist untersucht worden. Und sie haben ihn hingerichtet. Ich glaube nicht, dass mich mein Gefühl damals getäuscht hat.«

»Aber es könnte sein. Sie können es nicht vollkommen ausschließen. Es könnte sein, dass … Clyde Oberman nicht der Mörder war, nicht Jeff Bohner war. Dass der Tauchsieder mit der DNA von Ms. Tartaglione – dass Oberman ihn von Bohner hatte. Dass Bohner noch Haare, Hautreste, was auch immer von Nancy Cass hatte und diese Reste Oberman gegeben hat – damit ihr sie in dem Blockhaus findet!«

»Er hat es gesagt, Paul. Es war das Erste, was er gesagt hat, als er sein Gesicht aus den Maden erhoben hat.«

»Was hat er gesagt?«

»Ich bin Jeff Bohner.«

Ich bin Jeff Bohner.

»Ich weiß, das heißt nichts, Paul. Jeff Bohner … das war in jener Zeit … erst recht in der Gegend … nachdem die Morde von *Zodiac Island* erst einmal bekannt geworden waren, nachdem sich herumgesprochen hatte, dass der Mörder ›Jeff Bohner‹ an die Wand geschmiert hatte … danach war der Name fast eine Art Mythos … Natürlich hieß es nichts. Aber Oberman wusste über die Morde Bescheid, er hatte die Tatwaffen –«

»Trotzdem, Kate, trotzdem können Sie es nicht ausschließen! Dass er die Tatwaffen nur übernommen hat. Dass er sich hat manipulieren lassen. Dass er sich in der Rolle desjenigen, der gesteuert wird, gefallen hat. Während derjenige, der ihn gesteuert hat, nie gefasst worden ist. Sie können es nicht vollkommen ausschließen!«

Kate sah ihn an. Ihre Augen schienen riesig jetzt, die Wangen eingefallen. »Nein, das kann ich nicht.«

»Sie sind den Zweifel selbst nie losgeworden!« Paul hatte die Stimme zu einem Flüstern gesenkt. »Sie haben nie aufgehört, daran zu zweifeln, ob Sie wirklich den Täter festgenommen haben – oder nur eine Puppe, mit der er gespielt hat!«

»Ja«, platzte es da aus Kate heraus, und ihr Gesicht schien aufgerissen zu sein wie eine brüchige Fassade, »natürlich gibt es auch so etwas wie Zweifel. Als ich ihn dort in seinem Trog habe schwimmen sehen … Das sollte er sein? Das sollte Jeff Bohner sein? Ich hatte viel über Täter dieser Art gelernt, und dieser Mann wirkte … anders als sie. Vielleicht stimmt es, Paul, vielleicht bin ich diesen Zweifel nie ganz losgeworden. Aber was heißt das schon? Er ist hingerichtet worden, er hat für seine Taten gebüßt. Alles andere ist nichts als Spekulation!«

26

Seine Schritte hallten von den nackten Wänden wider. Niemand war in den Gängen und Sälen zu sehen, alle hatten sich in ihre Zimmer zurückgezogen.

Gleich … gleich öffnet sich die nächste Tür, und Constance – oder Lizzie vielleicht – erscheint und will mich abhalten. Abwimmeln. Zur Umkehr bringen.

Aber Paul wollte sich nicht abwimmeln lassen. Er wollte sie sehen. Berühren. Michael und Jay.

Die Tür war unverschlossen. Es war nicht die erste Tür, die er öffnete, es war die dritte. Sie ging im Erdgeschoss gleich von der Eingangshalle ab, in die er direkt von Kates Zimmer aus gelaufen war.

Der Boden des fensterlosen Raums war mit Kacheln ausgekleidet. Dort lagen sie. Auf zwei Feldbetten an den Wänden des Zimmers. Man hatte Laken über ihre Leiber gezogen, und es stieg Kälte von ihnen auf.

Paul näherte sich dem Bett zu seiner Linken. Unter dem Laken zeichnete sich ein Gesicht ab, am Fußende standen die Zehen hoch. Vorsichtig berührte er das Tuch und schlug es auf.

Sie war blass, beinahe weiß. Ihre Augen waren geschlossen. Ihr Haar war strohig und verfilzt, niemand hatte es trocken geföhnt. Niemand hatte sie angezogen.

Es war Jay. Sie sah aus wie eine Wachspuppe. Paul berührte ihre Stirn mit der Rückseite seiner Finger. Es war, als würde er … ein Stück Fleisch berühren, und er spürte, wie seine Finger von Ekel gepackt zurückfuhren.

Das Laken bauschte sich ein wenig auf, als es zurücksank. Dann stand er am zweiten Bett. Die Gestalt unter dem Tuch – verzerrt sah Paul Michael vor sich, nicht den Tonmann, mit dem er gesprochen hatte, sondern den Knoten aus Schmerz und Blut, der in dem Sand unter dem Balkon gelegen hatte. Paul musste wie gegen einen starken Wind ankämpfen, als er das Laken hochhob.

Sie hatten ihn nicht gewaschen. Paul sah die sandigen Wangen, den Ansatz der Stirn, ein Ohr. Michaels Kopf lag auf der Seite, die verletzte Hälfte seines Körpers war noch vom Tuch verhüllt.

Paul ließ das Laken zurückfallen.

»Der Junge!« Er hastete den Gang zurück. »Es kann nicht sein.«

Der Junge, der von der Narbe gesprochen hatte. Davy. Davy Tartaglione. Er musste es ihnen doch gesagt haben! Davy hätte es doch gesehen. Davy hätte es doch gesehen, wenn der Mann, den sie festgenommen hatten, nicht Bohner gewesen wäre! Der Junge war dem wahren Jeff Bohner doch begegnet. Paul war noch zu klein gewesen, er konnte sich an das Gesicht Bohners nicht erinnern. Er wusste nicht, ob er wirklich anders ausgesehen hatte – anders als der Mann, den sie hingerichtet hatten. Der Junge aber, Davy, war älter gewesen als Paul, er hatte es doch in den Aufnahmen von Davy und Kate gesehen. Davy war bestimmt zehn oder elf Jahre alt gewesen, als er mit Bohner zusammengetroffen war. Er musste es ihnen doch gesagt haben, wenn sie den Falschen hatten! Wenn Oberman nicht Bohner war – wäre Davy das doch aufgefallen!

Diesmal ließ Kate ihn nicht mehr in ihr Zimmer, sie sprachen gleich an der Tür.

»Haben Sie sie gesehen, Paul? Jay. Und Michael.«

»Ja, sie liegen aufgebahrt im Erdgeschoss.« Er hatte ihr gesagt, dass er zu ihnen gehen würde. »Aber der Junge, mit dem Sie gesprochen haben, er muss es doch gesehen haben, dass der Mann, den Sie festgenommen haben, nicht Bohner war!«

Ihr Blick tastete sein Gesicht ab. »Ich weiß, was Sie meinen, Paul. Aber Davy hat es nicht mehr erlebt, dass wir Bohner festgenommen haben. Davy hatte ein paar Monate zuvor – es war ein Unfall, Paul. Wenige Monate, bevor wir die Hütte im Wald gestürmt haben. Das war fast ein Jahr nachdem ich mit dem Jungen zum ersten Mal gesprochen hatte.«

Paul versuchte, in ihrem Gesicht zu lesen. Kate sah müde aus, er musste sie geweckt haben.

»Davy war mit seinem Rad auf der Straße unterwegs gewesen, er ist angefahren worden. Von einem Lastenwagen, ein tragischer Unfall.«

»Kate, der Fahrer des Lasters –«

»Sie haben ihn nie gefunden, er ist einfach weitergefahren, aber es war ein Unfall, an einer Kreuzung, sie war bekannt dafür –«

»Und die Narbe?«

»Selbstverständlich hatte Bohner beziehungsweise Oberman die Narbe am Oberschenkel, was denken Sie denn? Das haben wir natürlich überprüft.«

»Und die anderen Kinder, die Kinder der Frauen, der Opfer, sie alle ...«

»Zu jung, Davy war der Älteste. Sie selbst waren erst vier Jahre alt, Paul, richtig? Das Kind von Nancy Cass noch jünger ...«

Er wartete nicht ab, bis sie zu Ende geredet hatte. Wandte sich um, lief über den Korridor und die Treppe nach unten, stakste hinaus in den Wind.

Sie haben den Falschen festgenommen. Und Bohner lebt. Kate konnte ihm sagen, was sie wollte – es rastete bei ihm einfach nicht ein.

Bohner lebt.

Jay. Und Michael.

Sind ermordet worden.

Er blieb stehen und starrte in die Dunkelheit.

Weit draußen konnte Paul die weißen Gischtkronen auf der

scheinbar unendlichen Fläche des Atlantiks erkennen. Über ihm wölbte sich der Nachthimmel, jenseits des Vorplatzes wurden die gezackten Felsspitzen von den Nachtleuchten des Hotels ins Schwarz gezeichnet. Er konnte sein Herz fühlen, ein seltsames Kribbeln unter der Haut und eine Angst, als würde seine Brust von innen blutig geschürft.

Natürlich war darüber berichtet worden, dass Rupert Levin plante, einen Park aufzubauen, und dass das Herzstück dieses Parks eine einmalige Murderabilia-Sammlung sein würde. Lange bevor Paul die Einladung zu der Pressepräsentation erhalten hatte, hatte er von dem Vorhaben gehört. Einen Schrein hatte Rupert hier aufgezogen, der vor allem ein Werk feierte: das Werk eines Mörders. Nicht das Werk des Mannes, den sie hingerichtet hatten. Der war doch nur ein Baustein in diesem Werk. Es war das Werk eines Mannes, dessen wahren Namen niemand kannte.

»Du kannst mich Jeff nennen, Paul.«

Stoßweise kam ihm der Atem aus dem Mund.

»Er ist nicht tot.«

ER IST HIER.

Das Schlauchboot, von dem die Bauarbeiter Jay erzählt hatten. *Bohner hat es genommen, um damit auf die Insel zu kommen.*

»Du kannst mich Jeff nennen, Paul.«

Im gleichen Moment sah er es – am anderen Ende der Dunkelheit, gleich bei der Schlucht, in der sich die Bungalows mit der Sammlung erhoben. Fahl. Bleich. Wie ein Knochengesicht.

Weg. Weggetaucht? Oder … ein Lichtwechsel. Ein Schlackern?

Wie berauscht machte Paul einen Schritt auf die Stelle zu, an der er das Fahle, Bleiche gesehen hatte. Dort! Weiter hinten – ein wenig weiter die Anhöhe hinauf. Eine Bewegung. Etwas Schwarzes in der Nacht. Ein Umhang? Kaftan –

Da blinkt es erneut im Dunkeln. Das Knochen- … nein, es ist kein Knochen-, es ist ein *Baby*gesicht – die Babykopfmaske – das ist ein Mensch dort hinten, er sieht ihn doch!

»HALT!«

Als wäre plötzlich alles in Honig getaucht, scheinen sich die Dinge um Paul herum mit einem Mal zu verlangsamen. Zugleich bricht ein leuchtendes Flackern über den Vorplatz herein. Das Maskengesicht zwischen den Felsen versinkt im Züngeln der Schatten, der Zacken, der Kanten. Die Quelle des plötzlichen Lichts – sie muss hinter ihm sein!

Paul fährt herum und sieht die Silhouette des Hotels in der Nacht – versenkt den Mund in der Armbeuge – und starrt auf einen Feuerball, von dem das Leuchten ausgeht. Einen Feuerball, der vom Hotel aus auf ihn zukommt. Eine Fackel, eine menschliche Fackel, ein Mensch im stummen Schrei. Das Zucken der Flammen zersplittert die Schattenspitzen in lebendige Zungen. Sie knistern, und ihr Knistern ist der Tod. Inmitten des Glutballs erkennt Paul die eingefallenen Gesichtszüge. Die Augen. Aufgerissen. Von Flammen umrahmt. Sie steht noch, stolpert, hat den Mund aufgesperrt, die Arme ausgebreitet. Sie läuft über den Vorplatz – auf ihn zu. Es ist Beth. Und sie brennt. Wie eine Fackel.

Paul kann sich nicht bewegen.

Das Haus hinter ihr, die Fensterhöhlen schwarz. Sie knickt ein, bricht in sich zusammen, schlägt am Boden auf, es sprüht Funken. Die Flammen jetzt ein tiefes Brausen, das sich mit dem Tosen der Brandung vermischt. Kein Mensch mehr, ein Haufen, die Haare – zerschmolzen. Die Kleidung, das Fleisch, ineinandergeflossen. Die Flammen – sich in sich verkriechend. Der Gestank nach Verschmortem, unerträglich.

Da kommt sie noch einmal auf die Füße, taumelt weiter, hinter die Felsen, dass der Widerschein der Flammen nur noch indirekt an den Steinen zu sehen ist.

Paul starrt zu der Anhöhe – der Nacken verhärtet zu Stein.

Die Gestalt, das Schwarz, das Knochengesicht – nichts. Nur Zacken, Felsen und der Widerschein der letzten Flammen, sodass es aussieht, als würde jedes Steinchen tanzen.

Video-Interview 9 von 12

Schütze

Name:	**Lizzie Hillstrom**
Alter:	**31 Jahre**
Beruf:	**Journalistin**

Lizzie: Halluzinationen? Kommen Sie, Dr. Lazarus, das gibt's vielleicht im Drogenrausch, aber nicht bei einem gesunden Menschen, der nichts zu sich genommen hat.

Sheldon: Wer sagt, dass Paul nichts genommen hat, Ms. Hillstrom – Lizzie, ich darf Sie Lizzie nennen?

Lizzie: Bitte.

Sheldon: Ich will Ihnen keine Angst machen, Lizzie, ich will nur Ihr Bewusstsein dafür schärfen, mit wem Sie es bei Paul Greenblatt zu tun haben. In seiner ... also in dem, was ich seine desorientierte Phase nennen möchte, viele Jahre nach der Ermordung seiner Mutter, er war gerade achtzehn, seine Obsession mit Mördern und psychotischen Tätern hatte er fast überwunden ... entdeckte Paul, dass er an Geld kommen kann, wenn er sich als Versuchskaninchen für Medizinkonzerne zur Verfügung stellt. Dass die Pharmaindustrie hin und wieder Probanden für neue Produkte sucht – davon haben Sie sicher schon mal gehört.

Lizzie: Ja, habe ich.

Sheldon: Die Konzerne werben manchmal in U-Bahnen auf

Plakaten dafür, dass man sich bei ihnen melden kann. Man muss nur gesund sein und eventuell zu einer bestimmten Altersgruppe gehören. Paul Greenblatt hat sich zwischen seinem achtzehnten und seinem zwanzigsten Lebensjahr mehrmals bei unterschiedlichen Konzernen gemeldet und für mehrere Versuchsreihen als Testperson zur Verfügung gestellt. Ich weiß das, weil ich in seinem Blog auf eine Erwähnung eines der Konzerne gestoßen bin und mich an die Firma gewandt habe, um mehr zu erfahren. Er hat mehrere Versuchsreihen gemacht, es war ihm offenbar ... ziemlich gleichgültig, was das für seine Gesundheit bedeutete. Er wollte das Geld – und das wiederum könnte ein Anzeichen dafür sein, dass ihn eine tief gelagerte Depression nie ganz verlassen hat, möglicherweise nie ganz verlässt. Die Firma jedenfalls hat seinen Aufenthalt in dem Labor sehr genau protokolliert, das war bei allen Versuchspersonen so, und ich habe diese Protokolle – dank eines Kontakts, den ich seit vielen Jahren zu der Firma habe – einsehen können. Dort lässt sich das nachlesen: Es konnte eindeutig festgestellt werden, dass Paul auch halluziniert hat. Nur konnte nie geklärt werden, ob dieser Effekt auf das Medikament zurückzuführen war, das sie ihm gegeben hatten, oder auf eine Disposition von ihm. Sicher ist jedoch, dass die anderen Versuchspersonen diesen Effekt nicht gezeigt haben.

Lizzie: [...]

Sheldon: Das ist auch für Sie wichtig, Lizzie, besser, wenn Sie das wissen. Damit Sie Paul richtig einschätzen können. Mr. Levin ist da ja ganz klar: Er möchte, dass Sie mit Ihrem Team dicht an Paul dranbleiben. Dafür müssen Sie sein Vertrauen gewinnen. Sie müssen ihm nahekommen. Wir werden Sie einführen als Fernsehteam, das einen Bericht über den Park machen soll, vor allem aber wird es darum gehen, dass Sie Bilder von Paul machen, während er diesen Park erlebt.

Lizzie: Warum ich, Sheldon, warum haben Sie ausgerechnet mich ausgewählt?

Sheldon: Möchten Sie es nicht machen? Lassen Sie mich das ganz unmissverständlich sagen, Lizzie: Wir führen dieses Gespräch hier, weil es auch darum geht, festzustellen, ob Sie wirklich die Richtige dafür sind. Rupert möchte Sie gern dabeihaben, aber wenn Sie sich selbst nicht sicher sind –

Lizzie: Warum will er mich haben?

Sheldon: Warum? Lizzie, Sie wissen, was Rupert mit dem Park vorhat. Dass die Anlage in letzter Konsequenz vor allem als Singles-Environment konzipiert ist, also als Setting, in dem Menschen, die es sich leisten können und die auf Partnersuche sind, zueinanderfinden. Mr. Levin verspricht sich sehr viel davon, er glaubt an diese Investition, er glaubt, dass der Markt für Singles in Zukunft noch wachsen wird. Und ... Wissen Sie, nach dem, was Paul Greenblatt erlebt hat, ist es nicht einfach ... sein Vertrauen zu gewinnen. Sie aber, Lizzie, haben das Zeug dazu, davon ist Mr. Levin überzeugt. Sie ... sind außergewöhnlich attraktiv, darf ich das so sagen? Das wissen Sie.

Lizzie: Gut, aber –

Sheldon: Nein, kein Aber, das ist in diesem Zusammenhang von zentraler Bedeutung. Wir wissen, dass Paul ein sehr schwieriger Mensch ist. Aber auch er ist ... kurz gesagt: aus Fleisch und Blut. Auch er sehnt sich nach jemandem, dem er vertrauen kann. Und wir trauen es Ihnen zu, Pauls Vertrauen zu gewinnen. Seine Zuneigung zu gewinnen. Dafür reicht es nicht aus, nur attraktiv zu sein. Hübsche Frauen – wir hätten auch jemand anderen wählen können. Aber Sie sind nicht bloß hübsch, Lizzie, Sie besitzen noch eine andere Qualifikation, die mindestens ebenso wichtig ist. Sie können sich auf eine so schwierige Persönlichkeit, wie Paul Greenblatt es ist, einlassen. Wir trauen es Ihnen zu, dass Sie ihm nahekommen. Wir haben auch Constance in diese Richtung gebrieft, sie gebeten, Pauls Nähe zu suchen –

Lizzie: Die Frau, die die Pressekontakte betreut?

Sheldon: Ja –

Lizzie: Wir alle sollen uns … in gewisser Weise um Greenblatt herumgruppieren?

Sheldon: Was denken Sie, Lizzie, Greenblatt ist das Zentrum des Parks! Seine Mutter ist ermordet worden, natürlich ist er das Zentrum des Parks.

Lizzie: Und das wollen Sie … ausbeuten? Seine Kindheitserlebnisse?

Sheldon: Wir müssen sehen, was geschieht, was genau an diesem Wochenende passiert. Natürlich gebe ich Ihnen vollkommen recht, der Unterhaltungsaspekt des Parks … ich selbst bin mehr als skeptisch, ob das vertretbar ist.

Lizzie: Aber Sie geben sich dafür her, Sheldon, Sie führen dieses Gespräch mit mir.

Sheldon: Ich gebe mich dafür her, weil ich davon überzeugt bin, dass es vertretbar ist, Paul Greenblatt auf diese Weise mit seiner Vergangenheit zu konfrontieren. Der *Murder Park* kommt, Lizzie, ob wir beide dabei sind und mitmachen oder nicht. Er kommt, und ich bin davon überzeugt, dass es besser ist, wenn Paul Sie in seiner Nähe hat, als wenn er allein – oder allein mit so jemandem wie Constance – damit fertig werden muss. Ich bitte Sie, Lizzie, ja, Sie haben mich richtig verstanden: ich bitte Sie, seien Sie dabei, stehen Sie Paul zur Seite, er braucht jemanden wie Sie, denn es wird nicht einfach für ihn werden.

Lizzie: Ich … ich weiß nicht …

Sheldon: Aber Sie müssen aufpassen. Greenblatt ist und bleibt unberechenbar. Gerade wenn er sich auf jemanden einlässt … Wir wissen zum Beispiel, dass er als Teenager nicht davor zurückgeschreckt ist, in ein Haus einzusteigen, in dem ein

Mädchen gelebt hat, das er mochte. Mit Sicherheit suchen ihn Mordfantasien heim. Das wissen wir von Kindern anderer Opfer. Die traumatischen Erlebnisse sinken tief in die Schichten ihres Seelenlebens ein und entwickeln dort zum Teil eine Art Eigenleben, das die Betroffenen selbst nicht steuern können.

Lizzie: Er hat Mordfantasien entwickelt?

Sheldon: Davon bin ich überzeugt, ja. Seit Jahren, seit zwei Jahrzehnten kreisen seine Gedanken … vielleicht nicht jede Minute, nicht jede Nacht, aber mit Sicherheit immer wieder … um das, was seiner Mutter widerfahren ist. Er versetzt sich in ihre Position, in die Lage des Opfers … aber es kann sehr gut auch sein, dass er sich mit dem Täter identifiziert. So ist es nicht verwunderlich, dass er auch in seiner Berufswahl schließlich ein Betätigungsfeld gewählt hat, in dem er sich mit diesen Themenkreisen beschäftigen kann. Verbrechen, Mord, Täter … Es geht ihm darum, diesen Themenkreis – seine Mutter in gewissem Sinne – nie verlassen zu müssen. Er will in ihrer Nähe bleiben – auch wenn er sich das selbstverständlich so nicht vergegenwärtigt. Aber ich denke, wir können davon ausgehen, dass es so ist. So hat er zum Beispiel auch den festgenommenen und hingerichteten Clyde Oberman als Mörder seiner Mutter nie wirklich angenommen. Sicher, damit ist er nicht allein. Immer wieder gab es Gerüchte, dass Oberman nicht Bohner gewesen wäre. Paul hat nie richtig akzeptieren können, dass dieser aufgedunsene Mann, der sich Clyde Oberman genannt hat – dass das derjenige gewesen sein soll, der seine Mutter getötet hat. Für Paul ist der Mörder immer Jeff Bohner geblieben. Er hat den Mörder seiner Mutter zu einer Art Übermensch aufgebaut. Der Gedanke, dass ein in gewisser Weise primitiver Mann wie Clyde Oberman es fertiggebracht haben soll, seine Mutter zu ermorden, ist für Paul unerträglich. Für ihn muss der Mörder ein Übermensch gewesen sein, ein Mann mit außergewöhnlichen Fähigkeiten und Qualitäten, jemand, den er sich immer unter dem Namen Jeff Bohner vorgestellt hat. Bohner war und ist für Paul der Mörder. Auf den Begriff Bohner lassen sich für ihn alle nur erdenklichen Fantasien projizieren – auf Clyde Oberman nicht. Oberman ist vergänglich, schwach, real. Das ist für Paul nichts. Er braucht ein Überwesen, eine Projektionsfläche, ein Ideal in gewisser Weise, und das ist Jeff Bohner.

Lizzie: Okay …

Sheldon: Sie müssen das immer im Hinterkopf haben, wenn Sie in seiner Nähe sind. Er hat sich mit Bohner mit Sicherheit auch bereits identifiziert. Hat sich hineinfantasiert in die Kräfte und Eigenschaften, die er Jeff Bohner zuschreibt, hat den Mord nacherlebt. Ich weiß nicht, welche Handlungen, die Bohner an Pauls Mutter vorgenommen hat, Paul selbst nachfantasiert hat, aber ich bin sicher, dass er – unbewusst, aber auch in Tagträumen – dabei sehr weit gegangen ist … Dass er im Grunde nichts dabei ausgelassen hat, insbesondere nicht insofern, als die Beziehung zwischen dem Mörder und Pauls Mutter natürlich sexuell aufgeladen war, etwas, dem sich der Junge – so gern er das vielleicht auch möchte – unmöglich entziehen kann.

Lizzie: Sie meinen, er hat fantasiert, dass er seine Mutter nicht nur tötete, sondern auch …

Sheldon: Davon gehe ich aus, ja. Sie können das sehr schön beobachten in dem Artikel, den er über die Ermordung seiner Mutter auf seinem Blog veröffentlicht hat. In diesem Artikel versucht er natürlich, die Ereignisse sozusagen mit dem Kopf zu begreifen und verbietet es in gewisser Weise seinem Unterbewusstsein, ein Wort dabei mitzureden. Jede sexuelle Verbindung zwischen sich selbst und seiner Mutter verdrängt er, stattdessen stürzt er sich auf die Theorie, dass

Bohners Mordserie an den zwölf Tierkreiszeichen orientiert war. Er stürzt sich auf das Kopflastige, auf das System, bemüht sich darum, die Morde zu überhöhen, ihnen eine theoretische Bedeutung zu verleihen. Er versucht, sie dem niedrigen Blutrausch, in dem Oberman sie durchgeführt hat, zu entreißen und anzubinden an eine in gewisser Weise ›saubere‹ Systematik. An die zwölf Tierkreiszeichen – eine reine Kopfgeburt. Und das alles in dem Bestreben, aus dem Mörder seiner Mutter einen Übermensch zu machen, dem seine Mutter gar nicht anders konnte als zu erliegen. Zugleich aber schwingt Greenblatt sich selbst dadurch zu jemandem auf, der dem Mörder in gewisser Weise überlegen ist, da er so – besser als dieser selbst jemals – erklären kann, was das eigentliche Ziel, die eigentliche Absicht des Täters war: Nämlich jedes Opfer umzubringen auf eine Art, die sich aus dem Tierkreiszeichen des Opfers ergibt, bis er alle zwölf Zeichen durch hat, das System in gewisser Weise vollständig ist – und damit perfekt.

27

Noch immer Nacht.

Die entfernten Explosionen der Brandung.

Paul hatte einen dicken Pullover übergezogen, aber ihn fror trotzdem. Als hätte er einen Eisblock verschluckt, der ihm schwer im Magen lag und nicht schmelzen wollte.

Statt mit dem Pullover wieder nach unten zu gehen, war er auf den Balkon getreten, der zu seinem Zimmer gehörte.

Mary und Glenn hatten mehrere Halogenscheinwerfer auf dem Vorplatz aufgestellt, die die Terrasse, den Beton, die Felsen in ein ausgewaschenes weißes Licht tauchten. Jemand kniete bei dem Bündel, das am Rand der Schlucht bei den Steinen lag.

Paul war ins Hotel gerannt, hatte im Speisesaal eine Decke von einem der Tische gerissen, war nach draußen gestürzt und hatte sie auf das brennende Bündel geworfen, um die Flammen zu ersticken – aber es war bereits zu spät gewesen. Beth musste durch das halbe Haus gehetzt sein, bevor sie ins Freie gekommen war. Mit der erforderlichen Technik … Sicher … man hätte feststellen können, wo was passiert war. Wie es sein konnte, dass … wer sie … aber sie hatten keine Technik. Jetzt waren es ihre Seelen, die brannten, die Seelen derjenigen, die noch auf der Insel waren. Paul konnte es sehen, wenn sein Blick den eines anderen traf, wie die Verstörung sie alle aushöhlte. Niemand war in der Lage, das Haus systematisch abzusuchen. Natürlich: Sie hatten in Beths Zimmer nachgesehen. Aber dort war sie wohl nicht … angezündet worden.

Er hat sie aus ihrem Zimmer gelockt.

Er?

Paul atmete aus. Er war hochgegangen, um sich den Pullover überzuziehen, aber dann hatte er gemerkt, dass es bereits die zweite Nacht war, die er praktisch nicht schlief. Der Gedanke, sich auf dem Bett auszustrecken, während die anderen noch versuchten zu verstehen, was passiert war, war ihm jedoch unerträglich.

Also stand er auf dem Balkon und sah zu ihnen nach unten. Sheldon konnte er sehen, Mary, Kate …

Lizzie?

Seit ihrem Gespräch am Strand hatte er sie nicht mehr getroffen. Ob sie in ihrem Zimmer war? Unwillkürlich wandte er den Kopf und sah zu der Balkontür, die vom Nachbarzimmer aus ins Freie führte. Es war das Zimmer, in dem Lizzie einquartiert war. Das Zimmer hinter der Zwischentür. Aber dort brannte kein Licht. Wahrscheinlich schlief sie. Oder stand sie hinter der dunklen Scheibe und sah wie er selbst auf den erleuchteten Vorplatz hinaus? Schon wollte er kurz auf ihre Hälfte des Balkons gehen, um nachzusehen, als er bemerkte, dass sich zwei Gestalten unten auf dem Vorplatz von den anderen lösten und Richtung Hotel kamen. Paul schirmte seine Augen ab, um sie gegen die Strahlen der Scheinwerfer zu schützen. Es waren ein nicht besonders groß gewachsener Mann mit grauem Haar und eine zierliche Blondine. Rupert Levin und seine Pressefrau Constance. Offenbar hatten sie Paul auf dem Balkon nicht bemerkt, denn sie blieben nur wenige Schritte von ihm entfernt unterhalb des Nachbarbalkons stehen.

Geräuschlos ließ Paul den Oberkörper ein Stückchen nach vorn kippen. Er konnte ihre Beine und Schuhe sehen. Sie standen dicht an der Hauswand und sprachen miteinander, waren jedoch zu weit entfernt, als dass Paul ihre Worte hätte verstehen können.

Vorsichtig bewegte er sich seitwärts und gelangte von seinem Teil des Balkons auf den benachbarten Teil, der bereits zu Lizzies

Zimmer gehörte. Langsam wurden im hellen Fluss von Constances Stimme einzelne Worte unterscheidbar.

»… bevor das mit Michael geschehen ist.«

»Ich will es gar nicht wissen, Constance, ehrlich.« Das war Levins Stimme, tiefer, ruhiger, entschiedener. »Ich kann nachvollziehen, dass Sie ein ganz besonderes Verhältnis zu dieser Insel haben, nach dem, was Ihnen hier … zugestoßen ist. Aber meinen Sie nicht, dass nach … Inzwischen sind es zwanzig Jahre, oder?«

»Das habe ich Ihnen … und Sheldon … aber von Anfang an gesagt, Rupert. Ich habe Ihnen gesagt, dass ich davon nicht werde absehen können. Ich meine, das müssen Sie doch verstehen –«

»Aber das tue ich doch.«

»Sheldon meinte, dass das vielleicht sogar einer der Gründe sein könnte, weshalb ich jetzt … mit euch … mit Ihnen … noch einmal hierherkommen wollte. Um dieses … Erlebnis … diesen Schock ein für alle Mal hinter mich zu bringen. Aber als ich dort war … in dieser Portiersloge … Sie haben ein paar alte Dekorationen aus dem *Halloweenland* dort zwischengelagert, wussten Sie das?«

»Beth hat es einmal erwähnt, glaube ich. Verdammt, wir müssen dringend entscheiden, wie wir den Umbau der Geisterbahn endgültig gestalten wollen. Aber es gibt noch tausend Dinge, die geregelt und organisiert werden müssen, wir sind bisher einfach noch nicht dazu gekommen.«

»Es ist die alte *Halloweenland*-Deko, dort in der Portiersloge, Rupert, begreifen sie? Ausgerechnet. In der Loge, in der Glenn mich fesseln sollte. Ich war vollkommen durcheinander … ich hatte diese Masken und Puppen seit zwanzig Jahren nicht gesehen, und plötzlich … ohne Vorwarnung … Für einen Moment kam es mir so vor, als wäre alles wieder da. Als wären nicht Jahre seitdem vergangen, sondern nur Stunden! Ich war so verwirrt, dass ich zugelassen habe, dass Glenn, als er mich gefesselt hat –«

»Will ich nicht wissen, Constance, wirklich! Sie haben es

zugelassen? Dann geht es mich nichts an. Das müssen Sie mit Glenn Braxton klären.« Die Stimme des Unternehmers klang gepresst.

»Ich musste daran denken, was damals im *Halloweenland* geschehen ist –«

»Natürlich mussten Sie daran denken. Womöglich sind Sie ja gerade deshalb auf die Insel zurückgekehrt – das haben Sie doch selbst eben gesagt.«

Constance schwieg einen Moment lang. Doch dann hörte Paul ihre Stimme noch einmal, zaghafter, gedämpfter, als müsste sie gegen eine innere Verunsicherung ankämpfen. »Es waren nicht nur die alten Dekorationen, die dort lagerten ... Es war ... ich hatte den Eindruck ... dass es auch mit Glenn –«

»Ja?«

›*Glenn hat mich gefesselt. Und ... er hat es ausgenutzt.*‹ Constance hatte es Paul ja erzählt – als sie in Michaels Zimmer allein zusammen gewesen waren. Bei allem, was seitdem geschehen war, hatte er nicht mehr daran gedacht – jetzt aber kam es ihm wieder in den Sinn.

Glenn.

»Ich meine, es stimmt schon«, war ihre Stimme wieder zu hören, »ich habe es zugelassen, ich habe ihn ... machen lassen, aber zugleich –«

»Ehrlich, Constance, reden Sie mit Sheldon über diese Dinge. Verstehe ich das richtig? Sie möchten sich nicht über Glenn beschweren, er hat ... sich nichts zuschulden kommen lassen. Sie waren beide beteiligt. Sie haben es zugelassen, wie Sie sagen? Natürlich, Glenn hat Sie in der Loge dort gefesselt, aber das war ja mit Ihnen abgesprochen.«

»Sicher –«

»Und beim Fesseln ... Sie sind sich nahegekommen. Das kann schon mal vorkommen. Wir alle sind ja gegen die Atmosphäre, die diese Insel hat, nicht gefeit. Manche sagen, es herrsche sogar ein bestimmtes Klima hier. Umso besser, verstehen Sie? Umso besser für das Projekt *Murder Park.*«

»Es ist nur –«

»Wirklich, Constance, bitte haben Sie dafür Verständnis – so wie auch ich Verständnis für Sie habe. Aber bei alldem, was in den letzten Stunden hier vorgefallen ist, kann ich auf Ihre ganz persönliche Vergangenheit jetzt keine Rücksicht nehmen. Sie sagen, dass Sie Glenn Braxton keinen Vorwurf machen?«

»Nein, er …«

»Gut, dann bitte ich Sie, mich zu entschuldigen.«

Knies knirschte. Paul zog den Kopf zurück.

Glenn hat es ausgenutzt – so hatte es Constance ihm gegenüber beschrieben. Warum sagte sie Rupert das nicht? Stimmte es nicht? Stimmte nicht, was Constance ihm, Paul, gesagt hatte? Das hatte ja auch Glenn schon angedeutet. Oder hatte sie einfach Angst? Aber vor wem? Vor Glenn? Vor Levin? Vor beiden?

Paul verfolgte, wie sich Ruperts Schatten aus dem Dunkel unter dem Balkon löste. Levin schritt über den Vorplatz auf den Halogenscheinwerfer zu.

Lautlos versuchte Paul, durch die Bretter des Balkons nach unten zu spähen, aber die Hölzer waren zu dicht aneinandergefügt. Er konnte nicht erkennen, ob Constance noch dort stand.

Sollte er sie rufen?

Er zuckte zusammen. Für einen Augenblick hatte er das Gefühl, hinter der Balkontür von Lizzies Zimmer, vor der er stand, hätte sich etwas bewegt. Er richtete sich auf, legte die Handkante gegen das Glas und linste darunter hinweg durch die Scheibe.

In dem Zimmer brannte noch immer kein Licht. Die Strahlen der Halogenscheinwerfer wurden in dem schwarzen Glas gespiegelt, und Paul konnte nichts erkennen. Leise pochte er mit der Seite der Faust gegen das Fenster – und sah eine Bewegung in der Dunkelheit. Einen Schatten, der innen an der Scheibe vorbeiglitt.

»Lizzie?«

Er lauschte. Die Brandung. Der Wind. Dann: eine Wasserspülung – wieder der Schatten, diesmal verharrend. Wahrscheinlich war sie mitten im Zimmer stehen geblieben und sah zu ihm nach draußen. Konnte sie erkennen, wer er war?

»Ich bin's, Paul.«

Sie kam durch das Dunkel des Zimmers auf die Balkontür zu und blieb auf der anderen Seite des Glases stehen. Ihr Bademantel war eng um ihren Körper geschlungen, und die Arme waren ineinander verschränkt. Sie sahen sich durch die Scheibe hindurch an. Ihre Lippen – er konnte nicht anders, er musste darauf schauen –, ihre Lippen waren nicht aufeinandergepresst, sondern hatten sich ein wenig geteilt.

»Kannst du mir aufmachen?«

Jay. Michael. Beth.

»Es ist Bohner, Lizzie, er ist hier, auf der Insel, begreifst du?« Er hatte dicht vor der Scheibe gesprochen, war sich aber nicht sicher, ob sie ihn verstanden hatte.

Sie sah ihn an, die Klinke der Balkontür in der Hand.

»Was?«, kam ihre Stimme gedämpft durch das Glas zurück.

»Bohner.« Er schaute ihr dabei zu, wie sie den Knauf drehte und die Tür aufzog. Beugte sich zu ihr, ihr Geruch hüllte ihn ein. Vorsichtig fasste er ihren Arm und spürte, wie ihr Köper unter seinem Griff ein wenig nachgab.

»Ich habe mit Kate gesprochen. Sie haben damals einen Mann festgenommen – aber das war nicht Jeff Bohner. Bohner hat diesen Mann vorgeschoben, er hat ihn manipuliert, einen … einen Typen, der das wollte, der das für Bohner machen wollte.«

Sie bewegte sich nicht, stand schräg zu ihm, als scheute sie sich davor, sich ihm ganz zuzuwenden. Er konnte nur eine ihrer Pupillen sehen, die in den Winkel des Auges gehuscht war, das ihm am nächsten lag. Lizzie wirkte verkrampft, als wäre jeder Muskel in ihrem Körper angespannt. Langsam führte er sie von der Balkontür in die Tiefe des Zimmers. Hellblau lag das Dreieck aus Licht, das die Außenbeleuchtung in den Raum schnitt, auf dem Teppich.

»Ich habe ihn gesehen. Vorhin ... als Beth ...« – *brennend* – »nach draußen gerannt ist. Da habe ich ihn gesehen, dort hinten, zwischen den Felsen.« Paul nickte in die Richtung, in der die Schlucht lag. »Er trug wieder die Maske, die Babymaske« – *aber es sah aus wie ein Knochen.*

»Wen hast du gesehen, Paul?«

Bohner.

Seine Lippen formten den Namen, aber es war nichts zu hören. Er riss sich zusammen. »Bohner. Ich hab ihn gesehen.«

Vielleicht ist es Glenn ... Er hat Constance bedrängt – benutzt – aber sie hat Angst vor ihm.

Doch bevor Paul das aussprechen konnte, fühlte er selbst Widerstand dagegen. Glenn konnte nicht Bohner sein – Glenn war in der Kammer eingesperrt! Paul selbst hatte ihn mit Tony dort eingesperrt. BEVOR Beth ...

angezündet

... worden war.

Lizzies kleine Hand lag auf ihren Lippen, und Paul sah, wie sie zitterte. Darüber schwammen schwarz und glänzend ihre Augen.

Darf ich dich küssen?

Er neigte sich ein wenig zu ihr hinunter. *Du brauchst keine Angst zu haben*, hätte er sagen wollen, wenn er sich selbst nur gespürt hätte, aber er spürte sich nicht. Er flatterte. Bebte.

»Er bringt uns alle um. Einen nach dem anderen. Er ist auf die Insel gekommen, um den Tod auferstehen zu lassen.« Paul hauchte es. Er ahnte es. Er hatte ihn in sich aufgesogen. Er hatte Jeff Bohner in den Knochen. »Er ist mit dem Schlauchboot vor ein paar Tagen hier gewesen, hat Fallen aufgestellt, in allen Zimmern, allen Winkeln, allen Ecken.« Sein Blick ging durch das Zimmer. Das Bett. Die Kommode. Ihre Unterwäsche auf dem Stuhl. »Er herrscht in dem Hotel hier, und wir sind ihm ausgeliefert.«

»Es kann nicht sein, Paul, das kann nicht sein.« Ihr Atem ging stoßweise.

Er stand vor ihr, nahm ihre Gegenwart in sich auf.

Ich kann dich riechen, Lizzie, ich kann riechen, wie deine Haut nass ist von Schweiß. Lass mich deinen Bademantel abstreifen, ich will dich sehen, so wie du bist. Ich will dich spüren. Ich will dich lieben.

»Er wird uns alle umbringen, erst mich, dann dich. Einen nach dem anderen. Erst Jay, dann Michael, dann Beth. Er wird nicht aufhören, Lizzie« – seine Hand lag unter ihrem Kinn und bewegte sich sanft nach oben, sodass sich ihr Blick hob und seinen traf. Es fühlte sich an wie ein elektrischer Schlag, der bis ins Rückenmark reichte. Paul näherte sein Gesicht ihrem, sah, wie sie die Augen schloss – und spürte ihren Mund auf seinen Lippen.

Versank. In der Dunkelheit, die sich mit Armen aus Luft und Lichtlosigkeit um ihn gebreitet hatte – bis sich ein Lichtzacken zwischen sie drängte.

»Bitte … Paul, nicht – ich … ich kann nicht.«

Ihre Hände waren gegen seine Brust gestemmt. Die Berührung ihrer Lippen lag noch auf seinen, aber sie zog sich zurück. *Er ist hier, er wird uns töten.*

»Es kann nicht sein, Paul, es ist unmöglich.«

»Ich habe die Maske gesehen, Lizzie. Warum trägt er eine Maske?« *Weil es einer von uns ist.* »Keiner von uns soll wissen, wer Bohner ist. Er ist nicht nur hier, er ist einer von uns.«

»Es ist, weil du … du bist von ihm besessen, Paul – kein Wunder.« Es war, als hätte ihr Blick an Festigkeit gewonnen. »Nach dem, was du erlebt hast. Mit ihm. Mit Bohner.«

Sie drehte sich zur Balkontür um und schaute nach draußen auf den Vorplatz. Noch immer waren die anderen zwischen den Halogenscheinwerfern zu sehen.

Einer von ihnen?

»Du hast aus ihm … eine Art Übermensch gemacht. Du traust

ihm alles zu. Du siehst ihn noch von den Toten auferstehen.« Sie wandte sich Paul wieder zu und legte ihm eine Hand auf den Arm. »Sie haben ihn hingerichtet, Paul.«

Aber hier, auf dieser Insel, aus der sie praktisch einen Schrein … eine Art Altar seines Werks gemacht hatten – hier war er lebendig. Er war lebendig – »… weil er hier ist.«

»Was?«

»Wir können uns gegen ihn wehren, Lizzie!« Paul packte ihre Hände mit festem Griff. Er sah, wie sie zusammenzuckte, aber er ließ sie nicht los. Sie mussten sich zur Wehr setzen. »Wir müssen genau wissen, was die Gefahr ist, die hier lauert. Dann können wir ihr begegnen.«

»Es ist nicht Bohner, Paul!« Sie klang spitz. »Versteh doch. Du bist … durch das, was dir als Kind passiert ist –«

Ihre Augen aufgerissen – und schön. Er konnte nicht anders. Er zog sie an sich und wurde wie von einer Welle fortgespült. Sie schien in seinen Händen, seinem Griff noch begehrenswerter zu werden. Besitzbar zu sein. Formbar zu sein. ›*Nimm mich*‹ zu schreien.

»Was ist es denn, was hier geschieht, Lizzie? Wer ist es, der hier wütet? Was glaubst du denn?«

Ihr seidener Morgenmantel war ein Nichts, das über ihre Haut glitt und unter dem Druck seiner Hände verrutschte. Er musste nachgreifen – geriet unter das hauchdünne Tuch und spürte ihre Wärme. Es geschah wie von selbst. Plötzlich strichen seine Hände über ihre nackte Haut, glitten über Bauch und Rücken nach unten, über das Gesäß und noch weiter – dorthin, wo sich ihre Schenkel trafen –

wo es feucht ist –

Aber da waren es ihre Nägel, die seinen Nacken zerkratzten. Und als seine Augen wieder aufgingen, sah er ihre Zähne dicht vor sich, denn sie hatte den Mund aufgerissen – und schrie.

Er taumelte zurück, halb noch in der Erregung, halb benommen von dem Entsetzen, das ihm sein eigener Übergriff eingeflößt hatte.

Und wenn wir uns nicht wehren können? Wie viele Stunden bleiben uns noch? Zwei? Vier? Fast meinte er, sein Leben an sich vorbeischießen zu sehen.

Im gleichen Moment war Lizzie an der Zimmertür, wollte sie aufreißen – doch ihr Rücken verspannte sich, weil sie sie nicht aufbekam.

Sie wirbelte herum. Die Augen jetzt fast blank vor Entsetzen.

»Warte!« Paul hob die Hand. Er hatte den Schlüssel, der in der Tür gesteckt hatte, gerade eben herumgedreht, als sie nach draußen geschaut hatte. Die Balkontür stand ja noch offen, deshalb war das Schließgeräusch nicht zu hören gewesen. Aber er hatte doch nur abgeschlossen, weil er nicht wollte, dass sie gestört wurden! Weil er nicht wollte, dass Bohner ausgerechnet jetzt hereinkam.

»Hier!« Er griff in seine Hosentasche. Der altmodische Hotelschlüssel – er hatte ihn vor lauter Aufregung abgezogen und eingesteckt, er konnte ihn ihr doch geben!

Seine Hand steckte in seiner Tasche – aber …

Aber …

Er fühlte sich, als würden Luftblasen in ihm aufsteigen.

Er hatte den Schlüssel eingesteckt – aber die Hosentasche war leer!

Natürlich!

Er machte einen Schritt zur Anrichte, die gleich neben der Tür stand. Dort, dort lag doch der Schlüssel – dort hatte er ihn hingelegt – und dort lag er ja!

Aber da war Lizzie schon an der Zwischentür, die in Pauls Zimmer führte. Hatte sie aufgerissen – und durchquert.

Paul setzte ihr nach, wollte sie aufhalten, beruhigen, aber im gleichen Moment kamen sie bereits durch sein Zimmer auf ihn zu. Tony – Sheldon – Rupert – ihre Schritte trampelten über den Teppichboden.

»Lizzie – was ist?«

Im nächsten Augenblick waren sie über ihm – er sah noch, wie Tony einen Stuhl nach oben stemmte – dann traf ihn ein Schlag hinterm Ohr, ein zweiter an der Stirn. Paul riss die Arme vors Gesicht, um sich zu schützen, aber sie hörten nicht auf – sein Kopf flog herum – knallte gegen einen Stützbalken – und er sackte zusammen.

28

Morgenlicht flutete über den rohen Betonboden.

Pauls Hinterkopf war gegen eine Bananenkiste gedrückt und schmerzte, als würde sein Schädel in einer Zwinge stecken.

Er blinzelte. Das Licht stach ihm in die Augen. Langsam sah er schwarze senkrechte Balken aus einem gleißenden Rechteck auftauchen. Und erkannte das Gitter vor dem Fenster wieder.

Er lag auf dem Boden der Lagerkammer, in die er zusammen mit Tony vor Stunden Glenn gesperrt hatte.

Wie durch einen Schleier sichtbar zog es noch einmal an ihm vorbei: Jay ... in der Brandung. Michael auf dem Sandboden, das Gesicht vom Schmerz verzerrt. Beth – das Flackern – die Hitze – sie lief noch – die Haare in Flammen. Das Bündel – der Fleischgeruch. Paul erinnerte sich, wie er Lizzie in ihrem Zimmer bedrängt hatte. Von dem, was er kurz vorher mit Beth auf dem Vorplatz erlebt hatte, hatte er selbst wie in Flammen gestanden. Er hatte Lizzie an sich gezogen, hatte auf ihre Lippen gestarrt, sie geküsst. Für einen Moment hatte sie in seinen Armen gelegen.

Es ist Bohner, hatte er geflüstert, *er ist hier und wird uns töten, erst mich und dann dich.*

Paul vergrub das Gesicht in den Händen. Wie hatte er Lizzie so zusetzen können? Es war ihm vollkommen unbegreiflich. Sie hatte doch deutlich gemacht, dass er sie nicht anfassen sollte. Er verstand sich selbst nicht. Ihr Blick, ihr Befremden – die Kraft, die in ihr steckte, als sie sich seinem Griff entwand. Es hatte ihn alles nur noch mehr aufgestachelt. Er hatte den Schlüssel in ihrer Zimmertür umgedreht – ja!, aber doch nur, damit Bohner nicht plötzlich zu ihnen ins Zimmer kam! Und dann … Er hatte gedacht, er hätte den Schlüssel vor lauter Aufregung eingesteckt, dabei hatte er ihn gleich auf die Anrichte gelegt. Und das war doch genau richtig gewesen! Natürlich hätte er ihn auch stecken lassen können – aber in dem Moment – er hatte einfach nicht daran gedacht! Der Tod, es war Beths Tod gewesen, die Nähe des Todes, die ihn so zermürbt hatte. Als die Flammen über Beth zusammengeschlagen waren, war das Leben aus ihr entwichen. Sie war zu Boden gestürzt, die Flammen hatten aufgelodert …

… und der Tod hat sie sich geholt.

Paul fühlte, wie sich in seinen Augen Wasser sammelte. Er rollte sich auf dem Boden ein – und sah, dass Glenns Schuhe nur eine Armlänge von ihm entfernt in die Luft ragten.

Glenn.

Glenn kann nicht Bohner sein.

Weil er in der Kammer eingesperrt –

und wenn es eine Geheimtür gibt, die hier herausführt?

Pauls Blick tastete die kahlen Wände der Vorratskammer ab. Hinter dem Regal, auf dem die Konserven standen?

Ihre Blicke begegneten sich. Glenn sah ihn wie abwartend an, wandte den Kopf dann zum Fenster. Paul drehte sich auf die andere Seite, um den Hauswart nicht zu sehen. Sollte er aufstehen und nachprüfen, ob die Tür verschlossen war? Aber das brauchte er nicht. Sie war mit Sicherheit abgeriegelt. Wie lange würden die anderen warten, bevor sie sie rausließen? Bis der Nächste ums Leben kam und feststand, dass auch er, Paul, nicht Bohner war? Aber auch Glenn hatten sie bisher nicht rausgelassen. Hatten sie es vergessen? Dachten sie nicht klar? Hatten sie den Schlüssel außen stecken lassen? Und wenn er … wenn Bohner an der Tür vorbeikam und den Schlüssel sah? Die Tür aufsperrte und … Aber sie konnten ihn überwältigen, sie waren zu zweit. Und wenn er bewaffnet war?

Das Babygesicht, bleich wie ein Knochen.

Die Gestalt hatte sich an die Felsen geduckt, als Paul sie gesehen hatte. Es war wie ein Alb gewesen, dort im Schatten der Steine.

»Es ist einer von uns.«

Pauls Lippen hatten sich bewegt, und es war zu hören gewesen, wie er gezischelt hatte.

»Was?«, hörte er hinter seinem Rücken Glenns Stimme.

Nichts, Glenn. Nichts. Du bist es nicht.

Wer aber dann? Paul sah sie vor sich – auf der Fähre – in der Halle – beim Frühstück. Mit ihm zusammen waren sie zwölf gewesen. Zwölf Menschen, zwölf Gesichter. Beth, Michael und Jay waren tot, also blieben noch neun. Er sah die acht anderen vor sich, als würden sie unter den ernsten Mienen, die sie zeigten, in Wahrheit lachen, grinsen, schmunzeln. Als würden ihre Blicke wandern, obwohl die Pupillen geradeaus gerichtet blieben. Als würden ihre Ohren zucken, ihre Kopfhäute beben. Er sah sie vor sich wie Gnome, wie Albträume. Er sah sie vor sich als Mörder, als Lügner. Sie schauten ihn an, und ihre Nasen kräuselten sich. Rupert. Tony. Sheldon. *Hinter mir Glenn.* Mary? Die Frauen? Lizzie? Constance? Kate? Auch die Frauen sahen aus wie Wachsfiguren, unter deren Haut sich etwas bewegte. Wie Masken. Paul spürte, dass er vergaß, Luft zu holen. Keuchte. Niemand wusste, wie Bohner in Wirklichkeit aussah. Das Foto in dem Bungalow. »Jeff Bohner« stand darunter, aber das war nicht Bohner, das war Clyde. Der sich hatte hinrichten lassen. Wie Jeff Bohner aussah, wusste niemand. Er, Paul, hatte ihn gesehen, aber das war zwanzig Jahre her, er war nicht älter als vier gewesen und konnte sich nicht erinnern. Der Junge, Davy, mit dem Kate in dem Video gesprochen und der Bohner gesehen hatte, lebte nicht mehr.

»Du kannst mich Jeff nennen, Paul.«

Sein Kopf glühte. Natürlich kamen die Frauen nicht infrage. Es war ein Mann gewesen, der seine Mutter ermordet hatte. Wieder glomm der verfettete Nacken des Mannes vor ihm auf, den sie hingerichtet hatten. Clyde Oberman. Der sich von Bohner hatte steuern lassen. Wenn Paul an Bohner dachte, sah er Gewalt vor sich, Muskeln, einen Ausbruch. Ein Raubtier. Blitzschnelles Vorstoßen, Zuschlagen, Hacken, Fetzen, Zurückziehen, Lauern. Er sah eine Faust vor sich, und wenn sie sich entfaltete, schauten Augen aus der Handfläche zu ihm auf. Das war Bohner. Das Madenbad, die riesigen Lippen, das WEICHE des anderen passte damit nicht zusammen. Und wieso sah NUR ER, Paul, das – dass es nicht zusammenpasste? Weil er sich irgendwo, tief verborgen in den Schichten seines Bewusstseins, an Bohner erinnerte! Weil er ihn gesehen hatte. Und die anderen nicht.

Es war keine Frau gewesen, die über seine Mutter hergefallen war. Auch an seine Mutter konnte sich Paul nur noch vage erinnern. Die Fotos von ihr, die er hatte und kannte, schienen sich von ihrem wahren Gesicht geradezu abgelöst zu haben. Die Erinnerung schien verhärtet, verknöchert zu sein, dass sie mit der lebendigen Frau, die seine Mutter gewesen war, nichts mehr zu tun hatte. Aber sie war warm gewesen und schön, und sie hatte ihn geliebt, und sie hatte ihn im Arm gehalten, und er hatte in ihrem Bett geschlafen, und sie hatte ihn manchmal zur Schule gebracht, und sie hatte ihn Paulie gerufen, und sie hatte ihn an sich gepresst, und es war nass an seinen Haaren geworden, wenn sie ihr Gesicht hineingedrückt und geweint hatte.

Bis Bohner gekommen war. Am Strand. In den Dünen. Beine. Die Narbe. Er sah Bohners Füße vor sich, die den Sand zur Seite schleuderten, wenn er vor ihm weglief. »Jeff – JEFF«, immer wieder hatte Paul es gerufen, und sie waren um das Badetuch seiner Mutter herumgerannt – und zurück in die Dünen. Kurze Haare hatte Jeff gehabt und einen Körper wie aus Holz. Das war Bohner gewesen, und er war jung gewesen, möglicherweise sogar jünger als Pauls Mutter. Vielleicht sogar erst zwanzig, das hatten die Ermittler zunächst durchaus für denkbar gehalten. Aber vielleicht auch schon Ende dreißig. Zwischen zwanzig und Ende dreißig.

Vor zwanzig Jahren. Das hieß, dass Bohner mittlerweile zwischen vierzig und Ende fünfzig sein musste.

Einer von ihnen. Tony. Rupert. Sheldon. Glenn. Sie alle waren im richtigen Alter.

Die großen Augen des Kameramanns. Glenn – hinter ihm –, aber Glenn war eingesperrt gewesen, als Bohner Beth verbrannt hatte. Rupert – der diesen Bohner-Schrein hier aufgebaut hatte? Sheldon – der Psychiater?

Als würde man eine Lampe nach unten verschieben, sah Paul die Mienen der Männer vor sich, während Schatten über ihre Gesichter wanderten. Das Geheimnis schien durch ihre Haut hindurchzukriechen – die wahre Gestalt darunter hervorzukommen und das Äußere, den Schein, die Harmlosigkeit zu zerfressen. Wenn er sie so vor sich sah, traten sie ihm als Bohner gegenüber, jeder von ihnen. Als ein Wahnsinniger, versklavt von dem, was in ihm wütete. Der herumgeworfen wurde von den verwilderten Trieben, die in ihm tobten.

Stundenlang hatte Paul als Vierjähriger allein im Zimmer beim leblosen Körper seiner Mutter ausgeharrt. Zuvor aber waren sie zusammen dort gewesen. Bohner, Paul und seine Mutter. Fast kam es ihm so vor, als könnte er es vor sich sehen. Sheldon hatte es in seinem Artikel angedeutet. Worum es Bohner wirklich ging. Es war nicht der Mord, auf den es ihm ankam. Es war der Glanz in den Augen des Kindes – wenn es erlebte, wie seine Mutter ihr Leben aushauchte.

Das Babygesicht – bleich wie ein Knochen. Ein Knochengesicht. Der Tod.

Das war es, worauf Bohner aus war. Auf den Tod. Den er hereinbat, wenn er eine Frau tötete. Bohner hatte Paul ins Zimmer geholt, damit er dabei war, wenn der Tod sie mitnahm. Paul spürte es in sich. Er war in dem Zimmer gewesen, nicht älter als vier, Bohner war in dem Zimmer gewesen, und der Tod selbst, der mächtige Herrscher der Nacht, war in dem Zimmer gewesen. Er hatte den kleinen Bungalow, in dem sie damals wohnten, in so etwas wie seine schwarzen Schwingen gehüllt. Das letzte Ausatmen von Pauls Mutter hatte wie ein Röhren geklungen. Der Tod hatte sich von Bohner hereinbitten lassen, die Seele aus dem Körper von Pauls Mutter gerissen und sich wie ein Nebelschwaden, der sich auflöst, entfernt. Etwas aber war von ihm, vom Tod, in Paul hängen geblieben. Wie ein Eisblock, von dem sich seine Seele nie hatte befreien können.

Wer war es? Wer von ihnen war dieser Diener des Todes? Tony? Rupert? Sheldon? Sie hatten Buckel und Fratzen, schwarze Furchen im Gesicht, und ihre Haare standen ab wie Perücken.

Pauls Hände hatten sich auf sein Gesicht gepresst. Es rauschte in seinem Schädel, und er spürte, dass er dabei war, den Verstand zu verlieren. Die versteckten Gefühle, die ihn sein Leben lang wie ein unterirdischer Strom begleitet hatten – jetzt waren sie dabei, ihn zu übermannen.

Er versuchte, sich zu konzentrieren. Tony, Glenn, Rupert, Sheldon. Es war etwas Falsches in Tonys Lächeln, etwas Künstliches in Glenns Kameradschaftlichkeit, etwas Grausames in Ruperts Unternehmungslust, etwas Abgründiges in Sheldons Nachsicht. Aber es konnten nicht alle vier sein, nur einer von ihnen war in Wahrheit Jeff Bohner. Aber wer? Sie drehten sich vor seinem geistigen Auge wie Schaufensterpuppen.

Ein Geräusch riss ihn aus seinen Gedanken. Über dem dumpfen Rauschen des Windes, der sich in den Betonecken des Hotelgebäudes verfing, über dem Brausen des Ozeans, der die Insel umspülte, war ein Rascheln zu hören, ein Schaben, Ziehen, Schleppen, Schlurfen.

Paul drehte sich um und sah, dass Glenn aufgestanden war. War es das, was das Geräusch verursacht hatte? Der Hauswart stand auf Zehenspitzen am Fenster, seine Hände umklammerten die Gitterstäbe, die es versperrten.

»Ist etwas zu sehen?« Paul stützte sich auf einen Ellbogen.

Video-Interview 10 von 12

Wassermann

Name:	**Rupert Levin**
Alter:	**52 Jahre**
Beruf:	**Unternehmer**

Rupert: Ich lasse Sie mit allen sprechen, Sheldon, aber ... oder – nein, sagen Sie erst einmal: Wie läuft es denn?

Sheldon: Gut, Rupert, sehr gut. Um ehrlich zu sein, ich glaube, es wird ein tolles, ein wirklich großartiges Team.

Rupert: Haben Sie schon eine Auswahl getroffen?

Sheldon: Beth wollte das übernehmen, aber, ja, ich berate sie gern. Ich denke, ich und Beth sind uns im Prinzip vollkommen einig, welches die richtigen Leute sind.

Rupert: Wunderbar. Das freut mich. Nur eins ... Im Grunde habe ich jetzt nur noch eins auf dem Herzen. Wissen Sie, Sheldon, ich habe Sie gebeten, die Bewerber für mich ein wenig zu durchleuchten, damit dann, wenn wir alle auf der Insel sind, dort nichts schiefgeht. Schlechte Presse im Vorfeld, wenn es Zweifel oder negative Stimmen gibt, die sich vor der Öffnung des Parks bereits verbreiten, das kann der Tod für solch ein Unternehmen sein. Deshalb möchte ich sichergehen, dass diejenigen, die ich bei unserer Vorbesichtigung an dem Wochenende mitnehme, auch die Richtigen sind. Nur ...

Sheldon: Ja?

Rupert: Sie selbst, Sheldon ... Ich habe Sie als Experten für die *Zodiac-Island*-Morde ausgewählt, aber ... was genau weiß ich eigentlich über SIE? Verstehen Sie? Sie helfen mir, mehr über die anderen Teilnehmer der Vorbesichtigung zu erfahren, über Sie selbst aber, Sheldon, weiß ich so gut wie gar nichts.

Sheldon: Ist das so, Rupert? Ich lehre seit bald fünfundzwanzig Jahren an verschiedenen Instituten, habe mehrere Monografien veröffentlicht, mir als Kinder- und Jugendpsychiater einen Namen gemacht – was wollen Sie noch über mich wissen?

Rupert: Wissen Sie, was mich stutzig macht, Dr. Lazarus? Ich war bei Clyde Oberman ... oder nennen Sie ihn Jeff Bohner? Das hat man nie feststellen können, richtig? Wie sein wirklicher Name war. Festgenommen wurde er als Clyde Oberman. Also: Ich war bei ihm, bevor er exekutiert worden ist. Es war nicht leicht, ein Treffen zu arrangieren, aber es ist dann doch möglich gewesen. Ich war bei ihm, habe sogar ein paar Worte mit ihm gewechselt, obwohl er die meiste Zeit nur schweigend dagesessen hat. Aber ich war bei ihm ... und ich kenne das Gerücht, Sheldon. Das Gerücht, das sich hartnäckig hält. Das Gerücht, dass Clyde Oberman in Wirklichkeit gar nicht Jeff Bohner gewesen sein könnte.

Sheldon: Lächerlich.

Rupert: Ja, ich weiß, Sie waren ja auch einer der Ersten, der gesagt hat, dass Oberman Bohner ist, dass kein Zweifel an seiner Aussage bestehen kann. Dabei haben Sie Oberman nie persönlich getroffen, richtig? Das ist es, was mich stutzig macht. Sie haben Gutachten verfasst, als man die Tatorte kannte – nicht aber den Mörder. Gutachten, die helfen sollten, den Mörder zu fassen. Dann aber, als man ihn endlich verhaftet hat, haben Sie sich auf einmal nicht mehr für ihn interessiert. Weil Ihre Arbeit beendet war – weil man ihn verhaftet hatte? Sie hätten doch Zugang zu ihm bekommen. Sie waren bekannt als Experte im Bohner-Fall, natürlich hätte man Sie zu ihm gelassen, aber Sie haben das nicht gemacht, Sie haben ihn nicht besucht. Wieso nicht?

Sheldon: Hat es Ihnen … Freude bereitet, Clyde Oberman zu besuchen? Haben Sie sich danach besser gefühlt? Waren Sie froh, es gemacht zu haben?

Rupert: Es war eine … deprimierende Erfahrung. Es war, als … würde ich in eine Art negatives Feld eintreten, als ich in den Raum kam, in dem er sich aufhielt. Ich kann das gar nicht beschreiben. Vielleicht hatte es auch mit seiner körperlichen Verfassung zu tun, die zu diesem Zeitpunkt nicht mehr besonders gut war. Seine schiere Gegenwart hat mich … schon, ja: sehr angestrengt, ohne dass ich sagen könnte, wieso eigentlich. Aber ich war in Schweiß gebadet, als ich aus dem Raum wieder herauskam. Natürlich ist eine Panzerglasscheibe zwischen uns gewesen, die Kommunikation lief über eine Sprechanlage, aber trotzdem … vielleicht war es auch allein diese Situation, die Art, wie er gesichert war, die Sicherheitsschleusen, die ich passieren musste … oder die Medikamente, die sein Gesicht so … aufgeschwemmt haben –

Sheldon: Es ist immer wieder eine Grenzerfahrung, da gebe ich Ihnen vollkommen recht. Es gibt … nicht mehr als eine Handvoll Täter, bei denen es mir so ergeht. Aber wenn ich sie besuche, empfinde ich es, als würde etwas von der Lebenskraft, die ich in mir habe, aus mir herausgesaugt. Männer wie Clyde Oberman … da kann ich Ihre Erfahrung nur bestätigen, Rupert … solchen Tätern ist eine … seltsame Aura zu eigen, wie ein Sog, der die Energie, die man mitbringt – und die man selbst bitter nötig hat – wie ein Sog, der diese Energie abschöpft. Wundert es Sie, dass ich mich nicht unbedingt darum reiße, allzu viele von diesen Menschen zu treffen? Mein Beruf bringt es mit sich, dass ich immer wieder Termine mit Männern wie Oberman habe und Zeit mit ihnen verbringe. Meine Kraft ist begrenzt, Rupert. Ich … ich bin davor zurückgeschreckt, ihn zu besuchen, weil ich seine Taten, die Jeff-Bohner-Taten, sehr gut kannte. Ich wusste, oder ahnte, was für ein Mensch er sein musste. Ich habe, ehrlich gesagt, fast Angst gehabt, ihn zu treffen, Angst gehabt, in seine Nähe zu kommen. Ich wollte es nicht.

Rupert: Entschuldigen Sie, wenn das etwas brüsk klingt, Sheldon, aber … ich kann mir das nur schwer vorstellen. Jahrelang beschäftigen Sie sich mit Gutachten über die Jeff-Bohner-Morde, sprechen auch mit den Kindern der Opfer, und als der Täter schließlich gefasst wird, vermeiden Sie es, ihn zu treffen?

Sheldon: Ich habe versucht, es Ihnen zu erklären.

Rupert: Gibt es vielleicht noch einen anderen, den wahren Grund, weshalb Sie ihn nicht treffen wollten?

Sheldon: Und der wäre?

Rupert: Lassen Sie mich andersherum fragen, Sheldon. Waren Sie einmal auf *Zodiac Island*?

Sheldon: Als es noch ein Freizeitpark war? Bevor es geschlossen wurde?

Rupert: Hmhm.

Sheldon: Ja, das war ich.

Rupert: Zur Zeit der Morde?

Sheldon: Es muss ein paar Monate davor gewesen sein …

Rupert: Haben Sie im Laufe Ihrer Karriere auch einmal über den sogenannten *Zodiac*-Killer gearbeitet, den Serienmörder aus den Sechziger-, Siebzigerjahren in San Francisco, der nie gefasst wurde?

Sheldon: Ja, das habe ich, Rupert. Ich habe einen Aufsatz über ihn veröffentlicht.

Rupert: Der Zodiac-Killer hat in den letzten Jahrzehnten eine ganze Reihe von Nachahmern gefunden. Man könnte fast von so etwas wie einem *cult following* sprechen. Meinen Sie, dass Bohner ausgerechnet deshalb auf *Zodiac Island* getötet hat, weil er mit dem ursprünglichen *Zodiac*-Killer in Verbindung gebracht werden wollte?

Sheldon: Das hätte man Clyde Oberman fragen müssen.

Rupert: Ja ... ja, natürlich ... Hören Sie, Sheldon, Sie wissen, dass ich Sie dabeihaben möchte, wenn wir in einem Monat wie geplant für das PR-Wochenende auf die Insel fahren, aber ich will mit offenen Karten spielen. Ich habe Glenn gebeten, ein paar Erkundigungen über Sie einzuholen.

Sheldon: Ach ja? Sie kennen Glenn Braxton schon länger? Aber natürlich, jetzt erinnere ich mich, das hat Beth ja erwähnt. Und wieso haben Sie Glenn gebeten, Erkundigungen über mich einzuholen – was wollten Sie denn in Erfahrung bringen?

Rupert: Es ist immer das Gleiche, Sheldon, was mir nicht in den Kopf will: Wie kann es sein, dass Sie von dem Jeff-Bohner-Fall erst so fasziniert gewesen sind, dass Sie sogar als Gutachter an der Fahndung beteiligt waren, dass Sie jedoch dann, als feststand, dass Clyde Oberman die Morde begangen hatte, jegliches Interesse an dem Täter verloren haben – wie ist das möglich? Und wissen Sie, was Glenn herausbekommen hat?

Sheldon: Sagen Sie es mir.

Rupert: Dass Sie auf *Zodiac Island* waren, und zwar mehrmals. Sie waren zweimal ein paar Monate vor Nancy Cass' Tod dort, das hat Glenn eindeutig feststellen können. Vielleicht aber waren Sie auch dort, als es passiert ist, als Nancy getötet wurde. Vielleicht waren Sie auch dort, als die Mutter von Davy Tartaglione und schließlich Sarah Greenblatt ermordet wurden. Ihre ersten beiden Aufenthalte auf der Insel hat Glenn eindeutig datieren können, weil Sie in dem Hotel abgestiegen sind und Ihre Übernachtungen dort registriert wurden. Aber was, wenn Sie später nicht mehr in dem Hotel übernachtet haben – und dennoch auf der Insel waren? Vor allem aber, Sheldon, und das ist es, was für mich den Ausschlag gegeben hat, haben Sie Clyde Oberman gekannt, bevor er festgenommen wurde –

Sheldon: Das war, weil er zu einem Jugendlichen Kontakt hatte und dadurch auffällig geworden ist! Ein purer Zufall! Zu der Zeit gab es noch nicht so viele forensische Psychiater, die sich auf Kinder- und Jugendarbeit spezialisiert hatten. Deshalb bin ich ja auch in den Bohner-Fällen zu Rate gezogen worden! Weil es sich durchweg um alleinerziehende Frauen mit Kindern handelte und deutlich war, dass es dem Täter bei seinen Taten insbesondere um diese Kinder ging. Aus dem gleichen Grund bin ich zu Rate gezogen worden, als Clyde Oberman auffällig geworden ist. Ein Junge in der Gegend ... seine Eltern hatten bemerkt, dass er begonnen hatte, diesen seltsamen Typen, der im Wald hauste, zu besuchen. Der Junge war zu dem Zeitpunkt noch nicht fünfzehn, fiel also in meine Sparte, in die Kinder- und Jugendpsychiatrie. Ich bin Oberman dann tatsächlich begegnet, aber das war vor den Bohner-Morden. Da lebte er ja bereits in der Hütte im Wald, von der aus er zu der Insel gefahren ist, um seine Taten auszuführen. Davon wusste ich nichts! Ich bin Clyde begegnet – das stimmt – vor den Morden. Das stimmt – aber es war reiner Zufall!

Rupert: Oder aber nicht, Sheldon! Sie haben Clyde kennengelernt, und Sie haben den Kontakt zu ihm gehalten. Richtig?

Sheldon: Wie kommen Sie darauf?

Rupert: Ist es nicht so? Sie haben den Kontakt zu Oberman gehalten und ihn für Ihre Zwecke benutzt! Wer wäre besser geeignet, einen Mann wie Clyde Oberman zu manipulieren, als Sie, Sheldon Lazarus? Sie sind Psychiater, Sie wissen, wie man sich in die Hirnwindungen eines anderen Menschen hineinschleicht, erst recht, wenn es ein Mann wie Oberman ist. Sie haben sich in die dunkelsten, dreckigsten, dumpfesten Ecken der Seele Obermans gestohlen, Sheldon, und Sie haben ihn dazu gebracht, sich für die Bohner-Morde für schuldig zu erklären!

Sheldon: Was … was soll das –

Rupert: Wissen Sie, was Glenn gesagt hat? Er hat es nicht ernst gemeint, aber mir ist es nicht mehr aus dem Kopf gegangen. »Was, wenn Sheldon Lazarus Jeff Bohner ist?« Das hat er gesagt. Sie waren auf der Insel, Sie sind ein begnadeter Manipulator, und Sie haben Oberman gekannt. Das Gerücht, dass mit Oberman der Falsche für die Bohner-Morde hingerichtet worden ist, hält sich hartnäckig. Das aber heißt, dass der wahre Bohner noch auf freiem Fuß sein könnte. Wer aber ist der wahre Bohner? Wer ist der Mann, der sich Jeff Bohner genannt hat, wenn es nicht Oberman war? Was, wenn Sie es sind, Sheldon? Der Kinder- und Jugendpsychiater, der sich wie kein Zweiter in die Taten des Jeff Bohner hineingedacht hat. Wissen Sie, was Beth mir gesagt hat?

Sheldon: [schweigt]

Rupert: Sie hat gesagt, dass es Ihre Idee war, die Anzahl der Teilnehmer unseres Wochenendes auf zwölf zu beschränken. ZWÖLF, Sheldon! ZWÖLF Teilnehmer – uns beide eingeschlossen. Ich habe mir die Unterlagen der zehn anderen angeschaut, die Sie zusammen mit Beth ausgewählt haben. Jeder dieser Teilnehmer hat ein anderes Sternzeichen, und keiner von ihnen hat mit einem von uns beiden das gleiche. Meinen Sie, dass das ein Zufall ist? Zwölf Sternzeichen, Sheldon! Und für jedes Sternzeichen genau ein Teilnehmer! Es ist … fantastisch. Es ist perfekt! Es ist genial! Ich bin Wassermann, Sheldon. Was ist, werden Sie mich ertränken – ist es das?

Sheldon: [hat den Kopf gesenkt]

Rupert: Können Sie jetzt verstehen, warum ich Sie dabeihaben will? Bohner kehrt in den Park zurück – und vollendet sein Werk! Es ist … als würde der Schlussstein, der die ganze Zeit über noch gefehlt hat, seinen Platz finden. Als würde das Herz in den Park eingesetzt, wenn Jeff Bohner in ihn zurückkehrt. Als würde der Park endlich wieder beginnen zu leben! Was ist, Sheldon? Haben Sie Oberman nie besucht, weil Sie Bohner sind und vor der Konfrontation mit dem Wesen zurückgescheut sind, das Ihr Schicksal – so unterlegen es Ihnen auch war – in seiner Hand hielt?

29

Glenn antwortete nicht, sondern blieb stumm am Fenster der Vorratskammer stehen und starrte wie gebannt nach draußen. Paul erhob sich, trat neben ihn, und jetzt sah auch er es. Constance. Sie blickte hinter sich. Und hinkte. Sie trug Jeans, ein T-Shirt, eine Windjacke, aber keine Schuhe – presste eine Hand auf ihren Bauch, und die Hand war verklebt.

»Constance – hier!« Paul rief es zwischen den Gitterstäben hindurch, seine Wangen drückten gegen die kühlen Eisenstifte.

Ihr Blick flatterte zu ihnen herüber, sie zog ein Bein nach, ihr T-Shirt war blutverschmiert. Ihre hübschen Züge – spitz, gezeichnet, berührt. Ihr Mund öffnete sich, aber es war nichts zu hören.

»Was ist …« *Was ist los*, wollte Paul rufen, aber die Worte blieben in ihm stecken.

Draußen ging es weiter. Der Wahnsinn. Das Morden. Es war eine schwarze Welt, die heraufgezogen war. Als hätte sich eine Tür geöffnet, und die Insel, sie alle, wären durch diese Tür in die Kehrseite der Welt gestürzt.

Instinktiv fuhr Pauls Hand an seinen Mund – erst da begriff er, warum er seinen Satz nicht beendet hatte. Glenns Hand hatte sich auf seine Lippen gepresst.

»Sind Sie wahnsinnig!«, zischte es an seinem Ohr.

Paul schaute zur Seite und sah Glenns Züge dicht neben sich. »Er kann Sie hören! Halten Sie den Mund. Wir sind hier sicher, einigermaßen – ich will nicht, dass er auf uns aufmerksam wird!«

Pauls Ellbogen schnellte zur Seite – ein Keuchen – Glenn knickte zusammen, aber das Feuer in seinen Augen erlosch nicht. »Begreifen Sie denn nicht, Sie locken ihn mit Ihrem Geschrei doch nur zu uns!«

Paul blickte nach draußen. Der Sand, die Felsen hinter dem Haus, auf die man von dem Fenster aus sah. Am Rand, stahlgrau unter eine Wolkendecke, die kein Blau mehr erkennen ließ, der Ozean. Kein Blatt war zu sehen, nur der Sand, der Beton und das Wasser. Constance war aus der schmalen Ecke, die sie von ihrem Fenster aus überschauten, verschwunden.

Der dritte Tag hatte begonnen. Sonntag. Morgen sollte die Fähre kommen.

Glenn hatte recht, sie waren sicher in der Kammer. Aber ...

Paul hielt die Gitterstäbe noch immer umklammert. »Draußen geht es weiter, Glenn«, kam es zwischen seinen Zähnen hervor, ohne dass er sich umdrehte, »und Sie sind hier eingesperrt. Aber am ersten Abend, als Sie mit Constance allein waren, was ist da in der Portiersloge passiert?«

Er sah sich um. Die anderen hatten ihn vorhin gemeinsam überwältigt. Glenn jedoch war allein. Es war Mann gegen Mann. Gegen Glenn konnte er ankommen.

Sie schauten sich kurz in die Augen, dann senkte Glenn den Kopf, machte einen Schritt zurück und ließ sich auf die Bananenkiste fallen. »Ich wüsste wirklich nicht, was Sie das angeht, Paul.«

»Constance hat gesagt, dass sie in der Loge an etwas denken musste – an etwas, das vor zwanzig Jahren passiert ist.«

Glenns Augen blickten ihn an wie zwei Glasmurmeln. »Vor zwanzig Jahren? Bohner hat vor zwanzig Jahren gemordet, Paul.« Er schnaufte. »Halten Sie mich wirklich für so ... verrückt? Dass ich Constance in der Loge etwas antue – und dann abwarte, dass sie mit Ihnen allen darüber spricht? Oder wie? Hatte ich sie noch beseitigen wollen, bin dazu aber nicht mehr gekommen? Lächerlich! Sie war einverstanden, glauben Sie mir.«

War sie das wirklich?

»Es geht nicht um mich und Constance, Paul«, hörte er Glenn

leise, aber deutlich weitersprechen, »Constance hat es genossen, gefesselt zu werden. Vielleicht waren es auch die alten *Halloweenland*-Dekorationen, ein paar davon stehen noch in der Loge – die sie ganz … durcheinandergebracht haben. Vielleicht … war ich selbst ein bisschen durcheinander … es … wir mussten uns auch beeilen, denn ich musste ja zurück zur Gruppe – sie … war wirklich ein wenig aufgewühlt – aber … es ist nichts passiert, was sie nicht wollte.«

Das hatte Constance im Gespräch mit Rupert ja eingeräumt, dass sie sich darauf eingelassen hat.

»Wer Beth in Brand gesteckt hat – wer Constance verletzt hat – wer dort draußen wütet«, fuhr Glenn fort, »darum geht es, Paul. Und derjenige kann nicht ich gewesen sein. Denn ich bin *hier bei Ihnen in der Kammer*.«

Paul fuhr sich mit beiden Händen durch die Haare. Natürlich! Das hatte er sich ja auch selbst schon gesagt! Glenn war hier mit ihm. Draußen aber raste Bohner. Er hatte Constance am Bauch verletzt. *Lizzie*. Paul meinte die Berührung ihrer Lippen auf seinen zu spüren. Sie war dort draußen. Bohner konnte jederzeit über sie herfallen.

Mit einem Schritt war er an dem Hauswart vorbei an der Tür. Umfasste die Klinke, riss daran, warf sich gegen das Holz. Trat zurück, hob ein Bein, ließ seinen Fuß flach mit der Sohle auf die Pforte knallen. Er wusste, dass Glenn ihn verfluchte, aber er wollte nicht hier drinnen bleiben. Konnte es nicht.

Die Tür gab kein bisschen nach. Pauls Blick fiel auf die Scharniere. Das Türblatt schwenkte nach innen auf. Wenn er dagegen trat, nützte das nichts. Er wandte sich zu dem Regal, auf dem die Vorräte lagerten, schob mit dem Unterarm die Büchsen vom mittleren Brett. Scheppernd fielen die Dosen auf den Boden, rollten über den nackten Beton. Paul fühlte, wie er sich einen Splitter einriss, als er das Regalbrett aus der Verankerung wuchtete, dann rammte er es in den Spalt unter der Tür. Kickte ein paar von den

Dosen unter das Brett, damit es zum Hebel wurde. Es war nur ein paar Millimeter in den Spalt gerutscht, aber es hielt. Paul trat auf die nach oben stehende Seite des Bretts – es krachte – das Holz flog unter der Tür hervor.

Er spürte nicht mal, wie er das Brett erneut in den Spalt rammte. Seine Hände schürften sich an dem porösen Holz auf. Aber er kam nicht weiter. Sie waren gefangen, die Tür ließ sich nicht öffnen.

»Hier.«

Pauls Lider hoben sich, für einen Augenblick hatte er die Augen geschlossen gehabt. Sein Rücken schmerzte, seine Hände brannten, sein Kopf knisterte von den Gedankenblitzen, die einander durchkreuzten. Glenn stand vor ihm, in der ausgestreckten Hand …

Paul richtete sich auf. »Wo haben Sie die her?«

Glenn nickte zu dem Vorratsregal. »Auf dem obersten Brett ist ein Werkzeugkasten. Ich habe ihn schon vor Stunden entdeckt, aber ich wollte nicht raus. Wir sind hier sicher. Bleiben wir ruhig, warten wir ab, es ist der letzte Tag – morgen früh kommt die Fähre. Wenn wir Glück haben, passiert uns nichts.«

Es war eine schwere Axt, mit einem langen Schaft und einer breiten Klinge.

Paul griff danach. Sah Glenn an. Zögerte. »Und warum geben Sie mir die jetzt?« Er sah die Platzwunde an Glenns Schläfe, dort, wo Tony ihn bei dem Kampf vor dem Kühlraum getroffen hatte.

»Wenn wir Glück haben, passiert uns nichts – aber wenn wir *kein* Glück haben …« Glenn ließ sich wieder auf die Bananenkiste sinken. »Wahrscheinlich haben Sie ihn mit Ihrem Krach ohnehin schon auf uns aufmerksam gemacht. Ich will nicht schuld daran sein, wenn diese Kammer Ihr Grab wird, Paul. Entscheiden Sie selbst, was Sie tun wollen.«

Das Stahlblatt drang tief in das Holz ein, als Paul die Axt mit voller Wucht auf die Tür knallen ließ. Das Geräusch schien das ganze Gebäude erzittern zu lassen. Es splitterte, als Paul die Klinge aus dem Holz brach. Schwungvoll holte er erneut aus – die nächste Erschütterung durchlief seinen Körper –, dann hatte er die Axt wieder oben. Und spürte beim folgenden Hieb, wie die Klinge auf der anderen Seite der Tür austrat.

30

Die Wolken waren aufgerissen, abgezogen – die Sonne stand im Zenit. Sie brannte geradezu auf die Betonflächen, die Felsen, den Sand, das Wasser. Ihre Strahlen bissen Paul in die Augen, wenn die Wellen sie zurückwarfen, kippten, schwenkten und erneut direkt in seine Pupillen versenkten.

In der Speisekammer war es ruhig gewesen, er hatte sie nicht verlassen können, solange die Tür verschlossen gewesen war. Jetzt aber, mit der Axt in der Hand, durch den Vordereingang aus dem Gebäude getreten, jetzt war der Moment der Besinnung verstrichen. Der Albtraum hatte ihn wieder. Das hohe Pfeifen, direkt unter der Fontanelle auf seiner Schädelkuppe, war wieder da. Ein Pfeifen, das er gehört hatte, als Beth auf ihn zugerannt war, ein Pfeifen, das auch jetzt wieder anschwoll, als er über den Vorplatz hinweg auf die Klippen der Küste zuging.

Es war Kate. Er erkannte sie zuerst an ihrer Kleidung. Ihr Unterkiefer war zerschmettert. Wahrscheinlich mit einem Stein. In der Schädeldecke klaffte eine offene Wunde. Es gab keine glatten Wundränder, es war ein Gewirr. Ihr Körper lag auf dem Rücken, die Beine Richtung Haus, der Kopf Richtung Meer. Der Sand um sie herum war durchtränkt.

Paul stand über dem Leib und blinzelte. Ein Blinken und Schillern und Flimmern. Der ganze Ozean ein glitzerndes Geschmeide. Paul hörte die Fliegen. Sah sie. Sie hatten auf den Wunden Platz genommen, erhoben sich, schwirrten, senkten sich erneut auf das Fleisch hinab. Er meinte, ihre Borsten sehen zu können, die Facettenaugen, die ruckartigen Bewegungen. Die Flügel, die aussahen wie Glasfenster, die sechs Beine, die zuckten und sprangen und tasteten, der Rüssel, der sich in das Blut schob. Sie krochen über die Haut, den Wundrand, das Fleisch, sie liefen über die Finger, die Nägel. Sie legten ihre Eier in diesen Wirt, sie surrten und lebten.

Er hatte die Axt noch in der Hand. Kate hatte mit Davy gesprochen, dem Jungen, der wie er, wie Paul, von Bohner gezwungen worden war, dabei zu sein, als seine Mutter starb.

›Meinst du, du kannst es noch mal in die Kamera sagen, Davy?‹

Paul richtete sich auf, und sein Blick wanderte den Küstenweg entlang, den er in der ersten Nacht zusammen mit Lizzie hinuntergegangen war. Ganz in der Ferne war eine Gestalt zu erkennen. Nicht mehr als ein schwarzer Strich vor dem Glitzern und Blinken der Wasserfläche. Er konnte nicht ausmachen, was es war, ob Mann oder Frau. Er konnte nicht einmal erkennen, ob sich die Gestalt auf das Hotel zubewegte oder ob sie davon weglief.

Er schaute in die andere Richtung und bemerkte erst jetzt, dass er in einer Art Gehege stand, das noch zum alten *Zodiac Island* gehört haben musste. Jenseits davon: die weißen Bungalows gleißend in der Sonne. Dahinter, tiefgrau, aber auch sie im Mittagslicht wie ausgebleicht, die Schlucht, die in das Innere der Insel schnitt. Ein leichter Wind war aufgekommen und blies Paul ins Gesicht. Aber es war nicht nur ein Geruch nach Ozean, Sand und Muscheln … es hing auch noch der Hauch von etwas anderem darin. Ein Geruch, der ihn abstieß und zugleich doch dazu brachte, sich langsam Richtung Schlucht zu bewegen. Je näher er den geduckten Bungalows zwischen den Felsen kam, desto sicherer wurde er sich. Es war nicht nur ein Geruch nach … Kloake, der von dort kam, es war auch ein … Schleifen, Ziehen, Zischen – ein Geräusch … unterdrückt? Ein … Stöhnen?

War es das, was er vorhin in der Speisekammer gehört hatte?

Als er das erste der niedrigen Häuser erreichte, sah er den Weg, der tiefer in die Schlucht hineinführte. Aber von dort kam das Geräusch nicht. Paul blickte rechts den felsigen Abhang nach oben. Zwanzig Schritte den Berg hinauf begann die Vegetation. Verkrüppelte Bäume und dornige Sträucher, die sich in dem ausgedörrten Untergrund festkrallten. Die Sonne brannte auf seinen Schädel, Paul fühlte, wie der Schweiß seinen Rücken hinabrann und das Hemd an seiner Haut klebte. Der Gestank war jetzt scharf und hartnäckig, unmöglich, sich noch einzureden, dass er ihn sich nur einbildete. Paul spürte den Stiel der Axt in seiner Hand und schritt den schmalen Weg rechts an der Schlucht entlang aufwärts. Jetzt konnte er auch das Rascheln der Blätter der Bäume hören, die dort oben wuchsen, während links von ihm, tief unten in der Schlucht, das Wasser rauschte.

Es war am Rand zum spärlichen Wald. Vier Glieder. Arme, Beine. Die sich bewegten. Träge. Langsam. Unaufhörlich. Der Gestank jetzt unerträglich. Das Stöhnen heiser. Rau. Erstickt. Constances Haare waren das Erste, was er erkannte. Ihre Beine und Arme ausgestreckt. Angepflockt. Das Gesicht der Sonne zugewandt.

Wie schwebend glitt Paul auf das Gewimmel der Gliedmaßen zu, die dort auf dem steinigen Waldboden sich regten, bewegten, verschoben und rutschten. Sie lebte. Auf den steinigen Untergrund geschnallt. Der Gestank wie ein ohrenbetäubender Krach, der Paul zuschrie, sich zu entfernen.

»Constance?«

Er hockte sich neben sie auf den Boden – der Kopf der jungen Frau drehte sich.

Die Augen milchig – der Mund mit breitem Klebeband verschlossen – das Kinn – es zuckt –

Pauls Hände arbeiteten, ohne dass sein Kopf in der Lage war, eine Entscheidung zu treffen – sie arbeiteten daran, das Klebeband zu lösen.

»Constance, Sekunde noch, ich helfe Ihnen, ich bringe Sie ins Hotel …«

Er hörte sich reden und wusste kaum, wer es war, der da

sprach. Er sah, wie sich die Haut von Constances Wange hob, als er an dem Klebeband zog. Die Augen, die milchigen, von der Sonne versengten Augen tanzten – ihr Blick berührte sein Gesicht, zuckte weg – stieg auf in den Himmel, brach ein, glitt über den Horizont … während jetzt, da Paul bei ihr kniete, aus Constances vorher trägen Bewegungen etwas Springendes, Hüpfendes, Abgehacktes geworden war, als galoppierte sie ihm davon, als galoppierte sie auf eine Klippe zu.

Eine Wolke fauligen Geruchs stieg Paul ins Gesicht, als er das Klebeband ganz abzog – darunter, fast schwarz, verschlossen, Constances Lippen, aufeinandergepresst, die Wangen gebläht jetzt, zitternd, als würde sie etwas zurückhalten, die weißen Augen direkt auf Paul gerichtet, als horchte sie in sich hinein. Schon lugte er nur noch über seinen Arm hinweg zu ihr, um nicht hilflos dem ausgesetzt zu sein, was Constance noch zurückzuhalten versuchte. Da teilten sich ihre Lippen, und etwas kam dazwischen zum Vorschein, etwas Schwarzes, nicht größer als drei Finger, die aneinandergelegt sind, es schob sich zwischen den Lippen hindurch, und Paul erkannte, was es war. Eine Zunge, Constances Zunge, aber sie war nicht rötlich oder rosa, sondern grünlich und schwarz, und sie löste sich von den Lippen und fiel auf ihre Brust, während Constance den Kopf in die Höhe reckte. Fiel von ihrer Brust auf den Boden, und Paul konnte nicht anders, er beugte sich über die Zunge, die dort im Sand lag, sah, dass sie schwarz war, weil sie wimmelte, weil sie bedeckt war von Ameisen, die den kleinen Fleischklumpen ganz überwuchert hatten und nun wie aufgescheucht, wie in Panik von dem Fleisch herunterkrabbelten. Auf den Boden wimmelten, von dem Paul erst jetzt, wie in einem stummen Aufschrei erkannte, dass er bedeckt war, bedeckt mit Ameisen – Insekten, die auch auf Constances Leib krabbelten –, denn sie war in einem gewaltigen Ameisenfeld angepflockt.

Pauls Blick sprang hoch in ihr Gesicht. Da kamen sie. Zwischen den Lippen hervor, aus dem Mund, den sie inzwischen weit aufgesperrt hatte, wie um trotz des Gewimmels noch Luft zu bekommen, sie kamen in Schwärmen, in Klumpen, in Flechten aus ihrem Mund geklettert, sie bedeckten ihren Hals, sie krabbelten über ihr Gesicht, sie kamen hinter ihren Augäpfeln hervor, sie krochen aus ihrer Nase, sie färbten ihr Gesicht schwarz, und ihrer Brust entrang sich ein zungenloses hartes Fauchen.

Mit einem Satz ist Paul am ersten Pflock. Ein Hieb mit der Axt durchtrennt den Kabelbinder. Der nächste Pflock beim anderen Fuß, dann die Hände, erst links – Constance krümmt sich, an einem Arm nur noch angebunden, faltet sich zusammen, greift mit der freien Hand nach ihrem Shirt, reißt es hoch – und auch dort – Ameisen, aber nicht nur auf der nackten Haut, sondern auch in einem Schnitt, der dort klafft, aus dem Schnitt hervorströmend, dass Paul für einen Moment meint, die ganze Frau vor ihm, deren Qualen das Einzige zu sein scheint, was sie noch mit dem Leben, dem Diesseits verknüpft, die ganze Frau, ihre Gestalt, ihre Form, ihre Festigkeit und ihr Körper würden sich in dem Gewimmel der Insekten auflösen.

Es ist wie das Zucken eines Muskels. An einer Hand ist sie noch festgebunden – so schnell hat Paul diesen Pflock nicht erreicht – und doch zugleich schon so frei, dass sie sich aufbäumen kann. Ihr Kopf schnellt nach vorn, und sie stürzt sich mit der Stirn zuerst auf den letzten eisernen Pflock, der tief im Boden verankert ist und an dem sie noch hängt.

Ein stumpfer Hieb. Eine letzte Bewegung, die das Umeinandertanzen und -springen der beiden Körper beendet, dann sinkt sie zur Seite. Und unter ihrem Leib kriecht etwas hervor, ein Insekt – aber keine Ameise – größer als die Ameisen –

ein Skorpion.

Der über den Sand zu einem Stein krabbelt – darunter verschwindet. Dann regt sich nichts mehr außer dem Gewusel der Ameisen, die nicht gemerkt zu haben scheinen, dass Constances Zucken beendet ist.

31

»Ein Skorpion.« Sie sah ihm in die Augen.

»Skorpion ist eines der Tierkreiszeichen, Lizzie.« Paul ließ den Blick über das Meer schweifen. »Genauso wie Löwe, Widder oder Schütze. Ich kenne mich nicht wirklich gut aus mit den Sternzeichen, aber so viel weiß jeder. Wir sind hier auf der Insel, die einst *Zodiac Island* war. *Zodiac.* Sternzeichen. Auf der Insel der Sternzeichen. Hast du schon mal von der Theorie gehört, dass Bohner die drei Frauen auf eine Art getötet haben soll, die zu ihrem jeweiligen Sternzeichen passte?«

Lizzie saß zusammengekrümmt neben ihm auf den Steinen.

Eine Zeit lang hatte Paul in dem spärlichen Gras bei Constance gelegen und zu den Wolken nach oben geschaut. Langsam wie eine gemächliche Marschformation waren sie über den Himmel gezogen. In seinem Kopf hatte nichts als Rauschen geherrscht, und es war ihm vorgekommen, als wäre jeder Gedanke ein Fisch, den er weder fassen noch halten konnte.

Doch dann hatte er sich aufgerafft und auf die Suche nach den anderen gemacht. Hätte er Constance und Kate zurück ins Hotel tragen sollen? Es war ihm durch den Kopf gegangen. Aber er war so erschöpft, so zutiefst verstört, dass er beschlossen hatte, das auf später zu verschieben. Noch knapp ein Tag. Morgen Vormittag musste die Fähre kommen. War es nicht so?

Das Hotel hatte wie verlassen dagelegen. Speisesaal, Halle, Treppenhaus … menschenleer. Er wusste nicht, ob sich die anderen in ihren Zimmern versteckten oder ob sie tot irgendwo auf der Insel lagen. Er wusste nicht, ob sie ihn womöglich an den Vorhängen vorbeispähend beobachteten oder ob sie sich sonst wo im Gebäude verbargen.

Schließlich steckte er ein wenig Obst, rohes Gemüse und etwas Brot aus den Vorratskammern ein und machte sich auf den Weg. Solange der Tag andauerte, wollte er sich so weit wie möglich von dem Gebäude entfernt aufhalten. Bei dem Tageslicht, das jeden Winkel ausleuchtete, wirkte der veraltete Betonbau heruntergekommener und bedrückender auf Paul als jemals zuvor. Natürlich war es möglich, dass zwischen den Steinen an der Küste, hinter den Sträuchern, in dem hohen, ausgedörrten Gras die Gefahr nur auf ihn lauerte. Doch solange es hell war, wollte Paul lieber im Freien sein als im Haus, wo er das Gefühl hatte, den Schrecken, die die Insel heimgesucht hatten, schutzlos ausgeliefert zu sein.

Fast war es, als würde das Grauen, das ihn die letzten Stunden wie eine Eisenfaust umklammert hatte, ein wenig von ihm abrücken, als er den Küstenweg entlangschritt, rechts von sich das Meer, das sich im aufgekommenen Wind auftürmte, links die Felsen, die sich im Zentrum der Insel zu einer kleinen Anhöhe erhoben und hinter denen die verrosteten Überreste des alten *Zodiac Island* lagen.

Er überlegte schon, ob er versuchen sollte, die Insel zu Fuß einmal ganz zu umrunden, obwohl sich die Wolken vor der Sonne langsam verdichteten und es so aussah, als könnte das Wetter umschlagen – da fiel ihm auf einem der letzten Felsrücken der Küste erneut die schlanke Silhouette auf, die er vorhin schon bemerkt hatte. Er ging weiter, und ihm wurde klar, dass es Lizzie war. Sie schaute über das Meer. Und lächelte zaghaft, als sie sich umwandte und ihn auf sich zukommen sah.

»Ich bin fast sicher«, sagte Paul langsam, während sie nebeneinander auf den Steinen saßen, »dass Constances Sternzeichen Skorpion ist. Es ist nur eine Vermutung, aber ich glaube tatsächlich, es ist so.«

Lizzie hatte keine Angst mehr vor ihm. Sie wusste, dass er zusammen mit Glenn eingesperrt gewesen war, als Kate und Constance heimgesucht wurden.

Pauls Blick ging über das Wasser. »Vielleicht hat er ihr das Tier in die Tasche gesteckt – und alle andere Verletzungen danach zugefügt.«

Bohner.

Er sah Lizzie von der Seite aus an. »Hast du gesehen, wo Kate liegt?«

Lizzie schüttelte den Kopf.

»Sie liegt in einem Gehege. Ich wette, es ist das alte Gehege, in dem sie in den Glanzzeiten von *Zodiac Island* den Löwen untergebracht hatten. Sie hatten einen lebendigen Löwen hier, das weißt du, oder?«

Er sah, wie sie nickte.

»Kates Sternzeichen ist Löwe.« Paul wusste, wann Kate Geburtstag hatte. Er hatte es in einer der Darstellungen des Jeff-Bohner-Falls gelesen. Sie war im August geboren, und ihr Sternbild war Löwe. Das Sternbild der Ermittlerin, die die Theorie von einem Zusammenhang zwischen den Tierkreiszeichen und den Bohner-Morden zuerst aufgestellt hatte.

»Kate – Löwe«, hörte er Lizzie nachdenklich sagen. »Constance – Skorpion. Kann sein. In Ordnung. Aber was ist mit Beth? Feuer … Flammen … das gibt es als Tierkreiszeichen doch gar nicht.«

Paul schwieg. Sie hatte recht. Es war alles nur eine Theorie … es konnte genauso gut vollkommen anders sein.

»Ich habe mal gehört, dass die vier Elemente den Tierkreiszeichen zugeordnet werden«, fuhr Lizzie neben ihm fort. »Ich bin keine Expertin, aber … könnte das die Verbindung sein?«

Es könnte sein …

»Ich bin Schütze«, sagte sie, »und ich weiß, dass Schütze zum Feuer gehört. Schütze, Löwe und Widder sind dem Feuer zugeordnet.«

»Wenn Kate Löwe ist – und du Schütze ... bliebe noch Widder.« Paul überlegte. »Beth könnte natürlich Widder sein, dann würde es passen.« *Vielleicht, könnte, hätte, würde ...*

»Michael – passt er in die Reihe?« Lizzie hatte die Arme auf die Knie gelegt.

»Michael ... ich weiß es nicht, ich weiß auch nicht, wann er geboren ist, also welches Sternzeichen er war –«

»Jay ist am ersten März geboren ...« Lizzies Augen hatten plötzlich einen gewissen Glanz bekommen. »Constance hat das erwähnt, als wir versucht haben zu verstehen, was Jay zugestoßen sein könnte. Sie hatte Jays Bewerbungsunterlagen herausgesucht, und dort war auch das Geburtsdatum des Zimmermädchens verzeichnet.« Sie holte Luft. »Wenn das stimmt, wenn Jay wirklich am ersten März Geburtstag hatte – fällt das in die Zeit der Fische!«

Fische ...

Paul fühlte ein Kribbeln im Nacken. »Wir haben sie im Meer gefunden. Möglicherweise ist sie ertrunken – wenn sie den Sturz von den Klippen überlebt hat.« Er flüsterte es.

Es passte!

Er sah Lizzie an. Ihre Haut schien beinahe durchsichtig geworden zu sein. Das Gesunde, Zuversichtliche, das sie in den ersten Stunden auf der Insel ausgestrahlt hatte, war nicht ausgelöscht, aber es war wie verscheucht, wie niedergedrückt, während etwas anderes sich in ihr breitgemacht hatte. Eine abgrundtiefe Verunsicherung. Der Wind blies ihr die Haare aus dem Gesicht, ihre weite Hose flatterte an ihrem Körper.

»Er ist hier, Lizzie, Jeff Bohner ist hier«, murmelte Paul. »Ich habe ihn gesehen, gleich am ersten Abend. Die Gestalt mit der Babymaske. Er hat die Maske getragen – weil er einer von uns ist.«

Sie sah ihn nicht an, während Paul die Beine anzog.

»In der ersten Nacht hat er Jay aus ihrem Zimmer gelockt.

Vielleicht hat er einfach an ihr Fenster geklopft – es lag im Erdgeschoss und stand offen –«

»War nicht auch das Fenster in der Küche offen gewesen«, unterbrach Lizzie ihn. »So hat Constance mir das erzählt.«

»Ja, die Fensterflügel in der Küche waren aufgeflogen – das hat die Töpfe dort auf den Boden geschleudert.« Er sah das Kochgeschirr auf dem Boden vor sich. »Vielleicht hast du recht. Wir wissen es nicht. Er könnte durch die Küche gekommen und zu Jays Zimmer gelaufen sein. Andererseits ... Vielleicht sollte das offene Küchenfenster uns auch nur auf die Idee bringen, dass er von *außen* gekommen ist – während er in Wahrheit bereits im Hotel war.«

»Hast du dir das Küchenfenster angesehen?«

Paul nickte. »Es sah nicht so aus, als ob es von außen aufgebrochen worden wäre.«

»Wenn er an Jays Fenster geklopft hat – sie hätte ihm nicht aufgemacht, wenn sie ihn nicht gekannt hätte. Und eingeschlagen war die Scheibe doch nicht.«

Nein.

»Eben.« Paul drückte den Rücken durch. »Ich glaube, er hat an Jays Fenster geklopft, sie hat gesehen, wer es war, und ihm das Fenster geöffnet, weil sie ihn kannte.«

»Und das Küchenfenster?«

»Hat er vielleicht vorher geöffnet, damit es so aussieht, als wäre er von dort gekommen. Oder es ist nicht richtig geschlossen gewesen und durch den Zug aufgeflogen, als Jays Fenster geöffnet wurde.« Paul stockte und stotterte fast, während er redete, aber er hielt nicht mehr inne. Er versuchte, sich Klarheit zu verschaffen. Und je mehr er darüber nachdachte, desto deutlicher erschienen ihm die Zusammenhänge. »Wir können nicht wissen, ob er durch die Tür oder durch das Fenster in Jays Zimmer gekommen ist, aber ihre Hose lag auf dem Vorplatz. Womöglich hat sie sich gewehrt – womöglich hat er ihr den Mund zugehalten. Womöglich hat sie sich erst *nicht* gewehrt. Fest steht nur eins.«

Ihr Rücken, der aus den Fluten herausragt – ihre Haare, die von der Brandung über ihre nackte Haut gespült werden.

»Dass er sie von den Klippen gestoßen hat. Oder geschleudert.«

Dann Michael.

»Bei Michael genau das Gleiche. Es könnte jeder von uns gewesen sein. Jeder könnte zu Jay gekommen sein. Sheldon, Rupert, Mary, Tony ... Jeder, der die versteckte Treppe hinter dem Schrank kannte, könnte zu Michael ins Zimmer gekommen sein. Soweit ich weiß, waren wir alle im Hotel, als es passiert ist, oder? Genauso bei Beth. Jeder könnte sie in Brand gesteckt haben. Hast du mit jemandem gesprochen, wer wann wo genau war?«

Er sah, wie sie den Kopf schüttelte.

»Wir müssen versuchen ... die Dinge zu sortieren, Lizzie, wir müssen uns Klarheit verschaffen, welcher von ihnen ...« – *das Monster ist.*

Er holte Luft. Die trüben Augen Constances starrten ihn an, ihre Lippen plusterten sich auf, zeigten, dass sie gleich aufbrechen würden – und preisgeben, was die Sterbende noch zu verbergen versuchte. Paul musste ein Keuchen unterdrücken, schob den Gedanken an Constance mit aller Kraft von sich.

»Auch eine der Frauen?« Lizzie hatte das Wort ergriffen. »Du hast gerade Mary gesagt ...«

»Ich weiß nicht – nein.« Paul starrte vor sich auf den steinigen Boden. »Jeff Bohner ist keine Frau.«

»Also die Frauen nicht – Mary nicht, ich nicht ...«

Er nickte. *Die Frauen nicht.*

»Glenn war bei dir in der Speisekammer«, hörte er sie sagen, »er kann es auch nicht gewesen sein.«

»Bohner hatte schon einmal jemanden, der alles für ihn getan hat.« Paul sah auf und hatte den Eindruck, ihr Blick würde in seinem Gesicht etwas suchen. »Er hat Clyde Oberman damals dazu gebracht, sich für ihn hinrichten zu lassen. Wer ist es, der heute für ihn alles macht? Vielleicht ist es Rupert und ... der

Mann, der für ihn mordet, Glenn. Oder Tony. Oder Sheldon ist es, und Tony hilft ihm. Oder ...« Noch während er sprach, schüttelte Paul den Kopf. Alles war möglich. Und alles undenkbar. Glenn. Die massige Gestalt des Hauswarts. Wie er ihn angeschaut hat, als er ihm die Axt in die Hand gedrückt hat. Und doch, wenn Paul ihn so vor sich sah, den Kopf gebeugt, die Lippen zusammengepresst – dann war es wieder, als würde sich unter Glenns Haut etwas regen und der wahre Mann, das wahre Gesicht, der Schädel des Monsters darunter zum Vorschein kommen.

»Rupert, Sheldon, Tony, Glenn«, hörte Paul Lizzie sagen. »Es bleiben nur noch sie. Also einer von ihnen.«

»Ja.«

»Tony ... gehört zu meinem Team.« Sie warf ihm einen Blick zu. »Ich arbeite mit ihm, Paul, aber ... du weißt ja, ich ... habe ihm von Anfang an nicht getraut.«

»Tony? Ich denke eher, es ist Rupert.« Paul richtete sich auf. *Wer sonst?* Und doch ... Sollte Rupert wirklich den ganzen Park nur aufgebaut haben, um dieses lange Wochenende hier zu ... feiern? Es kam ihm aberwitzig vor – aber lag es nicht auf der Hand? Rupert war von Bohner besessen, weil er Jeff Bohner war! Hatte Constance ihn, Paul, nicht auf der Fähre besonders herzlich begrüßt? Rupert kannte ihn, Paul, nur ER, Paul, konnte sich an Rupert nicht ... an Bohner, den wahren Jeff Bohner nicht erinnern. Aber Bohner kannte ihn, natürlich! Rupert konnte sich an den kleinen vierjährigen Jungen, also an ihn, sehr gut erinnern!

Eine Stimme schreckte Paul auf. Eine männliche Stimme. Auch Lizzie neben ihm sah hoch. Vom Ende der Insel her kam jemand über den Küstenweg auf sie zugelaufen.

Paul fühlte, wie sich Lizzies Hand auf seinen Arm legte. Es war Tony, der dort auf sie zugerannt kam.

»Paul ... Lizzie!« Der Kameramann blieb stehen und winkte ihnen zu.

»Er will uns vielleicht eine Falle stellen«, drang es von Lizzie her zu Paul hoch.

Ja ... ja, das konnte sein. Paul sah die Schatten vor sich, die sich in der ersten Nacht auf das muskulöse Gesicht des Kameramanns gelegt hatten, als er mit ihm und Michael unterwegs gewesen war. *Aber ... dann ist die Gestalt in der Nacht aufgetaucht.* Und Tony war bei ihm, bei Paul gewesen, Tony konnte die Gestalt nicht gewesen sein. *Aber ... hatte Beth nicht gesagt, die Gestalt gehöre zum Teil der Show?* Sie hatte es gesagt, aber vielleicht nur, um ihn, um Paul zu beruhigen – während sie in Wahrheit selbst nicht gewusst hatte, was los war.

Ihm schwindelte – alles schien durcheinanderzugehen.

»Es ist ein Boot«, hörte er Tony rufen, »dort hinten, vor der nächsten Bucht!«

Ein Boot! Paul sprang auf und zog Lizzie auf die Füße. »Ein Boot!« Das hieß ... das war ... Womöglich konnten sie von der Insel entkommen!

Sie rannten, rutschten, schlidderten den Abhang hinunter.

»Schnell! Es ist gleich hinter dem nächsten Hügelrücken.« Tony rannte bereits den Weg zurück, den er gekommen war. Sie folgten ihm.

»Es ist ein Schlauchboot«, stieß der Kameramann im Laufen hervor, als Paul ihn eingeholt hatte, »... aber der Wind ... Die Brecher sind gewaltig.«

Paul warf einen Blick auf das Meer. Der Himmel hatte sich jetzt ganz zugezogen. Die Wolken glitten nicht mehr gemächlich über sie hinweg, sie jagten geradezu, flogen, getrieben von einem starken Wind, der die Wellen im Osten zu flach gekräuselten Schraffuren niederdrückte, im Westen aber, auf der Seite der Insel, die sie jetzt erreichten, zu so gewaltigen Gebilden aufpeitschte, dass das Donnern der Brandung fast jedes Wort übertönte.

Dort. Jetzt sah Paul es auch. Das Schlauchboot. Und zugleich spürte er, wie ihn die Enttäuschung übermannte. Ja, es war ein

Boot, aber mit diesem Boot … Bei diesem Wetter … konnten sie unmöglich hoffen, die Insel zu verlassen. Und doch versuchte der Mann, der in dem Boot saß, genau das. Er hockte geduckt mit einer Hand an dem Außenmotor und steuerte auf die offene See hinaus.

»Es ist Rupert«, keuchte Lizzie neben Paul, und da erkannte auch er ihn.

Rupert. Er wandte ihnen den Rücken zu, klammerte sich in dem Boot fest, dessen Bug steil nach oben stieg. Die Wellen rollten unter dem Gummiboot hindurch, segelten auf die Insel zu und brachen sich krachend an den Felsen.

»Er flieht«, schnaufte Tony neben Paul, »er haut ab!«

Schon wurde das Boot von der nächsten Welle in die Höhe gestemmt und neigte sich bedenklich – Wasser strömte über die Gummiwülste hinein.

»Er muss das Boot auf der Insel versteckt gehabt haben.« Tony sah zu Paul und stieß einen Fuß in das Geröll auf dem Boden. »Und jetzt versucht er, damit zu entkommen – aber bei der Brandung …«

Es war klar, dass Rupert mit jeder Welle, die ihn emporhob, das Kentern des Boots riskierte.

»Er hat Angst, genau wie wir alle«, flüsterte Lizzie so leise, dass Paul sie zwischen den Brechern kaum hören konnte.

Und dann sahen sie, wie es sich vollzog – keine dreihundert Meter von ihnen entfernt. Einen fürchterlichen Brecher lang konnte Rupert das Gleichgewicht noch halten, im nächsten Moment aber hob sich das Boot in einem Winkel aus dem Wasser, der zu steil war. Das graue Plastik des Schlauchboots stach in die Luft – senkte sich ins Wellental – die Schraube des Motors wurde sichtbar – und plötzlich war nur noch das Grüne, das Graublaue des Ozeans zu sehen. Da! Noch einmal kam das Boot ins Blickfeld, mit der Unterseite nach oben, ein Kopf tauchte aus den Fluten auf, der Wind riss Ruperts Rufe von seinen Lippen.

Sie standen an der Steilküste, und Paul konnte den Blick von dem Kopf nicht abwenden. Die Wucht, mit der die Brecher auf dem steinigen Strand aufschlugen, glich Detonationen. Es war unmöglich, bei diesem Wellengang ins Wasser zu gehen. Sie mussten tatenlos zuschauen. Unendlich lange, so kam es Paul vor, sahen sie noch Ruperts Kopf als ein glatzköpfiges Kügelchen auf den Wellen tanzen – dann tauchte er unter – noch einmal auf – erneut unter – und war nicht mehr zu sehen.

32

»Wassermann? Ich weiß es nicht.« Mary warf Glenn einen Blick zu. »Du?«

»Ich glaube, Mr. Levin hatte im Januar Geburtstag.« Glenn schaute von seinem Teller auf. »Ist das Wassermann?«

Lizzie blickte auf die Skizze, die sie angefertigt hatte. »Wassermann ist – je nach Geburtsjahr – vom neunzehnten, zwanzigsten oder einundzwanzigsten Januar bis zum achtzehnten, neunzehnten oder zwanzigsten Februar.« Sie hatte in den Überresten des alten *Zodiac Island* eine Tafel gefunden, auf der die Daten der Tierkreiszeichen vermerkt waren, und die Angaben in eine Tabelle kopiert.

»Beth ist am achten April geboren.« Tony hatte einen Ordner mit Unterlagen aus Beths Zimmer geholt. Dort hatten sie auch einen Bogen zu jedem Gast gefunden, auf dem Adresse und Kontaktdaten notiert waren – sowie die Geburtsdaten.

»Damit ist sie Widder, und Widder ist dem Feuer zugeordnet – wie ich gesagt habe.« Lizzie atmete aus und sah zu Paul.

Sie hatten sich in dem Speisesaal versammelt, und Mary hatte aus den Lagerräumen genug von der Vorräten auf den Tisch gebracht, um alle satt zu machen. Lizzie und Paul, Glenn und Mary, Tony und Sheldon. Die sechs, die noch übrig waren.

»Ich weiß das«, fuhr Lizzie fort, »weil ich selbst Schütze bin und Schütze ebenso zu Feuer gehört wie Widder.« Sie hatte sich wieder an die anderen gewandt. »Auf der Tafel vom alten Park sind diese Zuordnungen aber auch vermerkt.« Sie runzelte die Stirn. »Beth war also Widder, damit gehört ihr Tierkreiszeichen zum Feuer, und sie selbst ist …«, Lizzies Stimme wurde heiser, »… verbrannt.«

»Constance ist Anfang November geboren.« Tony hatte sich wieder über die Unterlagen aus Beths Zimmer gebeugt.

»Also ist sie Skorpion.« Lizzie hielt ihre Skizze hoch. Dort stand es. Skorpion: 22./23./24. Oktober bis 21./22./23. November.

Es ist kein Zufall, ging es Paul durch den Kopf.

Er hatte den anderen erzählt, was unter Constance hervorgekrabbelt und in einem Erdloch verschwunden war. Ein Skorpion.

»Ich war eben noch einmal in Michaels Zimmer«, ergriff Paul das Wort. »Dort liegen ein paar Werkzeuge in der Ecke. Darunter war auch eine Waage, eine Wasserwaage. Wann ist Michael geboren?« Er sah zu Tony.

»Neunter Oktober.«

»Waage.« Lizzie schluckte. »Gleichgewicht … War er deshalb so auffällig auf *einer* Seite aufgeschlitzt … um das … Gleichgewicht der Waage zu zerstören?«

»Okay … gut …« Sheldon lehnte sich in seinem Stuhl zurück. »Rupert ist Wassermann und ertrunken, Constance Skorpion und womöglich von einem Skorpion gestochen worden. Jedenfalls haben Sie, Paul«, er sah ihn an, »einen Skorpion gesehen. Was noch?« Er stützte die Ellbogen auf den Tisch und legte die Fingerspitzen aneinander. »Kate war Löwe, und wir haben sie in dem alten Löwengehege gefunden. Auch bei Beth, Michael und Jay passt das Tierkreiszeichen.« Er schaute in die Runde. »Sieht so aus, als könnte sich jeder von uns, der noch lebt, selbst ausrechnen, wie er enden wird.«

»Ich bin Zwilling«, war Tony zu hören, »was heißt das jetzt? Welche Tötungsart passt denn zu Zwilling?«

»Zwilling gehört wie Waage und Wassermann zu Luft.« Lizzie blickte wieder auf ihre Tabelle, in der sie die Zuordnungen notiert hatte. »Sie könnten erstickt werden, Tony … oder erwürgt.« Sie schaute auf.

»Es gibt auch Gifte«, Mary hatte das Wort ergriffen, »Zyankali zum Beispiel, da erstickt man innerlich.«

Es war so überdreht, dass Paul fast lächeln musste, obwohl Mary ganz ernst geklungen hatte.

»Zwölf Gäste – zwölf Sternzeichen – jeder ein anderes.« Er überlegte laut. »Der Mörder vollendet Bohners Werk – oder besser gesagt: Was Bohner von zwanzig Jahren noch nicht geglückt ist – jetzt ist es so weit. Diesmal werden die zwölf Morde vollgemacht. Und zwar wieder hier. Auf *Zodiac Island*, der Insel der Sternzeichen. Aber ...« Pauls Blick wanderte von einem zum anderen. »Dann muss er uns ausgewählt haben, richtig? Er muss darauf geachtet haben, dass jeder, der an diesem Wochenende teilnimmt, ein anderes Sternzeichen hat. Rupert hat uns eingeladen, oder? Aber Rupert ist tot. Er kann nicht der Mörder sein –«

»Soweit ich weiß, hat Beth die einzelnen Gäste ausgewählt«, fiel Sheldon ihm ins Wort. »Ich sollte sie beraten. Aber die endgültige Auswahl hat sie getroffen.«

»Aber Beth ist ebenfalls tot und kann also nicht –«

»Hat sie es wirklich allein entschieden?« Tonys Stimme war zwischen sie gefahren. »Wer weiß. Vielleicht hat sie sich bezahlen und dementsprechend bei der Auswahl der Gäste steuern lassen. Wir wissen es doch nicht! Wir wissen nur, dass jeder von uns ein anderes Sternzeichen hat!«

»Ist es nicht ganz egal, wieso oder weshalb die Dinge hier geschehen?«, war jetzt wieder Mary zu hören, die sich erhoben hatte und neben dem Tisch stand. »Ich will einfach nur wissen, wer es ist. Wer das macht.«

Wer von uns es ist, ging es in Pauls Kopf weiter. Glenn, Tony, Sheldon, Lizzie, Mary und er selbst. Sechs. Es waren noch sie sechs von den ursprünglich zwölf Besuchern übrig.

»Was ist mit dem Boot?« Paul sah zu Sheldon. »Wo kam es plötzlich her?«

»Rupert kann es versteckt gehabt haben.« Sheldon breitete

seine langfingrigen Hände aus. »Und das hieße, er hätte von Anfang an geplant, die Insel zu verlassen, bevor die Fähre wieder anlegt. Das wiederum würde bedeuten, dass er mit dem, was hier passiert, bereits gerechnet hatte.«

»Er könnte das Boot auch aus tausend anderen Gründen hier versteckt haben.« Paul war nicht überzeugt. »Und was heißt schon versteckt? Haben wir die ganze Insel systematisch abgesucht? Nein. Vielleicht lag es am anderen Ende des Eilands einfach hinter einem Felsbrocken. Rupert hat es dort vor Wochen schon aufs Trockene gezogen … oder vielleicht hat er es auch nur gefunden.«

»Hatte Jay nicht gesagt, es wäre jemand mit einem Schlauchboot hier gewesen?«, mischte sich Glenn ein.

»Das Schlauchboot, von dem Jay gesprochen hat, war dann aber wieder weg«, gab Paul zu bedenken.

»Trotzdem.« Glenn sah zu Tony. »Erst erzählt Jay etwas von einem Schlauchboot, und dann sehen wir Rupert auf einem Schlauchboot türmen. Also *zwei* Boote?«

»Oder es war dasselbe Boot«, gab Tony zurück, »das zum zweiten Mal hier war!«

Während sich die anderen weiter unterhielten, begann Paul ihre Stimmen mehr wie ein Murmeln im Hintergrund wahrzunehmen. Seine Gedanken schweiften ab. Hätte Rupert es riskiert, bei dieser Brandung abzulegen, wenn er selbst die Bedrohung war? *Nein, Rupert ist nicht die Bedrohung gewesen – er lief davor weg!* Und das hat ihn das Leben gekostet. Also? Wie musste Paul sich das vorstellen?

Bohner erfährt von dem Projekt Murder Park … *besorgt sich ein Boot, fährt auf die Insel, versteckt es und macht sich daran, die Baustelle zu erkunden.*

Wer konnte schon sagen, wie oft Bohner hier gewesen war? Wo überall er seine Fallstricke und Tricks vorbereitet hatte? Das Boot war später zwar wieder weg, aber er konnte ja auch damit wieder hergekommen sein. Er konnte die Insel mit einer Fähre verlassen haben, die für die Bauarbeiter ja die ganze Zeit über fuhr. Wäre er den Arbeitern aufgefallen? Vielleicht nicht. Rupert könnte das Boot, das Bohner versteckt hatte, dann auf der Insel entdeckt haben. Das war durchaus denkbar. Rupert hatte sich ja kaum noch bei den anderen blicken lassen, nachdem er mit Tony in Michaels Zimmer aneinandergeraten und es nicht zu übersehen gewesen war, dass sie ihn für das, was auf der Insel geschah, als Gastgeber verantwortlich machten. Noch einmal hatte Paul ihn gesehen – als Rupert mit Constance gesprochen und Paul auf dem Balkon gestanden hatte. Danach könnte sich Levin stundenlang auf der Insel herumgetrieben haben, dabei das Boot entdeckt und am nächsten Tag damit abgelegt haben, als das Morden weiterging …

»Er hätte es nicht riskiert, bei dem Wind abzulegen«, sagte Paul, ohne jemanden direkt anzusprechen.

Er sah, wie sich die anderen ihm zudrehten. Das runde, gedrungene Gesicht Glenns. Die etwas selbstgefälligen, jetzt jedoch angestrengten Züge Sheldons. Die von Zweifeln durchzogene Miene Marys, die sich ständig zu entschuldigen schien. Der stiernackige Kopf Tonys, der es mit allen und jedem aufnehmen würde. Lizzie, die gerade aufstand, um die Wasserkaraffe neu zu befüllen …

»Sie haben recht, Paul.« Sheldon kniff die Augen ein wenig zusammen. »Wäre es Rupert gewesen, der das … gemacht hat … wüsste er ja, dass er auf der Insel nichts zu befürchten hat«, er lächelte, »außer sich selbst sozusagen. Warum sollte er also sein Leben riskieren, indem er in See sticht, richtig?«

»Ja, vielleicht. Aber«, wandte Tony ein, »wer wusste schon besser über die Geheimtür in Michaels Zimmer Bescheid als Rupert? Wer kannte sich in dem Gebäude und auf der Baustelle besser aus als er?«

»Nein.« Glenn schüttelte den Kopf. »Ich glaube, Paul und Sheldon sehen das schon ganz richtig. Rupert scheidet aus, und das heißt –«

Er beendete den Satz nicht. Plötzlich war so etwas wie ein Klicken in seiner Kehle zu hören gewesen.

»Das heißt, dass es einer von uns sein muss.« Sheldon spitzte die Lippen und sah angriffslustig von einem zum anderen. »Oder, Tony?« Ohne zu Tony zu schauen. »Vor was sollte Rupert fliehen, wenn er selbst der Mörder war? Es war nicht Rupert. Einer von uns muss es sein, einer von uns muss in Michaels Zimmer gewütet haben wie ein Wahnsinniger. Muss Jay die Klippe hinuntergestoßen haben … und von Kate, Constance oder Beth will ich gar nicht sprechen.«

»Erzähl Ihnen, was du denkst, Paul«, flüsterte es neben ihm. Lizzie sah ihn an, und in ihren Augen glänzte es.

»Sie haben eine Theorie, Paul?« Mary war mit neuem Aufschnitt und aufgebackenem Brot zurück in den Speisesaal gekommen.

Er blickte in das knochige Gesicht der Haushälterin. Glenns Frau. Glenn und Mary – was für ein seltsames Paar, musste er denken. Mary war einen halben Kopf größer als Glenn und hatte sich bisher weitgehend im Hintergrund gehalten. Aber das Essen, das sie und Glenn seit Tagen auf den Tisch brachten … viel Obst, ausgewählte Käse und Wurstsorten … war gut, sehr gut sogar.

»Ich … ich denke … es ist Jeff Bohner«, hörte Paul sich sagen. »Bohner hat damals mit den Tierkreiszeichen auf *Zodiac Island* begonnen – Bohner vollendet jetzt das, was ihm damals nicht geglückt ist. Es ist nicht jemand, der Bohner *nachahmt*, es ist Jeff Bohner *selbst*, der jetzt hier ist. Der unter uns ist. Der einer von uns ist.«

»Wie, *Jeff Bohner*?« Sheldon hatte seinen Oberkörper weit nach vorne in Pauls Richtung gebeugt. »Bohner ist hingerichtet worden, Paul, das wissen Sie doch!«

Pauls Blick machte erneut die Runde. Tony, Sheldon, Glenn, Mary, Lizzie. *Und ich*. Einer von ihnen musste es sein. Beobachteten sie ihn verstohlen? Dachten sie darüber nach, ob er es war?

Zuerst hatte die Panik sie alle auseinandergetrieben, inzwischen jedoch war klar geworden, dass sie nicht warten konnten, bis es … er … sie erwischte. Derjenige, der hier gegen sie vorging, zögerte nicht. Es war wie eine Maschine, wie ein Gesetz, das sich vollzog, das einen nach dem anderen ummähte.

»Ich bin davon überzeugt, dass der Falsche damals auf dem Stuhl gelandet ist«, sagte Paul. »Was hier geschieht, ist nichts anderes, als dass Bohner selbst seine alte Obsession auslebt. Zwölf Morde – zwölf Sternzeichen. Damals waren es Skorpion, Fische und Stier, heute ist es das ganze Dutzend.«

»Haben Sie ihn gesehen, den Stuhl, hinten im letzten Bungalow?« Tonys Gesicht leuchtete. »Rupert hat das Originalstück – den original elektrischen Stuhl, auf dem Bohner exekutiert worden ist, er hat ihn dort im letzten Ausstellungsraum. Man kann sich sogar draufsetzen – also ohne Strom. Können Sie sich das vorstellen?«

»Sie glauben, es war nicht Jeff Bohner, sondern jemand anders, der auf dem Stuhl getötet wurde?« Glenn hatte sich zurückgelehnt, und sein Gesicht wirkte, als wäre ein Licht darin angegangen. »Ist das möglich?« Er warf Tony einen Blick zu. »Wir müssten Kate … oder Beth fragen –«

»Paul, Sie sind Bohner doch einmal begegnet, richtig?« Lizzie. Wollte sie ihn in etwas hineinreiten? Paul sah sie an. Oder hatte sie recht? Vielleicht. Vielleicht war es an der Zeit, die Karten auf den Tisch zu legen.

»Natürlich«, Sheldon wirkte erleichtert, »Sie kommen nicht von Jeff Bohner los, Paul, das ist mir sofort … bei unserem ersten Gespräch vor vier Wochen ja schon klar geworden. Nein, bitte, verstehen Sie mich nicht falsch, Paul, ich will keinesfalls leichtfertig darüber hinwegreden, aber –«

»Ich kann mich an das, was vor zwanzig Jahren geschehen ist, nicht erinnern, Sheldon, das wissen Sie. Es ist nicht, weil ich von Bohner besessen bin, es ist schlichtweg die beste Erklärung für das, was hier passiert!«

Die anderen Gespräche waren verstummt. Die Heftigkeit von Pauls Reaktion war keinem entgangen. Alle sahen ihn an.

Einer von ihnen ist es. Einem von ihnen bin ich schon einmal begegnet.

»Ich kann mir das nicht vorstellen.« Wieder hatte Glenn das Wort ergriffen. »Jeff Bohner? Ganz abgesehen von Ihrer Theorie, Paul – ich kann es mir gar nicht vorstellen –«

»Red keinen Unsinn, Glenn. Was kannst du dir nicht vorstellen?«, fuhr Tony ihm über den Mund. »Dass einer nach dem anderen von uns hier ermordet wird? Soll ich dich noch mal in die Zimmer führen? Sie liegen hier gleich nebenan. Constance ist noch warm, glaube ich. Aber pass auf, dass die Ameisen nicht auf dich überspringen.« Er stand so heftig auf, dass sein Stuhl fast umgekippt wäre. »Verflucht!«

»Setzen Sie sich, Tony, setzen Sie sich, es ist Zeit – wir müssen endlich beraten, was wir tun wollen.« Sheldon sah zu dem Kameramann auf. »Wir sind lange genug auf der Insel herumgelaufen wie Hühner, denen man den Kopf abgehackt hat ... oder noch abhacken will. Wir müssen überlegen, wie wir uns schützen wollen!«

»Ach ja!«, schleuderte Tony ihm brüsk entgegen. »Und alles, was wir hier beraten, bekommt Bohner ... der Mörder – wer auch immer es ist –, er bekommt es gleich mit, denn er ist ja einer von uns!«

Paul wischte sich über den Mund. Er spürte, dass sich kleine Schweißperlen über seiner Oberlippe gebildet hatten, obwohl es in dem Haus eher kühl war als warm.

»Also?«, schnappte Tony. »Was jetzt?« Er sah zu Paul, als erwartete er von ihm noch am ehesten eine Antwort.

Paul überlegte einen Moment. *Was jetzt?* »Einer von uns«, hörte er sich schließlich sagen, »ich glaube, das ... ist richtig.«

»Er kann sich auf der Insel versteckt haben. Haben Sie daran schon gedacht?« Sheldon hatte die Arme vor der Brust verschränkt.

Beinahe sah es so aus, als wollte er die Frage aufwerfen, warum ausgerechnet Paul entscheiden oder vorschlagen sollte, wie es weiterging.

»Ja, daran habe ich auch schon gedacht«, sagte Paul, »aber ich glaube nicht, dass er sich vor uns versteckt, denn ich habe ihn gestern Nacht selbst gesehen.«

»Wen?«, fuhr Tony ihn an.

»Ich weiß nicht, WER es war, denn er … oder sie … trug eine Maske. Wieder diese Babymaske. Gestern Nacht, kurz bevor Beth aus dem Haus kam …« *und verbrannt ist.* »Er hat sich zwischen die Felsen gedrückt, aber ich habe ihn ganz deutlich gesehen. Die Maske – den Umhang – nur das Gesicht eben nicht. Sein Gesicht – oder ihr Gesicht, das weiß ich natürlich auch nicht.«

Tony hielt seinem Blick stand. *Ja, diese Gestalt könntest du gewesen sein, Tony.*

»Und?«

»Er trug eine Maske, damit man nicht sieht, wer *von uns* es ist, Tony.«

»Okay.« Es klang abwartend.

»Na schön«, schaltete sich Sheldon wieder ein. »Nehmen wir an, Sie haben recht, Paul. Ich schließe mich Tony an. Was jetzt?«

»Also einer von uns. Das heißt«, Pauls Blick wanderte von einem zum nächsten, »einer von uns lügt. Wenn er den Mund aufmacht.« Sein Blick blieb wieder an Tony hängen. »Sie zum Beispiel, Tony. Ich habe gehört, Sie fahren als Kameramann allein zu Tatorten, filmen die Opfer … Vielleicht sind *Sie* in Wahrheit Jeff Bohner. Was meinen Sie?« Groß – Tonys Augen waren groß, hell und durchdringend.

»Oder Sie, Sheldon«, wandte sich Paul an Tonys Nachbarn. »Sie haben mit uns allen vor vier Wochen Gespräche geführt. Wer wäre besser geeignet, sich die zwölf passenden Leute auszuwählen, als Sie, Sheldon?«

»Levin hat mich beauftragt, das zu tun –«

»Ach wirklich? Vielleicht haben Sie ihn dazu überredet! Wie wollen wir das jetzt noch nachprüfen? Beth ist tot – Levin ist tot … Alles, was wir haben, ist das, was Sie *sagen*, Sheldon. Aber wer von uns kennt sich mit Bohner besser aus als Sie? Wenn Sie tatsächlich Jeff Bohner sind, werden Sie uns schon nicht anvertrauen, was hier wirklich gespielt wird. Vielmehr werden Sie sich insgeheim daran freuen, wie wir im Dunkeln tappen!«

»Und Sie, Paul«, konterte Sheldon, »was ist mit Ihnen? Traumatisiert seit frühester Kindheit, als Ihre Mutter umgebracht wurde. Wenn Sie mich fragen, ist niemand von uns mehr prädestiniert, so etwas zu tun, als Sie.«

»Ich jedenfalls kann es nicht gewesen sein«, mischte sich Glenn ein. »Ich war in der Speisekammer eingeschlossen, als Kate und Constance –«

»Ich auch, Glenn«, fiel Paul ihm ins Wort, »vergessen Sie das nicht. Aber das heißt nicht viel. Wir könnten mit jemandem zusammenarbeiten – wie Bohner sich auch damals schon zusammengetan hat mit demjenigen, der schließlich hingerichtet worden ist. Bohner ist ein Meister der Manipulation. Sie, Glenn, könnten sich tarnen, indem Sie einen von uns für sich arbeiten lassen – Ihre Frau zum Beispiel, Mary.« Er sah Mary an, die sich gerade wieder hinsetzte und wirkte, als hätte er einen Kanonenschuss neben ihr abgefeuert. »Vielleicht arbeiten Sie und Mary zusammen.«

»Und sie?« Tony nickte mit dem Kinn in Lizzies Richtung. »Ich hätte ja gedacht, Frauen scheiden aus, aber wenn Mary in Frage kommt, kommt Lizzie es ja wohl auch.« Er langte nach der Karaffe und schenke sich ein Glas Wasser ein.

»Die alleinerziehenden Mütter als Opfer – das soll eine Frau gewesen sein, die diese Frauen getötet hat?« Sheldon hatte die Stirn in Falten gelegt.

»Er könnte jetzt hier auf der Insel mit einer Frau zusammenarbeiten, das hat er doch gerade gesagt«, entgegnete Glenn und deutete auf Paul.

»Von mir aus könnte ich es sein«, meldete sich Tony, nachdem er einen Schluck getrunken hatte. »Aber eines verstehe ich trotzdem nicht. Warum? Warum sollte ich einen nach dem anderen –«

»Weil er uns bestrafen will«, kam es leise über die Tafel, und alle sahen unwillkürlich zu Mary. Sie hielt sich an der Tischkante fest und wirkte, als würde sie durch sie hindurchsehen. »Ich habe mich das gleich gefragt – gleich als Glenn zu mir kam und meinte, dass Mr. Levin uns für diesen Park engagieren will, für dieses Wochenende: ein Park von Mördern, ein *Murder Park?* Das sollten wir nicht tun! Das war es, was ich gedacht habe. Es ist nicht richtig. Ist das nicht jedem von Ihnen auch schon durch den Kopf gegangen?« Ihre klaren Augen glitten über die Gesichter der anderen. »Dass es nicht richtig ist! Dass es nicht richtig ist, davon zu profitieren, wenn jemand unschuldige Menschen auf grausame Art umgebracht hat. Ein Unterhaltungsspektakel aus Jeff Bohners Morden zu machen! Vielleicht kann Bohner, können solche Menschen … vielleicht können sie nicht anders, und das Morden ist wie eine Natur, ein Zwang, der aus ihren kranken Hirnen nach außen dringt. Wir aber können anders, wir müssen nicht hier sein, wir müssen diesen entsetzlichen Park nicht unterstützen, diese Morde zu Jahrmarktsvergnügungen machen! Jeder von uns hat sich schuldig gemacht, weil er gehofft hat, von diesem monströsen Park zu profitieren! Wir haben überlegt, vielleicht gezweifelt und geschwankt und uns dann doch entschieden mitzumachen. Deshalb«, ihre Augen schimmerten, und sie senkte den Blick, »deshalb bestraft er uns jetzt! ›Ihr wollt aus mir Geld machen? Ich werde euch zeigen, was Morden bedeutet!‹« Sie schlug ihre Hände vors Gesicht. »Mr. Levin hätte diesen Park, diese Hölle niemals gründen dürfen. Wenn Sie recht haben, Paul, und es Bohner ist, der hier wütet …«

… wenn es Bohner ist, der jetzt hier mit uns am Tisch sitzt …

»… dann straft er uns, weil wir mit seinen Taten Geld verdienen wollten. Das ist der Punkt, an dem wir alle uns gleichermaßen schuldig gemacht haben. Wir alle wollten von seinen Morden profitieren.«

Paul hatte das Gefühl, sein Rückgrat wäre zu Eis geworden. Die ganze Zeit über hatte er bei dem Park so etwas wie ein schlechtes Gefühl gehabt. Sheldon hatte es als Erster offen ausgesprochen – den Widerwillen, den er wegen des Parks empfand. Aber auch Sheldon war schließlich hierhergekommen. Paul glaubte nicht, dass Sheldon nicht gewusst hatte, was ihn erwartete. Er hatte das Pressematerial, die Mappe, doch gesehen! *Murder Park – Ihr Killer-Wochenende*. Paul hatte genauso wie Sheldon das ungute Gefühl niedergekämpft, weggeschoben, weil er gehofft hatte, eine gute Story zu bekommen! Mary hatte vollkommen recht.

Ihn fror. Er sah Lizzie an, die neben ihm auf ihrem Stuhl zusammengesunken war. Ihre Augen erwiderten seinen Blick. Sie weinte. Ihre ursprüngliche Frechheit und Angriffslust schienen sie verlassen zu haben.

Es war, als hätte ihnen Mary die Augen geöffnet. Als würden sie zum ersten Mal begreifen, was die Insel wirklich war. Ein Gericht. Ein Gericht, das sie verurteilt hatte. Und der Richter saß unter ihnen. Der Richter und zugleich der Henker. Aber sie wussten nicht, wer von ihnen es war.

»Lass uns gehen, Lizzie.« Paul hatte genug. »Ich bring dich auf dein Zimmer.«

Er beugte sich zu ihr, bis seine Augen dicht vor ihren waren und ihre Pupillen fast zu einer verflossen. Sie schien in seinen Augen nach einer Versicherung zu suchen, dass er ihr nichts tun würde. Aber wie sollte er ihre diese Sicherheit geben? Er konnte es nicht. Sie musste ihm vertrauen.

»Ja«, flüsterte sie, sodass niemand sonst es hören konnte, »du tust mir auch nicht weh, oder?«

33

»Warum sollte die Fähre nicht kommen? Morgen ist Montag, Werktag, sie wird die Arbeiter bringen, wie seit Monaten – was meinen Sie, Paul?«

Paul hatte sich gerade zusammen mit Lizzie vom Stuhl erheben wollen, als die Stimme hinter ihm zu hören gewesen war.

Er drehte sich um.

Es war Sheldon. Der Psychiater hatte sich in Pauls Richtung gebeugt und sah ihn abwartend an.

»Schwer zu sagen …« Paul zögerte.

»Unsinn!« Sheldon stand auf, sah aber weiterhin Paul an. »Wie spät ist es jetzt? Vier Uhr nachmittags? Morgen um elf Uhr Vormittag ist die Fähre hier, wir müssen uns nur gegenseitig im Auge behalten. Die paar Stunden wird das doch möglich sein! Ich würde vorschlagen, wir holen ein wenig Holz, heizen den Kamin ordentlich ein und machen es uns hier gemütlich.« Er stützte die Hände auf der Tischplatte auf.

Paul warf Lizzie einen Blick zu, aber sie schien unschlüssig.

»Nur ein paar Scheite, Paul«, war Sheldon wieder zu vernehmen. »Es ist kalt geworden, finden Sie nicht? Ein Feuer im Kamin würde uns alle aufwärmen.« Er nickte mit dem Kopf Richtung Glastür, die am Ende des Speisesaals ins Freie führte. »Ich habe es vorhin gesehen, der Holzplatz ist gut bestückt. Und er ist gleich hier draußen, wir müssen nur durch die Tür.«

»Nicht, dass Sie mir noch eine Falle stellen, Sheldon.« Paul hatte es freundlich gesagt – aber … wieso wollte Sheldon ausgerechnet mit ihm nach draußen?

»Das meinen Sie nicht ernst, Paul.«

»Natürlich nicht, nur …«

»Nur? Kommen Sie. Wer auch immer hier umgeht – oder wer auch immer es von uns ist. Ich sage ja gar nicht, dass Sie mir vertrauen müssen. Es ist doch viel einfacher noch. Wenn wir beide jetzt rausgehen und ich Sie draußen … auf welche Weise auch immer … töte … was denken Sie, was die anderen dann denken? Dass es niemand anders als ich gewesen sein kann. Oder?« Er lächelte. »Alle mal herhören, bitte. Paul und ich gehen kurz zum Holzplatz, ein paar Scheite holen. Wenn einer von uns nachher tot dort liegt, war's der andere, okay?«

Paul erhob sich. Er hatte mit Lizzie auf ihr Zimmer gehen wollen, aber vielleicht hatte Sheldon recht. Vielleicht war es das Beste, wenn sie die paar Stunden, die noch fehlten, alle zusammenblieben. Und ein kleines Feuer im Kamin würde wirklich helfen …

Er nahm aus dem Augenwinkel wahr, dass Tony mit einem Gerät zu hantieren begonnen hatte. Mit seiner Kamera. Er war nicht das erste Mal, dass Paul Tony mit dem Apparat sah, aber es war das erste Mal, dass er darauf achtete. Im gleichen Moment hörte er Glenns Stimme hinter sich. »Was ist das denn!«

Paul fuhr herum. Glenn hatte alarmiert und aufgebracht geklungen.

Er stand über eine Tasche gebeugt, die gleich bei Tonys Platz gegen ein Tischbein lehnte, und hielt etwas in der Hand.

»In Ihrer Tasche, Tony, das ist doch Ihre Tasche, hier am Tisch! Natürlich ist es Ihre Tasche, das Kamerazubehör ist ja drin!«

»Was machen Sie an meiner Tasche, Glenn?« Tony ließ die Kamera sinken. »Ich habe sie dort hingestellt, weil ich dachte, ich mache vielleicht ein paar Aufnahmen – was wühlen Sie denn darin herum?«

»Ich habe nicht drin gewühlt, ich habe nur kurz hineingesehen, weil ich dachte, was ist das denn für eine Tasche? Da lag es gleich obenauf – hier! Wem gehört das Höschen, einer Frau, es ist ein Slip, und –«

»Was soll das denn! Jeder kann mir das Ding in die Tasche geworfen haben!« Wütend stellte Tony seine Kamera auf den Tisch.

»Vor allem aber können Sie selbst das Höschen in Ihre Tasche getan haben, Tony!«

Paul sah, wie der Kameramann einen Schritt vom Tisch zurückwich. Fast alle waren jetzt aufgestanden und hatten sich ihm zugewandt.

»Was wollt ihr von mir, verdammt! Denkt ihr wirklich, ich lege so einen Slip in meine Tasche – obenauf –, damit man ihn gleich findet? Das ist doch Irrsinn – bleib mir vom Leib, Glenn – ZURÜCK!«

»Wem hast du das Höschen ausgezogen, Tony? Kate? Constance? Es ist noch Blut dran!« Glenn war jetzt voll in Fahrt. »Wir haben es doch gerade durchgespielt. Einer von uns muss es sein. Ach ja? Ich weiß jetzt, wer es ist! Helft mir, was ist denn los mit euch? Seht ihn euch an. Tony. *Er* ist es! Du fährst zu den Tatorten, filmst die Leichen dort. Was ist – hat Paul recht? Erkennen Sie ihn, Paul? Erkennen Sie ihn wieder? Ist er Jeff Bohner? Haben Sie Ihr Gesicht in dem verfluchten Slip vergraben, Tony, sich das Blut abgewaschen, aber von dem Höschen konnten Sie sich nicht trennen? AHHH! Verdammt – was ist das denn? SEHT IHR ES JETZT? Er hat ein Messer! Lass das Messer fallen, Bohner! Du kommst nicht gegen uns alle an, Tony – Bohner –, wie auch immer du heißt! Du kannst uns nicht alle fünf abstechen – HALTET IHN!«

»Ja, von mir aus!« Tony hatte ein Messer von der Anrichte gegriffen und es in Glenns Richtung durch die Luft sausen lassen. »Ich habe den Slip eingesteckt. Aber ich habe niemanden getötet! Das Höschen? Ihr seht doch, was diese Murderabilia … oder wie das heißt … was sie einbringen auf dem Markt. Was die Leute dafür bezahlen! Ich dachte, ich nehme diesen Slip mit, den kann ich verkaufen, wenn uns die Fähre jemals von hier wieder wegbringt. Ja, natürlich ist das schäbig! Aber deshalb habe ich doch niemanden umgebracht, das ist doch Wahnsinn!«

»Dann lass das Messer fallen, Bohner – Tony, lass es fallen, und wir können in Ruhe reden!«

»Ich bin nicht Bohner, was soll denn das? Und ich LASS ES NICHT FALLEN! Bleib zurück, Glenn, komm mir nicht zu nah!«

»Glenn hat recht, Tony«, rief Sheldon dazwischen, »legen Sie das Messer weg, wir tun Ihnen nichts. Sie bleiben einfach in Ihrem Zimmer, und morgen Vormittag, wenn die Fähre – TONY, NICHT!«

Wütend hatte Tony das Messer erneut durch die Luft zischen lassen, als Glenn noch einen weiteren Schritt auf ihn zugemacht hatte.

»Achtung Leute, er ist unberechenbar«, heulte Glenn auf. »ZURÜCK, er hat mich geschnitten –«

»Zur *Verteidigung*, was denkt Ihr denn! Das Messer, ich habe es gegriffen, um mich verteidigen zu können! Gegen ihn, gegen den, der uns umbringt, ICH bin das doch nicht!«

»Ach nein? Sag es doch! Du hast mit dem Messer Constance verstümmelt –«

»Es ist ein Küchenmesser –«

»Groß genug, um jemanden damit umzubringen!«

»Vorsicht – er will zu den Fenstern!«

Paul sah, wie Tony mit einer Hand einen Stuhl packte – ausholte – und das Möbel mit einem kräftigen Stoß in die große Panoramascheibe warf, die hinter ihm aufragte. Es klirrte – die Glasscherben regneten auf den Boden – er sprang. Glenn folgte ihm dicht auf den Fersen.

»Lasst ihn laufen«, versuchte sich Sheldon Gehör zu verschaffen. »Wir schließen das Haus ab, dann sind wir hier sicher. Kommen Sie zurück, Glenn, wir verriegeln das Hotel, soll Tony doch die Nacht über draußen bleiben!«

Aber der Hauswart drehte sich nicht mehr um, sondern rannte Tony über den Vorplatz hinterher.

34

Paul war der Erste, der Glenn durch die zerschlagene Scheibe hindurch folgte. Tony laufenlassen? Wieso? Tony hatte das Messer, ließ es durch die Luft sausen, sodass Glenn zurückspringen musste und trotzdem geschnitten wurde.

Paul sah das gedrungene Gesicht des Kameramanns vor sich. Das sollte Jeff Bohner sein? Tony?

Er ist nur außer sich und hat Angst. Er ist es nicht – kann es nicht sein, er wollte den Slip bloß verkaufen.

Und doch: Das Alter stimmte.

... wie bei den anderen auch.

Paul spürte, wie der sandige Boden des Vorplatzes unter seinen weit ausholenden Schritten knirschte. Er rannte. So schnell er konnte. Noch schien die Sonne über der Insel des Todes, aber sie hatte den Zenit bereits überquert und näherte sich dem Horizont. Mit zuckenden, langen Beinen und abstehenden Haaren sprang Tony weiter vorne über den Platz. Dicht an ihm dran – nur wenige Schritte vor Paul – spurtete Glenn. Hinter sich konnte Paul hören, dass noch andere über die Scherben hinwegstiegen und aus dem Haus kamen, aber er nahm sich nicht die Zeit, sich umzudrehen.

Kurz darauf hatte Tony die Felsklippe erreicht, die den Vorplatz auf der Bergseite begrenzte. Ein schwarzer Stollen führte in die Klippe hinein. Der Tunnel war Paul auch vorher schon aufgefallen, da der Eingang jedoch mit rot-weißem Flatterband abgesperrt war, hatte er nicht daran gedacht, den Stollen zu betreten. Tony scherte sich nicht um das Band, sprang mit einem Satz darüber hinweg. Glenn hinterher. Kurz darauf spürte Paul, wie die

Sonne, die ihm auf den Rücken gebrannt hatte, von der Tunneldecke abgeschnitten wurde. Er war Tony und Glenn in den Gang hinein gefolgt.

Laufschritte, die sich entfernten, das gedämpfte Keuchen der beiden Männer vor ihm.

»Tony!« Glenns Stimme hallte von den Stollenwänden wider. »Das ist nichts als eine Sackgasse! Sie laufen bis ans Ende des Tunnels, und da kriegen wir Sie.«

Aber Paul war sich da nicht so sicher. Es sah zwar aus wie eine Baustelle, aber nicht unbedingt wie eine Sackgasse. Ihm fiel auf, dass schmale Gleise auf dem Boden des Tunnels verlegt waren, eine Spurbreite wie bei einer Spaßbahn. Überall lagen Gerätschaften herum, und es war deutlich zu sehen, dass die Arbeiten hier noch nicht beendet waren.

Murder Park.

Offenbar gehörte der Stollen zu den Überresten des alten *Zodiac Island.* Die alte Dekoration war weitgehend entfernt, aber die neuen Kulissen waren noch nicht aufgebaut. Ein Schriftzug war an der Wand zu erkennen, wo sich der Felsen hinter den ursprünglichen Buchstaben verfärbt hatte.

Halloweenland.

Bei dem Schriftzug durchrieselte es Paul kalt. Er kannte diesen Namen. *Halloweenland.* Aus den Polizeiakten. Seine Mutter – sie war dort gefunden worden. In der Geisterbahn. Im alten *Halloweenland.*

Er hetzte weiter in den Stollen hinein – das Licht, das vom Eingang noch hereindrang, wurde diffuser. Schemenhaft sah er sie aus dem Dunkel auftauchen. Die Buchstaben – die Namen. Die Namen der Mörder, eingemeißelt in den Stein über einer Reihe von Nischen. Die Namen der Mörder, die Paul selbst nur zu gut kannte, weil er sich als Teenager jahrelang mit ihnen beschäftigt hatte.

Jack the Ripper. Fritz Haarmann. Ed Gein. Ted Bundy ... Die Namen der ...

Stars unter den Serienmördern.

Es war nicht zu übersehen. Jeder von ihnen sollte eine Nische auf der neuen Geisterbahnfahrt bekommen. Darin sollten wahrscheinlich ihre Wachs- oder Plastikfiguren aufgestellt werden. Als Gruselfiguren im neuen Park. Im *Murder Park*. Als Statuen im umdekorierten Spuktrip.

Unwillkürlich blieb Paul stehen und hörte die Schritte von Glenn und Tony sich entfernen.

Wie viele Nischen waren es?

Zwölf.

Vage und verwischt schimmerten ihm aus dem Tunneldunkel die zwölf alten Zeichen des *Zodiac Island* entgegen. Fische, Löwe, Schütze ... Zwölf Nischen – zwölf Tierkreiszeichen – zwölf Stars aus der Serienmordgeschichte. Für einen Augenblick sah Paul es vor sich. Wie es geplant war. Von Levin. Von Beth. Zwölf Nischen, zwölf Schreine, zwölf lebensechte Figuren.

Und dann blendete – grell geradezu – darüber, was Bohner wohl aus dieser Todesallee machen wollte. Wenn er sein Werk vollbracht hatte.

Zwölf Nischen, zwölf Schreine, zwölf *Leichen.*

Ihre Leichen. Die Leichen von Jay, Michael, Beth und all den anderen.

Jeder von ihnen ...

auch ich selbst ...

sollte in einer dieser Nischen aufgestellt werden. Die wächsernen Züge von Michael und Jay, von Kate und Constance schienen Paul durch das Halbdunkel anzugrinsen.

Aber es würden nicht die Züge von Wachsfiguren sein – sondern die Züge lebloser Körper.

Und ich?

In welche Nische würde Bohner ihn, Paul, stellen? Sein Sternzeichen war Jungfrau ... und in der Nische der Jungfrau ... wessen Name stand dort?

Vorsichtig bewegte sich Paul weiter durch den Tunnel.

Eine junge Frau mit Haaren, die ihr bis zu den Fersen reichten … das Sternbild der Jungfrau war über der Nische bereits zu erkennen. Und darunter – der Name – der Name des Mörders –, für den diese Nische gedacht war?

Jeff Bohner.

Es war Bohners Nische, die für ihn …

für mich

… gedacht war!

Zugleich war es die letzte Nische, bevor der Gang in einer mächtigen Halle endete.

In Pauls Kopf drehte sich alles. Vom Eingang des Tunnels fiel in diese Halle hinein kaum noch Licht. Silbrig fast lag das kreisrunde Gewölbe vor ihm – und … ihm direkt gegenüber …

Steht ein Mann!

Er sah ihm voll ins Gesicht.

Pauls Gedanken überschlugen sich. Dieser Mann war nicht Tony. Und auch nicht Glenn. Der Mann war hochgewachsen, schlank, hatte ein ebenmäßiges Gesicht, einen Bartschatten ums Kinn und aufmerksame Augen hinter … *einer randlosen Brille.*

Es war er selbst! Der sich dort anstarrte, aus einem – *Spiegel* – heraus, der vor ihm die Halle durchzog.

»Glenn! Haben Sie ihn?« Paul hörte, wie sich seine eigene Stimme in den Bögen und Nischen der Halle fing, nachbebte und verebbte.

»Achten Sie darauf, dass er vorne nicht rauskommt, Paul! Ich gehe weiter hinein«, kam ihm Glenns Stimme aus der Tiefe des Gewölbes entgegen.

Langsam begann Paul, an dem Spiegel entlangzugehen. Eine Kante – er schlich herum, befand sich auf der Rückseite des Spiegels, eines Einwegspiegels, wie er jetzt feststellte, durch den er von der anderen Seite aus hindurchschauen konnte. Er lief an der Scheibe entlang und bog um die nächste Ecke. Ein Glas – ein

Durchblick – die nächste Spiegelung. Es wirkte, als ob all die Scheiben und Gläser in spitzen Winkeln zueinander aufgestellt wären, sodass sich die Reflexionen wiederum reflektierten und vervielfacht wurden. Manche Scheibe warf die Spiegelung zurück, andere ließen den Blick hindurch auf das, was sich dahinter befand. Aber auch das waren nur weitere Gläser und Spiegelungen.

Ein Spiegel … labyrinth.

Der Stollen hatte in ein Spiegellabyrinth geführt. Auch davon hatte Paul gelesen. In den Polizeiunterlagen, den Unterlagen zum Mord seiner Mutter, war ein rundes Spiegellabyrinth erwähnt worden. Das Gewölbe, das er betreten hatte, war kreisrund. Und es gehörte zu der alten Geisterbahn. Zum *Halloweenland*.

Es war der Circle Room. Paul wusste, dass es einen exklusiven Bereich im *Halloweenland* gegeben hatte, den sogenannten Circle Room, in den sich manche Familienväter stahlen, wenn sie vom Family-Entertainment der Insel genug gehabt hatten. Paul hatte es nie ausschließen können – und immer auch geargwöhnt: Hatte seine Mutter ihre Zeit im Circle Room verbracht, als sie auf der Insel waren und er mittags immer schlafen musste? Hatte sie möglicherweise in dem Gewölbe *gearbeitet*, um ein wenig Geld dazuzuverdienen? Es hatte nie geklärt werden können. Im Circle Room hatten andere Regeln geherrscht – der Service war nicht registriert und verwaltet worden wie die andere Attraktionen. Im Halbdunkel zwischen den Spiegeln und in den Nischen hatte sich vieles ereignet, über das nicht Buch geführt worden war. Eigentlich hatte die Leitung von *Zodiac Island* gar nicht so genau wissen wollen, was dort vor sich ging. Vielleicht hatte seine Mutter Bohner einfach nur an einem Würstchenstand kennengelernt. Vielleicht aber war sie ihm auch hier begegnet.

Als Catwoman? Oder mit Hasenohren? Einem Stummelschwänzchen?

Verschwommen sah Paul die runden Wände der Halle aus dem Dunkel über den Spiegeln aufragen. Er drehte sich um sich selbst – hatte für einen Moment den Eindruck, die Frauen in ihren eng anliegenden, grellbunten Anzügen hinter den Gläsern auftauchen zu sehen – und begriff kurz darauf, dass die Gestalten, die er hinter den Gläsern sah, keine Callgirls von vor zwanzig Jahren waren – sondern die Silhouetten, Schattenrisse der letzten Besucher der Insel. Lizzie erkannte er als Erste – dann Mary – schließlich Sheldon. Es waren die anderen, die ihm gefolgt und jetzt ebenfalls in die Halle gelangt waren. Durch die vielen Gläser und über etliche Reflexionen hinweg konnte Paul sie beobachten, ohne noch zu wissen, in welcher Richtung von ihm aus sie sich tatsächlich befanden.

»Wir sollen aufpassen«, rief er, »dass Tony nicht umkehrt und durch den Tunnel wieder nach draußen rennt!«

Jetzt ist er hier bei uns, ging es ihm durch den Kopf, *jetzt sind wir alle hier.*

Im gleichen Augenblick tauchte ein grellweißes Licht die Gläser, Scheiben und Spiegel in ein gleißendes Meer aus Helligkeit und Strahlen. Pauls Pupillen zogen sich zusammen, und er hielt sich eine Hand vor die Augen. Es mussten Dutzende, vielleicht Hunderte Scheinwerfer sein, die angegangen waren. Sofort war zu spüren, wie es in der Halle wärmer wurde.

»Wer war das?«, bellte Sheldons Stimme durch den Raum. »Glenn? Haben Sie den Schalter umgelegt?«

Keine Antwort.

»Tony. Waren Sie das?«

Statt einer Antwort hörte Paul es scheppern – jemand war gegen eine Scheibe gestoßen. Und dann sah er ihn hinter einer Spiegelkante hervorkommen, von dem überhellen Licht wie ganz in Weiß getaucht. Das Gesicht weiß, die Haare weiß, die Kleidung weiß. An seiner Seite aber liefen rote Tropfen herunter. Glenns Mund stand offen, rot glühend die Lippen, die Mundhöhle.

Paul machte einen Schritt direkt auf ihn zu – und knallte mit voller Wucht gegen das nächste Glas. »Glenn!«

Er wandte sich nach rechts. Dort musste es um die Scheibe herumgehen. Von den vielen Durchsichten und Spiegelungen wie in fahles Grün getaucht, sah er Lizzie rennen. Dicht bei ihr, aber vielleicht auch nur durch eine Spiegelung in ihre Nähe gerückt – Sheldon. Und wieder krachte Paul gegen ein Glas. Sein Kopf schmerzte, wo er sich gestoßen hatte, seine Muskeln fühlten sich an wie entzündete Knoten. Jetzt sah er auch Mary durch tausend Scheiben hindurch, die von Glenn wegzulaufen schien, aber wahrscheinlich wirkte es in der Reflexion nur so. Dort! Gleich beim Ausgang! Tony! Der im nächsten Moment vom Dunkel des Stollens, der aus der Halle wieder herausführte, verschluckt wurde – auf dem Weg zurück zum Eingang, durch den sie hereingekommen waren.

»Tony!«

Paul schoss aus dem Glasgang heraus, den er entlanggerannt war, und sah ihn mit einem Mal genau vor sich liegen – die Augen aufgerissen und starr.

Glenn.

»Ich war es nicht. Ich habe ihn nicht angerührt!« Wie ein Echo kam Tonys Stimme aus der Ferne. Dann hatten auch die anderen Glenn erreicht. Lizzie, Sheldon und Mary.

»Ihr habt es doch gesehen! Es ist Tony, er hat ihn niedergestochen!« Marys Stimme gellte.

»Hat jemand gesehen, wie es passiert ist?« Paul versuchte, Ruhe zu bewahren. »Hat jemand gesehen, dass Tony ihn erstochen hat?«

Er sah in die Runde.

»Es war plötzlich so hell, ich habe meine Augen erst mal gegen das Licht abgeschirmt.« Sheldon hielt die Hand vors Gesicht, wie um es zu demonstrieren.

Die anderen nickten.

Es kann jeder von ihnen gewesen sein.

35

»Ich glaube es nicht, Paul, ich … Ich glaube nicht, dass Tony es war – oder ist. Hast du nicht gesehen, wie er geschaut hat? Er hatte Angst, er hatte Angst, dass wir ihn umbringen, weil wir *glauben*, dass er es ist. Aber –«

»Er hat mit dem Messer herumgefuchtelt, Lizzie. Er hatte Glenn schon im Hotel damit verletzt.«

»Aber nur leicht! Jeder von uns könnte ein Messer vom Tisch eingesteckt und in das Spiegelkabinett mitgebracht haben! Wir wissen nicht, hat das Messer, das Tony eingesteckt hatte, Glenn schließlich erstochen?«

Während Sheldon und Mary Glenns Körper auf einem Servierwagen zurück zum Hotel gerollt hatten, hatten Lizzie und Paul das Haus für die Nacht verriegelt, die Fensterläden geschlossen, die Türen abgesperrt. Tony sollte es nicht gelingen, ins Hotel zu kommen. Bevor sich Paul und Lizzie von den anderen nun doch für die Nacht verabschiedet hatten, hatten sie gemeinsam das ganze Gebäude abgesucht, ob Tony sich womöglich bereits darin versteckt hatte. Sie hatten nichts gefunden – und doch war Paul das Gefühl nicht losgeworden, dass es noch zahllose Winkel und Ecken gab, in denen sich ein Mann verbergen könnte. Schließlich waren er und Lizzie in Lizzies Zimmer gegangen und hatten die Tür hinter sich abgesperrt.

Paul ging ins Badezimmer, um zwei Gläser mit Wasser zu füllen. Sie saß auf der Bettkante und schaute zu ihm. Sheldon wollte unten als Erster Wache halten und Paul nach zwei Stunden rufen.

Tony … Sheldon … einer von ihnen. Oder …

Sein Blick kreuzte Lizzies. Hatte er sich mit der Falschen eingeschlossen? Immerhin war es ihre Idee gewesen, sich in dem Zimmer einzusperren. Hier in ihrem Zimmer. Lizzie konnte sich hier wer weiß was zurechtgelegt und verborgen haben. Und hatte sie keine Angst vor ihm? Wieso nicht?

Ihm schmerzte der Kopf, und er drehte den Wasserhahn ab. Seit Tagen gingen seine Gedanken im Kreis, misstraute er den anderen, beobachtete sie.

»Tony, es ist Tony«, hörte er sich sagen, als er wieder aus dem Bad herauskam. »Mary hat recht. Wir haben es doch alle gesehen, wie er auf ihren Mann losgegangen ist.«

»Ihren Mann?« Lizzie lehnte sich zurück und stützte sich hinter ihrem Rücken mit einem Arm auf dem Bett auf.

Als Paul sie so sah, ging das Karussell in seinem Kopf wieder los. Die ganze Nacht lag noch vor ihnen. Von Anfang an hatte Lizzie dafür gesorgt, dass ihre Zimmer nebeneinanderlagen! Wieso? Weil sie ihn für ihren Bericht haben wollte? Weil sie ein Zimmer im letzten Stock haben wollte? Konnte er das glauben? Oder gab es noch einen anderen Grund dafür, dass sie ausgerechnet dieses Zimmer hier haben wollte – in dem sie sich gerade befanden?

Dieses Zimmer, das über eine Zwischentür zu meinem Zimmer verfügt.

Pauls Blick fiel auf die Verbindungstür. Er konnte den Schlüssel sehen. Wieso steckte der Schlüssel immer auf *ihrer* Seite? Hatte sie etwas vor? Aber was? Wollte sie, dass er die verbleibenden Stunden neben ihr auf dem Bett saß und wartete? Oder …

Es kam ihm vor, als wäre die Luft in dem Zimmer dick wie Watte. Er meinte, wieder in seinen Händen zu spüren, wie der hauchdünne Bademantel über ihre nackte Haut glitt.

Sie waren allein hier, mit einem Bett, das hübsch weiß bezogen dort an der Wand stand. Auf dem sie schon saß. Er wusste doch, wie weich die Betten in dem Hotel waren. Er könnte zu ihr treten, sie sanft nach hinten auf die Matratze drücken, ihr die Hose über die Hüften streifen –

»Mary ist nicht Glenns Frau, Paul.«

Einer nach dem anderen finden wir unser Ende auf dieser Insel. Vielleicht ist es die letzte Möglichkeit –

»Hörst du mich, Paul? Sie waren nicht verheiratet! Es stimmte nicht, sie haben nur so getan.«

Ja, Lizzie, ich weiß –

»Paul, warte –«

Er hatte die beiden Gläser, mit denen er aus dem Bad gekommen war, auf einem der Nachttische abgestellt, sich neben Lizzie auf die Matratze gesetzt und ihr zugewandt.

»Hör mir doch mal zu!«

»Was?«

»Du sollst mir zuhören! Mary – und Glenn – ich habe … Heute Vormittag bin ich an der Küche vorbeigegangen, da habe ich gehört, wie sie miteinander gesprochen haben. Ich habe mir nichts dabei gedacht, aber jetzt … muss ich wieder daran denken. Warum verschweigt Mary es uns? Sie tut so, als würde sie um ihren Mann trauern, dabei war sie gar nicht seine Frau.«

»Natürlich war sie es. Rupert hat die beiden doch nur eingestellt, weil sie ein Ehepaar sind – das hat Mary mir selbst gleich am ersten Abend gesagt.«

»Sie hat es gesagt. Aber sie haben nur so getan, als wären sie ein Paar, weil sie den Job wollten. Sie waren nicht verheiratet!« Lizzie war aufgestanden und stand dicht vor ihm, hatte seinen Kopf in beide Hände genommen, sodass er zu ihr nach oben sehen musste. »Ich habe sogar schon gedacht, dass Mary …« Sie ließ ihn los, blieb aber vor ihm stehen.

Es drängte ihn danach, ihr Gesäß zu umgreifen, sein Gesicht an ihrem Bauch zu vergraben.

Vergiss Mary, Lizzie – nur für einen Moment. Wenn wir jetzt nicht alles um uns herum vergessen, haben wir vielleicht nie wieder Gelegenheit dazu.

Schon lagen seine Hände auf ihren Hüften.

»... dass sie nur so tun könnte, als sei sie überhaupt eine Frau, Paul, begreifst du? Das ist es, was ich gedacht habe. Die ganze Zeit über suchen wir nach einem *Mann*, die ganze Zeit über kommen nur die *Männer* auf der Insel als Täter für uns in Frage. Dabei ist es so einfach. Mary – ihr schwerer Knochenbau, hast du dich nie gefragt, ob sie nicht auch ein Mann sein könnte?«

Überrascht starrte Paul Lizzie an. »Ein Mann. Mary?«

»Hast du nicht selbst gesagt, dass es Bohner ist, der uns jagt? Wie viele Sexualtäter sind hin- und hergerissen, weil sie mit ihrer Sexualität nicht klarkommen, Paul. Ich ... ich kenne mich damit nicht aus, aber ... sie ist ständig geschminkt und erstaunlich groß für eine Frau. Er könnte Jahre damit zugebracht haben, es zu lernen, es sich anzugewöhnen, dass er läuft wie eine Frau, spricht wie eine Frau, sich bewegt ... Aber wenn wir ihn in die Ecke treiben, Paul, dann muss er uns sein wahres Gesicht zeigen.«

Ihre Hände, Marys Hände – Paul sah sie vor sich, wie sie damit am Tisch die Speisen herumreichte. Waren Marys Hände nicht wirklich auffällig groß? Da war es wieder – da wogte es in dem Gesicht, das er vor sich sah, in Marys Gesicht, dass ihre Haare wie angeklebt schienen, die Augen böse glänzten, dass ihre Züge bebten und changierten, bis das wahre Antlitz hindurchbrach, die oberste Schicht abschmolz und die Fratze des Killers darunter hervorquoll. Gesichtszüge, die Paul jedoch nicht klar erkennen konnte, weil er nicht wusste, wie Bohner aussah – weil er sich nicht *erinnern* konnte.

»Sie haben in der Küche gestritten, Paul –«

»Du hast gesehen, dass sie ein Mann ist?«

»Nein, wieso, das habe ich doch gar nicht gesagt! Aber ich habe gehört, wie sie gestritten haben, Mary und Glenn, dass er ihr Vorwürfe gemacht hat, dass sie sich niemals als Ehepaar hätten ausgeben sollen. Mr. Levin vertraue ihm bereits so lange, er hätte Rupert nicht hinters Licht führen sollen, nur um den Job hier zu bekommen. Mary hat zwar dagegengehalten, dass Rupert selbst schuld daran sei, dass sie ihn belogen haben. Das mit der Ehe sei doch eine reine Formalität, darauf hätte sich Rupert nicht versteifen sollen. Glenn solle sich bloß keine Sorgen machen, sein langjähriges Vertrauensverhältnis zu Rupert werde wegen so einer Lappalie schon keinen Schaden nehmen. Aber davon wollte Glenn nichts wissen. Sie hätten Rupert nicht täuschen sollen, dann hätten sie auch diesen Job nicht bekommen. Diesen Job, der sie jetzt umbringen würde! Und das heißt …«

»… dass sie gar nicht verheiratet sind.«

»Genau. Mit anderen Worten – wir wissen von Mary eigentlich nur eins: dass sie zusammen mit Glenn Rupert belogen hat. Wer ist Mary wirklich, Paul? Hast du mal versucht, in ihrem Gesicht zu lesen? Sie hat diese halblangen Haare, sicher – aber ihre Züge … Vielleicht ist sie ein Mann! Vielleicht ist sie es – vielleicht ist sie Bohner – *gerade* sie; denn darauf, dass SIE es ist, würden wir natürlich als Letztes kommen.«

»Bohner ist … als Mary … mit uns auf die Insel gefahren …« Paul versuchte, es sich vorzustellen. Konnte das sein? Niemals wäre er darauf gekommen.

»Vielleicht steckt Tony mit ihr … mit Mary … mit Bohner unter einer Decke. Aber das glaube ich nicht, ich glaube, Tony hatte nur Angst.« Lizzie hatte sich auf seinen Schoß gleiten lassen.

Wie leicht – und zugleich schwer sie ist.

»Aber wenn es so ist, Paul«, ihre Hand fuhr über seinen Nacken, und die Berührung übertrug seine Fahrigkeit in etwas anderes, in einen klaren, zielgerichteten Drang, all diese Fragen, Zweifel und Befürchtungen endlich hinter sich zu lassen, »wenn es so ist, heißt das, dass wir Wache halten und auf Tony aufpassen – während der wahre Täter längst *im Haus ist.*« Lizzies Gesicht war jetzt dicht vor ihm, ihre Lippen, ihre Augen, ihr Hals.

»Wir glauben zu wissen, dass es Tony ist, Paul, aber in Wahrheit ist er hier bei uns!«

Es fühlte sich an, als würden seine überhitzten Nerven endlich gekühlt, als er sie küsste. Für einen Moment lag sie in seiner Umarmung, dann zog sie den Kopf zurück. »Wir müssen zu Mary, Paul, wir können uns nicht darauf verlassen, dass es Tony ist.«

»Gleich, Lizzie, lass uns nur …« Er wollte sie und konnte an nichts anderes mehr denken.

Aber Lizzie hatte sich aus seiner Umarmung befreit. »Jetzt, Paul! Wenn es stimmt – wenn Mary nicht ist, wer sie zu sein vorgibt, dann wissen wir endlich Bescheid!«

»Dann sperren wir sie in den Kühlraum und kommen hierher zurück?«

»Komm schon, Paul, lass uns Mary suchen!« Sie stand bereits mit dem Rücken zu ihm und drehte den Schlüssel herum, der in der Tür ihres Zimmers steckte.

Spielst du mit mir, Lizzie?

Sein Kopf fühlte sich an, als hätte man ihm Klebstoff hineingespritzt. Das Begehren hatte ihn vollkommen durchflutet.

36

»Mary, sind Sie dort drin?« Paul lauschte an der Tür des Haushälter-Apartments, das sich nur ein paar Schritte neben der großen Küche im Erdgeschoss des Hotels befand. Er klopfte noch einmal.

Keine Antwort.

Er sah Lizzie an, die neben ihm stand. »Was stellst du dir eigentlich vor? Sie macht uns auf, und ich frage sie, ob sie«, er musste einfach grinsen, »eine Frau ist?«

Natürlich war Mary eine Frau. Paul schätzte sie auf Ende dreißig, nicht viel jünger als Glenn. Eine Frau wie eine Supermarktkassiererin, wie eine Kaufhausangestellte, wie eine Busfahrerin. Mary war vielleicht etwas größer als die meisten Frauen, sie wirkte ein wenig schwerer, knochiger, aber sonst?

Sheldon hatte in der Halle gesessen, als sie heruntergekommen waren, aber Paul hatte es nicht übers Herz gebracht, ihm zu sagen, was sie vorhatten. Wir wollen nur kurz Mary etwas fragen, hatte er gemurmelt, dann waren sie an ihm vorbei Richtung Küche weitergegangen.

»Du musst die Tür eintreten.« Lizzie presste eine Hand auf die Stirn, hielt den Kopf gesenkt. Sie wirkte, als ob sie Kopfschmerzen hätte.

»Und dann wehrt sie sich, und ich reiße ihr die Kleider vom Leib, ja?«

Warum ließen sie sie nicht einfach in Ruhe? Tony war es doch, Tony trieb sich draußen auf der Insel herum, über die längst die Dunkelheit hereingebrochen war. Sie mussten nur aufpassen, dass er nicht zurück ins Haus kam. Sheldon, er, Lizzie und Mary. Nur ein paar Stunden noch mussten sie durchhalten. Morgen Vormittag würden die drei Tage um sein, dann würde die Fähre auftauchen. Vielleicht acht Stunden noch.

Zugleich aber spürte Paul es wie eine dumpfe Ahnung – dass auf der Insel ein anderer Rhythmus herrschte.

Murder Park.

Zwölf Menschen waren sie auf der Fähre bei der Hinfahrt gewesen, jetzt nur noch fünf. Sieben von ihnen hatte es innerhalb von zwei Tagen erwischt. Seit Paul Jays Körper im Wasser hatte schwimmen sehen, hatte es angefangen, zwischen seinen Ohren zu summen. Und mit jedem Blutbad hatte sich dieses Summen verstärkt. Vielleicht würde sich dieses Summen nie mehr ganz abschalten lassen – auch wenn es ihnen gelingen sollte, die Insel lebendig wieder zu verlassen. Das aber hatte Bohner nicht vor. Bohner war nicht fertig, bis er nicht auch noch die letzten vier in den Tod gerissen hatte. Und wahrscheinlich zum Abschluss sich selbst. Zwölf Sternzeichen – zwölf Morde. Glenn war Stier gewesen, Lizzie hatte die Unterlagen im Speisesaal auf dem Tisch liegen sehen und überflogen. Das Messer hatte Glenn erstochen wie ein Horn. Wie das Horn eines Stiers.

Bohner würde sie alle töten – es sei denn, sie stoppten ihn.

Das Holz splitterte, als Paul mit voller Wucht gegen die Tür trat. Sie flog auf – und ein spitzer Aufschrei schnitt wie als Antwort darauf aus einer der hinteren Ecken des Apartments.

Ich zerre ihr die Kleider vom Leib, ich sehe nach – zwischen den Beinen, wie bei einem Hund, einer Katze, ich tu es, und wenn es Bohner ist und er versucht, sich zu wehren, brech ich ihm das Genick.

Sie standen vor der Tür, die in einem Splitterregen nach innen aufgeflogen war. Verlassen lag das Eingangszimmer des Apartments vor ihnen.

»Wir haben keine Waffe.« Paul sah zu Lizzie. Wie ein Stromstoß war es durch ihn hindurchgegangen. Sie hatten keine Waffe mitgenommen. Er hätte ein Messer aus der Küche holen sollen.

»Mary?« Lizzie hatte gerufen.

Da sah Paul die Haushälterin in der Tür auftauchen, die zum Wohnzimmer führte. Sie war bleich, hatte geweint, ihre ganze Erscheinung wirkte wie seltsam verrutscht.

Ich kann es nicht. Sieh sie dir doch an, Lizzie! Soll ich sie auf die Couch werfen, ihr die Hose runterstreifen – während du daneben stehst und schreist?

»Mary, entschuldigen Sie bitte«, hörte er Lizzie neben sich sagen, »wir haben geklopft, Sie haben nicht geantwortet.«

Die Haushälterin stand im Türrahmen, ihre Augen waren aufgerissen. Sie schien fast den Bezug zu ihrer Umgebung, zu der Situation, in der sie sich befand, ein wenig verloren zu haben.

Es ist nicht Bohner, ich weiß es.

»Mary, es ist … Ich habe neulich, zufällig, gehört, wie Sie sich mit Glenn unterhalten haben.« Lizzie suchte nach Worten. »Sie sind … sie waren nicht verheiratet, Glenn und Sie.«

Paul schaute zu Mary. Sie hatte die Arme vor der Brust verschränkt, die Schultern hochgezogen.

»Mr. Levin hat ein Ehepaar gesucht, deshalb haben wir gesagt, wir seien verheiratet, auch wenn es nicht gestimmt hat.« Marys Blick wanderte von Lizzie zu Paul. »Aber das geht Sie nichts an, Ms. Hillstrom! Und Sie auch nicht, Mr. Greenblatt. Warum haben Sie meine Tür eingetreten? Was soll das? Ich kannte Glenn seit vielen Jahren, wir waren … befreundet.«

Sagt sie.

»Wir haben niemandem etwas getan. Wir hätten nur niemals hierherkommen sollen.«

»Mary, bitte missverstehen Sie mich nicht, wir wollen Sie nicht belästigen –«

»Dann gehen Sie«, stieß Mary hervor. »Lassen Sie mich. Wenn es stimmt, dass der Kameramann in Wahrheit Jeff Bohner ist«, ihre Augen blickten Paul an, und zum ersten Mal, seitdem er Mary kannte, hatte er den Eindruck, sie beide würden sich wirklich anschauen, »wird er uns alle kriegen.«

Instinktiv schüttelte Paul den Kopf. Hatte sie das wirklich gesagt? ›*Wird er uns alle kriegen*‹?

»Wir wollen nur sichergehen, dass uns hier im Haus nichts passieren kann«, hörte er Lizzie neben sich. »Würde es Ihnen etwas ausmachen, wenn ...«

Paul sah zu Lizzie. ... *wenn Sie mich bei Ihnen nachsehen lassen, ob Sie wirklich eine Frau sind?* Das war es? Würde sie es wirklich bringen?

Lizzie bewegte die Hände, brachte ihren Satz aber nicht zu Ende. »Dürfen wir kurz reinkommen?«, fragte sie stattdessen.

Mary erwiderte nichts. Wandte sich ab und verschwand im Wohnzimmer. Paul und Lizzie betraten das kleine Eingangszimmer und durchquerten es. Als sie in die Türöffnung zum Wohnzimmer traten, saß Mary in einem der großen, altmodischen Sessel, schaute aber nicht zu ihnen auf.

Paul berührte Lizzie an der Schulter, beugte sich zu ihr hinunter. »Komm mal kurz.« Er zog sie zurück in den Eingangsraum. »Es ist nicht Bohner. Ich kann das nicht. Lassen wir sie in Ruhe.«

Lizzie nickte, hob dann jedoch den Kopf. »Ich rede mit ihr. Bleib du hier.«

Er sah, wie sie ins Wohnzimmer ging, drehte sich um, schritt zurück zum Eingang des Apartments und lehnte sich mit der Schulter an den Türrahmen. Hinter sich hörte er Lizzie leise mit Mary sprechen. Allein die Stimme: Mary klang nicht wie ein Mann.

Und wenn er sich hat umoperieren lassen? Wenn er Hormone schluckt?

Pauls Augen waren auf den Hotelflur gerichtet, er hing seinen Gedanken nach.

Wenn Bohner sich hatte umoperieren lassen, was nützte es

dann, wenn sie ihn … sie … zwangen, sich zu entkleiden? Paul fühlte, wie er innerlich abstarb, als er daran dachte. Es war Marys Würde, die sie verletzten. Und es würde nichts bringen. Es gab keinen Weg, wie sie feststellen konnten, ob Mary nicht vielleicht doch einmal Bohner gewesen war.

Ist es das, was Bohner will? Dass wir werden wie Tiere – wie Tiere, die sich zwischen die Beine gucken?

Was, wenn Lizzie nicht weiterkam? Würde sie ihm sagen, dass er sich darum kümmern musste? Wie eine Vergewaltigung kam ihm vor, was ihn dann erwartete … Wenn er Mary gegen ihren Willen … *untersuchte?*

Die Scham stieg ihm heiß ins Gesicht.

Will Bohner beweisen, dass wir nicht besser sind als er, wenn nur die Situation danach ist?

Ein lauter Knall riss ihn aus seinen Gedanken. Pauls Kopf schnellte noch oben.

EIN SCHUSS.

Video-Interview 11 von 12

Zwilling

Name:	**Tony Chang**
Alter:	**48 Jahre**
Beruf:	**Kameramann**

Sheldon: Sie waren also auch dabei, Tony. Sie und Michael. Bei dem Dreh auf der Insel vor einem Jahr.

Tony: Michael hat den Ton gemacht, ich die Kamera. Ich kannte Michael nicht, hatte ihn nie vorher getroffen und habe außer dieser einen Produktion auch sonst nichts mit ihm gemacht.

Sheldon: An dem Tag aber waren sie beide dort. Sie und Michael.

Tony: Ja. Außerdem war Glenn vor Ort, Glenn Braxton, er soll doch auch diesmal wieder mitkommen, richtig?

Sheldon: Das ist richtig.

Tony: Glenn war dabei, er ist ja eine Art Mädchen für alles bei Mr. Levin. Hab ich gehört. Stimmt das? Ich hatte an dem Tag jedenfalls diesen Eindruck. Und Glenn kennt sich wirklich gut aus auf der Insel. Offenbar ist er schon als Teenager öfter auf *Zodiac Island* gewesen. Damals, als der alte Freizeitpark noch in Betrieb war, als all die Karussells und der ganze Schrott noch funktioniert hat.

Sheldon: Ich habe mit Michael bereits darüber gesprochen, er hat mir von dem Tag erzählt, den Sie auf der Insel verbracht haben.

Tony: Hm?

Sheldon: Ja, er meinte, er hätte mit seinen Mikrofonen ... Ich kenne mich mit der Technik wirklich nicht aus, aber er meinte, er hätte mit seinen Mikrofonen zufällig den Ton mitgeschnitten, als Mr. Levin telefoniert hat.

Tony: Ja ... ja, ich weiß. Michael war sehr irritiert danach. Wir kannten uns gar nicht, aber ... er wusste nicht, mit wem er darüber sprechen soll, also hat er sich an mich gewandt. Tonmänner ... für die sind die Kameraleute oft so etwas wie Vertraute. Ich weiß auch nicht, woher das kommt, vielleicht, weil sie uns manchmal auch als Kameraassistenten behilflich sind und wir ihnen sagen, was sie machen sollen.

Sheldon: Was hat Michael Ihnen denn erzählt?

Tony: Er wollte von mir wissen, was ich über Mr. Levin wüsste. Er war wirklich irritiert, wie gesagt – nicht in heller Panik, aber doch ... ein wenig aufgewühlt. Ich ... ich kannte Michael ja nicht ... offen gestanden bin ich nicht weiter in ihn gedrungen, ich hatte keine Lust, mich von Michael da in etwas hineinziehen zu lassen. Ich wusste, dass Mr. Levin ein einflussreicher Mann ist, ich wollte nichts über ihn wissen, von dem er nicht will, dass ich es weiß. Hat Michael nicht mit der Kleinen aus dem Hafenort darüber gesprochen? Ich habe die beiden an dem Abend zusammen gesehen. Sie haben sich gut verstanden. Wie hieß sie gleich? Jay? Wenn er sich jemandem anvertraut hat, dann ihr. Meine Güte, sie war wirklich niedlich. Warum fragen Sie sie nicht?

Sheldon: Das war alles? Er hat nur gesagt, dass er Mr. Levin ... also belauscht hat?

Tony: Er hat ihn ... Okay, das stimmt schon, er hat etwas gehört, das er nicht hören sollte – das nicht für seine Ohren bestimmt war, und wir haben kurz darüber geredet. In einem

Punkt waren wir uns einig: dass Levin wohl mit Glenn telefoniert hat, als Michael ihm über sein Mikrofon zugehört hat. Glenn war ja ständig um Levin herum. Mr. Levin brauchte bloß aufzuschauen, schon war Glenn zur Stelle. Er hat wirklich alles für ihn gemacht. Ich meine, schauen Sie sich Glenn an, und schauen Sie sich Rupert Levin an. Es ist erstaunlich, wie sehr man es sieht, aber es ist unverkennbar: Der eine gibt die Befehle – der andere führt sie aus. Ich habe an dem Tag auch ein paar Worte mit Glenn gewechselt und erfahren, dass er schon seit einer Ewigkeit für Levin arbeitet. Was genau er alles für ihn macht, wollte er mir aber nicht verraten. Als ich nachgehakt habe, hat sein Blick so etwas Scharfes bekommen … Ich weiß nicht, aber Glenn Braxton … manchmal kommt er mir fast ein wenig gefährlich vor. Ich bin ja auch nicht gerade schmächtig, aber ihm scheint die Kraft einer Raubkatze innezuwohnen.

Sheldon: Apropos Raubkatze … Welches Tierkreiszeichen sind Sie eigentlich, Tony?

Tony: Tierkreiszeichen?

Sheldon: Tierkreiszeichen, Sternzeichen, Sternbild, nennen Sie es, wie Sie wollen. Das, was man in Horoskopen verwendet –

Tony: Ach so, Sie meinen … Zwilling, wieso?

Sheldon: Nichts weiter … Ich … ich sollte Ihnen das wahrscheinlich gar nicht sagen, aber …

Tony: Wegen dem *Zodiac Island?* Auf der Insel dreht sich ja alles um diese Sternzeichen.

Sheldon: Ja … nein … Es geht um Ihre Bewerbung, wissen Sie? Es hat mit Wissenschaftlichkeit ja nun wirklich nichts zu tun, aber ich habe die Erfahrung gemacht, dass irgendein uraltes Wissen in diesen Tierkreiszeichen und ihren Charakterisierungen doch schlummern könnte. Ich schreibe es in meinen Gesprächsprotokollen einfach immer dazu. Also Zwilling, ja?

Tony: Zwilling, genau, ich bin im Juni geboren. War da nicht auch was mit den Jeff-Bohner-Morden und den Sternzeichen? Gab es nicht einen Zusammenhang zwischen Bohner und diesen Zeichen?

Sheldon: Zusammenhang? Ich weiß jetzt nicht genau, was Sie meinen. Aber … Bitte entschuldigen Sie, wenn ich ein bisschen auf die Uhr sehe –

Tony: Zwilling, ist das denn gut? Für meine Bewerbung, meine ich? Ich würde schon ganz gern dabei sein an diesem kommenden Wochenende, wissen Sie? Ich mag Lizzie, für die ich arbeiten soll, ich kenne die Insel von unserem ersten Aufenthalt, ich wäre gern mit von der Partie. Und jetzt fragen Sie mich, was für ein Sternzeichen ich bin. Also Zwilling. Sind meine Chancen nun gestiegen oder gefallen?

Sheldon: Nein, wie gesagt … messen Sie dem bitte keine zu große Bedeutung bei. Und … Zwilling – ist gut! Jetzt aber wirklich Themenwechsel. Sie haben gesagt, dass Glenn Ihnen gefährlich vorkommt, Tony, aber was ist mit Ihnen? Ich habe von Ihrer Firma gehört, dass Sie eine Zeit lang mit einem Funkscanner den Polizeisender abgehört haben und zu Tatorten gefahren sind, um als Erster dort Bilder zu machen. Es heißt, dass Sie auch in ein Haus eingedrungen sind –

Tony: Die Frau war bereits tot, Sheldon. Sie war tot! Ich weiß, was man sich erzählt, aber das ist eine verdammte Verleumdung! Keine Ahnung, wer das in die Welt gesetzt hat – aber dass sie noch gelebt haben soll, mich gesehen haben soll? Dass ich wer weiß was gemacht haben soll? Es stimmt nicht! Sie war tot. Ich habe die Bilder gemacht, bin raus, und dann war auch schon die Polizei da – mit Krankenwagen.

Sheldon: Ja? Wissen Sie, Tony, ich … muss diesen Punkt nicht unbedingt vertiefen, aber … Verstehen Sie mich bitte nicht falsch … Ich könnte mich doch gezwungen sehen, es zu tun … Es sei denn … kurz gesagt: Das Gespräch, das Michael mit angehört hat? Das Gespräch zwischen Mr. Levin und Glenn, am Telefon? Kann es sein, dass es da um mich ging?

Tony: Um SIE, Dr. Lazarus?

Sheldon: Ja?

Tony: Was soll das, wollen Sie mich erpressen? Verstehe ich das richtig? Setzen Sie mich unter Druck? Haben Sie die alte Geschichte von dem Haus, in das ich eingestiegen bin, jetzt erwähnt, um zu zeigen, dass ich mit Ihnen besser kooperieren sollte?

Sheldon: Es ist nur eine Auskunft, um die ich Sie bitte, Tony, mehr nicht.

Tony: Au Mann, ehrlich ... Wissen Sie was, Sheldon? Ich hasse euch, ich hasse euch Psychiater. Immer einen Schritt voraus, immer im Kopf des anderen! Habt ihr nicht Angst, in dem ganzen Morast, der in den Köpfen der Leute herumschwimmt, zu ersaufen? Als es hieß, dass ich für den *Murder-Park*-Job vorab mit einem Psychiater reden muss, habe ich gleich gedacht: Das kann nicht gutgehen.

Sheldon: Übertreiben Sie doch nicht. Es geht um eine einfache Frage –

Tony: Eine einfache Frage. Na schön, Sheldon – hier die einfache Antwort: Nein, es ging nicht um Sie bei diesem Telefongespräch, zumindest, soweit ich weiß. Ich habe – wie gesagt – von Michael gar nicht alles erfahren wollen. Und das habe ich nicht etwa gesagt, weil ich einen bestimmten Plan verfolge, sondern schlichtweg, weil es so war! Ich weiß nicht, worum es bei dem Telefonat ging, also weiß ich auch nicht, ob es um einen gewissen Sheldon Lazarus ging. Ich bin nicht wie Sie, Sheldon, bei mir ist nicht alles, was ich sage, nur ein Trick, nur ein Instrument, um Druck auszuüben. Aber dass Sie das tun, wundert mich nicht. Typisch Psychiater. Ich habe mal einen Bericht über einen Psychiater gedreht, eine richtig schöne Geschichte, der Mann war auf die sogenannte Elektrokrampftherapie spezialisiert – kennen Sie die? Sicher doch, das, was früher Elekroschocktherapie genannt wurde. Wir waren dabei, als dieser Psychiater die Therapie bei einem Jungen angewandt hat, einem achtjährigen Jungen. Das weiß ich noch wie heute, wie er dem Jungen gut zugeredet hat: »Das ist gut für dich«, hat er dem Bengel gesagt, der da auf der Liege vor ihm angeschnallt war, »du wirst sehen, wir helfen dir, danach geht es dir besser.« Und dann haben sie ihn narkotisiert, der kleine Mann wurde richtig müde, lag schmal, wie er war, auf dem Bett. Sie haben ihm die verfluchten Elektroden an die Schläfen gepappt, haben ihn an den ganzen Strom angeschlossen, und dann haben sie die Spannung durch ihn durchgejagt. Die Kinnlade ist dem Jungen runtergeklappt, der Speichel ist ihm aus den Mundwinkeln geflossen, die Hände haben gezittert, und seine Lider sind hochgerutscht. Darunter aber kam kein Blick hervor, darunter lagen seine Pupillen wie zwei tote Fischaugen. »Sehen Sie, wir geben seinen Nervenzellen den Kick, den sie brauchen« – Ich hatte den Psychiater die ganze Zeit über im Ohr. ›Was, wenn wir den Bericht noch ein paar Jahrzehnte früher gedreht hätten‹, dachte ich, ›da hättest du uns doch genauso zwingend erklärt, warum du den Bengel lobotomieren musst!‹ »Wir helfen ihm, wir machen ihn wieder ganz gesund …« ›Fick dich‹, hab ich gedacht und in die weiche Visage des Psychodoktors mit der weißen Brille geschaut, gerade so eine Visage, wie auch Sie sie haben, Sheldon! Aber schön, melden Sie Rupert, was Sie wollen, melden Sie ihm, dass er mich nicht mitnehmen soll! Schreiben Sie das auf, wenn Sie wollen, mir ist es doch völlig egal! Ich glaube, Sie sind nur Psychiater geworden, weil Sie sich an den Krankheiten anderer aufgeilen. Dabei sind Sie selbst – wissen Sie? –, Sie selbst sind in Wahrheit der Kränkste von allen!

37

»Ein Schuss, Lizzie, draußen!« Paul war herumgefahren, sah zu Lizzie, die vom Sofa, auf dem sie mit Mary gesessen hatte, aufgesprungen war. Mary blickte ebenfalls hoch, doch ihr Gesicht wirkte wie zugewachsen.

»Draußen?«, rief Lizzie ihm durch die Tür zu. »Dann muss Tony geschossen haben, er ist draußen!«

»Sheldon?« Paul trat auf den Flur hinaus. Sheldon musste sich doch noch in der Halle aufhalten, wo sie ihn zuletzt gesehen hatten. »Ist Tony ins Haus gekommen?«

Er bekam keine Antwort.

Lizzie tauchte neben ihm auf.

Pauls Gedanken schwirrten ihm im Kopf. Bohner konnte jeden Moment mit der Waffe im Flur erscheinen und einfach feuern. Sie waren ihm vollkommen schutzlos ausgeliefert.

»Lauf hoch in dein Zimmer und schließ dich ein, Lizzie! Schnell!«

Und wenn Bohner auf der Treppe lauert? Paul sah zu Mary, die in ihrem Wohnzimmer stand und zu ihnen schaute. Sollte Lizzie mit Mary zusammenbleiben?

»Was sagt sie?«, murmelte er und zeigte mit dem Kinn in Marys Richtung.

»Es ist so verrückt … Ich habe es noch nicht wirklich geschafft, ihr zu erklären, was wir wollen. Aber – es ist Unsinn, sie ist … Ich meine, sie kann es nicht sein.«

Paul blickte über Lizzies Scheitel hinweg zu der Frau. Mary hatte ihre knochige Hand am Kinn. Ihre Schultern – die Hüften –, war sie nicht ein wenig … eckig? Natürlich, die runden Gläser der Frauenbrille … Aber wenn man die abnahm –

»Paul! Jemand hat geschossen!« Lizzie rüttelte an seinem Arm.

Er riss sich zusammen. »Sheldon muss noch vorn in der Halle sein, aber er antwortet nicht.«

Lizzie schaute an Paul vorbei in den Korridor. Der Flur lag wie ausgestorben vor ihnen. Das ganze Gebäude, die Betonwände, das Glas, die Küche – tot. Es war heraufgezogen. Das Reich des Todes. Und sie waren darin gefangen.

»Du musst nachsehen«, wisperte sie. »Es kann doch nicht sein, dass Sheldon … Er hat dich nur nicht gehört.«

Paul nahm ihren Arm. »Wir gehen jetzt zusammen bis zur Haupttreppe in der Eingangshalle, dann läufst du hoch zu deinem Zimmer, verriegelst die Tür hinter dir, und ich suche Sheldon.«

Als sie den Fuß der Treppe erreicht hatten, ging Pauls Blick durch die gläserne Tür, die von der Halle aus auf die Terrasse führte. Ein paar Schritte vor der Tür und vom Licht aus der Halle gerade noch beleuchtet war ein mannsgroßer Körper zu erkennen – der auf dem Boden lag.

»Geh! Ich bin gleich wieder bei dir.«

Er stellte sich so vor sie, dass Lizzie nicht Richtung Terrasse blicken konnte.

War es Sheldon? Dort, wo Sheldon vorhin gesessen hatte, als sie auf dem Weg zum Haushälterapartment an ihm vorbeigekommen waren, saß jetzt niemand mehr.

Er strich ihr über die Wange. »Wir schaffen das.«

Du wirst die Fähre bekommen, Lizzie, du musst. Du musst sie bekommen, du musst herunterkommen von dieser Insel, und wenn du die Einzige von uns allen bist.

»Die Fähre ist bald da«, flüsterte er, und sie sahen sich an. Lizzies Augen kamen ihm vor wie zwei Brunnen, die in eine andere Welt führten, aus der Dunkelheit heraus, in der sie hier gefangen waren.

»Soll ich nicht mitkommen?«

Er würde nicht auf sie aufpassen können. Der nächste Schuss konnte von überall her kommen.

Paul schüttelte den Kopf und schaute ihr nach, während sie die Treppe nach oben stieg. Auf dem Absatz auf halber Höhe drehte sie sich noch einmal um. Konnte sie von dort aus den Körper sehen, der draußen lag? Aber sie nickte nur noch einmal und verschwand aus seinem Blickfeld.

Paul wandte sich um. Er hatte nichts dabei. Kein Messer, keinen Knüppel, und schon gar keine Schusswaffe. Er verengte die Augen, um besser erkennen zu können, wer mit dem Gesicht auf dem Boden vor der Tür lag.

Erst da fiel ihm auf, dass die gläserne Schiebetür, die von der Halle hinausführte, ein wenig aufgezogen war. Er ging darauf zu. Durch den offenen Spalt drang die kühle Nachtluft zu ihm herein. Und jetzt hörte Paul ihn auch wieder. Den Ozean. Das entfernte Rauschen der Brandung.

Er schob die Glastür ganz auf und trat ins Freie. Das Licht der Halle erleuchtete nur einen Halbkreis um das Haus, dahinter verlor sich der Schein auf dem Vorplatz.

Der Mann, der dort auf dem Boden lag, war Tony.

Paul kniete neben ihm, berührte den schweren Kameramann vorsichtig an der Schulter – *jetzt schnellt er hoch und explodiert mir im Gesicht* –, aber der Leib des massigen Mannes fühlte sich an wie ein nasser Sack. Schwerfällig rollte er herum, für einen Moment verdeckten die schweißnassen Haare Tonys Gesicht, dann gaben sie seine Züge frei. Die Lippen waren beinahe schwarz, aufgesprungen, vollkommen ausgetrocknet. Schaum klebte in seinen Mundwinkeln und Nasenlöchern. Tonys Augen waren tief in graue Höhlen gesunken, das Weiße der Augäpfel war verfärbt, beinahe grau, die Pupillen starrten an Paul vorbei.

Unwillkürlich musste Paul an das Gespräch von vor wenigen Stunden am Tisch denken.

Zwilling gehört wie Waage und Wassermann zu Luft, hatte Lizzie gesagt. *Es gibt auch Gifte – Zyankali zum Beispiel*, hatte Mary ergänzt, *da erstickt man innerlich …*

War Tony vergiftet worden?

Paul sah es vor sich, wie sich der Kameramann von dem Wasser aus der Karaffe eingegossen und getrunken hatte. War das Wasser vergiftet gewesen? Hatte sonst niemand davon getrunken? War eine der Speisen vergiftet gewesen? Jeder von ihnen konnte Tony in einem unauffälligen Moment etwas Gift ins Glas gekippt oder ins Essen gemischt haben!

Die Dunkelheit, der Wind, das Rauschen. Die Leiber, die im Haus lagen, verstümmelt, aufgeschwemmt, voller Insekten. Das Mörderhemd hinten in einem der Bungalows. Der elektrische Stuhl, in dessen Ritzen noch der Schweiß, vielleicht der Urin von Clyde Oberman vor sich hin faulte. Der lebendige Mörder, der überall auf sie lauerte. Die ganze Insel eine Toteninsel.

Auf den Fußballen federnd, drehte Paul sich im Kreis.

Tony war tot … Das hieß … wer blieb noch?

Sheldon!

Er hatte einen Schuss gehört. Nur einen. Tony war nicht erschossen worden. Wer hatte gefeuert?

Im gleichen Augenblick sah er den nächsten Körper. Etwa fünfzig Meter von der Stelle entfernt, an der Paul hockte. Dort, wo der Küstenweg zu den Klippen führte, bei denen sie Jay gefunden hatten.

Der Mann lag auf der Seite, ein Bein war nach vorn gestreckt, das andere angewinkelt, als würde er auf dem Boden liegend einen gewaltigen Schritt nach vorn machen.

Geduckt hastete Paul zu dem Körper.

Es war Sheldon.

Paul kniete sich nieder, wollte den Psychiater beim Namen rufen, doch es kam nur ein heiseres Krächzen aus seinem Mund.

Die Kugel musste von vorn eingedrungen sein. Ein Blutfleck, nicht größer als eine Faust, hatte sich auf Sheldons Hemd ausgebreitet. Paul wagte es nicht, den Stoff aufzureißen. Die Waffe lag nur ein paar Schritte entfernt auf dem Boden.

Tony vergiftet … Sheldon erschossen …

Paul beugte sich vor und wollte eben Sheldons Hals berühren, da sah er etwas unter dem Leib hervorkriechen – ein Rutschen, Gleiten, Beben –

Er sprang zurück. Das Herz ein Rattern. Eine Schlange – nein, zwei –, Sheldon musste in der Nähe eines Nests zusammengebrochen sein … oder fuhren sie dem Toten bereits durchs Gedärm? Die platten dreieckigen Köpfe der Reptilien zuckten in Pauls Richtung, schwangen herum, ihre Leiber schlängelten sich durch den Sand. Von ihm weg.

Nur Schlangen. Keine Geister. Schlangen, die wahrscheinlich genauso viel Angst vor ihm hatten wie er vor ihnen.

Paul wischte sich mit der flachen Hand übers Gesicht. Er fühlte, wie es glänzte, obwohl die Luft kühl war und ein kalter Wind vom Wasser heraufblies. Am Horizont, wie neulich schon, ein hellblauer Streifen. Der anbrechende Tag. Der letzte Tag. Der Tag, an dem die Fähre kam.

Wenn sie kommt.

Er stand bei der Waffe. Ein Revolver. Paul hatte ein paar Mal auf Schießständen Waffen abgefeuert, nie aber eine geladen oder gar besessen. Wenn er schießen gewesen war, hatten andere sich um die Waffe gekümmert und sie ihm nur zum Feuern in die Hand gedrückt. Er klaubte den Revolver vom Boden auf. Drehte ihn in der Hand. Von der Seite konnte er zum Teil die Schächte sehen, in die die Patronen geschoben werden mussten. Aber es war keine Patrone zu erkennen – die Schächte waren leer. Paul berührte die Trommel. Steckten dort in der Trommel, wo er es *nicht* sehen konnte, noch Patronen? Er könnte in die Luft feuern, um es zu überprüfen. Aber vielleicht war nur noch eine Patrone übrig – die wäre dann nutzlos verschossen. Besser, er feuerte nicht. Aber warum hatte der Mörder …

Mary. Es blieb nur noch Mary.

Was ist mit Lizzie? Aber das kann nicht sein!

Warum hatte Mary die Waffe hier gelassen? Es war keine Patrone mehr drin, sonst hätte sie den Revolver doch nicht hier liegen gelassen! Oder?

Sie spielt mit mir.

Er spielt mit mir.

Sie mag mich.

Er mag mich.

Er hat mich nicht vergessen, seit damals …

Paul hatte sich zurück zum Haus gedreht. Bleich hob sich das Betongerippe von der ansonsten noch ganz schwarz daliegenden Felseninsel ab.

38

Als er zum Eingang des Hotels zurückging, spürte Paul nicht mehr, dass seine Füße den Boden berührten. Er nahm nichts mehr von der anbrechenden Morgendämmerung wahr, nichts vom Rauschen des Ozeans.

Ich muss sie festhalten, ich muss ihr die Kleider vom Leib – ihr? IHM! Ich hätte Mary nicht allein lassen dürfen –

Aber … der Schuss – Mary hatte doch in dem Zimmer, in ihrem Zimmer gesessen. Es konnte nicht sein! Lizzie? Nein, Lizzie war bei Mary gewesen – Mary konnte nicht Bohner sein – und Lizzie –

Es war kein Überlegen, es war ein Tanzen der Gedankenfetzen in seinem Kopf.

Und dann sah er sie – sie beide.

Paul hatte das Haus betreten, stand in der Halle und starrte zur Treppe.

Dort war sie. Mary. Sie schrie nicht, eine Hand war auf ihren Mund gepresst. Ihre Augen wölbten sich hervor. Ein Mann stand hinter ihr und umklammerte sie. Er hatte seinen Arm unter ihrer Achselhöhle hindurchgestreckt und die Hand auf ihren Mund gedrückt. In der anderen hielt er ein Messer, dessen Klinge direkt vor Marys Gesicht stand, sodass der Stahl es in zwei Hälften zu teilen schien.

Pauls Arm ging nach oben, ohne dass er etwas machen musste. Die Waffe in seiner Faust war wie eine Verlängerung seines Körpers. Er zog den Abzug durch – aber es kam kein Knall, nur ein Klick, keine Explosion der Befreiung, nur Enttäuschung. Die

Trommel wurde weitertransportiert, aber es war keine Patrone mehr im Lauf gewesen. Natürlich nicht.

Gleichzeitig bewegte sich die Gestalt auf der Treppe, und ein Kopf kam aus dem Schatten zum Vorschein. Kahl. Verfettet. Bleich. Ein Gesicht aus Gummi. Es waren keine menschlichen Züge, die Paul hinter Mary hervor anstarrten – es war eine Plastikmaske – eine Maske wie die Babymaske, die Paul am ersten Abend auf der Insel gesehen hatte. Aber diesmal war es eine Mördermaske, eine Halloween-Maske, wie man sie in jedem Supermarkt kaufen konnte.

Es war eine Clyde-Oberman-Maske – mit den Gesichtszügen des fetten Mannes, den sie hingerichtet hatten.

Aus Gummi.

Aber das sind nicht die Gesichtszüge von Jeff Bohner – es ist das Gesicht von Oberman – und der wahre Bohner – sein wahres Gesicht – liegt DARUNTER.

»Paul!«

Ein Stockwerk weiter oben lehnte sich Lizzie über das Treppengeländer und starrte entsetzt zu ihm nach unten. Dann drang die Klinge ein, und es war wie ein roter Riss, der plötzlich an Marys Stirn aufklaffte. Paul sah, wie Mary ihn anblickte, wie sie nicht begriff, was es war, das an ihrer Stirn zu glühen begonnen hatte. Schon rutschte die Klinge tiefer unter die Haut, am Schädelknochen unter den Haaren entlang – und Clyde – denn es war Clyde, den Paul dort vor sich sah – riss an dieser Frau, als wäre sie ein Tier, das er häuten wollte. Seine freie Hand war von ihrem Mund gerutscht und jetzt in ihre Haare gewühlt, er zog die Klinge ganz durch – und ging gleichzeitig mit Mary rückwärts oben an der Treppe entlang.

»Krebs – das ist der Krebsgang, Paul!« Eine Stimme wie eine Pfiff.

Er stieß sie von sich. Paul sah Marys Arme ausfahren, sah, wie sie für einen Moment in der Luft zu stehen schien – und dann in die Tiefe stürzte, aufschlug, sich überschlug, weiterrutschte – und auf dem Treppenabsatz zu liegen kam … während sich oben auf der Treppe Clyde ihr Haar auf die glatte Maskenglatze stülpte.

»Kannst du dir das vorstellen, Paul? Das Schwein hat sich für mich geopfert. Er hat in Maden gebadet und sich hinrichten lassen!«

Die Stimme war von der Gummimaske verzerrt. Paul sah nur das leblose Plastikgesicht vor sich – konnte nicht erkennen, wie sich die Lippen des Mannes darunter bewegten – aber hinter den Schlitzen blitzten die Augen.

Im nächsten Moment tauchte Clyde weg. Paul stürzte die Treppe hoch – in den Flur hinein, der vom Treppenhaus abging – doch im Korridor war bereits niemand mehr.

»Eine der Türen, die hier eingebaut sind!« Lizzie rang nach Luft. Sie war die Treppe zu ihm hinuntergerannt, presste sich an ihn, dass er ihr Zittern spürte. »Er ist hinter einer dieser Türen verschwunden!«

Er lauert – wartet – versteckt sich. Er wartet auf mich. Auf uns. Er ist noch nicht fertig.

39

Aber wer?

Mary war tot. Tony. Sheldon. Alle anderen –

Es blieb niemand mehr.

Lizzie konnte es nicht sein. Er hatte sie doch gesehen – während die Gestalt oben auf der Treppe gestanden hatte.

Ein Fremder – der Mann unter der Plastikmaske ist doch ein Fremder! Jemand, der auf die Insel gekommen ist.

Mit dem Schlauchboot, mit dem Levin ertrunken ist.

Der Himmel war vollkommen wolkenlos. Die Sonne stand noch flach, aber die Strahlen zeigten bereits an, dass es ein heißer Tag werden würde. Ein herrlicher Tag. Ein Sonnentag. Und doch hatte sich die Kälte tief in Pauls Bauch gefressen. Er spürte es, wenn er Lizzies Hand festhielt, wie kalt seine Hand war. Er kam sich vor, als hätte er selbst kaum noch etwas Lebendiges an sich.

Sie waren unterwegs zum Gipfel der Anhöhe im Zentrum der Insel. Es war Lizzies Vorschlag gewesen, und Paul hatte ihr zugestimmt. Vom Gipfel aus hatten sie eine gute Sicht auf die Anlegestelle der Fähre unten. Paul warf einen Blick zurück zum Hotel, das sich unter ihnen an den Felsen schmiegte. Er konnte Tonys Körper erkennen, der vor dem Eingang auf dem Bauch im Sand lag. Sheldon musste hinter dem Hotel liegen und wurde von dem Gebäude verdeckt. Als sie den Gipfel erreicht hatten, rutschten sie die Anhöhe auf der anderen Seite wieder ein paar Schritte hinunter, um zu einigen größeren Felsbrocken zu gelangen, die den Eindruck erweckten, als könnte man sich gut zwischen ihnen verstecken. Paul kletterte auf die oberste Klippe und schaute in die Nische hinein, die von den Steinen gebildet wurde. Schlangen waren keine zu sehen. Es war das Beste, was sie hatten.

Um elf Uhr sollte die Fähre eintreffen. Das hatte Constance gesagt, als er sie am ersten Abend danach gefragt hatte. Kurz vor elf Uhr sollte Lizzie aus der Nische heraus auf die Felsbrocken klettern und zur Anlegestelle hinabschauen. Wenn sie die Fähre sah, sollte sie zur Anlegestelle rennen und sich nicht aufhalten lassen. Bis dahin wollte Paul die Aufmerksamkeit des Mörders auf sich lenken. Was auch immer geschah, solange die Fähre nicht da war, sollte Lizzie in der Nische zwischen den Steinen verborgen bleiben.

Sie hatten alles besprochen. Paul gab sich einen Ruck, sie küssten sich – dann glitt er von den Steinen hinunter und machte sich auf den Weg zurück zum Hotel. Lizzie blieb in der Nische zwischen den Felsen zurück.

Tief unter Paul peitschten die blauen Wellen gegen die Felsen, während er den Abhang hinabschritt. Der Ozean. *Wenn er sich aufbäumt, kann er die Insel verschlingen.* Aber sie widersetzte sich den Wellen, grub ihre steinige Küste wie eine Zahnreihe in die Fluten.

Als Paul beim Hotel ankam, war es kurz vor neun Uhr.

Noch zwei Stunden.

Er stieg die Treppe hoch zum ersten Stock und ging in den Flur, in dem die Gestalt verschwunden war.

Eine Tür nach der anderen stieß er auf. Er hörte die Türblätter innen gegen die Wände schlagen. Blauschwarz lagen die Räume in der Morgendämmerung vor ihm.

Es war im vorletzten Zimmer vorm Ende des Korridors, dass eine Kommode, die dem Doppelbett gegenüberstand, von der Wand abgerückt war. Dahinter standen die zwei Flügel einer niedrigen Tür auf, die in die Mauer führte. Schmale Stufen liefen hinter der Tür in die Tiefe. Clyde. Bohner. *Er ist hier runtergerannt. Er wartet auf mich.*

Der Schlund hinter den Türflügeln schien auszuatmen. *Ahhhhhhccccchchchchc,* keuchte es Paul entgegen, als er in das Dunkel hinabstarrte, *aahhhhahchchchchch* – eine Luft wie verbrauchter Atem. Wie der letzte Atem, den ein Sterbender aus sich herausströmen lässt, der Atem, in dem seine Seele aus ihm entweicht.

Doch das war nur Einbildung. Paul zwang sich, dem Lufthauch entgegenzugehen. Er wollte sich von den wirren Einfällen, die durch seinen Kopf jagten, nicht zurücktreiben lassen. Fühlte sich, als ob dreitausend Geistesblitze gleichzeitig durch ihn hindurchfeuerten – und biss die Zähne zusammen. Er glühte und tanzte innerlich, zuckte und bebte und sprang immer wieder im Kreis, zugleich aber zwang er seine Beine, geradeaus weiterzuschreiten, in diesen Atem hinein, in diese Dunkelheit hinein, in der Bohner auf ihn wartete.

Es war eine Art steinerne Schlucht, die sich am Ende der Treppe endlich öffnete – eine Felsspalte, in die die Sonne nur hineinfiel, wenn sie senkrecht am Himmel stand.

Der Felsgang … im Traum … bevor Michael geschrien hat … ich bin hier entlanggelaufen –

Wie benommen durchschritt Paul den Gang – sah an der Mauer, auf die er zuging, vorbei das Meer glitzern, den schmalen Sandstrand, der sich hinter der Mauer erstreckte – und hatte im nächsten Moment eine Klinke in der Hand. Die Klinke einer Tür, die sich in der Mauer vor ihm befand. Er drückte sie hinunter, zog die Tür auf und fand sich in einem Raum wieder, in dem er gerade noch aufrecht stehen konnte. Es war dunkel, seine Augen mussten sich an die neuen Lichtverhältnisse erst gewöhnen. Zwei Fenster waren als schwach schimmernde Umrisse hinter Pappen – oder Brettern? – zu erkennen, die davor genagelt oder geklebt waren. Eine Couch – war es eine Couch, die dort im Halbdunkel stand?

Ein Schrank, ein Teppich auf dem Boden, ja, ein Fernsehgerät schien das neben der Couch zu sein, ein Tisch, ein paar Stühle. Paul versuchte, sich in dem niedrigen Zimmer zu orientieren, doch alles floss grau ineinander. Er musste erst mal die Fenster aufkriegen!

Es war kein Holz, es waren nur Pappen, die auf die Rahmen geklebt waren. Wie Messer schnitten die Spitzen des alten Kartons in Pauls Fingerkuppen, als er seine Nägel dahinterklemmte und daran riss. Mit lautem Kreischen spaltete sich die Pappe, eine Staubwolke zerstob in der Luft, dann brach ein trüber Lichtschein von draußen herein. Seit Jahren, so schien es, waren die Fenster nicht mehr geputzt worden. Staub wirbelte in dem Lichtschein, der quer durch das Zimmer fiel und es erhellte. Hinter jedem Vorsprung meinte Paul einen Buckel zu entdecken – ein Augenpaar – eine Klinge …

Das matschige Grau hatte sich aufgehellt, aber noch immer konnte er nur so etwas wie eine abgenutzte, verwohnte Einrichtung erkennen. Gerade wollte er an dem nächsten Karton reißen, um mehr Licht in das Zimmer zu lassen, als er innehielt. Ein Fernseher, ein Teppich, eine Couch …

Wie Asseln kroch es ihm ins Gehirn.

Er kannte es. Er kannte die Couch und den Teppich. Er kannte den Raum. Er kannte die Anrichte, hinter der sich die Küchenzeile befand. Er kannte die Tür, die in das Nachbarzimmer führte.

Und dann sah er ihn. Den Leib. Die Puppe. Entkleidet, die Haut aus Wachs oder Gummi, das Gesicht starr, unbeweglich. Nicht tot, doch tot – unbelebt, künstlich. Die Perücke, die Glasaugen. Er sah das künstliche Blut, das auf dem Leib verschmiert war, er sah die entsetzliche Haltung der Beine, er sah das abartig Sexuelle, das sich in der Haltung der Puppe spiegelte, die dort auf der Couch lag. Auf der Sitzfläche der Couch, und zwar so, dass Paul sie, als er den Raum betreten hatte, nicht gleich hatte sehen können. Jetzt aber sah er sie, nachdem er zum Fenster getreten war und sich umgedreht hatte. Und er sah noch etwas. Eine zweite, kleinere Puppe, die in der Tür zum Nebenraum stand. Die lebensechte, menschengroße Wachspuppe eines kleinen Jungen, nicht älter als vier. Die Lippen geöffnet, die Glasaugen aufgesperrt, das Haar verstaubt. Der Junge stand, als hätte er gerade das Zimmer betreten, den Blick auf die Nackte auf dem Sofa gerichtet.

»Erkennst du es wieder, Paul«, hörte er eine Stimme in dem Zimmer und wusste, dass er es war. Es war auch damals schon so gewesen – er war auch damals schon da gewesen. Damals, als Paul der Junge gewesen war, der ins Zimmer kam. Er war damals dabei gewesen, und er war auch jetzt wieder dabei.

Es war das Bungalowzimmer, in dem sie vor zwanzig Jahren übernachtet hatten – das Mordzimmer, in dem seine Mutter gestorben war. Und die Puppe, die dort hinten in der Tür stand, der kleine Junge –

Bin ich.

Paul hatte das Gefühl zu schweben. Als würde er durch den Raum schwimmen. Als wäre er hinübergerutscht in das Reich des Todes, hätte seinen Körper verlassen und würde die Szene von damals vor sich sehen.

Er drehte den Kopf und sah ihn in der Tür stehen, durch die Paul selbst gerade den Raum betreten hatte. Er hatte die Clyde-Maske vom Kopf gezogen. Es war …

Sheldon

… und es kam Paul vor, als hätte er das immer gewusst.

»Es war kein echtes Blut, Paul … Aber den Schuss, den hast du gehört, nicht wahr? So schien es selbstverständlich – der letzte Mord, mit der Waffe, die ja gleich dort neben mir lag.«

Fast hätte Paul zu ihm rennen wollen, den Kopf an seinem Bauch vergraben.

Jeff Jeff Jeff Jeff Jeff

Er hatte seine Mutter schreien gehört, als Bohner sie getötet hatte, als Bohner sie benutzt hatte, um den Tod hereinzubitten.

»Weißt du, was ich damals von dir verlangt habe?«

Nein ...

Aber er hatte es gleich am ersten Abend gesehen, als Beth sie herumgeführt hatte. Paul hatte die Puppe dort gesehen, die sie aufgeschnitten hatten. Die Nancy-Cass-Puppe und ...

das Spielzeugauto.

Bitte, sag es mir nicht.

»Ich habe dich gebeten, etwas in deine Mutter zu stecken, Paul.«

Er wollte es nicht hören.

»Weißt du, was es war?«

Ich will es nicht wissen.

»Du warst erst vier Jahre alt, Paul, aber wir haben es hineingetan – so gut es ging.«

Es kam Paul vor, als hätte man ihm die Arme von seinem Körper geschraubt, als würden seine Glieder zu Wachs, als würde alles von ihm abfließen. Als würde sich sein ganzer Körper auflösen, als wäre alles Feste, aller Zusammenhalt daraus gelöst und er würde zu seinen Füßen verfließen.

»Lizzie ist tot, Paul, ich habe euch hinaufsteigen sehen und bin euch gefolgt. Ich habe in die Felsennische geschaut, und sie liegt dort, und ihr Gesicht ist blutüberströmt.«

Sprach Sheldon mit der Stimme eines Vierjährigen?

Paul floss durch den Raum.

»Nur noch du und ich, Paul. Denn du, Paul, bist ich.«

Sein Verstand schlingerte.

Ich bin er. Jeff ist Paul.

Er ist ich.

Ich bin es.

Video-Aufzeichnung 12 von 12

Steinbock

Name: **Dr. Sheldon Lazarus**
Alter: **54 Jahre**
Beruf: **Psychiater**

Lieber Rupert,

ich hoffe, diese Botschaft hier erreicht Sie rechtzeitig.
Unsere Gespräche mit den Bewerbern sind jetzt abgeschlossen. Wie vereinbart, sucht Beth Hoffman die endgültigen Teilnehmer aus, ich habe sie bei dieser Auswahl eingehend beraten. Leider muss ich Ihnen jedoch mitteilen, dass ich den Eindruck gewonnen habe, Beth würde sich bei der Auswahl von noch jemandem hineinreden lassen, von jemandem, dessen Mitsprache sie vor mir verheimlicht hat.
Können Sie ihr vertrauen, Rupert? Nimmt sie vielleicht von jemandem Geld? Ist es möglich, dass Beth dafür bezahlt wird, damit sie bei der endgültigen Auswahl die Wünsche eines Unbekannten berücksichtigt? Sind Sie, Rupert, absolut sicher, dass das nicht sein kann?
Ich kann jedenfalls nur hoffen, dass derjenige, der Beth im Hintergrund möglicherweise beeinflusst, nicht Paul Greenblatt ist. Greenblatt hat – aufgrund des Todes seiner Mutter – selbstverständlich ein erhebliches Interesse an allen

Belangen, die den *Murder Park* betreffen. Und Greenblatt – davon konnte ich mich durch mein Gespräch mit ihm nachdrücklich überzeugen – ist extrem labil. Auch wenn man es ihm zunächst sicher nicht ansieht: Paul Greenblatt hat das Trauma, die Ermordung seiner Mutter, nie überwunden. Am liebsten würde ich sogar so weit gehen, Ihnen zu empfehlen, ihn am bevorstehenden Pressewochenende nicht mit auf die Insel zu nehmen. Aber ich habe auch Verständnis dafür, wenn Sie sagen, dass Sie auf ihn nicht verzichten können, dass der Erfolg der kleinen Pressereise zu sehr davon abhängt, auch einen wirklich Betroffenen der damaligen Ereignisse dabeizuhaben.

Gleichwohl muss ich Sie eindringlich vor Greenblatt warnen. Er ist unberechenbar, und die Umgebung auf der Insel ist besonders dafür geeignet, in ihm Schübe und Desorientierungen auszulösen, die sich im Vorfeld unmöglich einschätzen lassen.

Was ich jetzt schon sicher weiß, ist, dass er mir ausweicht, wenn ich ihn danach frage, was es für ihn persönlich bedeutet, dass das alte *Zodiac Island* in Form eines *Murder Park* wieder aufleben soll. Er gibt vor, sich rein professionell als Reporter für das Projekt zu interessieren. Allein das sollte uns stutzig machen! Denn selbstverständlich ist die Insel für Greenblatt mit ganz anderen emotionalen Spitzen besetzt als für alle anderen, sein angeblich rein professionelles Interesse also durchaus zweifelhaft.

Darüber hinaus hat Paul Greenblatt während unseres Gesprächs wiederholt versucht zu verschleiern, dass er sich – gerade jetzt, im Zusammenhang mit der geplanten Eröffnung des Parks – noch einmal eingehend mit den Bohner-Morden beschäftigt hat. Wir sind kurz darauf zu sprechen gekommen, aber er hat versucht, von diesem Thema abzulenken. Und doch ist deutlich geworden, dass ihm erst durch diese neuerliche Beschäftigung jetzt ein Detail wirklich bewusst geworden ist, das er bereits seit Längerem kannte, offensichtlich bisher jedoch nicht so sehr beachtet hatte. Ich spreche davon, welche Rolle die beiden Morde gespielt haben, die der Ermordung seiner Mutter *vorausgegangen* sind. Ich spreche von Nancy Cass und Ms. Tartaglione. Diese beiden Morde sind – wie Sie wissen – durch die Parkleitung in Absprache mit der Polizei der Öffentlichkeit zunächst nicht bekannt gemacht worden. Das … vielleicht verständliche Ziel war es, zu vermeiden, dass der Besucherstrom beeinträchtigt würde, also Schaden vom Freizeitpark abzuwenden. Die Nebenwirkung dieser Maßnahme jedoch war, dass Sarah Greenblatt zusammen mit ihrem Jungen noch auf die Insel gefahren ist – eine Unternehmung, die sie, wenn sie von den Morden rechtzeitig erfahren hätte, aller Wahrscheinlichkeit nach unterlassen hätte, ebenso wie zahlreiche andere alleinstehende Frauen. Stattdessen jedoch wusste Sarah nichts von den beiden Morden, ist mit ihrem Jungen auf die Insel gekommen – und dem Mörder in die Hände gefallen. Eine alleinstehende Frau mit Kind – das passte haargenau in das Beuteschema des Jeff Bohner. Ihr Tod hätte also beinahe sicher vermieden werden können, wenn man sich entschlossen hätte, die Öffentlichkeit beizeiten über die ersten beiden Morde zu informieren. In gewisser Weise besteht also eine direkte Verbindung zwischen der Vertuschung der ersten beiden Morde und dem Tod Sarah Greenblatts. Nicht zu Unrecht macht Paul deshalb die Parkleitung und alle, die sich an der Vertuschung damals beteiligt haben, für den Tod seiner Mutter verantwortlich.

Ich bin davon überzeugt, dass Greenblatt – seitdem ihm dies klar geworden ist – mit dem Gedanken daran, die Verantwortlichen von damals zur Rechenschaft zu ziehen, gespielt hat bzw. noch immer spielt. Paul Greenblatt hat sein Leben

lang den gewaltsamen Tod seiner Mutter zu verarbeiten gehabt. Die Erkenntnis, dass ihr Tod möglicherweise hätte vermieden werden können, muss ihn in schwere Konflikte stürzen. Nach dem, was ich über seinen bisherigen Werdegang weiß, halte ich eine extreme Reaktion nicht für ausgeschlossen. In diesem Zusammenhang kommt nun ein weiterer Aspekt zum Tragen. Bei der Auswahl der Beteiligten haben wir Wert darauf gelegt, Personen zu finden, die bereits damals mit dem *Zodiac Island* zu tun hatten. Habe ich recht, und Greenblatt kommt tatsächlich auf die Idee, den Tod seiner Mutter an den Verantwortlichen rächen zu wollen, wären Personen, die mit dem alten *Zodiac Island* in Verbindung standen, natürlich besonders gefährdet. Glenn Braxton, Mary Padillo, Jay Jackson, nicht zuletzt ich und Sie, Rupert, wir alle haben oder hatten direkt oder indirekt mit dem alten Park zu tun. Gerade deshalb wären wir besonders gefährdet, sollte das tief verschüttete Trauma Greenblatts aufbrechen. In diesem Fall könnte aus dem Wochenende, das Beth und Sie geplant haben, erschreckend rasch bitterer Ernst werden!
Soweit ich weiß, hat Beth Hoffman Wert darauf gelegt, dass die Bewerber selbst unterschiedlichen Sternzeichen angehören. Ist das etwas, das Beth auf eigene Faust entschieden hat? Haben Sie es ihr gesagt? Oder hört sie dabei womöglich auf jene Stimme im Hintergrund, die ich eingangs erwähnte? Ich habe eben auch noch einmal versucht, Beth deshalb zu erreichen, aber sie muss sich wohl bereits auf den Weg zu Ihnen gemacht haben. Reden Sie mit ihr darüber, Rupert, fragen Sie sie, ob mein Eindruck stimmt, dass sie sich bei der Auswahl von jemandem im Hintergrund hat beeinflussen lassen. Reden Sie mit ihr darüber, ob die Auswahl nach Tierkreiszeichen womöglich damit zusammenhängt. Und – diesen Punkt kann ich gar nicht genug betonen – brechen Sie die Unternehmung auf jeden Fall ab, sofern sich herausstellen

sollte, dass Beth in irgendeiner Weise direkt oder indirekt mit Paul Greenblatt in Kontakt gestanden hat – oder womöglich gar von ihm bei der Auswahl der Teilnehmer beeinflusst wurde.

Ihr
Sheldon Lazarus

40

Er floss. Die Tränen rannen über sein Gesicht. Als hätten Barrieren in seinem Kopf geherrscht, die sich in Nichts aufgelöst hatten. Er verfloss, und es gab nichts mehr, mit dem er das hätte aufhalten können.

Aber das durfte nicht sein.

»NEIN!«

Paul riss sich zusammen, packte zu, holte aus – sah den Fuß der Lampe, die er emporgewuchtet hatte, durch die Luft rauschen, als würde sie eine Leuchtspur hinter sich herziehen – dann knallte die Spitze des Metallständers in das Fenster, das er unter der Pappe freigelegt hatte, und die Scherben strömten zu Boden. Paul riss ein Bein hoch, ließ die Lampe fallen – krümmte den Rücken, spürte, wie das Glas, das noch im Rahmen steckte, seinen Rücken aufschnitt, und stemmte sich durch die zersplitterte Scheibe ins Freie.

Sie ist nicht tot, Lizzie ist nicht tot, es kann nicht sein, es … stimmt nicht, ich bin nicht Jeff, und Lizzie lebt.

Er rannte. Die Steine spritzten unter seinen Sohlen hervor, er rutschte auf dem schottrigen Vorplatz aus, sah Tonys graue Haut in der Sonne braten. Die Bungalows, die Schlucht, der Weg, der die Anhöhe hinaufführte. Die verkrüppelten Bäume, das glitzernde Wasser in der Sonne.

»LIZZIE!«

Er schrie es, dass er meinte, Blut aus seiner Kehle herausspritzen zu sehen – und erreichte den Gipfel. Sprang zu den Felsen, wuchtete sich hinauf – und starrte ins Leere. Nichts. In der Nische zwischen den Steinen war niemand – sie war fort.

»Hier also hast du sie versteckt!«

Paul fuhr herum. Hinter ihm. Das Haar in der Sonne glänzend, das Blut von Marys Skalp noch darin, wo es an der Maske vorbeigesickert war. Die Züge entstellt. Die Züge des Wahnsinns.

»Niemand kann den Tod so schön empfangen wie du, Paul«, schrie es aus dem entstellten Gesicht heraus.

Paul hockte auf dem Felsen und sprang. Flog. Auf den verknoteten Körper, der dort unter ihm stand. Paul war jünger. Kräftiger. Und er raste. Das war kein Stahlgerippe, das dort unter seinen Schlägen zuckte, das war ein Mann aus Fleisch und Blut. Paul hatte sich keine Waffe beschafft, aber jetzt hatte er einen fußgroßen Stein in der Hand, mit beiden Händen oben, kniete auf dem anderen, dessen Gesicht ganz in die Länge gezogen zu sein schien, die Augen zu Schlitzen verengt, fast geschlossen, der Mund als würden die Winkel über das Gesicht hinausstehen.

Bohner genießt es, er LIEBT es, er liebt den Tod. Er hat sich mich als Letzten aufgespart, denn durch mich will er sterben.

»Paul – NICHT!«

Er zuckt zusammen. Sein Kopf dreht sich, er sieht hoch zu den Felsen. Die Sonnenkugel, riesig, sengend – davor: eine Silhouette, die auf den Felsen steht, ein schlanker Umriss – Lizzie.

Unter sich aber spürt er, wie sich der andere herumwirft – der Stein, den Paul oben hat, fliegt nach unten – es knirscht, der Stein schlägt auf Stein – der andere hat sich unter ihm hervorgewühlt.

Paul wirft sich nach vorn, da richtet sich Sheldon ...

Bohner!

... bereits auf, aber er steht nah an der Klippe. Paul hechtet – sein Körper kracht gegen den Sheldons – ein Aufschrei zerreißt die Luft – und Sheldon stürzt direkt vor Paul in die Tiefe.

Steinbock – nicht Schütze!

Er weiß es aus den Unterlagen.

Sheldon ist ... Steinbock – Lizzie ist Schütze. Wenn jemand, dann hätte Lizzie erschossen sein müssen!

Nur einen Atemzug später ist Paul selbst an der Klippe, hinter der die Schlucht abfällt. Er zwingt sich, langsam zu sein, vorsichtig zu sein, robbt auf allen vieren, streckt den Kopf nach vorn, krallt sich im Gras fest, das dort sprießt, sieht den Abgrund unter sich – und dort – bestimmt sechzig Meter in der Tiefe – die Arme und Beine von sich gestreckt, auf dem Bauch – Sheldons Körper, reglos, auf den Felsen zerschmettert.

Eine Hand legt sich auf seinen Rücken.

Er dreht den Kopf. Ihr Gesicht ist ganz nah bei ihm.

Lizzie.

Und gleichzeitig hört er es.

Das Horn. Tief und mächtig schallt es über die Wogen des Ozeans.

»Die Fähre, Paul, sie kommt.«

Er hebt den Kopf und sieht das Schiff durch die Fluten auf sie zusteuern. Die Fähre stampft, scheint sich kaum vom Fleck zu bewegen, aber es stimmt, sie kommt auf sie zu, kommt der Insel näher. Ja, jetzt kann Paul sogar Menschen darauf erkennen, die am Bug der Fähre stehen. Männer in orangenen Sicherheitswesten.

Die Arbeiter …

»HALLO! HIER!« Lizzie springt in die Luft, ihre Haare fliegen. »WIR SIND HIER.«

Auf dem Boot haben sie begonnen zu winken. Paul kann die Helme der Bauarbeiter erkennen. Sie winken und wissen nicht, was sie erwartet. Eine Toteninsel. Das Summen der Fliegen. Überall sind die Leichen verstreut.

Pauls Blick geht zu Lizzie, die die Augen nicht von der Fähre abwenden kann. Er kommt auf die Füße, streckt die Arme aus, schlingt sie um sie. Zusammen blicken sie nach unten, wo die Fähre den Anlegesteg jetzt fast erreicht hat. Er fühlt, wie ihr Körper sich an seinen schmiegt.

»Sie werden denken, dass wir die anderen getötet haben. Keiner sonst hat überlebt, außer uns.«

Sie sieht zu ihm hoch. Schüttelt den Kopf, langsam, aber sich ihrer Sache vollkommen sicher.

»Komm«, flüstert sie und zieht seinen Kopf zu sich heran, »bevor sie uns nicht mehr in Ruhe lassen.«

Ihre Lippen drücken sich auf seine, öffnen sich, und sie werden eins. Ihre Hände gleiten über seinen Rücken und unter sein Hemd. Sie zieht ihn an sich, mit sich, fort von der Stelle, an der er mit dem Wahnsinnigen gerungen hat – und von der aus man den Körper tief unten auf den Steinen liegen sehen kann. Hinein in die struppigen Sträucher, die auf der Anhöhe wachsen und zwischen denen Lizzie sich versteckt hatte. In das stopplige Gras, das dort wuchert. Und während die Fähre anlegt und die Bauarbeiter auf die Insel kommen, streift sie ihr Shirt ab, schlüpft aus der Hose, und sie lieben sich.

41

»Paul?«

Lizzies Kopf auf seiner Brust, Pauls Arm um ihre nackte Schulter geschlungen. Ein paar von den Klamotten, die sie sich zuvor vom Leib gestreift hatten, lagen jetzt über sie gebreitet. Für einen Moment musste er eingeschlafen sein.

Er blinzelte.

Aber es war nicht Lizzies Stimme, die seinen Namen gesagt hatte, und doch eine Stimme, die er kannte.

Er drehte den Kopf ein wenig.

Keine drei Meter von ihm entfernt hockte eine Frau zwischen den Sträuchern und sah zu ihnen herüber.

Um die vierzig, kurze blonde Haare, ausgemergeltes Gesicht.

Träumte er? Er war eingeschlafen – schlief noch!

Paul spürte, wie sich sein Arm fester um das Mädchen zog, das auf ihm lag.

»Wachs, Paul, nichts als Wachs.« Die Frau zwischen den Sträuchern lächelte.

Die Flammen waren über ihr zusammengeschlagen, hatten ihr Gesicht vom Schädelknochen geschmolzen … Das hatte er doch gesehen!

»Hautwachs, Modellierwachs, Dermawachs – egal, wie Sie es nennen … Das lässt sich heute alles ohne allzu viel Aufwand benutzen.«

»Sie sind nicht verbrannt.«

»Nein, bin ich nicht.«

»Aber …«

»Paul, es *funktioniert*, begreifen Sie, wie froh ich bin?«

Atmen. Er hörte sich atmen.

»Was ... was funktioniert, Beth?«

»Mein Park!« Sie nickte zu Lizzie – und schaute dann wieder zu ihm. »Ein schönes Gefühl, oder? Es ist die schönste Sache der Welt, habe ich es Ihnen nicht gleich schon am ersten Abend gesagt?«

Er träumte nicht. Es war Beth, und sie sprach mit ihm.

»Dieser Park hier ist ein großes Unternehmen, Paul. Und Sie haben es besser bewiesen, als jeder andere das könnte – dass er funktioniert. Dass man sich hier verliebt. Dass man sich näher kommt, weil die Luft brennt! Dass man zueinanderfindet! Der perfekte Ort für Singles, die nicht länger Singles bleiben wollen.«

Lizzie lag an ihn gedrückt auf ihm.

»Jungfrau, Paul – oder? Ihr Sternzeichen ist Jungfrau.« Beths Augen waren zu Schlitzen verengt. Es sah aus, als wollte sie freundlich schauen, doch es wirkte verzerrt. »Aber nicht nur Ihr Sternzeichen – Sie selbst waren es auch, Paul, habe ich recht?«

Jungfrau.

»Ich weiß, Paul, ich weiß. Sie haben alles versucht. Die Therapeuten ... Aber nach dem, was Sie als Kind erlebt haben, die Ermordung Ihrer Mutter ... da hat keine noch so raffinierte Therapie geholfen. Die Therapeuten haben versucht, es Ihnen zu erklären, nicht wahr? Dass Sie traumatisiert sind, dass Sie an sich arbeiten müssen, aber es hat alles nichts genutzt. Ich weiß das, Paul.«

Sie weiß es.

»Erst hier bei uns im *Murder Park* – hatte ich Ihnen das nicht versprochen? Dass Sie hier jemanden finden werden?« Beth senkte ihre Stimme zu einem Flüstern, und doch war ihr anzuhören, wie stolz sie war. »Es funktioniert, Paul. Niemand kann es besser beweisen als Sie. Wir haben alles aufgenommen, die ganzen drei Tage. Was glauben Sie, was Tony und Michael die ganze Zeit über gemacht haben? Jeden Schritt von Ihnen haben die zwei mit ihrem

Equipment aufgezeichnet. Man kann es ganz genau sehen. Man kann sehen, wie Sie und Lizzie sich näherkommen, wie Sie sich ineinander verlieben, wie Sie zusammenkommen. Was für ein herrliches Schauspiel. Was für ein Glück! Und alles der Verdienst dieser Anlage hier!«

»Sie haben ... was? Es aufgezeichnet?«

Beths Gesicht nahm einen Ausdruck von Verblüffung an. »Das ist doch nicht so schlimm, oder? Wer könnte besser für den Park Werbung machen als Sie, Paul? Wie traumatisiert Sie auch gewesen sein mögen – der Park hat Sie geheilt. Ein Mann, der in seinem Leben nie Sex hatte – mit vierundzwanzig Jahren noch Jungfrau war –, hier im *Murder Park* wird er geheilt – findet er sein Glück. *Ihr Killer-Wochenende* – und was für eins! Mit Ihnen wird der Park weltbekannt werden, Paul. Diesem Beweis kann sich niemand entziehen! Wie schwierig ...«, sie zögerte, sprach es dann aber doch aus, »der Patient auch sein mag – im *Murder Park* machen wir aus jedem einen Liebhaber. Oder, Lizzie? Sagen Sie jetzt nicht, dass er sie enttäuscht hat!«

Abrupt setzte Paul sich auf. Lizzie hatte ihre strahlenden Augen auf ihn gerichtet – und er meinte, ihrem Blick ansehen zu können, dass das, was sie kurz vorher geteilt hatten, kein Betrug gewesen war – sondern echt.

»Ich wusste nicht, dass sie das wollten, um für die Insel zu werben, Paul«, hörte er Lizzie bestürzt wispern, »ich ... ich hatte davon gehört, was dir als Kind geschehen ist. Mir haben sie gesagt, dass sie hier versuchen würden, dich zu heilen. Kannst du dir das vorstellen? *Heilen!* Es stimmte gar nicht! Wenn ich gewusst hätte, was sie wirklich vorhatten, hätte ich mich niemals darauf eingelassen. Aber einem Menschen helfen, der als Kind zutiefst traumatisiert worden ist? Sie haben mich hintergangen, und ich habe ihnen geglaubt. Ich wollte dir helfen!« Sie schlang ihre Arme um ihn, und er spürte, wie heiß ihr Kopf war. »Ich wollte dich nicht hintergehen.«

»Werbung – es ist …« In Pauls Kopf schien sich ein alles verschlingendes Loch aufzutun.

»Sie haben es wirklich geglaubt, oder?«, unterbrach Beth ihn. »Dass Jeff Bohner hier ist. Sie haben es geglaubt, Paul.« Sie wirkte, als würde sie ihm neckisch einen Ellbogen in die Seite rammen. »Ich hatte meine Zweifel. Fragen Sie Rupert. Ich hatte meine Zweifel, ob Sie es wirklich glauben würden. Aber Rupert hat gesagt, ich solle mich ganz auf Sie verlassen. Und siehe da. Er hatte recht!«

»Rupert … er lebt –«

Der Mann … im Ozean … die Wellentäler … Hoch hinauf hatte der Bug geragt, bevor das Boot gekentert war und Levins Kopf wie eine winzige Kugel auf den Wellen getanzt hatte.

»Wir alle leben, Paul. Natürlich leben wir.«

»Wir … Wer?«

»Alle! Was für ein Aufwand – Sie haben recht. Aber es hat sich gelohnt, meinen Sie nicht?«

»Jay ist auf den Felsen zerschmettert worden – ihre Leiche hat mit dem Gesicht nach unten im Wasser getrieben!« Paul stützte sich mit einem Arm auf, sein Blick flog zu Lizzie, die sich ihr Shirt überzog, um ihre Blöße zu bedecken.

»Es war nicht leicht, Paul, keiner sagt das«, drang Beths Stimme zu ihm durch. »Wir haben Jay einen Schlauch in den Mund gegeben, damit sie das Gesicht nach unten, ins Wasser halten kann … Verstehen Sie? Aber viel schwieriger war Michael! Sie haben es sich selbst gefragt, nicht wahr? Ob es künstliches Blut sein könnte – ein Trick. Ja, es war ein Trick! Die Eingeweide – es waren tierische Eingeweide, die wir auf die Insel verbracht hatten. Selbst die Möwen mussten wir mitbringen! Ist Ihnen das nicht seltsam vorgekommen? Die ganze Zeit über ist keine Möwe zu sehen, und plötzlich flattern sie um den schwer verletzten Michael herum? Es war ein Effekt, und … wie war er?«

Wie war er? Entgeistert starrte Paul Beth an.

»Er war gut! Das weiß ich doch selbst«, sagte sie. »Und er war ja auch nicht isoliert. Das Geräusch des Trennschleifers, dann Tonys Ruf, das Aufschlagen des Körpers? Einen Sandsack haben wir herunterfallen lassen – das, was Sie haben aufschlagen hören. Aber als Sie auf den Vorplatz gekommen sind, lag kein Sandsack dort, sondern Michael. Die Seite voller Blut, nur dass es Kunstblut war, die Fleischschlingen in dem Sand vor ihm, nur dass es Eingeweide waren, die vom Fleischer kamen und die wir bis dahin im Kühlraum aufbewahrt hatten. Und wie er geschrien hat! So sind sie, die Leute von Film und Fernsehen. Ein kleiner Schauspieler steckt in jedem von ihnen!«

Was?

»Tinsley, Kryolan, das sind tolle Produkte, dieser ganze Special-Effects-Bereich, das ist ja ein ganz eigenes Handwerk, mit Tricks, Geheimnissen und großen Könnern! Wir sind ein Vergnügungspark hier, Paul, das haben ich und Rupert immer gesagt! Eine Kapsel im Mund, im richtigen Moment zerbissen – und schon kam das schönste Blut aus Michaels Mund geflossen.«

»Aber ich habe sie doch aufgesucht, in dem Raum im Erdgeschoss, Jay und Michael –«

»Sie hatten es Kate gesagt, erinnern Sie sich? Dass Sie nach den Leichen sehen wollten. Wir haben einen Fön benutzt, können Sie sich das vorstellen? Um sie *runterzukühlen*. Jay und Michael lagen in dem Raum aufgebahrt, wie dachten uns schon, dass Sie vielleicht nachsehen wollten. Aber mit dem Fön ... So ein kalter Leib, das fühlt sich doch gleich ganz anders an!«

Fön, Kapsel ... gleich ganz anders an.

»Deshalb ...«, er schluckte, »auch der Draht. Richtig? Beim Trennschleifer, bei Michael ... das habe ich mich gleich gefragt. Warum ist der Schalter des Schleifgeräts mit einem Draht fixiert?«

»Können Sie sich vorstellen, wie knifflig das alles war, Paul? Mit wie vielen Unbekannten wir rechnen mussten? Konnten wir sichergehen, dass Sie nach unten laufen würden und nicht versuchen, dorthin zu gelangen, wo der Trennschleifer zu hören war? Dann hätten Sie ja sofort herausbekommen, wer unser …«, sie lächelte, »unser Killer war, denn – ohne den Draht – wären ja alle, denen sie begegnet wären, während das Ding lief, ausgeschieden. So aber hat es wunderbar funktioniert! Egal, wohin Sie liefen, der Motor war zu hören, weil der Schalter fixiert war! Egal, wen Sie trafen oder sahen, jeder konnte der Killer sein, denn jeder hätte den Schleifer im angeschalteten Zustand zurücklassen können!«

Es kam Paul vor, als würde er langsam aus einer Art Vernebelung auftauchen. »Sheldon … es ist nicht Sheldon, der unten auf den Steinen liegt –«

»Natürlich nicht«, Beth strich sich über die Stirn, »ich weiß gar nicht, wer zum Schluss jetzt dort unten hingelegt wurde, aber … die gleiche Kleidung – ein verblüffender Effekt: Der Mann war mit einem Seil gesichert und ist nicht tief gefallen.« Sie wandte den Blick nicht von Paul ab. »Haben Sie wirklich geglaubt, Sheldon wäre Bohner?«

Nein … ja …

»Das war nicht schlecht, oder? Erst die Schlangen, sodass Sie sich nicht trauen, Sheldon näher zu untersuchen, und dann steht er noch einmal vor Ihnen! Wobei …«, sie musterte Paul, »Sie dem Mann einen massiven Schrecken eingejagt haben, als Sie mit dem Stein ausgeholt haben. Wenn Lizzie nicht gewesen wäre, hätten Sie ihm ja um ein Haar den Schädel zertrümmert.«

Paul sah Lizzie an, aber die hatte die Augen gesenkt.

»Dabei ging es Sheldon tatsächlich darum, herauszubekommen, wie die Inszenierung auf Sie wirkt, Paul! Sie liegen ihm am Herzen! Er hat seit Jahren Ihre Entwicklung mitverfolgt. Rupert ging es vielleicht um Werbung, mir auch, wenn ich ehrlich bin.« Wieder das Lächeln. »Sheldon und Lizzie aber, das können Sie mir glauben, sind nicht so herzlos wie wir. Sie hatten das Gefühl, dass die Erlebnisse hier sich wohltuend auf Sie auswirken können. Zu diesem Zweck war Sheldon sogar bereit, einen Kampf an der Klippe in Kauf zu nehmen … der dann ja auch tatsächlich stattgefunden hat. Allerdings …«, sie ließ den Blick zu dem Abgrund schweifen, der sich nicht weit von der Stelle befand, an der sie hockten, »so gefährlich, wie es vielleicht gewirkt hat, war die Sache gar nicht. Wir haben die Stelle hier, an die Lizzie Sie unauffällig bringen sollte, vorher sorgfältig ausgesucht. Erinnern Sie sich? Es war Lizzies Vorschlag, dass Sie sich hier oben verstecken sollte. Und wir hatten uns das im Vorfeld sehr genau angesehen. Dass Sheldon gesichert werden konnte, ohne sich zu verletzen. Er hat den Moment, an dem Sie wie vor den Kopf gestoßen waren, weil Lizzie nicht in dem Versteck war, genutzt, um sich mit dem Seil zu sichern und sich erst danach bemerkbar gemacht. Der Rest war nicht weiter schwierig. Als er gestürzt ist, hat ihn das Seil aufgefangen, und er hat sich auf dem Vorsprung gleich unterhalb der Abgrundkante von dem Seil getrennt – bevor Sie in die Tiefe geblickt haben. Wollen Sie es sich genau anschauen?«

Nein.

»Nein?«

Hatte er den Kopf geschüttelt?

»Nein.«

»Okay, ich kann das verstehen, Paul. Es … ist alles ein bisschen viel, ja?«

Er schaute sie an, sah ihre blonden Haarspitzen in der Morgenluft zittern, doch was er eigentlich vor Augen hatte, war ihr Gesicht, das in dem Feuersturm schmolz.

Dabei ist das, was geschmolzen ist, nicht ihr Gesicht gewesen, sondern nur Wachs, das sie aufgetragen hat.

»Als ich jünger war«, Beth verlagerte ihr Gewicht, um die Beine im Schneidersitz überkreuzen zu können, »habe ich als Stuntfrau gearbeitet, den Trick mit dem Feuer habe ich damals gelernt. Als menschliche Fackel über die Insel rennen … Rupert meinte, das sei zu gefährlich, aber ich habe ihm gesagt, dass ich weiß, was ich tue. Also hat er sein Okay gegeben … und trotzdem muss ich zugeben, als ich brannte – unter der Asbest-Kleidung … einen Moment lang dachte ich, es wäre alles zu spät.«

Hinter den Felsen, es ist hinter den Felsen bei der Schlucht gewesen, dass sie endgültig zusammengebrochen ist. Und dort haben sie sie gelöscht.

»Aber das Gesicht, ich habe doch Ihr Gesicht gesehen, Beth, das war nicht verhüllt!«

»Schon mal etwas von Stuntgel gehört? Natürlich muss man es dick auf der Haut auftragen und sich damit auskennen, aber es hat ausgereicht, damit ich über den Vorplatz bis zu den Felsen laufen konnte. Und das Wachs … ja, das hat sich unter der Hitze verformt, aber das war ja Teil der … Show!«

Bis zu den Felsen …

»Dahinter dann … als Sie dort mit der Decke ankamen, Paul, das war nicht mehr ich, was dort auf dem Boden lag, das war nur noch ein Haufen Fleisch und Lumpen, die vor sich hinkokelten.«

Sie ließ ihn nicht aus den Augen, und offensichtlich war unverkennbar, wie schlecht er aufnahm, was er hörte. Der Klang ihrer Stimme signalisierte, dass sie versuchte, ihn für sich zu gewinnen. »Farbige Kontaktlinsen, kosmetisches Blutgel, künstlicher Wundschorf – mit ein bisschen Erfahrung und dem richtigen Knowhow lassen sich ganz erstaunliche Effekte erzielen, Paul. Aber Sie dürfen es den anderen nicht übel nehmen. Auch Kate zum Beispiel … Sie meinte, es wäre gut für Sie, Paul, sie meinte, es könnte Sie vielleicht von den Dämonen, die Sie Ihr Leben lang mit sich herumschleppen mussten, befreien! Genau wie Lizzie! Wir alle haben ja den einen oder anderen Bezug zum *Zodiac Island,* wir wissen, was mit Ihnen und Ihrer Mutter damals geschehen ist.« Beths Augen glänzten. »Constance ja auch … Und für sie war es vielleicht am schwierigsten, die Arme … All die Ameisen – sogar in den Mund musste sie sie nehmen – in die Augen hat sie sie krabbeln lassen. Die milchige Schicht darauf, sodass ihre Augen wirkten wie von der Sonne versengt? Das waren spezielle Kontaktlinsen. Die lose Zunge? Ein Stück gefärbte Rinderzunge. Und der Skorpion? Eine kaum giftige Art, die wir ausgesucht hatten. Außerdem hatten wir ihn zum Stechen gebracht, sodass er keinerlei Gift mehr in sich hatte. Völlig ungefährlich – genauso wie der Eisenpflock, auf den Constance sich gestürzt hat und der im Boden versunken ist. Verstehen Sie? Der Pflock ist nicht in ihre Stirn eingedrungen – sondern so präpariert gewesen, dass er tiefer in dem Boden versinken konnte. Nur eine kleine Schramme hat sie an der Stirn davon abbekommen. Wobei der Gestank ... Ich war der Meinung, wir sollten dafür sorgen, dass es *stinkt* beim Ameisenhaufen. Wenn der Geruch nur scharf genug sei, würden Sie ohnehin nicht mehr richtig denken können.« Beth schien kurz zu überlegen. »Rupert ist dann von Michael und Jay geholfen worden, die ja nicht ewig auf ihren Pritschen ausharren mussten und für die wir Taucheranzüge bereitliegen hatten. Sie waren als Froschmänner bei seinem scheinbaren Ertrinken dabei ... das war nicht so schwer, Sie, Paul, hatten ja erheblichen Abstand vom Geschehen und konnten nicht sehen, was unter der Wasseroberfläche vor sich ging. Und die Wellen? Nun, dass ein bisschen Wind aufgekommen ist, war natürlich von Vorteil, ansonsten aber herrscht dort unten nahe der Südspitze der Insel sowieso immer ein ziemlich mörderischer Seegang. Wobei die Wolken, die aufgezogen waren, es besonders dramatisch haben erscheinen lassen. Andererseits ... Wir waren auch vorbereitet für den unwahrscheinlichen Fall, dass Windstille herrscht. Wir hätten einen Motorschaden simuliert, Rupert wäre ins Wasser gesprungen, und die Haifischflosse hatten die Froschmänner schon dabei!«

Paul verfolgte, wie Beth ein paar Gräser abriss und damit spielte. Eine Weile sagte niemand etwas.

»Nur bei Glenn«, hörte Paul sie schließlich fortfahren, und als er den Blick hob, sah er, dass sie sie wieder machte – die Anführungszeichen in der Luft, »nur bei Glenns ›Tod‹ im Spiegellabyrinth war ich mir auch nicht sicher, ob das nicht zu malerisch ist, mit all dem Weiß und dem Rot ... Ohne das Latex-Schnittwunden-Set und die Verwirrung zwischen all den Scheiben, Gläsern und Reflexionen hätte es vielleicht nicht funktioniert.« Ihre Augen waren fast versonnen in die Ferne gerichtet. »Tonys schwarze Lippen ... der Schaum in den Mundwinkeln ... die beängstigende Gesichtsfarbe und die poröse Haut, das war eine sogenannte Gelafix-Haut aus Glycerin ... der Skalp bei Mary ... sie müssten sie mal mit ihrer normalen Kurzhaar-Frisur sehen. Die ganze Zeit über trug Mary eine Perücke, nur damit wir am letzten Tag diesen Effekt erzielen konnten – deshalb wirkte sie auch von vornherein irgendwie unheimlich, oder? Sie ist Turnerin, wissen Sie, deshalb weiß sie, wie man eine Treppe herabstürzt, ohne sich den Hals zu brechen. Ich habe schon früher mit ihr zusammengearbeitet.«

Beths Blick schwenkte zu Paul, doch sie sprach weiter, bevor er etwas erwidern konnte. »Ich will Sie nicht langweilen, aber all die Fliegen bei Kate? Das war auch so ein Ablenkungsmanöver. Wir mussten Kate regelrecht Honig auf die Haut schmieren, um die Insekten anzulocken, und hatten noch dazu ganz in der Nähe ein ganzes Glas mit Fliegen untergebracht. Auf die Insekten war Verlass. Sie kamen zu Kate geschwirrt und sind über die Wundattrappen gekrabbelt, an denen der Honig klebte. Das war kein Problem. Dann hatten wir noch diese detaillierte Kieferattrappe.« Sie schien nachzudenken. »Und die Schädelwundenapplikation ...«

Paul hatte den Kopf in den Nacken gelegt, sah Beth nicht mehr an, ihre Stimme aber drang weiter zu ihm durch.

»Wird Paul sich nicht wundern«, war sie zu hören, »das war meine größte Sorge, und das habe ich Rupert auch gesagt: Wird er sich nicht wundern, dass im Park mit Bohner *genau* das passiert, was wir zuvor als Konzept des Vergnügungsparks angekündigt haben? Wir begrüßen die Gäste, sagen ihnen, dass dies ein Singles-Setting, ein Singles-Abenteuerpark ist, in dem ein ›Mörder‹ umgeht – und dann geschieht genau das: Ein Mörder geht um, und Paul glaubt es? Er glaubt, dass *wirklich* ein Mörder umgeht? Er durchschaut nicht, dass das *Spiel* begonnen hat?«

»Ich verbiete es Ihnen«, kam es Paul über die Lippen – leise, aber bestimmt. »Ich verbiete Ihnen, diese Aufzeichnungen, diese Videos oder was immer Sie gemacht haben, als Werbematerial für Ihre Insel zu nutzen.«

»Sie verbieten es uns?«

»Ja.«

Beths Unterarme schnellten hoch, die Handflächen nach oben, die Finger ausgestreckt. »Das können Sie nicht, Paul, so leid es mir tut. Die Einwilligung, die Sie unterschrieben haben? Wir haben sie extra in der Pressemappe, die Sie vorab bekommen haben, noch mal abgeheftet. Die Einwilligung, die uns von allen Haftungsansprüchen freistellt. Dort steht ausdrücklich drin, dass Sie allen Film- und Tonaufnahmen zustimmen und uns das Material für unsere Zwecke überlassen.«

Die Einwilligung … Paul sah die Seite mit den winzigen Zeilen und der Bürokratensprache vor sich. Er hatte sie gar nicht genau durchgelesen und einfach unterschrieben – unterschreiben *müssen*, um an dem Presse-Event teilnehmen zu können!

Er fühlte, wie Lizzie neben ihm auf die Füße kam und ihn hochzog. »Paul, komm –«

Auch Beth stand auf. »Eines müssen Sie mir noch sagen, Paul. Haben Sie wirklich an das Gerücht geglaubt?« Regelrecht neugierig schaute sie ihn an. »Hat es Sie nicht stutzig gemacht, dass Sie davon noch nie gehört hatten? Sie haben sich Ihr Leben lang mit den Bohner-Morden beschäftigt, und ausgerechnet *Sie* sollten dieses Gerücht – dass Clyde Oberman gar nicht Jeff Bohner war – noch nie gehört haben? Das hat Sie nicht stutzig gemacht?«

Pauls Blick ging zu Lizzie. *Sie haben den Richtigen hingerichtet – Clyde Oberman WAR Jeff Bohner?*

Doch etwas in ihm wehrte sich dagegen. Er hatte es doch

gespürt – mit jeder Faser, jeder Zelle. Als er die Aufnahmen Obermans in der Zelle gesehen hatte. Dieser Mann – es war nicht der Mann, mit dem er am Strand gespielt hatte! Paul war erst vier Jahre alt gewesen – aber … natürlich war es möglich, dass er sich irrte – und doch: war wirklich alles Lüge, Täuschung und Irrtum?

Er wandte sich von Beth ab, ohne noch etwas zu sagen.

»Rupert ist sich bewusst, dass Sie nach dem, was vorgefallen ist, wahrscheinlich so rasch wie möglich die Insel verlassen möchten, Paul«, hörte er Beth hinter sich. »Wir können Ihnen da entgegenkommen. Wir haben dafür gesorgt, dass die Fähre Sie in einer Stunde zum Festland bringt.«

Tony, Sheldon, Glenn … alle hier.

»Sie brauchen sich von Rupert auch nicht zu verabschieden – er hat dafür Verständnis.«

Ach ja? Verständnis? Nachdem er mich ausgenutzt, ausgelutscht und weggeworfen hat, darf ich gehen?

Paul fühlte, wie die kalte Wut in ihm die Schweißschicht auf seinem Gesicht fast zu Eis werden ließ.

42

»Er hat sie eingeschüchtert!« Michaels Blick funkelte. »Das macht er immer, so tickt er. Sonst wäre er nie der große Unternehmer geworden, der er ist. Er hat sie eingeschüchtert, nur weil Sheldon ein Auge auf sie geworfen hatte. Aber Jay mag *mich* – nicht den alten Psychiater. Ich war mit ihr schon vor Monaten zusammen, da wusste sie nicht einmal, wer Sheldon war. Und doch, hier auf der Insel, zu wem geht sie aufs Zimmer? Zu Sheldon. Und warum? Weil Rupert ihr klargemacht hat, dass ihr nichts anderes übrig bleibt.«

Michael klaubte einen Stein vom Boden auf und schleuderte ihn weit hinaus aufs Wasser.

Pauls Blick war aufs Innere der Insel gerichtet. Über der Anhöhe ragte das Riesenrad des altern *Zodiac Island* auf. Verrostet, die Farbe abgeblättert. Drei Tage lang hatte er es stillstehen gesehen. Jetzt aber hatten die Arbeiter, die mit der Fähre gekommen waren, die Ersatzteile mitgebracht, mit denen Rupert hoffte, das Rad wieder in Betrieb nehmen zu können. Neonpink schimmerte der Leuchtschriftzug, der an dem gewaltigen Gestänge angebracht war, zu Paul herüber. *Jungfrau* war dort zu lesen, das Rad hatte damals zum Jungfrau-Bereich des Freizeitparks gehört.

»Meinen Sie, ich finde das in Ordnung?« Michael hockte sich auf den Boden und sah Paul an. »Ihre Mutter … Meinen Sie, ich finde es in Ordnung, dass Rupert Ihre Vergangenheit benutzt, um für eines seiner Unternehmen zu werben? Aber er macht es bei allem so. Und ich weiß nicht, ob ich wirklich immer bei allem den Mund halten soll.« Er ließ den Kopf hängen, und sein Blick heftete sich auf die Kiesel, die den Boden bei dem kleinen Hafen bedeckten. »Es ist nicht alles Spiel, was hier geschieht. Dass Jay zu Sheldon aufs Zimmer geht, ist kein Spiel. Und dass Ihre Mutter ermordet wurde, auch nicht.«

Nach dem Gespräch mit Beth war Paul zusammen mit Lizzie zum Hafen gegangen, um die Fähre zu nehmen. In der Ferne hatte er die anderen gesehen. Tony, Glenn, Constance … Er hatte Abstand zu ihnen gehalten. Er hatte nicht in ihre Nähe kommen wollen.

Rupert hatte er nicht gesehen. Am Hafen jedoch war ihm wieder eingefallen, was Michael am ersten Abend hervorgestoßen hatte. *›Meint ihr wirklich, dass sie uns sagen, um was es hier eigentlich geht?‹* Er hatte es ihnen entgegengeschleudert, bevor die Gestalt mit der Babymaske aufgetaucht war. *Um was es hier eigentlich geht.* Michael hatte wütend geklungen, aufgebracht – und ehrlich. Weil er nicht wollte, dass Paul benutzt wurde? Nein, jetzt wusste Paul, was es war, das Michael so empört hatte. Michael hatte Jay in dem Küstenort kennengelernt – aber auf der Insel war sie nicht bei ihm im Zimmer gewesen, sondern bei Sheldon, in dem Zimmer gleich neben Pauls. Paul hatte ja gehört, was Sheldon und Jay, kaum dass sie auf der Insel angekommen waren, dort getrieben hatten. Jetzt wusste er, wieso Jay bei Sheldon im Zimmer gewesen war. Als Paul mit Lizzie vor einer guten halben Stunde den Hafen erreicht hatte, hatte er es noch nicht gewusst. Nur dass Michaels Empörung ehrlich gewesen war, das hatte er bereits geahnt – und daran hatte er denken müssen. Dass Michael sich bereits am ersten Abend so angehört hatte, als wäre er nicht einverstanden mit alldem, was auf er Insel geschah.

›Meint ihr wirklich, dass sie uns sagen, um was es hier eigentlich geht?‹

Also hatte Paul Lizzie gebeten, ob sie nicht – bevor die Fähre abfuhr und sie beide zurück zum Festland brachte – zu Michael gehen könnte und ihn bitten, kurz zum Hafen zu kommen, wo

Paul mit dem Tonmann reden wollte. Sollte Michael sich weigern und nicht mit ihr mitkommen wollen, so wäre eben nichts zu machen gewesen – aber Michael war bereit gewesen, mit ihm zu sprechen.

Paul beugte sich nach vorn. »Das war es. Das war es, was Sie gemeint haben, als Sie gesagt haben: ›Meint ihr wirklich, dass sie uns sagen, um was es hier eigentlich geht?‹ Dass Rupert Jay zu Sheldon schickt, obwohl sie eigentlich mit Ihnen befreundet war?«

Die blassen Augen des Tonmanns sahen Paul unter dem Basecap hinweg an. Er schien mit sich zu kämpfen.

»Ich habe ihn gehört«, murmelte er schließlich, »letztes Jahr. Damals war ich zum ersten Mal auf der Insel. Zufällig … mit einem meiner Mikrofone habe ich gehört, wie er mit jemandem an seinem Handy gesprochen hat.«

»Wer?«

»Levin. Ich glaube, er hat mit Glenn gesprochen, sicher weiß ich das jedoch nicht.«

Mit Glenn.

»Er hat ihm gesagt, dass er uns nicht in die Geisterbahn führen soll. Ins *Halloweenland.* Tony und ich haben damals einen Bericht über das alte *Zodiac Island* gemacht. Und Glenn war derjenige, der uns herumgeführt hat. Glenn kennt sich sehr gut aus in dem alten Freizeitpark. Überall sollte er uns hinführen, nur in die Geisterbahn nicht.«

In der die Leiche meiner Mutter gefunden worden ist.

»Wir waren ein Fernsehteam, haben über *Zodiac Island* berichtet, aber da hatte Rupert die Insel bereits gekauft. ›Es ist nicht nötig, dass sie wissen, wie gut du dich im *Halloweenland* auskennst‹, hat er in sein Handy gesagt. Ich hab's auf meinem Band. Wer kennt sich in den alten Fahrgeschäften gut aus? Vor allem Glenn, oder?« Michael warf Paul einen Blick zu. »Glenn ist schon durch den Park gestromert, da war er noch ein Teenager.« Er kniff die Augen zusammen. »Und wissen Sie, was Levin dann zu Glenn am Telefon gesagt hat?«

Paul schüttelte den Kopf.

»›Ein bisschen Narbenpaste – mehr war das ja nicht. Wer weiß, wie lange das noch gut geht.‹«

Narbenpaste.

»Das hat er gesagt?«

»Das hat er gesagt.«

Spezielle Kontaktlinsen, Latexwunden, Blutgel. Wie hatte Beth sich ausgedrückt? ›Wir sind ein Vergnügungspark hier …‹ Kein Wunder, dass sie mit Effekten arbeiten. Hatte er wirklich gedacht, in einem Serienkillerpark würde ein echter Serienkiller praktisch wiederauferstanden sein?

Narbe. Als Paul das dachte, hatte er den Eindruck, einen Schenkel kurz vor sich zu sehen, einen Oberschenkel. *Indianerkämpfe …*

Gleichzeitig war es, als ob etwas in ihm einrasten würde.

Unwillkürlich musste Paul schlucken. Sein Mund war mit einem Mal staubtrocken, seine Zunge lag darin wie eine tote Ratte.

Der Tonmann sprach weiter, aber seine Stimme schien zu verschwimmen, während Pauls Gedanken zu springen begannen.

Du kannst mich Jeff nennen, Paul –

Clyde Oberman … NEIN, das war nicht Clyde gewesen, der mit ihm gespielt hatte.

Aber die NARBE, Davy … Der kleine Tartaglione, den Kate befragt hatte … er hatte von einer Narbe gesprochen … Paul hatte es in den Videoaufnahmen doch selbst gesehen, wie der Junge es gesagt hatte …

Die Narbe …

Die Narbe …

Blitzartig zog es durch Pauls Kopf: Öffentlich war über die Morde zwar nicht berichtet worden, aber jeder, der in *Zodiac Island* arbeitete, wusste Bescheid. Unter den Budenbesitzern war es kein Geheimnis, dass der Mörder ›Ich bin Jeff Bohner‹ an die

Wand geschmiert hatte … Und über die Narbe? Wussten sie auch darüber Bescheid?

Es genügt doch, dass er von der Aussage des Jungen erfahren hat …

›Ein bisschen Narbenpaste – mehr war das ja nicht. Wer weiß, wie lange das noch gut geht‹ – das hat Michael Levin sagen hören?

Paul hatte sie selbst … erfühlt. Die Narbe – an Jeffs Bein. Er hatte den Polizisten von der Narbe erzählt. Davy Tartaglione hatte von der Narbe erzählt. Und Clyde Oberman hatte die Narbe am Oberschenkel gehabt.

Es passte alles zusammen …

»Paul?«

Er sah auf. Lizzie nickte zu der Fähre, auf der die Besatzung begonnen hatte, die Abfahrt vorzubereiten. Michael hatte aufgehört zu sprechen und schien abzuwarten, was Paul sagte.

»Ja?« Paul schaute zu Lizzie.

»Gleich geht die Fähre, aber … Wenn wir jetzt fahren … Ich wollte dir das schon längst erzählt haben, ich bin nur noch nicht dazu gekommen. Sheldon hatte mich beschworen, wie wichtig es ist, dass du wirklich glaubst, Bohner zu begegnen, dass du fest davon überzeugt sein musst, ihn zu treffen! Nur das sei die einmalige Chance für dich, das Trauma zu überwinden.«

Er nickte. Er sah in ihre Richtung, nahm sie fast nicht wahr. Es hatten sich so viele Verschiebungen in den letzten Stunden ereignet, er hatte den Eindruck, sein ganzes Gehirn wäre ein einziger Erdrutsch. Gedanken, Erinnerungen, Ängste, Träume, Assoziationen, alles schien neu gemischt zu werden. Sheldon wusste das, kannte sich aus? Er konnte das alles kontrollieren? Steuern?

Hoffentlich irrt er sich nicht.

»Ich habe es von Kate, weißt du?«, hörte er Lizzie weitersprechen. »Sie hat mir gesagt … als ich mit ihr über deinen Fall gesprochen habe … gestern erst … Sie hat mir gesagt, dass sie dir das nicht richtig verschwiegen haben … Aber sie haben es dir damals, als du angefangen hast, wegen des Falls nachzuforschen, wegen der Ermordung deiner Mutter … Sie haben dir die verfügbaren Unterlagen weitgehend vorgelegt, einen Punkt aber haben sie – wie sie sagt – ein wenig unter den Tisch fallen lassen.«

Er sah sie ausdruckslos an.

»Dass Bohner … also Clyde … Er hat den Mord an Nancy Cass und den Mord an Patricia Tartaglione – die beiden Morde hat er gestanden. Den Mord an deiner Mutter nicht.«

Nicht.

»Sie … also Kate … Sie meinte, dass es ihnen wichtig war, dich zu schützen. Du solltest mit der Sache abschließen können. Sowohl Ms. Tartaglione als auch Nancy Cass sind auf *Zodiac Island* ermordet worden, die Aussagen stimmten überein, du selbst hattest von der Narbe berichtet …«

»Deshalb kommst du jetzt darauf, wegen der Narbe?«

Lizzie nickte.

Bohner hat den Mord an Mama nicht gestanden. Clyde. Clyde hat ihn nicht gestanden. Clyde war es nicht, er war nicht der Mann, mit dem ich gespielt habe.

Und wenn es alles anders ist?

Paul selbst hatte der Polizei gesagt, dass der Mörder die Narbe am Bein hatte. Gerade so, wie es der kleine Davy Tartaglione gesagt hatte. Sie hatten Clyde festgenommen. Die Narbe am Bein gefunden. Und doch –

»Wenn bei dem Mann, mit dem ich gespielt habe, die Narbe nicht echt war«, drang es aus ihm heraus, »… natürlich mussten sie glauben, dass Jeff … dass Bohner … Clyde Oberman – dass er meine Mutter ermordet hat. Obwohl …« Paul unterbrach sich. »So könnte es sein, oder nicht?«

Lizzie und Michael sahen ihn an, und er spürte die Kälte, die sich um ihn herum auszubreiten schien.

ER LEBT DOCH!

»Clyde hat den Mord an Mama nicht gestanden – weil er es nicht war! Die Narbe ... Es war nur eine künstliche Narbe ...«

Er WOLLTE, dass ich von der Narbe erzähle. Er WUSSTE, dass der Mörder von Nancy Cass und Patricia Tartaglione tatsächlich eine Narbe am Bein hatte. Die Aussage von Davy Tartaglione muss sich unter den Budenbesitzern von Zodiac Island *herumgesprochen haben – und er ... der Mann, der bei Mama im Bungalow war ... er WOLLTE, dass auch ich eine Narbe bei ihm erfühlte.*

›Hier – fühl mal – beim Kampf mit den Indianern hab ich die bekommen ...‹

Das hat er gesagt. Er wollte, dass ich sie fühle, damit es klar ist ... Damit auch dieser Mord auf Bohners Konto geht!

Aber WER?

Und plötzlich sah Paul ein Gesicht deutlich vor sich. Jeff. Er meinte, ihn wiederzuerkennen – und riss die Hände vor die Augen, bohrte seine Fäuste in die Augenhöhlen, dass es rot in dem Schwarz aufblitzte. Wie konnte das sein? Er war dabei, vollkommen die Orientierung zu verlieren. Er konnte sich nicht erinnern, er konnte es nicht wissen! Er durfte sich jetzt nicht hinreißen lassen!

Neben ihm knirschten die Kiesel. Michael hatte sich erhoben. Paul fühlte, wie der Tonmann ihm vorsichtig eine Hand auf die Schulter legte. »Alles okay, Paul?«

Paul löste die Hände vom Gesicht, schaute auf, musste blinzeln, denn hinter Michaels Kopf stand die Sonne.

»Wo ist Rupert jetzt, weißt du das?«

»Hinten beim Riesenrad.« Michael sah ihm besorgt ins Gesicht. »Die Arbeiter haben die Ersatzteile mitgebracht. Aber sie wissen nicht, ob sie das alte Ding heute schon wieder flottkriegen.«

43

Das Riesenrad hatte begonnen, sich langsam zu drehen.

Als Paul sich dem gewaltigen Stahlungetüm näherte, das die halb verrotteten Reste des alten *Zodiac Island* überragte, kam Rupert ihm bereits entgegen.

»Paul! Was machen Sie denn noch hier, verpassen Sie nicht Ihre Fähre? Ich habe schon gehört, dass Sie mit Michael geredet haben – was meinen Sie, wollen wir zusammen das alte Ding einmal ausprobieren?« Er nickte mit dem Kopf zum Riesenrad und lachte. »Jungfrau – ist doch passend, oder?«

Wenn er mir zuzwinkert, brech ich ihm das Genick.

Paul legte den Kopf in den Nacken und sah in die Höhe. Das Rad drehte sich, aber es knirschte. Zwanzig Jahre lang hatte es sich nicht bewegt.

»Ist es denn sicher?« Er warf Levin einen Blick zu.

»Aber ja – ja doch! Die Fachleute, die sich um die Reparatur gekümmert haben, sind kurz im Hotel, um sich zu stärken. Aber Sie können sich auf diese Leute verlassen, Paul. Und Glenn ist ja hier – er hat den ganzen Vormittag mit den Facharbeitern verbracht.«

Pauls Blick wanderte zu Glenn, der nah bei dem Riesenrad stand, und wieder zurück zu Levin.

Rupert weiß, dass ich mit Michael gesprochen habe – er weiß, dass ich es weiß.

Aber es war Paul egal. Er musste ihn zur Rede stellen. Rupert wollte ihn in eine Falle locken? Paul fühlte sich, als ob er nichts zu verlieren hätte.

Er hatte bereits größere Riesenräder gesehen, schnellere, schönere vielleicht, aber das alte Rad von *Zodiac Island* hatte seinen eigenen Charme. Die einzelnen Gondeln mit den Sitzen waren offen und für zwei oder drei Besucher ausgelegt.

»Also kommen Sie, Paul, auf geht's!« Rupert führte ihn auf eine Plattform, über die man in die Gondeln gelangte – machte einen entschlossenen Schritt – und stand im nächsten Gefährt, das an der Plattform vorbeikam. Paul zögerte nicht, ihm zu folgen.

Sofort spürte er den Auftrieb – den Zug –, wie er augenblicklich an Höhe gewann. Rechts von sich sah er das Meer unter sich liegen, links von ihnen erstreckte sich die Insel. Von der Spitze des Rads musste man das gesamte Eiland überblicken können.

Rupert setzte sich ihm gegenüber. Für einen Moment dachte Paul, dass er stehen bleiben könnte, aber das Schwanken der Metallschale, in die sie sich begeben hatten, zwang ihn, ebenfalls Platz zu nehmen.

»Verstehen Sie mich nicht falsch, Paul«, hörte er Rupert sagen, »aber … nach alldem, was geschehen ist … Sheldon meinte, es wäre sicher am besten, wenn Sie ein wenig ausruhen würden. Ein wenig Abstand von der Insel … auch von uns vielleicht gewönnen. Ich will Sie nicht vertreiben, aber –«

»… jetzt, wo Sie das Material, das Sie für die Werbung benötigen, von mir haben, brauchen Sie mich nicht mehr, Rupert. Ist es das?«

Levin sah ihn wachsam an. Die Falten in seinem Gesicht schienen sich unter Pauls Blick noch einmal zu vertiefen.

»Du kannst mich Jeff nennen, Paul.« Paul sagte es ganz leise und konnte doch deutlich sehen, wie sich die Züge Ruperts strafften.

»Was?« Er bellte es fast. *Waffs?*

»Du hast mich schon gehört, Rupert«, fuhr Paul ihn an. »Michael hat es mitbekommen. Du hast Glenn gesagt, er soll die Fernsehleute nicht ins *Halloweenland* führen. Die Narbenpaste allein war dir als Deckung nicht länger sicher genug!«

Levin wirkte für einen Moment wie auf seinem Sitz festgewachsen.

Die Gondel stieg. Schon war überall der Atlantik zu sehen, der die Insel umspülte. Es kam Paul vor, als wäre er bereits seit Jahren auf dem felsigen Eiland eingesperrt. Tief unter ihnen hatten sich die anderen am Fuß des Riesenrads versammelt. Hier oben aber, wo die Gondel sie hinauftrug, war es kühler als dort unten, und Paul fröstelte.

Das Knacken, mit dem der Sicherheitsbügel einrastete, den Rupert vor Paul heruntergesenkt hatte, lenkte seine Aufmerksamkeit zurück in die Gondel. Auch seinen eigenen Bügel hatte Levin gesenkt.

»Hast du mich also doch noch gefunden«, hörte Paul ihn sagen. Dabei hatte Ruperts Gesicht ein fahles Grau angenommen. Ein leises Ruckeln ging durch das Gefährt, wahrscheinlich glitten die Zahnräder, die die Kreisbewegung in Gang hielten, noch nicht ganz so glatt ineinander, wie sie sollten. Und doch: Dafür, dass die Maschine seit zwei Jahrzehnten zum ersten Mal lief, funktionierte sie erstaunlich gut.

Ja, ich habe dich gefunden.

Die Ader an Ruperts Schläfe pulsierte.

»Hast du die Leiche selbst entsorgt, Rupert, oder das mal wieder Glenn erledigen lassen?«

»Glenn?«

»Ja, Glenn! Der macht doch immer alles für dich. Alt genug ist er ja, um dir damals geholfen zu haben. Und im *Halloweenland* kannte er sich aus, oder nicht?«

›*Es waren nicht nur die alten Dekorationen, die in der Loge lagerten*‹, hörte Paul Constances Stimme in sich widerhallen, ›*für einen Moment kam es mir so vor, als wäre alles wieder da … Ich hatte den Eindruck, dass es auch mit Glenn*‹ –

»Es war nicht das erste Mal, dass Glenn Constances Hilflosigkeit ausgenutzt hat! Oder, Rupert? Vor zwanzig Jahren ist sie ihm schon einmal begegnet. Sie war sich nicht sicher, aber auf irgendeiner verschütteten Ebene ihres Bewusstseins hat sie ihn doch wiedererkannt. Glenn! Der sie damals vergewaltigt hat!«

»Glenn, ja?« Es kam Paul vor, als würde Levin nicht sprechen, sondern schnarren. »Ich dachte, Constance würde bis heute glauben, dass sie damals den großen Jeff Bohner in sich hatte!«

Sie hat Glenn wiedererkannt in dem Moment, in dem sie – wie damals – mit ihm zusammen war. Sie dachte, es wäre der Mörder – aber es war nur Glenn. Der dem Mörder geholfen hat!

Plötzlich fügte sich alles zusammen, und jedes Steinchen war an seinem Platz. »DU hast sie getötet, Rupert – du hast meine Mutter getötet! Du hast es so aussehen lassen, als wäre es Bohner gewesen. Dabei bist *du* es gewesen. Und du hast Glenn beauftragt, die Leiche in der Geisterbahn abzulegen, um die Spuren zu verwischen. Um zu verwischen, dass es in Wahrheit *kein* Bohner-Mord war! Die Handschrift? *›Ich bin Jeff Bohner‹* war an die Wand geschmiert worden – an allen drei Tatorten. Aber das war so grob, dass du es von den ersten beiden Tatorten am dritten nachahmen konntest. Woher wusstest du, wie genau es ausgesehen hat? Woher wusstest du von der Narbe?«

»Bist du dir sicher, Paul?«

»Es müssen die Budenbesitzer gewesen sein«, versetzte Paul, »unter ihnen haben sich alle Details der Morde ja herumgesprochen – und Glenn hatte Kontakt zu ihnen.«

»So weit, so gut«, schnarrte es ihm gegenüber, »nur eins hast du noch nicht verstanden. Nicht ICH war derjenige, der deine Mutter getötet hat. Du warst es.«

Mama.

»Du warst erst vier Jahre alt, aber … du hast darauf gehört, was deine Mutter dir gesagt hat.«

Paul fühlte einen gleißenden Schmerz, der ihm durch den Bauch schnitt. Sein Mund öffnete sich, und er hörte sich ausatmen. Wie in einem Blitz war alles wieder da. Er war vier. *Ich war es.* Er war im Badezimmer. Jeff war da – und sie auch. Mama. Sie lag in der Badewanne und war nackt. Ihr Gesicht war geschwollen, den ganzen Tag über hatte Paul es gespürt: eine Spannung, eine Wut … Er hatte gespürt, wie der Mann, den er Jeff nennen sollte, wie Jeff sie in der Hand hatte. Sie hatten nicht aus dem Hotelbungalow gedurft … gekonnt, Paul nicht, und seine Mutter auch nicht. Seine Mutter war in dem einem Zimmer eingeschlossen gewesen – er in dem anderen. Paul hatte sie durch die Tür hindurch wimmern gehört, aber Jeff hatte ihr den Mund mit einem Tuch verschlossen. Sie hatte geweint – jetzt, als Paul im Bad vor ihr stand, konnte er es ihrem verquollenen Gesicht ansehen. Und es gab rote Stellen auf ihrer nackten Haut, wo Jeff sie zu rau angefasst hatte. Sie lag in der Badewanne, und es war ein wenig Wasser hineingelassen. Ihr Kopf ruhte auf dem Rand der Wanne, ihre Haare waren nass, und sie sah aus, als ob sie frieren würde.

»Mir ist nicht kalt, Paulie, alles ist gut.«

Nicht, komm nicht in das Zimmer, hatte sie gerufen.

Aber jetzt, wo sie beide im Badezimmer waren, in das Jeff ihn geführt hatte, jetzt sprach sie Paul gut zu.

Ich hab nicht geweint, Paulie, mir geht es gut, alles ist gut, ich will nur noch eins …

»Sie hat es zu dir gesagt«, hörte Paul Levins Stimme in der Gondel neben sich. Der Wind fuhr eisig unter seine Kleidung. Die Erinnerungsbilder schoben sich in seinem Kopf zu einer Klinge zusammen, die ihn der Länge nach durchteilte.

»Sie hat dir gesagt, was du machen sollst.«

Ja, Jeff, weil du sie in deiner Gewalt hattest.

Jeff hatte es ihr gesagt.

Jeff hatte ihr …

Mama

… gesagt, dass er ihm, dass er Paulie, dem Kleinen – ihrem Sohn – dass er ihm wehtun würde, wenn sie nicht machte, was Jeff ihr sagte.

»Ich hatte gehört, dass ein Mörder auf der Insel unterwegs war.« Rupert kauerte auf dem Gondelsitz ihm gegenüber, der eisige blaue Himmel hinter ihm. »Ich war in dieser Zeit damals fast jedes Wochenende hier, hatte mich mit Glenn Braxton angefreundet. Er hat mir davon berichtet. Von den Morden, den Jeff-Bohner-Morden. Kannst du dir vorstellen, was für eine Stimmung das war, Paul? Damals auf *Zodiac Island*?«

Paul sah ihn an, und Ruperts Gesicht leuchtete. Mit einem Ruck blieb die Gondel stehen. Wahrscheinlich ein Problem mit dem Motor. Sie schwankte leicht im Wind. Paul war so kalt, dass er zitterte.

»Die Insel glich einem Hexenkessel. Als würden selbst die Besucher, die gar nicht wussten, dass ein Killer umging ... als könnten auch sie es irgendwo tief im Bauch spüren. Ich aber wusste es. Ich wusste es von Glenn. Es gab einen Mörder, und er hatte bereits zwei Frauen umgebracht. Glenn wusste es von den Budenbesitzern. Seit dem ersten Mord sprachen sie auf *Zodiac Island* ja kaum noch von etwas anderem. Und aus Polizeikreisen war durchgesickert, dass der Mörder eine Narbe am Oberschenkel hatte. Dass er es auf alleinstehende Frauen abgesehen hatte, die mit einem Kind auf die Insel kamen. Dann habe ich deine Mutter kennengelernt, Paul. Sarah.«

Sarah.

»Ich habe mir mit einer speziellen Paste so eine Narbe am Bein modelliert, Paulie, das stimmt. Nur eine künstliche Applikation, aber durchaus effektiv. Hat Michael es gehört, ja?«

Paul antwortete nicht.

Rupert neigte den Kopf zur Seite und blickte über die Insel. Nachdenklich.

»Jeff Bohner hat mich seit diesem Wochenende, das ich auf der Insel verbracht habe, während auch er dort war – seit diesem Wochenende hat mich Bohner nicht mehr losgelassen.« Levin sprach, ohne Paul anzusehen. »Ich wusste, das ist der beste Thrill, den man haben kann. Diese Insel hier, der Park – und ein Killer. Deshalb, Paul, deshalb habe ich den *Murder Park* gemacht. Die Singles, das Geld? Es stimmt, die Singles-Idee knüpft nahtlos an das an, was man in der Geisterbahn auf *Zodiac Island* erleben konnte. Im Circle Room. Und doch hast du selbst mich gefragt, Paul, ob nicht noch mehr dahintersteckt, hinter der Idee zum *Murder Park*. Was der wahre Grund für mich ist, dieses Unternehmen aufzuziehen.« Seine Augen richteten sich auf Paul. »Und du hast recht gehabt. Es geht nicht nur darum, mit dem Park hier Geld zu verdienen. Ich fürchte, ich werde mein Leben lang nicht von Bohner loskommen.«

Er ist besessen von dem, was damals geschah. Von Bohner. So besessen, dass er ihn nachgeahmt hat – und jetzt diesen Park errichtet hat, der nichts anderes ist als ein düsteres Denkmal für Bohners Taten. Für das Morden selbst! *Murder Park*.

Levins Miene wirkte wie aus Stein gemeißelt. »Ich wusste, es würde groß werden, und ich habe mich nicht getäuscht, findest du nicht? Sheldon hat dafür kein Verständnis –«

Er unterbrach sich und winkte ab.

»Sheldon! So ehrwürdig, wie er sich gibt … er hat es nicht begriffen – nichts hat er begriffen. Bei dem Interview, das er mit mir geführt hat? Ich habe ihn regelrecht provoziert, mit ihm gespielt, aber … Sein Leben lang hat er sich mit den Tätern und ihrer Psyche beschäftigt – und dennoch nichts von ihnen verstanden.« Seine Augen blitzten. »Schlimmstenfalls, wenn Dr. Lazarus tatsächlich etwas bemerkt hätte … So ein baufälliger Rummel – da kann schnell mal ein Unfall passieren, oder?« Er nickte, als lauschte er in sich hinein. »Beth hingegen … sie … irgendwas hat sie in sich … Beth genauso wie Glenn … das sind Mitarbeiter, auf die man sich wirklich verlassen kann. Nicht jeder ist so, aber wenn man ein paar von solchen Leuten im Team hat, hat man schon viel gewonnen!«

Pauls Hände waren schweißnass, und er zitterte. Er zog sie

noch über seinen Tod hinaus irgendwie an. Bohner. Solche Leute wie Rupert Levin, wie Glenn Braxton, wie Beth Hoffman.

Wie meine Mutter.

Ihr Gesicht. Sie hatte in der Wanne gelegen und so gezittert wie er jetzt. Sie hatte zu ihm nach oben gesehen.

»Ich habe ihr gesagt, dass sie dir gut zureden soll, Paul.« Ruperts Stimme war Paul so nah, dass er den Eindruck hatte, Levin würde direkt in seinem Kopf sprechen.

Mama – vor ihm in der Wanne. ›Mach, was Jeff sagt, Paulie.‹ Flüsternd. In den Augen der Tod.

Sonst tut er dir weh.

»Sonst tue ich dem Kleinen weh, hab ich ihr gesagt. Ja, das stimmt.« Ruperts Augen eisgrau.

Ein erneutes Krachen fuhr durch das Gestänge des Rads. Sie standen. Ein unmerkliches Beben schien sich in das gewaltige Gerät genistet zu haben.

»Weißt du, ich hatte gehört, was Bohner … Ich meine, da bin ich nicht anders als die meisten: Für mich wird der Mann immer Bohner heißen, nicht Oberman oder sonst wie, sondern so, wie er sich selbst genannt hat, als er seinen Namen an die Wand geschmiert hat.« Die Gondel schwankte leicht im Wind. »Was ich sagen will: Ich hatte gehört«, fuhr Rupert fort, »was Bohner mit seinen Opfern machte. Er liebte es, sie an den Rand des Todes zu treiben und dann … wenn sie … auf der Schwelle zwischen Leben und Tod schwankten, sich mit ihnen … zu vereinigen. Wie waren Kates Worte auf der Fähre bei der Hinfahrt? Er wollte den Tod seines Opfers mit seinem eigenen Höhepunkt *synchronisieren*? Sie mit dem Tod zusammen penetrieren? Ich glaube, so hat sie es ausgedrückt … Jedenfalls hatte ich auch damals schon davon gehört, als wir uns noch gefragt haben, wer das war, dieser Bohner, der umging und vor dem wir Angst hatten. Ich wusste, was er Nancy Cass und auch seinem anderen Opfer, dieser Tartaglione, angetan hatte. Auf *Zodiac Island* sprachen die Besitzer der Fahrgeschäfte darüber – manch einer hatte auch einen Blick auf einen der beiden Tatorte erwischt, bevor alles abgeriegelt worden war. Andere hatten mit den Schutzpolizisten gesprochen, die sich um die Absperrungen und dergleichen kümmern mussten. Vieles machte unter den Budenbesitzern schnell die Runde – und von ihnen hat es schließlich Glenn erfahren …«

Mach, was Mama dir sagt.

Paul hatte ihre Stimme im Ohr, die Wanne mit ihrem nackten Körper vor Augen. Und für einen Moment den Eindruck, an sich selbst hinabzusehen, an seinem kleinen vierjährigen Körper. An seinem Arm entlang hinab bis zur Hand, mit der er den Blechbügel eines Eimers festhielt. Eines Eimers, in dem eine Flüssigkeit schwappte.

»Säure. Es war Schwefelsäure, Paul, du hast sie in die Wanne gekippt. ›Du brauchst keine Angst zu haben, es tut mir nicht weh, ich will, dass du es machst‹, hat deine Mutter zu dir gesagt. Sie hat dich sehr geliebt. Sie hatte Angst, dass ich dir was tue, Paul. Und ich habe mein Wort gehalten. Ich habe dir nichts getan. Du hast den Eimer in die Wanne gekippt, aber du hast auch gesehen, wie der Rauch aufstieg, du hast gesehen, wie sich das Gesicht deiner Mutter verschoben hat, du hast gesehen, was die Säure ihrer nackten Haut angetan hat. Sie hat geschrien, aber nur ganz kurz, denn das konnte ich nicht zulassen. Man hätte es hören können. Ich habe ihr den Knebel zurück in den Mund geschoben … doch da wusstest du es schon. Ich hatte … Es passierte so viel gleichzeitig … Ich hatte nicht viel Zeit, dich zu beobachten, Paul, aber ich habe einen Blick in dein Gesicht geworfen, als du mit deinen kleinen, noch so ungeschickten Händen den Eimer in die Wanne geleert hast. Als der verliebte Ausdruck im Gesicht deiner Mutter – während sie zu dir hochgeschaut hat – dem anderen Ausdruck Platz gemacht hat, den sie nicht unterdrücken konnte … in dem Moment, in dem sich die Säure durch ihre so glatte Haut fraß. Ich habe gesehen, wie du reagiert hast, Paul, als sie dem Tod ins Auge geblickt hat. Ich habe gesehen wie du … geradeso schlimm verätzt bist wie sie, nur nicht durch Säure, sondern durch das Entsetzen über das, was du getan hast. Du warst erst vier, Paul, du hast noch nicht viel verstanden, aber du hast es gefühlt, durch und durch und so sehr, dass du wie leblos neben der Wanne zusammengesackt bist. Du hast gefühlt, was gerade passiert war.«

Es gab einen Ruck, und die Gondel setzte sich wieder in Bewegung. Pauls Arme und Beine waren wie abgestorben, alles Blut schien aus seinem Kopf gewichen zu sein. Es kribbelte in seinen Extremitäten, er hatte das Gefühl, seine Gesichtszüge wären ihm entglitten. Seine eine Gesichtshälfte fühlte sich an, als würde sie herabhängen – als hätte man die Fäden gekappt, mit denen sie zuvor befestigt gewesen war. Er spürte einen leichten Linksdrall und sah doch Rupert vor sich in der Gondel sitzen.

Hatte er das wirklich gesagt? Hatte Levin das wirklich gesagt?

»Du bist nicht verkabelt, oder, Paul? Hat Michael dich verkabelt? Aber das glaube ich nicht.«

Paul war wie gelähmt. Er sah, wie Rupert sich vorbeugte, sein Hemd aufriss, mit der Hand über Pauls Bauch und Rücken fuhr.

Nein, ich bin nicht verkabelt.

Die Gondel schwebte dem Boden entgegen. Aber sie fuhr nicht mehr so glatt und gleichmäßig wie beim Aufstieg, sie ruckelte, irgendetwas schleifte – und als Pauls Blick nach unten ging, sah er, dass Glenn die Menschen vom Riesenrad forttrieb. Nur Lizzie ließ sich nicht vertreiben. Sie stand unten, hatte die Hände an den Mund gelegt und schrie zu Paul nach oben. Doch er konnte nicht verstehen, was sie rief. Der Wind riss die Wortfetzen von ihren Lippen und trieb sie hinaus aufs Meer.

Gleichzeitig hörte er es klacken, und als er wieder hochblickte, stand Rupert vor ihm. Er hatte den Sicherheitsbügel seines Sitzes nach oben geklappt und sich erhoben.

»Lebe wohl, Paul«, sagte Levins Mund, und seine Augen waren blank wie Kiesel.

Pauls Hände schlossen sich um den Sicherheitsbügel, der vor seinem Bauch lag. Er versuchte ihn nach oben zu stemmen, aber das Metall blockierte nach wenigen Millimetern.

Die Gondel wackelte jetzt so, dass das Scheppern alles übertönte. Aber es war nicht nur ihre Gondel, die vibrierte, es war das ganze Riesenrad. Das ganze Gestänge. Pauls Blick ging nach oben, zu der Aufhängung im Zentrum des Rads. Waren das Funken, die er dort stieben sah? Rieselte etwas herunter? Die Achse –

Steht schief?

Mama. Ihr Kopf auf dem Badewannenrand, die Augen zu ihm nach oben gerichtet, die Lippen blau, weil sie so fror. »Schütte den Eimer hier aus in die Wanne, genau, wie Jeff das sagt, es tut mir nicht weh, ich möchte das gern, hörst du?«

Und er sah, wie sie weinte, er sah es ihren Augen an, dass sie voller Tränen waren, obwohl sie versuchte zu lächeln. Er fühlte, wie sich sein kleiner Arm hob und er den Eimer auskippte.

Und alles wurde schwarz.

Ein gewaltiger Knall – Rupert hatte die Tür der Gondel geöffnet. Der Boden raste auf sie zu – Pauls Arm fuhr aus wie ein Greifer – seine Hand schloss sich um den Arm Levins, seine Finger wurden zur Zange.

Ein Reißen – Ruperts Gesicht – ihm zugedreht.

»Lass los!« Rau – ein Krächzen –, aber Pauls Arm war wie eingerastet. Er fühlte den Schlag, den Rupert ihm versetzte, aber er hielt Levins Arm so fest, wie er selbst von dem Metallbügel in der verfluchten Gondel festgehalten wurde. Im gleichen Augenblick löste sich das Rad endgültig aus seiner Aufhängung.

Rupert hatte ihn nicht aus der Gondel hinausstoßen wollen – das hätten unten ja alle gesehen. Stattdessen hatte er seinen besten Mann Glenn vorgeschickt. Die Facharbeiter vom Riesenrad waren im Hotel? Mit Sicherheit kein Zufall. Den ganzen Vormittag hatte Glenn ihnen bei der Reparatur zugesehen, da hatte er genug Zeit, die richtigen Fragen zu stellen – und das alte Gerät zu sabotieren, kaum dass die Fachleute sich entfernt hatten. Hatte Constance ihm, Paul, nicht erzählt, dass Glenn sein Leben lang auf Rummelplätzen gearbeitet hatte? Er kannte sich damit aus! Und es sollte aussehen wie ein Unfall. Levin hatte die Gondel rechtzeitig verlassen wollen – doch da hatte Paul ihn festgehalten.

Die ganze Welt hatte begonnen, sich zu drehen. Das war nicht mehr die Auf- und Abwärtsbewegung des Riesenrads – das riesige Stahlrad hatte sich aus der Aufhängung gelöst und angefangen, unendlich langsam, unendlich unaufhaltsam den Abhang zum Meer herunterzurollen. Doch so langsam die Bewegung auch war – in der Gondel war es die Hölle. Paul wurde emporgerissen wie in einem Fahrstuhl, der an eine Rakete angehängt war. Die Fliehkräfte rissen an ihm, dass er in das Gestänge seines Sitzes gepresst wurde. Er fühlte, wie er noch Ruperts Arm festhielt, hatte das Gesicht, die Augen, die Angst des anderen direkt vor sich, dann konnte er ihn nicht länger halten. Er sah, wie Levins Körper puppengleich aus der Gondel geschleudert wurde – gegen die Stangen knallte – herabfiel, während das gewaltige Rad weiter bergab walzte. Tief unter sich konnte Paul erkennen, wie der Körper des anderen vom äußeren Stahlrad auf dem Felsboden der Insel überrollt wurde – dann grub sich die Metallstange, die Paul einklemmte, so tief in seinen Bauch, dass ihm erneut schwarz vor Augen wurde.

Sekunden später riss wie ein gleißender Blitz die Helligkeit wieder auf – er fühlte, wie er eintauchte, in eiskaltes Wasser – noch ein Stück weitergewalzt wurde – und zum Stillstand kam. Gut zwei Meter über dem stahlgrauen Ozean hängend, nur einen Steinwurf von der Küste entfernt. Über sich, wie ein verrostetes Gebirge, das vollkommen deformierte Rad.

»Paul!«

Lizzie. Er sah, wie sie von der flachen, steinigen Küste aus ins Meer watete. Auf ihn zu, dass das Wasser hoch über ihr aufspritzte. Die letzten Meter musste sie schwimmen. Zugleich fühlte er, dass sich das Gestänge, in dem er klemmte, durch das Rollen des Rades so weit verbogen hatte, dass er sich unter Aufbietung aller Kräfte herauswinden konnte. Einen Moment lang hing er an der zerquetschten Gondel, dann ließ er sich fallen und tauchte tief ein in das Wasser neben Lizzie. Kam wieder hoch und spürte, wie sie ihn an sich zog.

»Das Boot – das Schlauchboot, in dem wir Rupert gestern gesehen haben«, flüsterte sie atemlos an seinem Ohr, »es ist gleich dort.« Er schaute in die Richtung, in die sie zeigte, und sah es hinter einem Felsen liegen.

Ohne noch einmal zum Land zu schauen, schwammen sie zu dem Felsen, zogen sich in das Boot. Lizzie wuchtete den Motor ins Wasser und riss an der Starterleine. Mit einem Aufschrei erwachte der Motor zum Leben. Paul kippte nach hinten, der Bug des Boots erhob sich, und sie schossen über das ruhig liegende Wasser dahin.

Er würde Kontakt zu Constance aufnehmen – es stand für Paul fest. Er würde ihr klarmachen, dass Glenn derjenige gewesen war, der sie im Tunnel vor zwanzig Jahren missbraucht hatte, und Glenn würde dafür zur Rechenschaft gezogen werden. Dafür und für alles andere. Levin hingegen war bereits gerichtet.

Paul griff nach Lizzies Hand und hielt sie fest. Drehte sich um und sah das Riesenrad aus dem Wasser aufragen. Dahinter – so düster und felsig wie an dem Abend, als er sie zum ersten Mal gesehen hatte – die Insel.

Die gleich einem riesigen Reptil langsam in der Ferne versank, während sie mit dem Boot über das Wasser jagten.

ENDE

Die 12 Inselbesucher

I.	Sheldon Lazarus	Psychiater	*Steinbock*
II.	Rupert Levin	Unternehmer	*Wassermann*
III.	Jay Jackson	Zimmermädchen	*Fische*
IV.	Beth Hoffman	Park Manager	*Widder*
V.	Glenn Braxton	Hauswart	*Stier*
VI.	Tony Chang	Kameramann	*Zwilling*
VII.	Mary Padillo	Haushälterin	*Krebs*
VIII.	Kate Myerson	Ex-Fahnderin	*Löwe*
IX.	Paul Greenblatt	Reporter	*Jungfrau*
X.	Michael Bach	Tontechniker	*Waage*
XII.	Constance Parker	Pressesprecherin	*Skorpion*
XII.	Lizzie Hillstrom	Fernsehjournalistin	*Schütze*